AF411115

ÉRASE UNA VEZ…
LAS VILLANAS

EVA M. SOLER   IDOIA AMO

© 2018 Eva M. Soler e Idoia Amo
Primera edición: Mayo 2018
Diseño portada: China Yanly
Maquetación: Idoia Amo

ISBN: 978-84-09-00127-9

Depósito Legal: BI-110-18

www.idoiaevaautoras.com

ÍNDICE

CAPITULO 1: ERASE UNA VEZ… DOS AMIGAS Y UNA INVITACION DE BODA

Conversación de WhatsApp entre Audrey y Briana, audios:

AUDREY

Briana, esto es una emergencia, ¡lo digo en serio! Ya sabes que no soy muy de hacer audios, pero en vista de que no estás leyendo los mensajes y que me da una pereza espantosa escribirlo todo… ¿Has recibido algo por correo? ¡Porque yo sí! Madre mía, que esto va en serio, Brie, ¡que se casan! Ahora mismo tengo la invitación en la mano y, ya que estamos, tampoco es nada del otro mundo, ¿sabes? Demasiado rústica, se nota que han querido hacer algo en plan *vintage*, pero no sé quién les habrá aconsejado… El papel no tiene el tono crema apropiado, más bien parece blanco sucio, y la letra es horrenda. En fin, ya la verás con tus propios ojos, la tarjeta es lo de menos, ¡el caso es que hay boda! Madre mía, madre mía. Espera, voy a cortar este audio porque estoy un poco histérica. Ahora te mando otro.

AUDREY

Vale, me acabo de tomar medio Valium que he encontrado en un cajón del despacho de mi padre y me siento mucho mejor, menos mal que he venido a comer con ellos. Ahora estoy tumbada en el sofá y puedo darte mejor los detalles… «Estaremos encantados de que nos acompañe en el enlace matrimonial de Colin Woods y Teresa

Martin el próximo quince de junio». ¿Seis meses? ¿Y para qué envían tan pronto la invitación? Aunque, ahora que lo pienso mejor, así tenemos tiempo de buscar un vestido adecuado. Y no te lo pierdas, dentro del sobre viene una especie de lista con todas las fiestas preboda… Que si fiesta de compromiso, que si fiesta de regalos… Joder, ¿qué es esto, la puta boda de Kim Kardashian? No sé yo si tengo el cuerpo para tanta celebración, en serio, no me puedo creer que al final Terry haya decidido casarse con ese capullo. Oye, dame un minuto que voy a buscar alguna de las botellas que mi padre esconde en su despacho.

AUDREY

He vuelto, las cosas se ven algo mejor con un par de tragos de whisky de malta. Cómo adoro ser la hija de un cirujano, en serio… Por cierto, ¿se puede saber dónde te metes? Esto de sufrir un episodio de histeria sin mi mejor amiga no mola nada. ¿O es que al final has tenido que pasar por el aro en el tema de tu padre y lo de trabajar? Si se trata de eso te mando mi más sincero pésame, no entiendo qué mosca le ha picado de repente con el tema. Pero volvamos a lo que de verdad importa, ¡mi ex se casa con una de nuestras amigas! ¿Qué vamos a hacer al respecto, Brie? ¿Qué? ¿Qué? Anda, dame un toque cuando salgas de donde sea que estés metida. Estaré en la piscina, intentado eliminar mi desazón metida en un reconfortante *jacuzzi* a treinta y ocho grados.

BRIANA

Dios mío, Dios mío, ¡no sabes por lo que acabo de pasar! Acabo de salir del despacho de mi padre, ¡tengo que contártelo pero ya! ¿Quedamos en Magnolia? No quiero saber nada de WaFFle CoFFee, luego lo entenderás. Me paso por casa a ver si tengo la invitación, ¿te viene bien en media hora? ¡Esto es horrible! Lo tuyo y lo mío, claro. ¿Por qué todo nos tiene que pasar a nosotras?

Wasap de texto de Audrey:
Voy para allá, besossss

Wasap de texto de Briana:
OK!!!

Audrey entró en la cafetería, una de las más caras de Santa Mónica, y localizó al momento a su mejor amiga sentada en la mesa de la esquina. Se apartó la melena rubia rizada con un movimiento elegante de cabeza y se acercó hasta ella taconeando con paso firme y seguro.

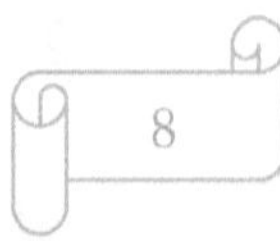

Podía no ser muy alta, pero lo suplía con una gran seguridad en sí misma.

—¡Dios mío, Audrey! —exclamó su amiga, al verla acercarse.

—¡Dios mío, Brie! —contestó ella, inclinándose para darle dos besos que no llegaron a tocar sus mejillas—. ¡Qué día!

—¡Horrible! Siéntate, he pedido lo nuestro, que aquí ya sabes que tardan una eternidad en servir.

Una camarera se acercó mientras Audrey se sentaba frente a Briana. Les dejó un par de *cupcakes* y un té de hierbas a cada una.

—Perdona —dijo Briana—. Te he pedido con agave, no con sacarina. Y el *cupcake* de mi amiga no tiene suficientes virutas de chocolate, cámbiaselo. Gracias.

La camarera recogió el *cupcake* y se alejó sin decir nada.

—De verdad, ni que fuera tan difícil. —Briana movió la cabeza—. Bueno, empieza tú. —Abrió su bolso y sacó un sobre de color marfil—. Mira, la he recibido. Tienes razón, este color es horrible.

—No me puedo creer que me haya invitado.

—Habrá sido idea de Terry, seguro. ¿Qué hacemos? —Alargó la mano para apretar la suya—. Yo te apoyo así que, si no quieres ir, no iré.

—Lo sé, lo sé. —Puso sus ojos azules en blanco—. Pero parece el acontecimiento del año, no podemos faltar, ¿te imaginas? Además, si no vamos, perderá casi todo su atractivo…

—Seguro que nos ha invitado por eso, para darle caché a la boda. ¿Quién iría si no?

—Está claro. —La camarera regresó con el *cupcake* y un sobre de agave—. Necesito dos sobres.

La camarera le lanzó una mirada de pocos amigos antes de marcharse y regresar al momento con otro sobre. Briana le mostró su mejor sonrisa falsa.

—Muchas gracias, un gran servicio. —La chica se alejó y ella se inclinó hacia Audrey—. Ni un dólar de propina.

—No, no, ni hablar. —Dio un sorbito a su té, haciendo un gesto de desagradado—. Ni siquiera es correcta la temperatura del té, se habrán descompuesto los taninos, por eso sabe así. En fin, con no volver aquí ya vale.

—Tienes toda la razón.

—Bien, sigamos con la boda. Pues mira, iremos a todo. Aunque tenemos que ir de compras, ya sabes, asegurarnos de deslumbrar en todas esas fiestas que van a montar.

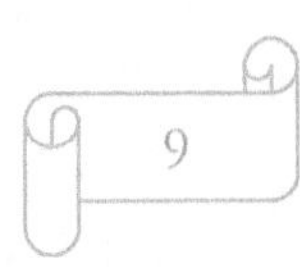

—Claro que sí. —Hizo un mohín—. Ay, tendré que mirar mis horarios.

—¿Tus horarios? Ay, no me digas que tu padre te va a hacer trabajar.

—Sí, no veas qué disgusto tengo. Me ha tenido en su despacho una hora. Que quiere que me meta en la empresa…

—Bueno, míralo por el lado bueno, eso es que vas a heredarla.

—No, no, no lo entiendes. No voy a estar trabajando con él ni nada parecido. ¡Quiere que empiece por lo más bajo! Dice que solo así entenderé cómo funciona todo.

Audrey la miró sin comprender. Briana cogió una bolsa que tenía en el suelo, junto a sus pies, y sacó unas prendas de ropa que había dentro para acercárselas.

—¿Qué es esto?

—Mi uniforme.

Audrey cogió la ropa, mirándola con ojo crítico. Una camisa negra, pantalón de igual color… y de pronto emitió una exclamación al coger lo último: un delantal verde, que soltó con rapidez.

—Ay, por Dios, pero ¿qué es eso? ¡Es super áspero!

—Lo sé. —Acercó la bolsa y su amiga empujó el delantal con una cuchara, para no volver a tocarlo—. ¿Crees que es una especie de prueba? Quizá solo quiera ver si voy.

—Seguro que sí, ¿cómo va tu padre a querer tenerte trabajando así? En un par de días te llama para llevarte arriba con él, no lo dudo. De todas formas, ¿qué opina tu madre de todo esto?

—No lo sé, aún no he podido hablar con ella. —Frunció el ceño, aunque solo un poco, lo suficiente como para no arrugar demasiado su expresión—. Lo haré en cuanto llegue, a ver qué me cuenta.

Audrey cogió la invitación de nuevo y la abrió para releer la lista de eventos.

—Tenemos una semana antes de la primera fiesta.

—Vale. Pues en cuanto mi padre me envíe el horario te mando un wasap y quedamos.

—Seguro que un paseo por Rodeo Drive te anima. —Se inclinó y le dio unas palmaditas en la mano.

—Y a ti también, porque todo esto es alucinante. Y pensar que ya lo habías dejado en el pasado… Es increíble que Terry vaya a casarse con él.

—Es como cuando le he regalado algún vestido. Se ve que le gustan las cosas de segunda mano.

Briana cogió el *cupcake* con una risita y tomó un poco del *frosting*. Aquello tenía muchas más calorías de las que podía permitirse, pero con el disgusto del trabajo estaba segura de que las había consumido todas. Y, por la forma en que su amiga se comió el suyo, dedujo que le pasaba lo mismo.

Después de comerlos se marcharon sin dejar nada de propina, lo cual hizo que la camarera las volviera a mirar de forma poco amigable, pero ellas salieron por la puerta muy dignas y sin volver la cabeza.

Briana había ido con su chófer particular, que la estaba esperando en una zona de aparcamiento próxima, y Audrey tenía su coche muy cerca, así que allí se despidieron de nuevo con un par de besos sin tocarse, quedando en mensajearse más tarde.

Briana se subió en la parte trasera del coche y sacó un espejito de su bolso para mirarse el maquillaje.

—A casa —le ordenó al hombre.

—Sí, señorita.

Briana ni lo miró, concentrada en retocarse los labios. Tenía el rostro algo aniñado, con grandes ojos verdes y, al igual que Audrey, no era muy alta, pero también como ella se aseguraba de ponerse unos buenos tacones y andar como si dominara el lugar. Llevaba el pelo largo y liso, con un flequillo que empezaba a dejar crecer por consejo de su estilista, aunque le quedaba poca paciencia. Le molestaba tenerlo casi sobre los ojos. Tendría que hablar con ella, ahora que iban a tener un montón de eventos gracias a Terry y su inesperada boda, lo último que quería era aparecer mal peinada. Tenía una imagen que mantener.

Guardó el espejito con un suspiro y, al sacar el móvil, vio que tenía un mensaje de su padre. Lo abrió con la esperanza de que toda la reunión de aquella mañana hubiera quedado en nada, pero no, su padre solo le enviaba un saludo y un archivo adjunto. Para su desgracia, no era un vale para un *spa* ni nada parecido, sino los horarios que se temía. Porque, cuando lo leyó, se encontró con que estaba incluido todo el mes. Si no conociera a su padre, pensaría que era una broma, pero no, Theodore era demasiado serio para eso.

Volvió a mirar el archivo, mientras el chófer atravesaba la verja de entrada a la mansión de sus padres, donde aún vivía ella también. Y de donde no tenía intención alguna de marcharse: allí tenía todo lo que necesitaba. Solo se marcharía si era a un sitio mejor y de eso pensaba convencer a su novio, Humpfrey. Con el que, por cierto, no había hablado en todo el día, pero él tampoco le había enviado ningún mensaje. Tenía que contarle lo de las fiestas porque él tendría que ir también, para algo era su novio y quedaba muy bien en las fotos.

Lo del trabajo era otro tema, pero eso se lo contaría cuando supiera exactamente lo que tenía que hacer. Una cosa estaba clara: tenía que hablar con su madre, aquel horario no podía cumplirlo. ¿Entrar a las ocho de la mañana? ¡Tendría que madrugar! Algo que jamás había hecho, al menos desde el instituto. Y ella entendía lo importante que era para la piel dormir ocho horas diarias, como mínimo.

El chófer paró el coche en uno de los garajes y abrió la puerta para que saliera. Briana descendió sin decirle nada y subió con rapidez las escaleras hasta el salón.

—¿Mamá? —llamó—. Mamá, ¿dónde estás?

—Aquí fuera.

Briana siguió la voz hasta el jardín, a donde llegó atravesando unas enormes puertas francesas, a un lado del salón.

Su madre estaba tumbada en una hamaca tomando el sol, con un sombrero cubriéndole la cabeza para darle sombra sobre la cara.

—Espero que sea importante —le dijo, sin moverse—. Has interrumpido mi media hora diaria de luz solar.

—Ay, mami. —Se sentó en una hamaca que había al lado—. Es horrible.

—Explícate. ¿Has discutido con Humpfrey?

—No, ¿por qué íbamos a discutir?

—Eso digo yo, es el chico perfecto. ¿Qué te pasa entonces?

—¡Papi quiere que trabaje en una cafetería! ¿No es horrible?

Su madre movió ligeramente el sombrero para mirarla, pero se volvió a cubrir con él con gesto serio.

—Eso son cosas suyas —contestó.

—¿Pero tú lo sabías?

—Algo me comentó—. Se encogió de hombros—. Le dije que mientras no interfiriera con tu vida social, hiciera lo que quisiera.

—Pero, mami, me ha enviado el horario. Tendré que levantarme pronto. Y no sé qué haré allí, solo me ha dicho que quiere que empiece «desde abajo».

—Seguro que se refiere a ser encargada de una de ellas. No seas dramática, hija.

—¿Tú crees?

—Claro. Síguele la corriente, es lo mejor.

—Entonces, ¿no vas a hablar con él?

—Estoy muy ocupada, cariño. Y por cierto, creo que tú también, ¿no? Me ha llamado la madre de Terry. Espero que te hayan invitado a la boda.

—Sí, claro.

—Bien. Pues ve y toma nota de todo porque me niego a que tu boda sea menos que la suya, ¿me has entendido?

—Pero si Humpfrey no me ha pedido…

—Da igual. Lo hará. Y la tuya sí que tiene que ser la boda del año. —Agitó una mano—. Ahora, déjame, que enseguida viene la masajista y no quiero que me pongas nerviosa.

Briana se mordió el labio, nada tranquila después de aquella conversación en la que su madre, encima, le había hablado de una boda con Humpfrey que ella ni siquiera había llegado a plantearse todavía. Pero conocía a su madre: ni un terremoto la sacaría de la rutina diaria para cuidar su piel y su cuerpo. Aún hablaba de su carrera de modelo como si hubiera ocurrido un par de años atrás, en lugar de más de un cuarto de siglo, y pasaba el tiempo ocupándose de que nadie supiera su edad real. Solo hablaban cuando se juntaban para cenar, lo que tampoco ocurría muy a menudo porque su madre tenía mucha actividad social y su padre mucho trabajo. De hecho, si se paraba a pensarlo, ese mes aún no habían coincidido ni una noche. Se dio cuenta de que quedándose allí solo perdería el tiempo, así que se marchó a su habitación.

Tenía toda una parte de la casa para ella, con su cuarto, vestidor, baño y una habitación para invitados también con baño, por si acaso. Se tiró sobre su cama de dos metros con colcha de seda y cogió el móvil. Dudó unos segundos qué contestar a su padre y al final le envió solo un pulgar hacia arriba. No tenía sentido discutir con él y temía que si no le hacía caso le quitara el dinero mensual que le pasaba o algo parecido, así que iría a la maldita cafetería a ver qué pasaba. Tendría que cambiar todas las citas de masajes y esteticistas que tenía, seguro que su padre no había tenido en cuenta que ella también tenía muchas cosas que hacer, como por ejemplo, prepararse la boda de marras.

Pulsó el nombre de Audrey y le escribió, haciendo mucho uso de los emoticonos de caritas tristes y enfurruñadas.

BRIANA
Mi madre no me ha escuchado, que haga lo que mi padre me dice.

AUDREY

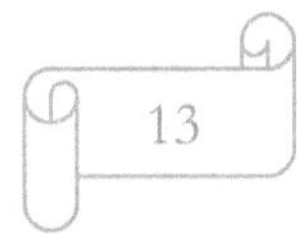

Vaya, lo siento. ¿Entonces irás?

BRIANA
Qué remedio. Pero no pasa nada, no empiezo hasta dentro de diez
días así que podemos ir de compras.

AUDREY
Genial.

Emoticonos de besos por ambas partes, lo cual la animó un poco.
Menos mal que podía contar siempre con Audrey.

Audrey depositó el móvil sobre la mesa del comedor, en el mismo
lugar donde había dejado el bolso al llegar a su piso. Vivía en una de
las mejores zonas de Santa Mónica, en un piso de lujo con vistas a la
playa y al parque de atracciones y, aunque al principio había sentido
pavor al pensar en abandonar la inmensa villa familiar, después de
tres años no lo cambiaría por nada. Por supuesto había conseguido
aquel sitio a un muy buen precio, de algo tenía que servirle trabajar
como agente inmobiliaria en una de las agencias más importantes que
existían allí. Su padre era médico; su madre, empresaria. Él trabajaba
en el UCLA como cirujano y ella administraba una cadena de joyerías
de lujo. Después de toda una vida juntos seguían casados, Audrey
suponía que porque apenas se veían y eso restaba tiempo para discusiones.

Al igual que Briana, durante la mayor parte de su vida había vivido
rodeada de todos los lujos imaginables. Desde niña había tenido todo
el lote completo, incluyendo vacaciones de ensueño, coches caros,
fiestas cuyas facturas se disparaban hasta lo obsceno, clases de equi-
tación, colegios caros y un vestidor con cualquier modelito que le
apeteciera pedir. Sin embargo, y a pesar de las comodidades, Audrey
tenía otras expectativas y unas ligeras ansias de independencia. Lo
primero le había reportado un trabajo y lo segundo, una propiedad.

Para conseguir el puesto no le había sido necesario recurrir a sus
progenitores, ya que cumplía los requisitos de Sotheby's, una importante agencia inmobiliaria que se dedicaba a vender casas y villas de
lujo con cifras de siete dígitos o más. Su jefe, Marlon, fue muy claro
desde el principio: buena imagen, sonrisa y tenacidad. Cuanto más
alto apuntara, más lejos llegaría.

Audrey no era la chica más simpática del mundo, pero cuando
estaba trabajando sabía desarrollar a la perfección el rol adjudicado, y

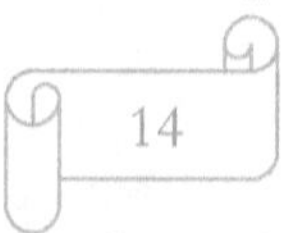

no se quedaba ahí: era buena adelantándose a las necesidades de cada cliente que atendía. Desde los detalles con los que decoraba la vivienda hasta un montón de sugerencias útiles, Audrey se tomaba su trabajo muy en serio. Para cuando firmaba la venta, los clientes se encontraban tan satisfechos del trato recibido que de forma habitual recibía regalos suyos o felicitaciones por parte del jefe.

Trabajó sola hasta que el grupo de vendedores se amplió con Colin. Marlon decidió que harían un buen equipo: él era nuevo en el trabajo y podía aprender mucho de ella. Audrey no se sintió atraída por él de buenas a primeras: Colin necesitaba unas clases de estilismo urgentes. La primera vez que acudieron a una venta se había presentado vestido con una cazadora informal y unos vaqueros, y Audrey estuvo a punto de sufrir un colapso.

—Así no puedes presentarte a vender casas de ocho millones de dólares. Esta gente se despierta con caviar y se acuesta con champán, tienes que convencerlos de que tú eres el indicado para recomendarles dónde vivir. ¿Crees que con esa pinta lo creerán?

Colin aprendió deprisa, eso tenía que reconocérselo. Tan deprisa que apenas se dio cuenta de que, aunque se repartían la comisión al cincuenta por ciento, no trabajaban en esas mismas proporciones. Pero, para entonces, Audrey se había dejado seducir por su atractivo sexual y su personalidad canalla.

Gracias al jefe, se compró un maravilloso piso a un precio estupendo y se mudó de casa de sus padres sin el menor remordimiento. Despertaba todos los días con la playa ante sus ojos y eso era suficiente para recargarle las pilas, pero también se esmeró en la decoración. Aquel era su rincón, el lugar donde mejor se sentía, y quería que estuviera a la altura.

Se acomodó en la barra del minibar que tenía en el salón y rebuscó en el bolso hasta sacar la invitación a la boda.

Durante mucho tiempo, pensó que ella acabaría pasando por el altar con Colin. Pero al final fueron las cosas que la habían atraído de él las que los separaron: el atractivo sexual y la personalidad canalla.

Tras pasar un fin de semana metido en su cama y comiéndose toda la comida del frigorífico, Colin había salido a correr dejando su portátil abierto sobre el escritorio. Unos insistentes pitidos habían atraído a Audrey hasta allí y se había acercado para encontrar una serie de mensajes instantáneos de alguien llamada Kirby. Podía haber hecho la vista gorda pensando que era una amiga, de no ser porque los mensajes eran muy gráficos.

Audrey se sentó ante el ordenador y se metió en el correo, que él también se había dejado abierto y con la contraseña a la vista. Había más mensajes de un montón de chicas, no solo de Kirby. Su novio tenía una vida sexual de lo más intensa.

Cuando Colin regresó al piso, empapado en sudor, se encontró su portátil hecho pedazos en el suelo y a una Audrey cruzada de brazos con aspecto de no creer ni una sola de sus palabras.

Consciente de que Colin detestaba el hecho de no poder ducharse de inmediato (en su hipocondría, él creía que las bacterias podían aflorar hasta producirle alguna extraña enfermedad, además del mal olor), Audrey le comunicó lo que había encontrado en sus mensajes y lo mandó a tomar viento fresco, en ese orden.

Colin aceptó la bronca sin mayor problema y le preguntó si le importaba que usara la ducha antes de desaparecer de su vida. Ella le tiró la ropa y los zapatos a la cara y lo empujó hasta la puerta mascullando un insulto tras otro.

Una vez Colin se hubo marchado, fue hasta su elegante sofá de color crema y se sentó para poder llorar con calma antes de llamar a Briana.

Su mejor amiga hizo todos los ruiditos tranquilizadores necesarios y vomitó los insultos esperados: qué hijo de puta, cabrón follador de mierda, imbécil presumido.

Audrey sonrió al recordar esa charla. Siempre podía contar con Briana, era como si fueran gemelas. Estaban de acuerdo en todo, algo que no pasaba con sus otras tres amigas, que no perdían ocasión de llevarles la contraria en general.

¿Qué culpa tenían ellas de haber nacido en familias adineradas? ¿O de tener un gusto exquisito a la hora de vestir? ¿O de que físicamente estuvieran por encima de la media? Su trabajo les costaba, no es que pasaran del gimnasio y los tratamientos de belleza, ¿no?

Pero Terry, Chloe y Scarlett siempre se ofendían muchísimo cuando les hacían observaciones de aquel tipo. Ni siquiera podían hacer el menor comentario sobre el peinado de una sin que pusieran morros y las acusaran de frívolas.

Eran amigas desde el instituto, pero lo cierto era que cada vez tenían menos cosas en común con ellas. Por una parte le daba lástima, pero por otra pensaba que era la evolución natural de las personas: uno dejaba de sintonizar con los amigos y la distancia hacía el resto.

Y ahora Terry iba a casarse con Colin. Colin, el canalla sexual, con más de nueve novias que le enviaban mensajes al correo electrónico, se casaba con una de sus mejores amigas. Y no había nada que pudiera hacer para evitarlo, porque cualquier mínima pega que pusiera sería malinterpretada. No le quedaba otra que alzar la copa y brindar por los novios, por mucho que se le revolviera el estómago.

Audrey se sirvió dos dedos de vino blanco y se lo bebió de un trago, diciéndose a sí misma que ya era hora de pasar página. Terry conocía la infidelidad de primera mano y aun así había optado por dar una oportunidad a Colin: si terminaba siendo otra cornuda como ella, era decisión suya y no debía meterse.

Audrey iría a todas las fiestas radiante, a su boda con una sonrisa, y no pensaría más en el tema. Tenía veintisiete años y era demasiado adulta para portarse como una adolescente rencorosa.

Quizá hasta se buscara un ligue para finiquitar el tema de una vez, que desde que había roto con Colin no salía con nadie de forma regular. Era una buena idea, qué mejor manera de sacar el clavo del todo que con otro clavo, ¿no? Tendría que mirar su agenda para ver qué chicos solteros podían estar a su altura, porque Briana seguro que iba a la boda con aquel novio suyo que tenía tantos títulos en el nombre que nunca era capaz de recordarlos todos. No podía presentarse sola, Colin le lanzaría una de sus sonrisas victoriosas y no iba a darle esa satisfacción.

CAPITULO 2:
ERASE UNA VEZ… UN EX, UNA FIESTA Y CINCO AMIGAS

Conversación de WhatsApp entre Audrey y Briana, audios:

AUDREY

Brie, ¿dónde estáis?¡Me estoy quedando helada con este escueto vestido que llevo puesto! Sí, ya sé que estamos en Santa Mónica, pero es tarde, ¿sabes? Hace fresco.

BRIANA

Estamos llegando, que no sé qué le pasa hoy al chófer de Humphrey. Pero sabes de sobra que la gente importante siempre llega una hora tarde a cualquier fiesta.

AUDREY

¿Al final se viene tu novio, Míster Nombre Compuesto? No estarás escuchando esto con el altavoz, ¿verdad?

BRIANA
Esto…

La fiesta de compromiso se celebraba en la casa de Colin. A pesar de que lo habitual era alquilar hoteles, él tenía unos jardines tan maravillosos que la decisión había resultado acertada. Además, su decorador habitual se ocupaba de prepararla para cualquier tipo de evento, y aquel era de los más importantes. Se había esmerado y ambas chicas tuvieron que reconocerlo cuando bajaron de la limusina en la que las había transportado Humpfrey (o, más bien, su chófer).

—Guau —masculló Briana, boquiabierta—. No ha reparado en gastos.

—No esperaba menos —refunfuñó Audrey, recorriendo con la mirada la engalanada entrada de piedra hasta la casa, decorada con guirnaldas de luces. No quería ni imaginar cómo estarían la planta baja y el enorme salón. Seguro que era tan ostentoso como el propio Colin, como toda su casa, en realidad.

La casa que habían localizado cuando aún estaban juntos: una maravillosa mansión que lograron adquirir gracias a las dotes sociales de ella con el vendedor, que estaba más que dispuesto a cedérsela a otros. Y ahora Colin celebraba su fiesta de compromiso en ella, cuánta ironía.

—¿Estás bien? —preguntó Briana, acariciándole un brazo.

—Estaré bien en cuanto localice la barra.

Empezó a caminar hacia la entrada mientras Briana la observaba con cariño. Sabía de primera mano que Audrey se había llevado un gran disgusto en su día, al descubrir que Colin la engañaba. Ella nunca había pensado que congeniaran demasiado, él era demasiado presuntuoso y narcisista, pero aun así el golpe había sido duro para su amiga. Y aunque hacía un par de años de eso, suponía que el hecho de que Audrey tuviera que seguir viéndolo en el trabajo hacía que su rabia no terminara de difuminarse. Tampoco ayudaba que se hubiera puesto a salir con una de sus amigas, claro. Ese detalle preocupaba a ambas porque, aunque Terry insistía en que Colin era fiel, las dos sabían que no era así. Y solo era cuestión de tiempo que Terry lo supiera también, pero hasta entonces debían tragar y aparentar alegría y felicidad.

—¿Siempre tenemos que ir a todas partes con tu amiga? —preguntó Humpfrey, mientras se abrochaba la chaqueta del esmoquin—. Porque, si vamos a ser un trío, podríamos serlo en todos los sentidos, ya me entiendes.

Briana se cruzó de brazos, mirándole con cara de pocos amigos.

—Era una broma —resopló él—. A veces tengo la sensación de que prefieres estar con ella antes que conmigo.

«No es una sensación», se dijo ella, decidida a no prestarle atención.

Esa noche no estaba para dramas románticos por parte de Humpfrey, debía concentrar sus energías en apoyar a Audrey y en fingir que se divertía de cara a las chicas. Porque no iban a poder escaquearse de estar un rato con ellas, eso lo tenía claro.

—No digas tonterías. —Lo cogió del brazo—. Venga, vamos. Ya llegamos tarde.

Atravesaron el camino de piedras exquisitamente colocadas hasta la entrada de la casa y se reunieron con Audrey, que los esperaba con aspecto tenso.

Aunque la incomodidad no evitaba que estuviera deslumbrante. Con aquella abundante melena rubia y esos ojos cristalinos, a Audrey no solían faltarle admiradores. Y, conocedora de ese hecho, se había permitido ponerse un vestido que realzaba todos y cada uno de sus atributos. Briana le reconocía el talento para estar radiante incluso cabreada: ella, cuando estaba fuera de sí, lo último en lo que pensaba era en aparecer arreglada. Se encerraba en su habitación y esperaba a que se le pasara. Porque, además, como bien le recordaba su madre, tenía que controlar los gestos de la cara para evitar la salida de arrugas prematuras. Y un ceño fruncido era como una bomba de relojería. Esos detalles a Audrey le daban igual.

Avanzaron por el enorme salón, que continuaba la línea ornamental del jardín, todo iluminado de manera estratégica para conseguir un efecto hogareño. Se escuchaba música y, cuando buscaron de dónde provenía, encontraron un DJ en una esquina.

—Vaya despliegue de medios —comentó Briana.

—¡Chicas, habéis venido!

Una joven morena se aproximaba con una sonrisa nerviosa. Teresa —Terry para los amigos— llegó hasta ellas y las saludó con tanta efusividad que solo podía resultar fingida. Llevaba un vestido amarillo que resaltaba sus rasgos latinos y el cabello suelto: la viva imagen de una buena chica. Terry era del tipo de mujeres que siempre tenían la cena lista cuando su marido llegaba a casa después del trabajo.

—¿Cómo no íbamos a venir? —saludó Briana, abrazándola de manera sucinta—. No podíamos perdernos tu fiesta.

—Hola, Audrey.

—Hola, Terry. Un vestido amarillo, qué atrevida, teniendo en cuenta que ese color no favorece a casi ningún tono de piel —sonrió—. Me encanta cómo está decorado todo, ¿dónde están las demás? —Y, acto seguido, Audrey se mezcló entre la gente para desaparecer.

Terry miró a Briana, mordiéndose el labio.

—Me odia.

—Claro que no te odia, Terry —respondió Briana, frotándole el brazo—. Pero ya sabes lo que opina de Colin. Eso no va a cambiar, me temo.

—Pues espero que lo supere pronto. Y que no monte ningún lío en la boda.

Briana la siguió por el salón, no muy convencida. No creía que Audrey fuera a montar el espectáculo, no era su estilo, pero estaba segura de que en algún momento explotaría y quizá soltara cosas de las que se arrepentiría después.

Terry había estado a su lado para secarle las lágrimas de la ruptura y, cuando meses después les había confesado que estaba saliendo con Colin, Audrey se había cabreado, y con motivo. No era por él, sino por ella. No quería que hiciera daño a su amiga y no comprendía cómo podía esta aceptarlo conociendo su historial. A saber qué versión habría ofrecido Colin, seguramente que ella era una chiflada celosa e inestable.

La cuestión era que Terry había continuado adelante y su relación de amistad con Audrey se había deteriorado al mismo ritmo, pero disimulaban frente al resto del mundo porque a nadie le importaban sus roces. Quizá se arreglara en el futuro o quizá no, pero ese asunto solo les concernía a ellas.

Y un poco al resto de las chicas, Scarlett y Chloe que, por supuesto, tendían a creer a Terry porque esta era mucho más estable y normal. Briana se reunió con ellas para intercambiar trivialidades durante unos minutos de cortesía, antes de poder desaparecer.

Audrey se aseguró de no estar en el punto de mira de ninguna amiga del grupo y observó a toda la gente que llenaba el salón. Solían gustarle las fiestas, pero en aquella no tenía demasiadas ganas de estar, aunque se esperara de ella que interactuara y comenzara a saludar a todos los conocidos de uno en uno. Además, acababa de ver a Colin charlando con una pareja y no le apetecía pasar por el trago de intercambiar la conversación de rigor con él. Mientras hablaba, se sacó un pañuelo del bolsillo de su traje color burdeos y se frotó las manos con él.

«La hipocondría continúa presente en su vida», pensó Audrey, con cierto regocijo.

Colin era un hombre con una presencia potente, de los que atraían miradas. Tenía un aspecto muy masculino, entre los músculos y las mandíbulas era fácil confundirlo con un modelo, aunque trabajara en el mundo inmobiliario. Sí, Audrey sabía bien lo guapo que era aunque, ahora que se fijaba, ¿tenía menos pelo que cuando estaban juntos?

Para enfrentarse a todo aquello necesitaba beber algo fuerte y, aunque acababa de llegar, no se sintió culpable por escaquearse con discreción hasta la barra. Además, aquel absurdo DJ que habían contratado los novios estaba empezando a dar caña y un montón de gente se deslizaba por el salón tratando de que no se les notaran las copas de más.

Audrey buscó a Briana con la mirada, seguro que su amiga deseaba sentarse con ella a criticar a esa gente ante una copa, pero no la localizó. Estaría con aquel pesado de Humpfrey.

Se aproximó a la barra malhumorada y comenzó a hacer gestos para llamar la atención del camarero, que estaba en la otra punta haciendo algo que no era capaz de adivinar.

—Oye. —Dio unas palmaditas, impaciente, e insistió al darse cuenta de que él la ignoraba de forma deliberada—. ¡Oye, tú! —Forzó la vista hasta leer las letras del chaleco—. Draco, o Braco, o como quiera que te llames, ¡necesito una copa!

El joven contestó algo que no acertó a escuchar, de manera que se desplazó medio metro en su dirección.

—¿Qué dices?

—Que Draco es la empresa de *catering*, no mi nombre.

—Genial —suspiró exasperada—. Mira, en serio, este no es el mejor momento del mundo para que te pongas digno. Que yo sepa eres camarero, y yo una invitada a esta fiesta de compromiso de mierda que necesita una copa. Ya.

Él puso los ojos en blanco y se aproximó sin darse ninguna prisa hasta que estuvo a su altura.

—¿Qué quieres?

—Un margarita. Doble. —Se cruzó de brazos y apoyó la espalda contra la barra, aún enfurruñada, mientras observaba a su exnovio bailando con su amiga y futura mujer—. Mejor triple.

—Marchando.

—¿Por qué a la gente le gustan estos eventos? —siguió ella, sin girarse—. Son ridículos. Un grupo de gente estúpida a la que no ves nunca celebrando que alguien ha decidido pasar por la vicaría, ¡no lo entiendo!

—Yo tampoco —comentó el chico, colocando una copa sobre la barra y echando la mezcla con gestos mecánicos.

—Y lo mejor de todo es que dentro de media hora estarán todos tan borrachos que nadie se acordará de nada. —Audrey se dio la vuelta y agarró la copa—. Prepara otros dos, estoy intentando localizar a mi mejor amiga. Ella tampoco tenía ganas de venir, pero es increíble la presión que puede hacer una futura novia en tu grupo de amistades.

—Muy interesante. Cuéntame más, por favor.

—Qué gracioso.

Audrey se bebió el margarita de un solo trago y poco le faltó para escupirlo. Una vez el líquido hubo arrasado con todo lo que había entre la lengua y el esófago, se giró echando chispas hacia el chico.

—¿Es que pretendes matarme?¡Está demasiado cargado!

—Lo siento —respondió él, con aspecto de no sentirlo en absoluto—. Solo pretendía que estuviera fuerte para que no tuvieras que venir más veces.

Audrey buscó su identificación con cara furiosa, pero el nombre de la chapa era largo y tuvo que estirar un poco el cuello para leerlo, lo que restó cierta dignidad a su enfado.

—Alexei —refunfuñó—. Estás siendo un poco maleducado, ¿no crees? ¿No es tu trabajo servir copas con amabilidad?

—En teoría. —El chico le alargó los dos margaritas, empujándolos en su dirección—. Pero, ¿te cuento un secreto? Dentro de media hora, todos estarán tan borrachos que nadie se acordará de nada. Incluida tú. —Y le guiñó un ojo con sorna.

Audrey cogió las copas y se dio la vuelta, con los ojos echando chispas. Lo que le faltaba, un puto camarero contestón.

Encontró a Briana poco después, con cara de aburrimiento, mientras Humpfrey mantenía una conversación con dos chicos vestidos con traje. Le hizo una seña y la chica se alejó con disimulo hasta llegar a su lado.

—Genial, una copa —dijo, cogiéndola.

—¿A quién está aburriendo hoy Míster Nombre Compuesto? —se burló Audrey.

—Ni idea, he desconectado según ha empezado. ¿Dónde demonios te habías metido? No vuelvas a dejarme sola con Terry, anda. No quiero que me dé una sobredosis de azúcar. —La miró de reojo—. ¿Cómo lo llevas, has saludado ya a Colin?

—Qué va, y lo evitaré si puedo. Que por desgracia nos vemos todos los días en el trabajo, gracias.

—Sé que no quieres estar aquí, yo tampoco, pero hemos venido por Terry. Y deberíamos comportarnos como sus amigas.

—Lo sé. Pero es que es un capullo.

Briana chocó su copa contra la de ella, sonriendo.

—Mira, yo en tu lugar me alegraría —dijo—. Pocas cosas hay más satisfactorias que descubrir que tu exnovio tiene unas respetables entradas, ¿no?

—Sí, supongo.

Las dos se bebieron los margaritas al mismo tiempo y Briana se atragantó, tosiendo tanto que un leve rubor cubrió sus mejillas.

—¡Dios! ¿Esto qué es, un margarita o una bomba de destrucción masiva? ¡Dios santo, me arde la garganta! ¿Te lo han dado en la barra?

—Ajá. —Audrey señaló hacia allí—. Ha sido ese camarero. Muy impertinente, por cierto.

—¿Draco? —leyó Briana, tratando de enfocar aunque desde esa distancia poco veía—. Huy, qué cara de ruso tiene.

Para Briana, un tío con cara de ruso equivalía a un tío con aspecto poco fiable y Audrey tuvo que admitir que estaba de acuerdo con ella.

—Se llama Alexei —comentó.

—A lo mejor es ruso de verdad.

—Seguro, ¿no ves que intenta envenenarnos?

Briana se empezó a reír a carcajadas.

—Guapo, eso sí.

Audrey no había prestado atención mientras pedía, atenta sobre todo a su ex, pero sabía reconocer a un tío atractivo en cuanto lo veía. Aunque este iba un poco camuflado: entre el pelo corto despeinado y que no le pegaba nada ir vestido con camisa y chaleco…

—Un poco seco. Ya sabes, contestón. No es mi tipo.

—Cualquiera que no esté dispuesto a cargar con tus bolsas y no diga a todo «Sí, Audrey» se sale de tu tipo.

—Tengo cierto nivel. No pierdo mi tiempo con simples camareros.

—Hola, chicas —escucharon una voz masculina—. Me alegra mucho veros aquí.

El propio Colin se había materializado ante ellas y aguardaba con su sonrisa de anuncio la respuesta a su cortesía. Briana sonrió de manera educada, Audrey se limitó a juntar los labios y ofrecer una especie de mueca que daba más miedo que otra cosa.

—Colin —murmuró.

—La decoración ha quedado preciosa —dijo Briana, con tanto entusiasmo que parecía estar drogada—. ¿Es un tema concreto o algo?

—Creo que «momentos luminosos». No sé, tendrías que preguntarle a Barry, ya sabes que él se ocupa de estas cosas. ¿Os divertís, chicas?

Audrey sentía unos deseos cada vez más fuertes de abofetearlo. Allí estaba, elegante y guapo con su ridículo traje, seguro de sí mismo y con la satisfacción de haberse salido con la suya. El muy cabrón…tanto en el trabajo como en el aspecto tenía mucho que agradecerle, y lo había hecho siendo infiel. No una, sino varias veces, y después se las había apañado para dejarla por inestable y seducir a una de sus amigas más inocentes.

—Claro que nos divertimos —intervino Briana, moviendo el cuerpo al ritmo de la música para dejar claro que la diversión era máxima.

—Briana, ¿me acercarías una copa de champán? —preguntó Colin, con un guiño.

—Sí. Sí, claro— asintió ella, tras lanzar una mirada de reojo a su amiga—. Vuelvo en un segundo.

Se alejó hasta la barra, no muy segura de si hacía bien dejándolos solos, aunque tampoco había tenido opción.

Audrey se cruzó de brazos y utilizó todo su autocontrol para no pegar a Colin con su bolso y borrarle así aquella estúpida sonrisa de superioridad.

—No creas que no me alegro de que hayas venido —comentó él—. La vida sigue y todo eso, tenemos muchos amigos en común y esto es lo más maduro.

—Oh, vamos a hablar de madurez… Adelante, adelante.

—Audrey, no hay rencor por mi parte. Quiero que nos llevemos bien, sobre todo ahora que casi vamos a ser familia —dijo él, sin perder la sonrisa—. Sabes que estaría encantado si quisieras volver a formar equipo conmigo en el trabajo, éramos los mejores, ¿recuerdas?

Por supuesto que se acordaba. Ella era buena; él, no tanto, pero se beneficiaba de los logros conseguidos.

No se podía creer que le estuviera ofreciendo olvidar todo y que volvieran a comportarse como si nada. Y tampoco el repaso que le estaba dando, ya puestos. Increíble.

—No, gracias. Me va de maravilla sola —respondió.

—Si no te lo tomaras todo tan en serio… —resopló él—. El trabajo, las relaciones… La vida podría ser muy divertida, si sabes montártelo. Y a ti te va la marcha, lo recuerdo perfectamente.

—¿En serio estamos teniendo esta conversación en tu fiesta de compromiso?

—No empieces con tus paranoias, Audrey, no sé a qué te refieres. —Colin meneó la cabeza y le guiñó un ojo—. ¡Aquí está mi champán! Gracias, Briana. Aunque es un placer charlar con vosotras, creo que debo ir a prestar un poco de atención a mi futura esposa, ¿no os parece?

Colin no esperó respuesta y se alejó tras alzar la copa para darle un trago. Las dos se miraron.

—¿Qué quería?

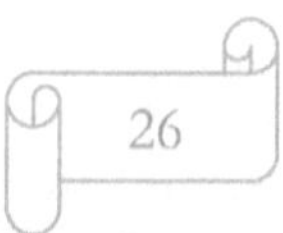

—Nada.

Briana miró cómo Colin se detenía junto a un chico para hablar con él, palmeándole la espalda con entusiasmo.

—¿Y ese quién es? —preguntó, mirando su espalda ancha—. No me suena.

—Ni idea. Del trabajo no es, eso fijo.

Mientras mantenían una conversación, el chico se movió de forma que ambas pudieron verle mejor. Era más alto que Colin, con el pelo castaño claro cortado como al descuido y una barba de dos días que le daba un aspecto pícaro.

—Menudo cañón —susurró Briana.

—Como te oiga Humpfrey… Pero, sí.

Entonces el chico desvió la mirada hacia ellas y su rostro se iluminó con una sonrisa. Le dijo algo a Colin, quien se giró para mirarlas. Volvieron a hablar entre ellos y entonces comenzaron a acercarse.

—Yo me piro, paso de otra conversación con mi ex —dijo Audrey—. Luego me cotilleas quién es.

Se marchó justo cuando ellos llegaban a la altura de Briana, que se forzó a sonreír mientras la veía alejarse. Ya le echaría la bronca después por dejarla sola con aquellos dos… Aunque, bueno, tampoco le iba a hacer ascos a aquel monumento que iba con Colin.

—Bueno, qué sorpresa —dijo el chico—. No esperaba veros aquí después de… En fin, después de cómo acabaron Colin y tu amiga.

—Ya ves, sorpresa —contestó Briana, mientras se estrujaba el cerebro intentando recordar quién era.

—Terry quiso invitar a todas sus amigas —explicó Colin, mirando entre la gente a ver si localizaba adónde había ido Audrey.

—Estás genial —continuó el chico, metiéndose las manos en los bolsillos—. Como siempre, la verdad.

Ella se quedó callada, impactada por sus ojos grises y aquella voz tan sensual que, aunque conocida, no conseguía localizar. El chico le cogió una mano para besarle el dorso, lo cual le arrancó una risita nerviosa.

—Qué adulador —fue todo lo que consiguió decir.

—Vaya, Dylan, no te había reconocido —dijo Humpfrey, apareciendo al lado de Briana.

Ella miró al chico de nuevo, recorriéndolo con la vista sin disimulo. ¿Dylan? ¿Aquel era Dylan, el mejor amigo de Colin?

—Hace un par de años que no nos vemos —comentó el chico.

—Y ya no parece que te hayas comido a ti mismo.

Humpfrey se rio de su propio chiste, mientras Briana seguía mirando a la persona que tenía delante, tan diferente al que había conocido cuando Colin y Audrey salían. Claro, ahora que lo miraba bien, sí que era él. Recordaba aquellos ojos risueños, pero entonces Dylan llevaba el pelo más largo, siempre vestía informal y sí, tenía como veinte kilos más. Que ahora parecían haberse transformado en músculos, por lo que se podía adivinar debajo de su camisa y su chaqueta.

—Humpfrey, no seas borde —dijo Colin.

—No pasa nada—contestó Dylan, sin alterar su sonrisa—. Es lo que tiene ir al gimnasio, quizá debieras probarlo.

—¿Yo? —Se rio de nuevo, como si fuera la broma del siglo—. Tengo cosas más importantes que hacer. Además, es suficiente con tener un dietista personal, ¿no lo sabías? —Movió la cabeza en un saludo hacia alguien situado detrás de ellos—. Luego nos vemos, cariño.

Pero lo mismo podría haber estado despidiéndose de Briana que del florero que había al lado, porque ni la miró mientras hablaba.

—Voy a por bebidas —informó Colin—. ¿Os traigo algo?

—Bueno…

—De hecho, esperaba que bailaras conmigo —intervino Dylan, ofreciendo su brazo a Briana—. Tengo que ir ensayando para la boda, soy el padrino.

—Ah, pues… —Buscó a su novio con la mirada, pero no lo veía por ninguna parte—. Vale, sí.

Lo cogió del brazo y se dejó llevar hasta el centro del salón, donde había varias parejas bailando al ritmo de la música lenta.

Dylan colocó una mano en su cintura y le cogió la otra para comenzar a moverse de forma suave.

—Vaya, no sabía que supieras bailar tan bien —comentó ella.

—Eso te pasa por no haber querido bailar nunca conmigo.

La hizo girar y ella enrojeció, más por el comentario que por el movimiento. Porque tenía razón, habían hablado unas cuantas veces, habían coincidido en alguna que otra fiesta y nunca se había animado a compartir un baile con él. Siempre había habido algún chico más interesante.

—Tranquila, que no lo digo a malas —siguió él, colocándola de nuevo en posición—. Tampoco habría resultado bien, seguro que te habría pegado más de un pisotón. Ahora sé cuatro pasos porque Colin me ha obligado a ir a unas clases para su boda.

—¿En serio?

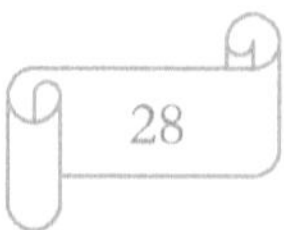

—Sí, no me extrañaría que os llegaran unos vales de clases de baile, no quieren que nadie lo haga mal. Y, como padrino, no me queda otra que tragar con todas estas tonterías.

—Me lo puedo imaginar. Parece que tienen intención de que sea la boda del siglo.

—No lo parece. Ya te digo yo que sí, es lo que quieren. —Le guiñó un ojo—. ¿Y tú?

—¿Yo?

—¿Tendrás la boda del siglo?

Briana se quedó callada unos segundos, pensando a qué se refería, hasta que vio a Humpfrey en el otro extremo del salón.

—Ah, ¿te refieres a él?

—Humpfrey Alistair III. ¿O es IV? Me pierdo siempre que me lo dicen.

Ella se rio sin poder evitarlo, pero es que era cierto. El nombre era pomposo de por sí, pero encima a su novio le encantaba regodearse en él y hasta ponía un extraño acento al decirlo, como si quisiera imitar el británico pero quedándose en un intento que hacía que pareciera que tenía un problema en la lengua.

—Nos estamos conociendo —contestó—. Nada serio todavía.

Se encogió de hombros para quitar importancia al asunto y enfatizar sus palabras, aunque estaba segura de que si su madre la oyera sufriría un síncope. Sobre todo, porque llevaban un año juntos. Ni siquiera sabía por qué había mentido a Dylan minimizando su relación. Mejor que no siguiera preguntando, no fuera a liarse más.

—¿Y tú qué tal? —preguntó, cambiando de conversación—. ¿Dónde te has metido todo este tiempo?

—Trabajando. No sé si te acuerdas de que estaba estudiando arquitectura.

—Sí, sí, claro.

Lo dijo con tono seguro, pero en realidad era un recuerdo lejano porque la verdad era que no le había escuchado mucho cuando hablaba de esos temas. Lo recordaba haciéndola reír y sabía que había pasado buenos ratos con él, pero nunca se había molestado en ir un poco más allá.

—Genial. Pues el último año estuve en unas prácticas y en la empresa me ofrecieron continuar con un proyecto en Nueva York. Así que he estado allí dos años.

—¿En Manhattan? ¡Qué envidia!

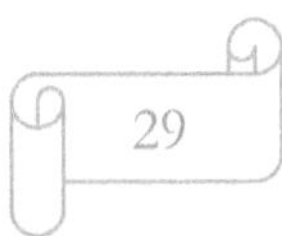

—No, Nueva York el estado. Nada glamuroso, un par de urbanizaciones. Pero después me trasladaron a Miami, a hacer un par de mansiones del tipo de esta.

—¿Construyes casas de lujo?

—Para eso he vuelto, sí. Mi empresa acaba de cerrar un acuerdo con la inmobiliaria donde trabaja Colin, así que espero tener trabajo para una buena temporada.

Normalmente, Briana desconectaba de cualquier charla en la que surgiera la palabra «trabajo», pero la forma en que él hablaba, con un entusiasmo que dejaba ver que disfrutaba con ello, había logrado captar su atención. Y aquel último dato era muy interesante, seguro que a Audrey le gustaría saberlo. Conociendo a Colin, estaría buscando la forma de quedarse con todas aquellas nuevas casas que su mejor amigo iba a construir.

—¿Y tú? ¿Estás haciendo algo interesante? —preguntó él.

Briana abrió la boca para contestar, pero se dio cuenta de que probablemente su concepto de «interesante» no era el mismo. Él había hablado de trabajo, mientras que ella solo podía contarle cosas sobre fiestas, tratamientos de belleza y compras. La única novedad era el tema de la cafetería… pero como tampoco tenía claro cómo iba a ser, lo dejó a un lado.

—Lo de siempre —contestó, al final.

La canción terminó en aquel momento y Humpfrey se acercó a ellos de nuevo.

—Briana, nos vamos —dijo.

—¿Qué? —Miró a Dylan y luego a él—. Pero si no llevamos nada de tiempo.

—Mañana me tengo que ir de viaje, ¿recuerdas? Tengo que levantarme temprano.

Algo le había dicho, sí, pero Briana había estado muy ocupada pensando en la fiesta y en Audrey como para prestar atención.

—¿Y Audrey? —preguntó, mirando a su alrededor.

—Estaba en la barra hace un rato. Puede pedir un taxi, ¿nos vamos?

—Si quieres quedarte más yo puedo llevarte después —intervino Dylan.

Humpfrey la cogió por la cintura y la atrajo hacia sí, en un gesto posesivo.

—No hace falta —contestó.

—Humpfrey… —protestó ella.

—No hay más que hablar: has venido conmigo, te vas conmigo.

—Eso es una tontería. Y repito, falta Audrey. No pienso dejarla aquí tirada.

—¿En serio quieres discutir delante de todo el mundo?

Briana miró a su alrededor. Con «todo el mundo» Humpfrey se refería a Dylan y a una pareja que estaba cerca porque, por lo que pudo comprobar, no había nadie más prestándoles atención. Pero, por si acaso, decidió que lo mejor era salir fuera a continuar aquella conversación. No quería ser el centro de las conversaciones del día siguiente por otra cosa que no fuera su estupendo vestido y los Manolos exclusivos que llevaba.

—Gracias por el baile —dijo—. Nos vemos por ahí y bailamos otra vez o tomamos algo, con tanto evento...

—Seguro que sí.

Lo dijo con la sonrisa que llevaba manteniendo un buen rato, aunque en aquel momento se le había congelado mientras los veía alejarse. Aquella frase la había oído de Briana muchas veces y sabía que solo era algo educado, porque cuando habían coincidido nunca habían pasado de unas conversaciones triviales, a pesar de sus esfuerzos por intentar ir más allá. Ya le había quedado claro años atrás que no tenía nada que hacer, pero eso no quitaba que la atracción oculta que había sentido por ella siguiera allí, latente.

Se pasó la mano por el pelo con un suspiro. Años atrás parecía que no había estado a su altura por su físico, por el tamaño de su cartera... Y sí, aquello era superficial y no decía mucho de Briana, pero tenía algo que le atraía, como si todo aquello que mostraba fuera solo una capa y hubiera muchas después. Le encantaría poder descubrirlas, pero parecía que lo suyo con Humpfrey no era solo un par de citas, o el tipo no se habría puesto en ese plan posesivo. Tendría que investigar a ver.

Mientras tanto, en la calle, Humpfrey y Briana estaban esperando que llegara la limusina.

—No sé por qué te pones así de tonto —dijo ella, con un mohín—. Déjame enviarle un mensaje a Audrey, seguro que lo ve y sale en un segundo.

—De verdad, Briana, tendrías que pasar menos tiempo con ella. No es una buena influencia.

—¿Cómo? —Parpadeó sorprendida—. ¿De qué estás hablando?

La limusina se detuvo junto a ellos y el chófer se bajó para abrirles la puerta trasera. Humpfrey la empujó ligeramente con una mano, pero Briana se apartó y retrocedió un paso.

—No, me quedo —dijo, con resolución.

Él puso los ojos en blanco.

—Por favor, numeritos infantiles ahora no. Si no subes, me marcho y te buscas la vida. ¿De verdad quieres pedir un Uber o un taxi?

En la vida se había montado en uno y no pensaba hacerlo, si tenía alguna emergencia llamaba siempre al chófer de sus padres. Que a esas horas probablemente estaría durmiendo, pero le daba igual. Se cruzó de brazos con gesto obstinado.

—Me quedo —repitió.

—Como quieras. No vuelvo hasta el lunes, ya te llamaré entonces.

—Pues estaré ocupada, así que…

—No creo que tengas nada tan importante como para no cogerme el teléfono.

—Para tu información, estaré trabajando.

Humpfrey ya estaba entrando al coche pero, al oírla, salió de nuevo y la miró sin poder creer lo que había escuchado.

—¿Qué?

—Ha sido idea de mi padre.

—Ah, bien. Qué susto, pensaba que hablabas de algo serio. —Volvió a meterse en el coche—. Pásame la dirección de las oficinas y me paso a saludarte, tenemos cosas de las que hablar.

El chófer cerró la puerta y se fue a su asiento, mientras Briana seguía en la misma postura desafiante. Ya vería si le mandaba algún mensaje, ¿de qué iba? Siempre había sido un poco mandón, pero aquel día parecía que había tomado pastillas de cavernícola.

Se quedó en la misma postura hasta que el coche desapareció por la carretera… y entonces se dio cuenta de que no tenía cómo volver. Ni ella, ni Audrey. Sacó su móvil para llamarla pero, cuando tocó la pantalla, esta no se encendió.

—Genial —murmuró—. Sin batería. Esto me pasa por no cambiar de Iphone cada tres meses. No duran nada.

—¿Hablando sola?

Briana se sobresaltó al escuchar la voz y se giró, encontrándose con Dylan, que la miraba con curiosidad.

—Me he quedado sin batería —dijo.

—¿Y Humpfrey?

—Se ha ido sin mí. Y quería avisar a Audrey, porque tampoco tiene cómo volver.

—Si quieres os puedo llevar yo.

—¿No te importa?

—Claro que no. Vamos dentro, la buscaremos entre los dos.

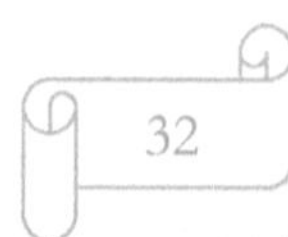

Le abrió la puerta de acceso y entró tras ella. Rodearon el salón hasta la barra, pero allí solo estaban el camarero ruso y su amiga Chloe, que les dijo que Audrey acababa de ir a buscarla. Se fueron por el otro lado del salón, pero no consiguieron encontrarla.

—Quizá se haya ido con alguien —aventuró Dylan—. Como no tienes móvil, no sabes si te ha avisado.

Briana hizo un último recorrido con la vista por el salón, pero no la veía por ningún lado.

—Seguro que tienes razón —contestó.

—Vamos, no vaya a dar la medianoche y pierdas tu Manolo de cristal.

Briana emitió una risita y le siguió hasta la zona de aparcamiento, donde Dylan la guio hasta un Mustang naranja con una raya negra que cruzaba su parte superior de principio a fin. No era un Porsche, pero era más de lo que había esperado.

—*Madame.* —Le abrió la puerta—. Su carruaje está listo. Y ya ves, hasta parece una calabaza.

—Espero que no se transforme a mitad de camino —bromeó, siguiéndole el juego. Se puso el cinturón y pasó la mano por la superficie del asiento—. Vaya, asientos de cuero y todo.

—Sí, el vendedor me dejó bien claro que eran indispensables. Para qué, no lo tengo claro.

La dejó sentada y dio la vuelta para ir a colocarse al volante. Arrancó con aquella sonrisa simpática y la miró.

—¿Dónde vives?

—En casa de mis padres.

Le dio la dirección y Dylan se puso en marcha, pensando en todo lo que había cambiado su vida en aquellos dos años mientras que Briana seguía exactamente igual. Y no tenía muy claro si eso era bueno o malo.

CAPITULO 3:
ERASE UNA VEZ… EL RUSO, EL ARQUITECTO Y EL NOVIO DE NOMBRE COMPUESTO

Conversación de WhatsApp entre Audrey y Briana, audios:

AUDREY
Colin es imbécil.

BRIANA
Y que lo digas. ¿A quién se le ocurre llevar un traje rojo?

Audrey depositó el bolso sobre la barra, buscando el espejito de mano para cerciorarse de que su maquillaje no hubiera sufrido con la increíble cara dura de su exnovio de incipiente calvicie. Para su sorpresa, el *eyeliner* resistía en su lugar, así que solo se preocupó de retocarse el brillo de labios y de comprobar que el pelo seguía perfecto.

Era ridículo, Colin no estaba a su altura. Ni siquiera se lo pasaban demasiado bien cuando estaban juntos.

Pero esa manera de tratarla, eso era lo que de verdad la hacía sentir molesta. Bueno, los cuernos también contaban, claro. El hecho de que la hubiera engañado y tuviera las manos atadas a la hora de despotricar a gusto sobre el tema, a riesgo de quedar como una resentida. Terry creería que aún sentía interés por aquel bobo cuya idea de culturizarse consistía en observarse en los espejos del gimnasio. Y, por si fuera poco, él parecía dispuesto a ponerle los cuernos a su futura esposa con ella. Menudo chiste de humor negro.

Alzó la mirada y se encontró con que Alexei aguardaba frente a ella, con la misma expresión de estar harto que había lucido la vez anterior.

—¿Qué te sirvo?

—Algo fuerte —pidió, apoyando los codos sobre la barra—. Lo bastante fuerte para hacerme un lavado de cerebro. ¿Puedes?

—Pues claro que puedo.

No había nadie más pidiendo en aquel momento, algo increíble, pero cierto. Alexei mezcló un par de cosas y le acercó la copa.

—¿Quieres beber conmigo? —preguntó Audrey—. Aunque no lo hagas normalmente.

Él se encogió de hombros y llenó un vaso de chupito con un líquido transparente. Audrey chocó su copa contra el minúsculo vasito, negando con la cabeza.

—Por gente feliz a la que odio —murmuró ella—. Con una mención especial al cabrón de mi exnovio, que no solo me puso los cuernos hace mucho, sino que encima se permite el lujo de tratarme como si fuera una pelusa en su chaqueta. Ya sabes, algo que hay que arrancar y tirar al suelo.

—¿Quién es? —preguntó Alexei, mirando entre los invitados.

—Ese, el del traje burdeos. —Audrey resopló.

—¿El que tiene una frente que parece un helipuerto? —se burló el camarero.

La rubia soltó una risita y se bebió la copa de un trago.

—*Na zdarovie*—murmuró él, imitándola.

Ella tragó con una mueca, pensando que aquel tipo era un maestro emborrachando a la gente con poca cantidad. Y tenía unos ojos verdes muy bonitos, aunque necesitaba un buen corte de pelo.

Alexei observó a la rubia con cara de deprimida que tenía delante. Como camarero, estaba más que acostumbrado a que las chicas ligaran con él y, como trabajador en una empresa de *catering*, también a las pijas insoportables que lo miraban por encima del hombro.

Pero no a las pijas tristes que lo invitaban a beber con ellas. En sus años de experiencia había visto casi de todo y siempre le sorprendía la cantidad de chicas guapas que perdían el tiempo suspirando por capullos. Capullos del tipo de los que se ponían trajes rancios color burdeos para una fiesta de compromiso formal.

Acercó el taburete que tenía en la esquina y se sentó frente a ella.

—A ver —dijo, mientras colocaba entre ambos un plato lleno de las aceitunas destinadas a los Martinis—. ¿Una mala noche? Cuéntame.

Lo cierto era que la rubia era muy mona y, una vez abandonaba el tono pijo, no parecía del todo antipática. Además, le gustaban los retos.

Audrey se arrimó también y cogió una aceituna.

—Esta es la fiesta de compromiso de mi ex...

—El del traje hortera. —Alexei acabó la frase por ella.

—Exacto. Estuvimos juntos tres años, ¿sabes? Yo hice de él todo lo que es. Si lo hubieras visto antes no serías capaz de reconocerlo, no sabía ni elegir una corbata... Andaba por ahí con botas, camisas de cuadros y suéteres de abuelo.

Alexei afirmó.

—Que, como todos sabemos, es lo más bajo que se puede caer.

—Yo le enseñé a tener esa presencia. Y a practicar el don de gentes, que en una inmobiliaria es importante. Necesitas saber conectar con cada cliente para poder satisfacer sus deseos.

—¿Eres agente inmobiliaria?

—De casas de lujo, sí.

—No se me hubiera ocurrido ni con toda la imaginación del mundo, no —comentó, observando su carísimo vestido a juego con el bolso de diseño, por no mencionar las discretas joyas que tenían pinta de costar más que su coche.

Audrey creyó percibir un leve matiz de burla y se enderezó.

—Trabajo mucho para pagar mis gastos.

—¿No te ayuda tu papá?

—Ja. Ahora me estás juzgando por mi aspecto —murmuró ella y, al ver su expresión de sorpresa, refunfuñó—. No todas las personas adineradas responden al mismo patrón siempre. Con solo un vistazo crees que soy una niña de papá que no ha movido un dedo en su vida, ¿no?

—Bueno, tú con una sola mirada has deducido que soy un camarero más pobre que las ratas al que podías tratar como a una mierda, ¿no?

Audrey abrió la boca para protestar, pero entonces recordó cómo se había dirigido a él en su primera visita a la barra y se calló, notando que se ruborizaba.

—Perdona, es la costumbre —dijo.

—Vaya, lo estás arreglando, sí.

—Yo...

—No pasa nada, chica rica. —Alexei parecía divertido mientras rellenaba su copa—. Estoy acostumbrado. Llevo dos años trabajando como camarero en Draco y se mueven en este ambiente de pasta.

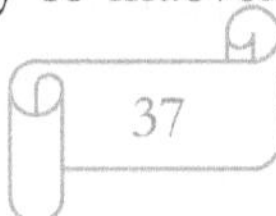

Siempre es lo mismo. —La miró—. *Izvini*! Me estabas hablando de tu ex. Sigue, por favor. Yo continuaré en mi papel de camarero psicólogo.

Ella lo miró, sorprendida.

—¿Acaso haces esto muy a menudo?

—¿Te refieres a que gente pasada de copas me cuente sus movidas?

Alexei hizo un gesto, apartándose de la zona y dejándola con la palabra en la boca. Audrey se indignó, pero entonces se dio cuenta de que un grupo pequeño estaba en el otro extremo y tan solo había ido a atenderlos. Miró bien y se dio cuenta de que una de las chicas era Chloe, que al verla allí sentada la saludó con la mano.

Se concentró en su bebida, suplicando que no se acercara, pero cuando volvió a alzar la vista la vio de camino hacia ella con una copa de champán en la mano.

—¡Audrey! —exclamó, con una sonrisa.

—Hola, Chloe. ¿Qué te has hecho en el pelo?

Vale, a lo mejor no debería hacer comentarios de ese tipo, pero es que con aquel corte su amiga parecía un perro Crestado Chino. No es que su cabello fuera la envidia de media ciudad, pero al menos cuando lo llevaba largo tenía encanto… Ahora lucía ese práctico peinado corto destinado a todas las mujeres mayores de cincuenta.

—¿No te gusta? —Chloe perdió la sonrisa al instante—. Decidí probar una peluquería distinta a la habitual. Me pareció muy juvenil, pero no sé.

«No lo digas, no lo digas, no lo digas…».

—Pareces un Crestado Chino.

—¿Qué es eso?

—Pero oye, me encanta tu maquillaje. Es fabuloso, disimula mucho tu nariz.

Audrey se bebió el margarita de un trago mientras Chloe la miraba con los labios apretados. Sabía que estaba siendo desagradable y maleducada, pero no podía evitarlo. Era como si todas se hubieran puesto en su contra desde que Terry había comenzado a salir con Colin. No entendía cómo su ex podía pasar de ser un mamón a tener el visto bueno de las chicas.

—Encantada de saludarte, Audrey. Ya nos veremos.

La chica se marchó, dejándola sola. Audrey se giró otra vez hacia la barra, para descubrir que Alexei había regresado a su sitio y la observaba con los ojos entrecerrados.

—Vaya, eso ha sido… —Sacudió la cabeza—. No tienes muchos amigos, ¿verdad?

Al escuchar aquellas palabras, la rubia le devolvió la mirada, enfadada.

—Menudo camarero psicólogo estás hecho —espetó.

—No menosprecies mi trabajo, tengo mucho mérito. Me paso las noches aguantando a gente insoportable como tú cuyo mayor problema es qué zapato o coche comprarse.

—¿Perdona?

—¿Qué? Es la verdad. Vienes aquí con cara de pena y te sientas a beber como si acabaran de comunicarte que tienes cáncer, y resulta que estás deprimida porque tu ex, que te engañó, se casa con otra. ¿Cuál es el problema? Si lo mejor que te pudo pasar fue descubrirlo a tiempo. Piensa en esa otra pobre chica, la cantidad de enfermedades de transmisión sexual a las que se expone de forma habitual.

Audrey parpadeó, confundida.

—¿Qué? —balbuceó.

—Que deberías estar de celebración, no de funeral. Eres guapa, rica y yo tengo mucho trabajo como para perder mi tiempo haciéndote de psicólogo gratis.

Alexei colocó una nueva copa sobre la encimera y le dedicó un gesto con la cabeza.

—*Dobry vecher*, chica rica. Y cada vez que te cruces con ese capullo, recuerda que se está quedando sin pelo.

Le guiñó un ojo antes de regresar a la barra, donde volvía a tener gente. Audrey estuvo tentada de gritarle que no le hablara en ruso porque no entendía nada, pero se debatía entre enfadarse por aquella extraña conversación o hacer caso de ella.

Cogió la copa con tanta fuerza que poco le faltó para lanzarla por los aires. Sin embargo, logró sujetarla antes de que eso ocurriera.

Briana, debía encontrar a Briana. Ella la calmaría, seguro. Un rato de charla haría que se le pasaran las ganas de buscar al responsable del catering para pedirle que despidiera a aquel camarero que decía lo que le daba la gana sin respetar las normas de etiqueta.

Iría en busca de su amiga para ver si encontraba la manera de salvar la noche, porque entre unos y otros… No podía ni mirar a Colin: después de su mini charla, cada vez estaba más furiosa con él.

Salió por un lado y rodeó el salón, pero no veía a Briana por ese lado. Al final acabó dando una vuelta completa, pero ni rastro de ella ni de su querido novio de múltiples nombres. Solo volvió a encontrarse con Chloe, que dejaba la barra para ir a bailar.

—¿Otra vez aquí? —preguntó su amiga—. Chica, sí que estás hoy sedienta.

—Estoy buscando a Briana, ¿la has visto?

—Sí, te estaba buscando, se ha ido por allí. Con un cañón, por cierto. ¿Ha dejado a Humpfrey?

—No, qué va. Voy a ver si la pillo.

Se dio la vuelta y atravesó de nuevo el salón lo más rápido que le permitían sus tacones, que no era mucho. Estiró el cuello varias veces intentando mirar por encima de la gente, pero no la veía por ninguna parte. Le daba la sensación de estar andando de un lado a otro como un pollo sin cabeza. O con, pero con dolor de cuello de tanto estirarlo en todas las direcciones.

Con tanta vuelta, el tiempo había pasado sin que se diera cuenta. La gente comenzaba a marcharse. Miró hacia la barra y, efectivamente, ya no había cerca ningún camarero sirviendo ni nadie tomando nada. Todo ello era señal de que la fiesta estaba cerca de su fin y, como todo el mundo sabía, lo más elegante era irse de los primeros. Así que se apresuró a ir a la puerta principal, no fuera a quedarse la última y terminar de arruinar la noche. Seguro que Briana había tenido el mismo pensamiento y estaba fuera con Humpfrey, esperándola.

Salió con tanto ímpetu que estuvo a punto de caerse al chocar con alguien. Por suerte, fuera quien fuese la sujetó antes de que se estrellara contra el suelo y arruinara así el vestido, además de su dignidad.

Sintió que la volvían a poner derecha como si de un maniquí se tratara, y entonces se dio cuenta de que era Alexei. Estupendo, no había más personas en el mundo, tenía que casi estamparse delante de su impertinente camarero ruso.

—Mis copas hacen efecto, ¿*net*?

Otra vez parecía reírse de ella y eso la sulfuró.

—No es eso, es que quería irme y no encontraba a mi amiga Briana dentro, así que he salido corriendo por si estaba aquí y se iba sin mí.

Alexei estaba apoyado contra la pared, fumando y con la ropa de trabajo puesta todavía.

—¿Y está a la vista? —preguntó.

—Buena pregunta. —Audrey dejó de mirarle para recorrer la entrada con la mirada—. No veo la limusina de «Humprey Tercero Cuarto Junior».

—No me digas que se llama así de verdad.

—Algo similar —suspiró ella, desinflada—. ¿Por qué se habrá ido sin avisarme? Tendré que llamar a un taxi y los sábados a estas horas cuesta horrores encontrar uno libre.

Se quedó en silencio, dándose cuenta de cómo había sonado. ¿Por qué esa noche terminaba hablando con aquel ruso, hiciera lo que hiciera? ¡Con lo antipático que era!

—¿Quieres que te lleve? —preguntó él, una respuesta lógica después de su lamento en voz alta.

Se giró para lanzarle una mirada de «¿Te crees que soy tonta?».

—¿En coche?

—Es el formato más conocido, sí. —Alexei apagó el cigarrillo antes de arrojarlo a la papelera que había al lado. Se dio cuenta de su cara y sonrió—. Naturalmente sabes que te expones a coger el tifus, no es un coche de lujo.

—Tío, me estás dando mucha caña, ¿sabes? —protestó Audrey, y cuando él se encogió de hombros puso una sonrisa incrédula—. Dios, ¿quieres explicarme por qué te contratan una y otra vez? Porque si tratas así a todos los clientes…

—Lo habitual es que pasadas un par de horas no se acuerden de nada. Tú toleras bien el alcohol, por lo que veo. ¿Quieres que te lleve o no? No creas que voy a pedírtelo de rodillas, no es a mí a quien han dejado plantado.

Ella murmuró algo entre dientes, sopesando sus opciones. Briana no estaba o, al menos, no a la vista, y tampoco su novio. Las chicas iban a quedarse a dormir con Terry como si de una fiesta de pijamas se tratara y, aunque pareciera una locura, Audrey prefería montarse en el coche de un desconocido que pedirle a una sola de ellas que le hiciera el favor de llevarla a casa, y menos después de lo que le había soltado a Chloe. Podía llamar a sus padres, pero se le antojaba ridículo. Era adulta, debía buscarse la vida, ¿no?

Al parecer, «buscarse la vida» implicaba dejar que un desconocido la llevara hasta su casa. Dios santo. Él decía que toleraba bien el alcohol, pero Audrey estaba convencida de que de haber estado sobria del todo no se habría atrevido siquiera a plantearse aquella opción.

—Mira, tengo que recoger la barra y cambiarme —intervino Alexei, pasando junto a ella para regresar dentro—. Si cuando salga estás aquí y necesitas que te acerque, perfecto… Si no, *do svidaniya* y ha sido un placer.

—¿Por qué te empeñas en hablarme en ruso si sabes que no entiendo ni una palabra de lo que dices?

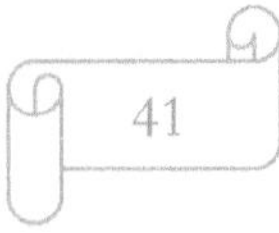

Alexei se metió dentro sin hacerle ni caso, lo que hizo que se cruzara de brazos, sulfurada. Y aquella era su mejor opción, ¡genial! ¡Era ruso! Seguro que el trabajo de camarero era una tapadera o algo así y en realidad se dedicaba a traficar con armas. O con drogas. O con las dos a la vez. O...

Demasiadas películas, eso era lo que pasaba. Si lo pensaba con calma, en realidad era una estupidez. Tampoco se había esforzado nada en convencerla, más bien había respondido a su lamento un poco desganado, lo que no terminaba de entender. Debería sentirse afortunado de que se dignara a subirse a su coche, si es que accedía.

Aunque, si lo pensaba bien, Alexei no parecía tenerle respeto alguno, a juzgar por las respuestas que había recibido durante la noche.

Sacó el móvil y empezó a escribir un mensaje a Briana.

> Brie, me has dejado colgada aquí sin manera de volver a casa. Entre que es sábado y es la fiesta, no hay taxis. Ya te vale.

Esperó a que se enviara y continuó.

> Voy a tener que dejar que me lleve un plebeyo extranjero con uniforme. Espero que si mañana no tienes noticias mías llames a la policía, porque significará que estaré secuestrada en algún hangar abandonado.

Soltó una risita y tecleó de nuevo.

> Es broma, tranquila. Bueno, lo del plebeyo extranjero con uniforme no. Y lo del secuestro tampoco. Luego me cuentas quién era ese maromo que estaba con Colin. Me ha dicho Chloe que estabas con un cañón, ¿era el mismo? Besitos.

Iba a añadir un par de corazones cuando la puerta se abrió y vio salir al ruso. Vestía exactamente como cabría esperar de alguien como él: cazadora de cuero, vaqueros desarreglados... aunque le pegaba. No se lo imaginaba metido en un traje, la verdad, desentonaría mucho.

—Sigues aquí —comentó él, sorprendido.

—Créeme, he buscado con desesperación alguna persona conocida que pudiera hacerme el favor, sin éxito. —Suspiró—. Eres mi única opción.

—Qué afortunado —dijo él con ironía.

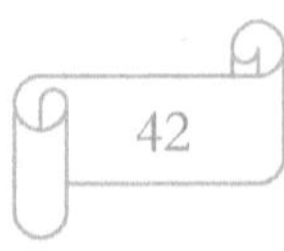

—Por favor, dime que tienes el coche cerca. No me siento capaz de caminar kilómetros con estos tacones.

—Tengo el coche cerca —asintió Alexei, echando a andar.

Audrey lo siguió, no muy convencida. Y no le faltaba razón, por lo que después de diez minutos caminando se cruzó de brazos.

—¡Has dicho que estaba cerca!

—No te quejes, está ahí. —El chico pulsó el mando, haciendo que un coche se iluminara.

Ella pareció aliviada al ver que se trataba de un vehículo normal y en buen estado. No era de la gama a la que estaba acostumbrada, pero tampoco era el carromato que su enorme imaginación había dibujado. La tranquilidad debió de reflejarse en su rostro, porque Alexei la observó de reojo.

—No cantes victoria tan pronto —se burló—. ¿Quién te dice que en el maletero no llevo la cinta aislante y las cuerdas? —Y al ver la cara que ponía le entró la risa—. Venga, calma, no soy un psicópata. O al menos, no de manera habitual.

—Oh. Eso me tranquiliza, sí.

La joven subió al asiento del copiloto y miró a su alrededor por si encontraba indicios de alguna ilegalidad, pero todo parecía muy normal. El chico era desordenado, pero no un delincuente. Esperaba que tampoco fuera un kamikaze al volante, ya tenía bastantes motivos de preocupación.

El viaje fue breve y sin incidentes. Alexei no era muy hablador, pero respetaba las leyes y no le taladró los tímpanos con música infernal, dos puntos a su favor. La dejó delante de su piso y se marchó tras murmurar una frase corta en ruso que, de nuevo, no entendió. No estaba segura de si había sido un «Adiós» o un «Hasta nunca, puto grano en el culo», pero casi prefería no saberlo.

Vio alejarse el automóvil sintiéndose un poco culpable. Al final había sido más educado de lo que merecía, sobre todo después del tono despectivo que había utilizado ella. Y ni siquiera le había dado las gracias por llevarla.

Entró en el piso pensando en enviar un mensaje a Briana para decirle que había llegado sana y salva, pero estaba tan cansada que decidió meterse primero en la ducha.

Además, ella no daba señales de vida, seguro que estaba de lo más entretenida… A ver si es que en lugar de con Humpfrey, se había ido con el hombre misterioso. No le pegaba que Briana hubiera dejado tirado por otro a su «perfecto» novio, pero cosas más raras se habían visto.

Dylan detuvo el Mustang en la verja de entrada de la casa de los padres de Briana y bajó la ventanilla para poder pulsar el timbre. Briana tenía una aplicación en el móvil que le permitía abrir la puerta a distancia, así como manejar las persianas de su dormitorio, la calefacción e incluso encender su televisión si así lo quería. Pero, con el móvil sin batería, no podía hacer nada de aquello.

—Esto es una propiedad privada —dijeron por el interfono.

—Buenas noches —saludó él—. Traigo a Briana a casa.

—¿En ese coche? —Soltó una carcajada incrédula—. Lo dudo.

La aludida se quitó el cinturón para poder acercarse a la ventanilla, apoyándose en el volante y el pecho de Dylan.

—¡Clay, soy yo, abre inmediatamente! —ordenó.

—¿Señorita Briana?

—Pues claro que sí.

Se movió para asomarse y que la pudiera ver por la cámara. Agitó la mano con impaciencia hasta que la puerta comenzó a abrirse.

—Perdón, señorita —se disculpó el tal Clay—. No la había visto.

Briana se dio cuenta de que prácticamente estaba encima de Dylan, que la miraba frotándose la oreja.

—Creo que te ha oído sin necesidad del cacharro ese —comentó.

—Huy, perdón, no quería gritarte en el oído…

Briana se apartó con rapidez y regresó a su asiento refunfuñando. Se puso el cinturón de nuevo frunciendo el ceño, pero al momento se dio cuenta del gesto que estaba haciendo y relajó el rostro.

—Le diré a mis padres que pongan cámaras a este lado —dijo, agitando la mano hacia el exterior—. Esto no puede ser.

—¿El qué? —preguntó Dylan, mirándola con curiosidad.

—Tenerme esperando fuera, ¿a ti te parece normal?

—Bueno, no sé, supongo que su trabajo es asegurarse de que no entre nadie desconocido.

—Pero yo no soy una desconocida.

—Y yo no creo que el chico sea adivino. Por cómo ha sonado, no te ha visto en un coche como el mío en su vida.

La verja terminó de abrirse y Dylan la atravesó, mientras Briana se quedaba callada a su lado porque no encontraba la forma de replicarle sin parecer una niña con una rabieta. No le gustaba esperar, mucho menos para entrar en su casa. O en la de sus padres, para ser más exactos, pero eso era un detalle. ¿Acaso era mucho pedir que le abrieran la puerta? ¿Qué culpa tenía ella de que el encargado de seguridad no fuera capaz de mirar bien por una cámara? O de que asumiera que ella no se subiría en un coche de esa categoría. Cierto, era la primera vez, y si hubiera estado en mal estado lo habría entendido, pero el coche era bonito y estaba bien cuidado.

Dylan se detuvo delante de la puerta principal y se bajó para abrirle la puerta.

—Gracias por traerme —dijo ella, al descender.

—Ha sido un placer.

Briana miró la puerta y luego a él. Por una vez, habría deseado no estar viviendo con sus padres porque si le invitaba a entrar y su madre se enteraba, tendría problemas con ella. Seguro que pensaría que estaba engañando a Humpfrey y le llamaría corriendo para contárselo.

—En fin, ya nos veremos —dijo él, retrocediendo hacia el coche.

—Sí, claro. —Le sonrió—. ¿En la siguiente fiesta de Terry y Colin?

—Qué remedio. —Le guiñó un ojo—. Soy el padrino, no puedo perdérmelas.

Le hizo un gesto de despedida con la mano y regresó al coche, el cual Briana se quedó mirando hasta que desapareció por el camino. No, no era un Masserati ni un Jaguar, pero por lo menos la había llevado a casa. No como Humpfrey, que no había tenido ningún reparo en dejarla tirada. ¿A qué había venido eso, por cierto? No era la primera vez que tenían una discusión, pero siempre la llevaba a casa o enviaba a alguien. Y tampoco había entendido aquel comentario sobre que Audrey era una mala influencia.

Pensando en su amiga, entró en la casa para dirigirse a su habitación, pero cuando estaba a punto de subir las escaleras de mármol que llevaban a la primera planta, la voz de su madre hizo que se detuviera.

—¿Quién era ese?

Briana se giró para encontrarla apoyada en el marco de la puerta del salón principal, con una copa en la mano y mirándola con desaprobación.

—El mejor amigo de Colin, Dylan.

—¿Y por qué no te ha traído tu novio, como corresponde?

—Hemos tenido una discusión y me ha dejado tirada.

—Briana, Briana. —Se acercó a ella moviendo la cabeza con desaprobación—. ¿Se puede saber qué le has dicho a Humpfrey para que se enfadara?

—¿Y no puede haber sido él quien haya dicho algo?

—Es un buen partido, inmejorable. No hagas ninguna tontería o lo puedes perder, debe tener una fila de chicas en la puerta esperando su atención.

Briana puso los ojos en blanco. Aquella cantinela ya se la sabía y en parte era cierto, la cuenta bancaria de Humpfrey atraía a muchas personas. A ella, la primera, para qué negarlo. Pero en aquel momento se dio cuenta de que no sentía celos al pensarlo, le daba exactamente igual si se le acercaban una o veinte chicas.

—Me voy a dormir, estoy cansada —dijo.

—Sí, mejor, no puedes permitirte unas ojeras.

—Pues mañana papá me va a hacer madrugar, así que probablemente me salgan.

Su madre dudó unos segundos, pero al final negó con la cabeza para sí misma.

—No voy a llevarle la contraria a tu padre por eso. Como te dije, seguro que es algo temporal. Lo que tienes que hacer es acostarte temprano mañana y hacerte un tratamiento antes de irte a la cama.

Briana suspiró y siguió su camino escaleras arriba. Pues claro que su madre no iba a llevarle la contraria a su padre, no recordaba que lo hubiera hecho nunca. Seguro que temía que, de hacerlo, le quitara alguno de sus caprichos o peor aún, se divorciara de ella como había hecho con las dos anteriores.

Nada más entrar a su cuarto enchufó el móvil y, mientras se cargaba, se metió en la ducha, pensando en lo extraña que había sido la noche. Ya era bastante surrealista que Terry fuera a casarse de verdad con el imbécil de Colin y que, encima, las invitara a ellas sabiendo cómo habían acabado Audrey y él. Pero que Dylan estuviera así de cambiado era algo que no había esperado en absoluto. Si alguien le hubiera dicho que iba a volver a casa en un Mustang y acompañada por otro que no fuera Humpfrey, se habría echado a reír.

Después de secarse y ponerse uno de sus pijamas de seda, se tumbó en la cama y encendió el móvil sin quitarle el cable, ya que aún no tenía mucha carga. En cuanto se encendió, pitó unas cuantas veces y vio todos los mensajes de Audrey. Tuvo que leerlos dos veces porque cuando vio las palabras «plebeyo extranjero» y «secuestro» tuvo un microinfarto.

Empezó a teclear para contestarle, pero vio que hacía poco que estaba conectada así que acabó llamándola. Audrey no le cogió, por lo que temió que la cosa de verdad hubiera acabado en un secuestro y marcó el número de emergencias.

—Buenas noches, ¿cuál es su emergencia?

—¡Han secuestrado a mi mejor amiga!

—Tranquilícese, vamos a ayudarla. ¿Dónde se encuentra?

—¿Cómo voy a saberlo, si está secuestrada?

—Me refiero a usted.

—Ah, yo estoy en casa. Pero mi amiga no coge su móvil y eso es muy extraño en ella.

—¿Dónde la vio por última vez?

—En la fiesta de compromiso de Terry. Otra amiga. No tan amiga, porque se va a casar con su ex, pero bueno, es del grupo.

—Limítese a los datos relevantes, por favor.

Briana resopló. Como si eso no fuera importante.

—Oiga, Audrey se ha tenido que ir en el coche de un desconocido, por eso está secuestrada.

—¿Un desconocido? ¿Tiene su descripción?

—Sí, es un plebeyo. Extranjero, para ser más exacta.

—Mire, si no me da más datos no podemos… —El móvil de Briana vibró—. ¿Oiga?

—Me está entrando una llamada, espere. —Miró la pantalla, la puso en espera y vio que era Audrey, así que cogió—. Ay, chica, qué susto me has dado. ¡He llamado a emergencias y todo!

—¿En serio? —Se echó a reír—. Que lo del secuestro era broma, mujer.

—Claro, y vas tú y no me coges el teléfono.

—Estaba en la ducha.

—Bueno, menos mal, falsa alarma. ¿Y quién era ese plebeyo, entonces?

—El camarero ruso de la fiesta. Menos mal que me lo encontré al salir, ya me veía en un taxi o algo peor. ¿Dónde te habías metido tú, por cierto? Porque ni contestar wasaps ni nada.

—Buf, no veas qué plan. —Su móvil pitó— Huy, que tengo a emergencias en espera, un segundo. —Pulsó la pantalla para cambiar de llamada—. ¿Hola?

—Señorita, no puede dejarnos en espera, esto es un centro de emergencias y…

—Sí, y yo tenía una pero no pasa nada, ya ha aparecido mi amiga así que anulo la emergencia. —Colgó y volvió a Audrey—. Hija, qué bordes son los de emergencias. A lo que iba. Me quedé sin batería en el móvil y Humpfrey se puso tonto, ¿te puedes creer que no quería esperarte?

—Sí, me lo creo. Ya sabes que no le caigo bien. Y él tampoco a mí, ya puestos.

—¡Me dijo que eras una mala influencia!

—¡Qué fuerte! ¿Y qué hiciste?

—Nada, decirle que se fuera. Y me dejó allí sola. Así que me volví con Dylan.

—¿Qué Dylan?

—Ya sabes, el amigo de Colin. Va a ser el padrino.

—¿Y el maromo con el que estabas quién era?

—¡Pues él! Parece que ha estado yendo al gimnasio o algo, yo tampoco lo reconocí al principio. Me contó que es arquitecto ahora y que va a trabajar con vuestra inmobiliaria así que estate atenta que seguro que Colin está buscando la forma de quedarse con sus casas de lujo. Seguro que por eso le ha hecho padrino de la boda, para hacerle la pelota.

—Viniendo de Colin, me lo creo.

Conociéndole, sabía que era capaz de cualquier cosa con tal de conseguir clientes. Y si para eso tenía que utilizar a sus amigos, lo haría. Pero ya se encargaría ella al día siguiente de ir a hablar del asunto con sus superiores, de forma disimulada. Seguro que conseguía información sobre aquellas casas y cómo pensaban repartirlas entre los vendedores.

—No te lo vas a creer —siguió Briana—, pero me trajo a casa… ¡en un Mustang!

Audrey se echó a reír. ¿Acaso era la noche de probar coches de marca barata? Ni que se hubieran puesto de acuerdo.

—Ay, yo ni sé en qué coche he venido —contestó—. Por lo menos no echaba humo. En fin, ¿nerviosa por lo de mañana?

—No quiero ni pensarlo. —Miró el reloj de su mesita de noche—. No voy a dormir mis ocho horas, ¿cómo voy a poder trabajar?

—Bueno, tú acuéstate y hablamos mañana, ¿vale? Me cuentas en cuanto salgas.

—Seguro. Besitos.

—¡Muac!

Briana dejó el móvil a un lado y comprobó el despertador. Se tumbó para dormirse pero su mirada se tropezó con el uniforme, estirado encima de una silla frente a la cama. ¿Cómo iba a trabajar con eso puesto? Dio una vuelta, inquieta ante aquella palabra: trabajar. Porque, de toda la conversación con su padre, no le había quedado nada claro qué era lo que tenía que hacer y, si tenía que servir un solo café, estaba segura de que le daría algo.

CAPITULO 4: ERASE UNA VEZ… LAS MEDIDAS DEL CAFE, EL ESTATUS Y EL *COACH* DE VIDA

Audios de WhatsApp:

BRIANA

Dios mío, Audrey, acabo de ponerme el uniforme y he descubierto que eso de que el negro sienta bien a todo el mundo… ¡es una vil mentira! ¡Estos pantalones me hacen un culo enorme! ¿Cómo voy a ir así por la calle? No entiendo cómo puede nadie trabajar con ropa que le siente mal.

BRIANA

Me voy ya, menos mal que no tengo que conducir porque eso sería demasiado. Y sigo traumatizada con lo del negro, ¡tengo que revisar todo mi armario! Esto de trabajar ya me está estresando y aún no he empezado, no quiero ni pensar lo que será dentro de un par de días. Ay, espero que no sea tanto tiempo, seguro que la tela esta me acaba haciendo un sarpullido. Hablamos luego.

Briana echó un último vistazo al espejo, nada convencida con la imagen que este le devolvía. Aquel conjunto negro no había por dónde cogerlo, y eso que aún no se había puesto el delantal, que llevaba dentro de su maxibolso. Guardó el móvil en uno de los bolsillos y salió de la mansión para subirse al coche de su padre, que la estaba esperando dentro. El chófer le abrió la puerta y Briana entró poniendo cara de pena: quizá si su padre viera lo desgraciada que era se apiadaría de ella.

—Mañana espero que seas más puntual —le dijo él, mirando su carísimo reloj de muñeca—. Vamos a llegar muy justos y no es esa la imagen que debes dar.

—Hablando de imagen, ¿has visto cómo me queda esta ropa?

Su padre la miró de arriba abajo sin cambiar de expresión.

—Es el uniforme que lleva todo el mundo —contestó—. ¿Qué le pasa?

—Qué no le pasa, querrás decir. La tela es muy áspera, la camisa holgada, el pantalón… —Su padre empezó a mover la mano quitándole importancia—. Pero papi…

—Nadie se ha quejado hasta ahora.

—Pero…

—Briana, quiero que me escuches con atención porque creo que el otro día no lo hiciste.

—Claro que sí.

—Saliste corriendo como si todo esto fuera un castigo y de ninguna manera lo es. Quiero que trabajes conmigo y la mejor forma de entrar en la empresa es desde abajo, que conozcas todos los niveles. Y la cafetería, donde se atiende al público, es el primer sitio. Irás rotando por los puestos y, después de un tiempo, hablaremos para dar el siguiente paso.

—¿Un tiempo? ¿Cuánto?

—Calculo que seis meses como mínimo.

Briana abrió y cerró la boca como un pez fuera del agua. Aquello no podía ser cierto, tenía que haber escuchado mal.

—Querrás decir seis días… —intentó.

—No.

—¿Seis semanas? —usó un tono esperanzado, pero de nuevo su padre negó—. Pero… pero… papi, si estoy… —tragó saliva, como si le costara decir la palabra— trabajando, no podré ir al desfile de Victoria's Secret como todos los años. Ni a la semana de la moda, ni nada. Siempre voy con mamá, seguro que se sentirá muy decepcionada.

—No metas a tu madre en esto. Ya me comentó que habías acudido a ella en busca de ayuda.

—Pero no sirvió de nada.

—No, ella no entiende lo que intento hacer, aunque espero que tú sí.

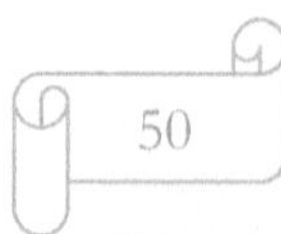

—Pues no. —Se cruzó de brazos, enfurruñada—. Mamá nunca ha hecho nada parecido, no sé por qué tengo que hacerlo yo.

—Por eso precisamente. No quiero que seas como ella.

—¡Eso no tiene sentido! Te casaste con ella, ¿no? Además, no necesito trabajar, te tengo a ti y después tendré a Humpfrey, ¿qué sentido tiene?

Su padre suspiró con paciencia y, en un gesto que la sorprendió, cogió su mano para apretársela y mirarla a los ojos.

—Estoy seguro de que antes o después lo entenderás. —Le dio un beso en la frente, mientras el coche se detenía—. Vamos, te presentaré a tus compañeros.

El chófer abrió la puerta, así que se bajó y extendió la mano para ayudar a su hija. Sabía que ella no estaba nada contenta con aquello y, la verdad, no tenía mucha confianza en que aguantara más que unos días. Pero tenía que intentarlo, llevaba demasiados años sin preocuparse por su educación o su forma de ver la vida y se había dado cuenta de que lo único que había conseguido con sus regalos y pagos mensuales era crear un clon de su esposa. La situación se le había escapado de las manos, pero esperaba estar a tiempo y que Briana recapacitara. Y si no lo hacía, al menos él lo habría intentado.

La guio hasta la cafetería, que aún estaba cerrada, y entraron por una puerta lateral. Era una de las primeras que abrió y contaba con personal de su confianza, al que había explicado que iba a llevar a Briana y que esperaba que la trataran como a uno más: nada de favoritismos ni ningún tipo de trato preferente.

La jefa de la franquicia estaba en la parte de la cocina, hablando con los empleados como cada mañana sobre las tareas diarias. Además de ella, había un cocinero y dos baristas que se encargaban de la caja y de preparar las bebidas por turnos.

—Buenos días —saludó él—. Perdón por el retraso.

—Acabamos de empezar —dijo la encargada, acercándose—. Hola, soy Sally. Y tú debes de ser Briana.

Extendió la mano. Briana dudó si estrechársela, era la primera vez en su vida que alguien así se dirigía a ella como si la conociera de toda la vida pero, ante la mirada de su padre, lo hizo, forzando una sonrisa.

—Sí, encantada —dijo.

—Bien, te dejo con ellos. Disfruta de tu primer día.

A eso Briana tenía mucho que decir, pero no lo hizo porque su padre ya se marchaba sin mirar atrás. En ese momento se dio cuenta de que todos la estaban mirando, así que se colocó al lado de una de las baristas sin llegar a tocarla.

—Bienvenida —dijo Sally—. Él es Mick, el cocinero, y ellas Marcia y Dawn. Trabajarás con ellas hoy en la barra.

Ambas sonrieron, pero Briana solo pudo mover la cabeza en un gesto vago. Aquello era surrealista, pero no estaba soñando porque notaba cómo le picaba todo el cuerpo por la tela aquella.

—¿Tienes tu delantal? —preguntó Dawn.

—Sí, aquí guardado. —Dio un par de palmadas a su bolso—. ¿Tengo que ponérmelo?

—Claro —afirmó Marcia.

Con un suspiro de resignación, Briana abrió el bolso y sacó el delantal verde. Lo miró un par de segundos, dándose cuenta de que no tenía ni idea de cómo se ponía aquello. Lo extendió y le dio la vuelta, cogiendo un par de tiras que colgaban a los lados. Miró a las demás y vio que no lo llevaban al cuello, como había pensado, así que lo giró otra vez y encontró otra tira, esta atada al delantal.

«Anda, qué útil, así no se cae», pensó.

Se lo pasó por la cabeza y se ató las tiras a la cintura, orgullosa de haber descubierto por sí misma cómo iba aquello. Miró a Marcia y a Dawn, que estaban con las manos cogidas en la espalda y adoptó la misma postura.

Sally le sonrió y sacó un pin con su nombre. Se lo enganchó en la camisa y empezó a hablar, aunque después de un minuto Briana había desconectado. No entendía nada de lo que estaba hablando: pedidos que iban a llegar, clientela que esperaba, tipos especiales de café… Había estado en mil cafeterías y sabía que las camareras contaban con un ordenador, así que estaba segura de que toda la información saldría en la pantalla. ¿Cómo iban a saberse todos los tipos de café y las ofertas que había de memoria? No tenía sentido, para algo estaba la tecnología.

Tras quince minutos, Sally terminó su explicación del día. Le indicó que trabajaría con Dawn en la caja, así que Briana la siguió hasta la parte delantera de la cafetería mientras Mick iba a la cocina y Sally a abrir las puertas.

—¿Has utilizado alguna vez una de estas? —preguntó Dawn.

Briana la miró como si le estuviera preguntando si alguna vez había pilotado una nave espacial.

—Por supuesto que no —contestó, muy digna.

—No te preocupes, es fácil.

Pasó una tarjeta por una ranura, introdujo un código y la pantalla se iluminó. Briana abrió mucho los ojos, mirando aquello. Estaba lleno de dibujos, números y símbolos que no tenía ni idea de para qué servían.

Dawn empezó a pulsarlos y a hablarle de cómo meter información sobre café, complementos y extras pero, aunque entendía las palabras, no veía que se correspondieran con las cosas que ella estaba marcando.

—No te preocupes —le dijo Dawn, con una sonrisa—. Enseguida le cogerás el truco. La mayoría de la gente pide cosas normales, lo complicado es cuando viene alguien que quiere un especial corto de café con leche de soja, nata de chocolate y virutas doradas.

Se rio como si aquello fuera absurdo, pero Briana no dijo nada, pensando en que ella nunca pedía el café (ni nada) tal cual venía en la carta. Seguro que no era tan difícil y Dawn solo estaba intentando complicarlo para darse importancia.

Sally estaba ocupándose de colocar bien las mesas y la zona de extras, mientras que Marcia estaba en el otro lado de la barra preparando las cosas para trabajar cuando se escuchó una campanilla y dos chicas entraron.

—¿Preparada? —preguntó Dawn, sin dejar de sonreír—. Recuerda: siempre saludamos y, lo más importante, no perdemos la sonrisa.

Briana curvó los labios al momento de forma automática.

—Buenos días —saludó Dawn a las chicas—. ¿Qué os servimos hoy?

—Un moca blanco y un chocolate, pequeños.

—¿Para tomar aquí o para llevar?

—Para llevar.

—¿Con nata los dos?

—Sí, gracias.

—¿Seguro? —intervino Briana—. Que tiene mucha grasa. Ya desde por la mañana metiendo esa cantidad de azúcar en el cuerpo… —Dawn le dio un ligero codazo—. ¡Ay!, ¿por qué…?

—Mira, pulsa aquí. —Señaló la pantalla—. Perdón si tardamos un poco, es su primer día.

—No pasa nada —dijo la chica.

Briana apoyó el dedo sobre el símbolo, pero tuvo que probar varias veces hasta conseguir que funcionara.

—Estas pantallas táctiles no están hechas para mis uñas —protestó—. Deberían cambiarlas, con el Iphone no tengo ningún problema.

—Lo propondremos como sugerencia de mejora. —Dawn terminó de introducir el pedido, ya que veía que, si no, no terminarían nunca—. ¿Alguna cosa para comer?

—No, estamos bien así.

—Y tanto, las tartas que hay aquí es mejor ni mirarlas, que cuesta media vida quemar eso —añadió Briana—. Calorías vacías, ya sabéis.

—Siete dólares, por favor —siguió Dawn, esperando que las chicas no se ofendieran.

Una de ellas le entregó el dinero y Dawn le pasó dos vasos de papel y un rotulador a Briana.

—Apunta sus nombres, por favor —pidió.

—El moca es para Vanessa, con dos eses, y el chocolate para Verónica.

—Huy, mejor con una solo, y a ti te pongo Ronnie, que suena mejor. —Apuntó los nombres y miró a Dawn—. ¿Qué hago con ellos?

Dawn los cogió y los dejó en una esquina, cerca de la zona de trabajo de Marcia.

—Ahora se encarga ella.

—Huy, qué fácil es esto. —Miró la cafetería, donde no había más clientes—. ¿Y ahora qué hacemos?

—Esperamos a los siguientes.

—Pues qué aburrimiento.

Palabras de las que se arrepintió a los quince segundos, lo que tardó en entrar un grupo de personas que se pusieron delante de ella hablando todas a la vez. ¿Acaso no veían que tenían que pedir de uno en uno? Pero eso no fue lo peor, sino que el flujo de gente aumentó y pronto tenían una cola delante de ellas. Dawn se encargó de recoger los pedidos mientras ella cogía vasos y apuntaba nombres, pero no tuvo tiempo de improvisar apodos o lo que fuera porque los pedidos se sucedían uno tras otro.

—¿Esto es normal? —preguntó, mientras escribía a todo correr en un vaso—. Ni que fuera el fin del mundo.

—Es la hora punta, cuando todo el mundo está a punto de entrar a trabajar y pasan por aquí para llevarse sus cafés de la mañana.

—¿Y para qué tienen máquinas allí?

Dawn emitió una risita.

—El café de las máquinas no se parece a este. Imagínate que fuera igual, ¡nos quedaríamos sin clientes!

En aquel momento a Briana lo de no tener clientes casi le parecía bien, visto el estrés que estaba empezando a sentir con tanto nombre.

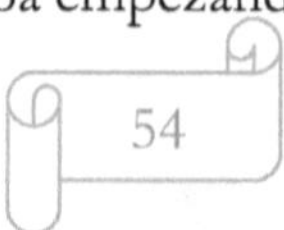

Iba a hacer un comentario al respecto, pero entonces se fijó en la cantidad de dinero que había en la caja y pensó en todas las veces que Dawn había pasado alguna tarjeta de crédito. Aquel dinero acababa en la cuenta de su padre y, por extensión en la suya, así que en realidad no podía quejarse de que hubiera clientes. Solo preferiría que se dispersaran un poco más.

Por fin la cola fue disminuyendo y miró el reloj de pared, sorprendiéndose al ver que había pasado una hora.

—¡Son más de las nueve! —exclamó, tras dejar el último vaso.

—Sí, pasa el tiempo sin que nos demos cuenta —contestó Dawn—. Mira, ahora que no hay nadie, vamos a aprovechar para mirar lo que falta en el expositor de tartas y rellenarlo.

—¿Cómo? ¿No toca descanso?

—No, no hay descansos tan pronto.

La puerta se abrió en aquel momento y Briana vio que se trataba de Humpfrey. Sin hacer caso de la última frase que Dawn había dicho, salió de detrás del mostrador y corrió a abrazarlo.

—¡Menos mal que has venido! —le dijo.

Humpfrey la separó suave pero firmemente y la miró de arriba abajo.

—Madre de Dios, ese uniforme te queda fatal —comentó, con gesto de desagrado.

—Ya lo sé.

—¿Qué demonios haces trabajando aquí? He ido a las oficinas de tu padre y su secretaria me ha dicho que estarías en esta cafetería. ¿Desde cuándo estás interesada en trabajar?

—Si no me interesa…

—Porque no pienso casarme con una mujer que trabaje —siguió él, moviendo la cabeza con desaprobación—. Eso no puede ser, sabes que yo lo que quiero es cuidarte.

—¡Y yo que me cuides!

—Entonces, ¿qué haces aquí? ¿Por qué no le has dicho a tu padre que, en todo caso, te interesaría conocer el negocio pero desde arriba?

—Es que no quiero conocer el negocio de ninguna de las maneras.

—Al final todo pasará a ti y después a mí, así que conocer algo no te vendría mal, siempre que no te ocupe demasiado tiempo. Esto no le va a gustar a mi entrenador de vida, seguro. ¿Cuánto tiempo tienes que estar aquí?

—¡Seis meses!

—No, eso es demasiado. —Se estiró la chaqueta—. Voy a hablar con tu padre. Esto no puedo permitirlo.

Se dio la vuelta y se marchó con gesto decidido.

—¿Ese es tu novio? —preguntó Sally, apareciendo a su lado.

—Sí, ¿a que es guapo?

—No está mal, pero a mí mi marido me viene con eso de que no trabaje para —hizo un gesto para indicar unas figuradas comillas— «cuidarme» y no tiene casa para correr.

Briana la miró con extrañeza. ¿Es que acaso le gustaba trabajar? Sabía que había personas a las que le ocurría, como a Audrey, por ejemplo. Pero su amiga ganaba un pastón, no como la gente de aquella cafetería que, suponía, no se acercaban ni por asomo a su sueldo.

—¿Y esa cara? —preguntó Sally.

—¿Te gusta trabajar?

—No me disgusta. Si me tocara la lotería claro que no lo haría. —Se rio—. Pero ese no es el tema. Yo decido lo que quiero hacer, nadie me lo impone. Y menos un hombre. —Le entregó un trapo—. Anda, limpia aquellas mesas.

Briana cogió el trapo con las puntas de los dedos y lo miró como las vacas miran al tren. No tenía la menor idea de qué hacer con él, pero Sally ya no estaba a su lado así que tampoco podía preguntar. Se fue a las mesas que le había señalado y fue cogiendo los vasos de uno en uno, también con la punta de los dedos, para llevarlos hasta la papelera más próxima.

«Qué cerda es la gente —pensó—. ¡Ni que costara tanto recogerlo!».

Después de quitar todo lo que había y dejarlas vacías, miró el trapo y la superficie de las mesas. Lo agitó por encima sin llegar a cogerlo del todo, de forma que las migas que había se cayeron al suelo y, con eso, se dio por satisfecha.

Regresó a su puesto tras el mostrador, pero Dawn le indicó que fuera con Marcia, para aprender a hacer las bebidas. Aquello la alivió un poco, porque con todo lo que había escrito estaba convencida de que tendría agujetas en la muñeca. Seguro que preparar bebidas era fácil, total, en la cafetera de casa valía con meter unas cápsulas y darle a unos botones. Que no lo había hecho nunca, pero Audrey tenía una igual y lo había visto.

Su entusiasmo disminuyó considerablemente cuando se acercó a la otra zona de la barra y vio la máquina de café, cuyo parecido con una de cápsulas era, como mucho, el color negro.

—¿Has utilizado alguna de estas? —preguntó Marcia.

—¿Yo? Qué va, jamás.

—Bueno, no te preocupes que es fácil.

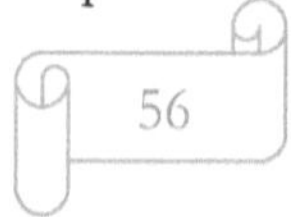

Briana fue a contestar que no estaba preocupada… hasta que Marcia empezó a manipular botones y palancas y a levantar tapas para meter café en grano o molido, y se dio cuenta de que la máquina para registrar pedidos era cosa de niños comparada con aquello.

Marcia le enseñó una hoja plastificada que estaba pegada en una pared y le entregó una copia de la misma en papel para que se la llevara a casa.

—Aquí tienes la chuleta de todo lo que lleva cada especialidad —le explicó—. Tienes que aprendértelo, es importante saber las cantidades de todo.

—¿Por qué?

—Porque las bebidas están hechas así por un motivo, las medidas están comprobadas y aprobadas por la empresa. Mira, aquí hay un pedido. —Cogió un vaso que había dejado Dawn—. *Caramel latte*. Este es fácil. Ve echando el sirope que yo preparo el café.

Le señaló el dibujo en la lista y Briana miró las cantidades que llevaba mientras Marcia iba a la máquina.

Briana cogió el vaso y fue a los botes de sirope. Echó de uno y, al verlo caer al vaso, se dio cuenta de que era demasiado marrón para ser caramelo. Lo giró para ver la etiqueta y vio que ponía «chocolate». Movió los demás hasta encontrar el de caramelo y puso el vaso debajo. Le dio dos veces porque pensó que, así, se taparía el sabor del chocolate. Al mirar el interior solo se veía el caramelo por lo que dedujo que no pasaría nada. Cogió el vaso medidor de leche y echó hasta una raya que tenía un dos, aunque en el papel ponía uno y medio, lo que le pareció poco. Aparte de que ya lo había echado y no iba a tirarlo, claro. Se lo llevó a Marcia, que tenía la jarrita con el café con la cantidad medida.

—Fácil, ¿no? —le dijo.

—Chupado.

Marcia echó el café sin mirar… y este se desbordó, haciendo que saltara hacia atrás para no quemarse y se le cayera todo al suelo.

—¿Has echado lo que ponía? —preguntó, mientras se apresuraba a meter las manos bajo el agua fría.

—Bueno, un poco más de caramelo, quizá… y de leche…

—¡No puedes hacer eso! ¿No ves que entonces no cabe? Ya lo dijo Arquímedes… Las medidas están para eso.

—Pues se coge un vaso más grande, no veo el problema. —No tenía ni idea de quién era aquel Arquímedes, pero suponía que algún encargado de la cafetería o algo así.

—No se puede si han pedido tamaño pequeño. —Le dio otro vaso—. Vamos, que te vea yo hacerlo.

Briana suspiró fastidiada, pero obedeció. Al menos ya tenía localizado el caramelo, así que no se equivocó y como tenía a Marcia mirándola por encima del hombro, tuvo cuidado cuando echó la leche para que la medida fuera exacta. Su compañera lo cogió, satisfecha, y lo completó con el café para luego entregarlo al cliente.

En aquel momento, Briana notó que su móvil vibraba en el bolsillo y lo sacó. Tenía un mensaje de Humpfrey, así que lo abrió y se quedó pasmada al ver lo que ponía:

Tu padre no atiende a razones. He llamado a Klaus y me recomienda dejarte, esto se sale de mi plan de vida y no me convienes. Además, si alguien me ve contigo llevando ese uniforme no quiero ni pensar en lo que dirían. Enviaré a alguien a por todos mis regalos.

Briana lo leyó dos veces, alucinada. Ya era malo que la dejara, pero ¿por mensaje? ¿Y encima le pedía los regalos que le había hecho? Eso no se devolvía, por algo se llamaban regalos, ¿no? Mosqueada, contestó:

No pienso devolverte nada.

Él no se hizo esperar:

Te enviaré a mi abogado.

Briana resopló, empezando a echar humo por la cabeza, pero en ese momento Marcia le dio un pequeño empujón y le pasó un vaso.

—Toma, el siguiente.

Briana guardó el móvil. Ya hablaría ella con su abogado, eso no iba a quedar así. Cogió el vaso y leyó el tipo de café, un capuchino con nata y chocolate en polvo por encima, y el nombre: Dylan. Al momento le vino a la mente la noche anterior y su viaje en Mustang, lo que le hizo preguntarse si le vería en la siguiente fiesta.

—¿Briana?

Levantó la cabeza, sorprendida al escuchar aquella voz. Pero sí, allí estaba Dylan, mirándola con su espectacular sonrisa.

—Hola, Dylan. —Miró el vaso que tenía en la mano y pensó en esconderlo, pero después recordó que llevaba el uniforme y, además, estaba detrás del mostrador—. ¿Qué tal? ¿Qué haces aquí?

—He venido con Colin, las oficinas de la inmobiliaria están aquí al lado.

—Ah, es verdad, que estás trabajando con su agencia.

—No sabía que trabajabas aquí. O que trabajas, ya que estamos.

—Sí, esto… Es mi padre, que se ha empeñado.

Puso los ojos en blanco, esperando algún comentario como los que Humpfrey había hecho, pero Dylan seguía sonriendo.

—Me parece genial. Así conoces la empresa en todos sus niveles. ¿Es tu primer día?

—Sí. ¿Se me nota mucho?

—A todo el mundo le cuesta, seguro que enseguida le coges el truco.

Le guiñó un ojo y Briana le devolvió la sonrisa. Entre la que había liado con el café anterior y los mensajitos de Humpfrey, su humor había terminado de fastidiarse, pero él tenía algo que la hacía sonreír. Cogió la lista de ingredientes y se esforzó por calcular bien todas las cantidades. Supo que no se había equivocado cuando Marcia echó el café y no se desbordó.

—¿Lo rematas tú? —preguntó Marcia.

—Claro.

Cogió el bote de nata con confianza y pulsó el botón… pero no había apuntado bien y la mitad se le cayó fuera. Lo movió con rapidez para intentar hacer un montoncito que al final fue el doble de lo que debía, echó el chocolate por encima y se lo pasó, esperando que no le pusiera muchas pegas.

—Me encanta la nata —dijo él, cogiendo una cuchara para tomar un poco—. Si vas a echarme tanta siempre, vendré todos los días.

Briana suspiró aliviada. Pero antes de que pudiera decir nada más, Marcia le pasó otro vaso.

—Colin —leyó en voz alta.

Miró hacia arriba y sí, allí estaba él, con su estúpida sonrisa falsa y bien repeinado, seguro que para tapar el pelo que estaba perdiendo. Miró el vaso y vio que quería un *mocachino* con leche de soja ligera. Pues lo llevaba claro, no sabía dónde estaba la leche de soja y no pensaba buscarla, lo único que quería era perderlo de vista.

Así que se dio la vuelta y echó sirope de frambuesa en lugar de chocolate, que se fastidiara. Midió la leche, entera, y se lo entregó a Marcia para que pusiera el café.

—Espero que lo disfrutes —le dijo.

—Claro, gracias. —Lo cogió y lo elevó imitando un brindis—. Me encantó verte ayer. Aunque ver a Audrey más, claro.

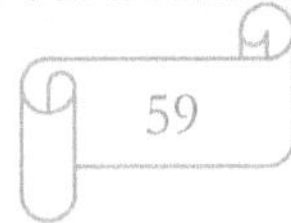

Dio un sorbo mientras se reía, pero al probarlo hizo un gesto de asco que le cortó la risa.

—¿Pero qué…? —empezó.

—Vamos, que se nos hace tarde —le dijo Dylan, tirando de su brazo. Había visto el color del sirope que Briana había echado y no quería que la riñeran por una equivocación tonta—. Nos veremos pronto, Briana.

—Gracias por venir —contestó ella.

Los despidió con una sonrisa y esperó a que se alejaran para sacar su móvil.

—No puedes hacer llamadas en horas de trabajo —le dijo Marcia—. Antes te he visto mandando mensajes, pero si te ve Sally…

—¿Qué va a hacer? ¿Castigarme contra la pared?

—No, te lo quitará.

—Pero no puede hacer eso, ni que estuviéramos en el colegio.

—No, estamos en el trabajo.

Briana suspiró, fastidiada, pero se lo guardó de nuevo. Tampoco quería que le echaran la bronca y fueran con el cuento a su padre, no fuera a alargar su estancia allí como castigo, o lo que fuera aquello. Llamaría a Audrey en cuanto tuviera un descanso, lo que esperaba que fuera pronto.

CAPITULO 5: ERASE UNA VEZ… DOS AMIGAS Y UN PLAN MAQUIAVELICO

Audio de WhatsApp, Audrey:

Dios mío, no me puedo creer lo que me cuentas del color negro. ¿Cómo es posible? ¿Con qué clase de diseñadores trabaja tu padre? Lo mejor que puedes hacer es recomendarle alguno para que revise los uniformes, seguro que más gente se ha quejado. ¡Suerte con tu día, luego hablamos, muac!

Audrey cerró la carpeta de su última venta y cogió el móvil. Tenían que llamarla del banco para confirmar el pago, pero estar esperando de brazos cruzados no iba con ella. Como norma general, cuando llevaba un par de horas trabajando Briana le mandaba mensajitos que luego leía en su descanso para el café. Pero ese día no tenía ninguno desde los de la mañana.

Claro, al fin y al cabo era su primer día de trabajo, seguro que no podía estar con el móvil tonteando como siempre hacía. Pobrecilla, lo debía de estar pasando fatal. No le sobraba tiempo, pero quizás pudiera acercarse a saludarla.

Cogió su chaqueta y abrió la puerta, justo para ver cómo regresaba Colin con su amigo Dylan, el chico guapo que había visto charlando con Briana en la fiesta de compromiso.

Dos horas en la oficina y Colin ya había hecho su primera escapada con la excusa del café. Cualquiera diría que era adicto, vistas las veces que salía a comprarlo.

—Anda, ¿ibas a salir tan temprano? —preguntó él, acercándose junto a su amigo.

—Hola, Audrey —saludó Dylan con una sonrisa, extendiendo la mano—. Nos vimos un par de veces hace tiempo, ¿cómo te va?

—Genial —respondió ella, devolviéndole la sonrisa—. ¿Estás aquí de visita?

—Y un poco por negocios también, ¿no te lo ha contado Colin?

—Anda, espera en mi despacho que estoy contigo en un minuto.

Colin se interpuso, empujándole con suavidad para sacarlo de allí al mismo tiempo que ocupaba su lugar, haciendo que Audrey tuviera que retroceder hacia el interior del despacho.

—No, Colin no me ha contado nada —dijo ella, más para sí misma—. Qué sorpresa, ¿no?

—Eh, eres tú la que decidió que no quería que trabajáramos juntos.

—Por motivos obvios.

—Bueno, pero eso es agua pasada. Si hacíamos un gran equipo.

—Sí, cojonudo. Yo hacía todo y tú te llevabas el mérito y la mitad del porcentaje.

—Hay que ver qué amargada estás últimamente, cariño —se burló él—. Repartiendo mala leche a diestro y siniestro. ¿Necesitas alguna cosa?

—De ti nada, gracias. —Audrey le empujó, haciendo que retrocediera un paso.

—¿Un café o un bollo? ¿Ir al cine? ¿Un polvo? De esos que te gustan a ti, a cuatro patas…

—De verdad, quítate de mi vista, Colin. —Audrey tuvo que usar todo su autocontrol para no pegarle un empujón que lo hiciera caer de culo.

Él se acarició la barbilla unos segundos.

—Lo echo de menos, ¿sabes? —comentó—. La verdad es que eras una novia perfecta, excepto por el pequeño detalle de tu genio. Y tampoco fue para tanto, quiero decir que todo el mundo se pone los cuernos, no es nada del otro mundo. Pero ese carácter… Una pena, con Terry no me divierto ni la mitad en la cama. Entre lo sosa que es y lo ocupada que está tapando sus muslos gordos…

La chica sintió como una corriente de indignación subía por su garganta. A ella podía decirle misa, que ya no le afectaba, pero meterse

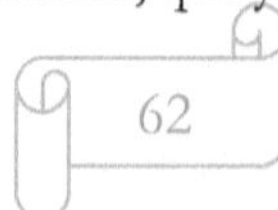

con Terry… Que sí, vale, no había respetado el hecho de que fuera su ex. Ni tampoco la creía, pero aun así escucharlo hablar de ese modo sobre su amiga le provocaban ganas de abofetearle.

—Ya te pillará —gruñó—. Los tíos como tú siempre terminan cometiendo algún error.

—No te digo que no, pero yo aprendo de los míos. Por eso ahora tengo dos portátiles, uno en casa y otro aquí, a buen recaudo. —Le guiñó un ojo.

Hizo ademán de marcharse, pero entonces pareció recordar algo y se volvió otra vez, tendiéndole su vaso de café.

—Toma, anda. Tu amiga la tontita me ha hecho esta mierda de café con sabor a frambuesa y no hay quien se lo beba —dijo—. No creo que dure allí. No le da mucho de sí el cerebro a la pobre, ¿eh?

Audrey cogió el vaso y cerró con un portazo que hizo retumbar a medio edificio. Fue hasta la mesa y se sentó, temblando de rabia.

¡El muy cerdo! ¡Qué cabrón! ¿Por qué no podía grabarlo y después hacer que las demás escucharan cómo era realmente?

Dio un sorbo al café y lo apartó con una mueca. Sí, no podía decirse que fuera una maravilla, pero era su primer día. ¡Y nunca había trabajado! Si ni siquiera sabía manejar su máquina de cápsulas, que era de lo más sencilla.

Seguro que estaba teniendo un día muy duro, iba a necesitar ánimos, así que cogió su móvil y le mandó un mensaje preguntándole si quería que esa noche cenaran juntas. Así podría mitigar su rabia ella también.

Justo cuando dejaba el móvil sonó su teléfono fijo, así que Audrey contestó. El banco enviaba la confirmación final a su correo.

—Perfecto —respondió Audrey, antes de colgar.

Cogió la carpeta y fue directa hasta el despacho de Marlon, donde llamó dos veces antes de abrir la puerta y asomar la cabeza.

—¿Ocupado?

—Pasa, Mitchell —dijo él, haciendo un gesto con el brazo sin dejar de mirar el ordenador.

Audrey estaba acostumbrada a su forma de trabajar, Marlon parecía que nunca prestaba atención a su equipo, aunque ella sabía bien que no era así.

Se sentó en la silla que había frente a él y empujó la carpeta en su dirección.

—Listo. Tenemos el OK final del banco.

—Muy bien. Era la mansión Marantino, ¿verdad?

—Eso es.

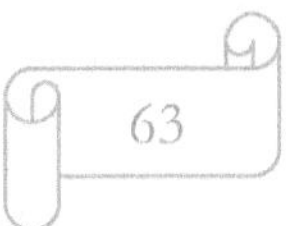

—¿Por cuánto? —Marlon apartó sus ojos del ordenador unos segundos y la miró por encima de las gafas.

—Seis y medio.

—¿Qué hiciste esta vez?

—Poca cosa —dijo ella—. Me enteré de que el matrimonio esperaba un hijo, así que decoré una de las habitaciones superiores con cuatro detalles infantiles muy sutiles. Y compré un bizcocho de chocolate para que la casa oliera a hogar.

Él sacudió la cabeza.

—¿Cómo se te ocurren esas cosas? En fin, sea como sea, bien hecho. Esa casa era una piedra, demasiado tiempo parada. —Sonrió—. Te vas a llevar un pellizco gordo, en cuanto esté te aviso.

—De acuerdo. Por cierto, Marlon…

—¿Sí? —El hombre regresó a su pantalla.

—¿Hay alguna cosa nueva que deba saber? —preguntó, sin preámbulos.

—¿Qué quieres decir? —preguntó Marlon, con aspecto distraído.

Audrey suspiró, incorporándose de la silla.

—Nada. Pásame trabajo cuanto antes, sabes que no me gusta estar de brazos cruzados.

—Tranquila, en un par de horas tendrás correo. No olvides cerrar, Mitchell.

La joven cerró la puerta, como siempre hacía. Consultó la hora, pero entre la venta que acababa de realizar y que tenía que esperar a que Marlon le mandara opciones, decidió marcharse a casa. Sus horarios no eran estrictos, algunos días trabajaba hasta la madrugada y otros podía escaparse pronto. De todas formas llevaba días sin pisar el gimnasio…

Un pitido hizo que mirara el móvil. Briana ponía un emoticono que no sabía exactamente qué representaba, pero finalizaba diciendo que sí a la cena y que fuera a su casa hacia las siete.

Audrey fue a cambiarse; visitó el gimnasio, aunque sin esforzarse en exceso; pasó un rato en la sauna y regresó a su piso para comer. Después de descansar un rato se vistió con ropa cómoda y fue en coche hasta la tienda de *delicatessen* por la que se dejaba caer de cuando en cuando. Sabía que Briana iba a necesitar consuelo y por eso no le había pedido salir a cenar por ahí, que era lo que más le gustaba a su amiga. Eso, traducido, significaba que las lágrimas estarían presentes durante la velada, así que Audrey llenó una cesta con cosas como helado de pistacho con trocitos de chocolate blanco, galletas de mantequilla y tejas de cítricos, crema de *yuzu* confitada y patatas fritas sabor trufa. Si todas aquellas mierdas no consolaban a Briana, nada lo haría.

Los de seguridad la dejaron pasar en cuestión de segundos. Cuando entró en el salón encontró a su amiga tumbada en la *chaise longe*, con las piernas apoyadas en un cojín y dos rodajas de pepino en los ojos.

—¿Audrey, eres tú? —Se levantó una de las rodajas para mirar—. Ah, por fin estás aquí. Perdona que te reciba así, ¡es que me duele todo!

—Pero, ¿cuántas horas te han hecho trabajar? ¡Pobrecilla!

—Cuatro —respondió Briana, con voz lánguida.

—O sea, que has salido a las doce —Audrey se sentó en el sofá de al lado.

—Sí, y llevo descansando desde entonces. Ni te imaginas lo que me duelen los pies de estar tantas horas quieta. —Movió los dedos de los pies—. He tenido que llamar a mi masajista para que me diera un buen meneo. ¿Qué llevas en la bolsa? Acabo de pedir comida japonesa.

Se puso derecha, acomodándose contra los cojines dorados.

—Era para animarte.

—Oh, Audrey, sabes que tanto azúcar… ¡Bah, es igual, por un día! —Cogió el bote de helado y hundió la cuchara en él.

—Bueno, cuéntame, ¿qué tal la experiencia? ¿Ha sido tan terrible?

Briana tenía la boca llena de helado, así que se limitó a asentir con energía. Una vez hubo tragado, lanzó un prolongado suspiro.

—Es muy difícil —explicó—. ¡Porque la pantalla de pedidos es otro mundo! Es como jugar a un estúpido juego sin conocer las reglas, hay tantas combinaciones que al final no sabes si poner un vaso de nata o llenarlo de sirope.

Audrey sonrió al escucharla.

—Y hay normas para todo, y rayas en los vasos, y medidas. Y si te pasas un poquito de nada de la marca, toda la bebida termina en el suelo, ¡de locos!

—Verás que en unos días le coges el truco, no será para tanto.

—Claro, a ti te parece fácil porque manejas ordenadores y rollos de esos, pero para mí es difícil. Y mira esto. —Le arrojó el papel plastificado—. ¡Pretenden que me aprenda todo lo que pone aquí! A ver, si yo quisiera estudiar habría hecho una carrera, ¿no?

Su rostro se había ido poniendo triste hasta que sus labios formaron un puchero. Audrey se sentó a su lado y le frotó el brazo.

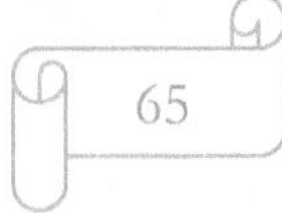

—Te aseguro que dentro de un par de semanas nos estaremos riendo de esto.

—¿Tú crees? —Briana se frotó las mejillas, intentando controlarse.

—Que sí, prometido. Hasta te ayudaré a aprenderte eso, si quieres.

—Gracias, cariño. Eres la mejor. —Briana cogió aire y regresó al helado, un poco más calmada—. ¿Y qué tal tu día? He visto al gilipollas de tu ex. Le he puesto el café mal a propósito.

La rubia puso cara de disgusto.

—Ni lo menciones. ¡Es tan cretino! Si lo oyeras hablar…

—¿Por qué? ¿Qué dice?

—Todo lo que le viene en gana. Solo le falta ponerse un lazo en el pene y asomarse a mi despacho…

Aunque no tenía ninguna gracia, Briana no pudo contener una carcajada ante la imagen. A veces Audrey no era tan refinada como debería, pero esas salidas tenían mucha gracia. Imaginarse a Colin desnudo con un lacito en sus partes le producía repelús y diversión al mismo tiempo, pero la verdad era que el mensaje de aquel comentario era muy triste.

—Qué cerdo. Ya me dijo esta mañana que se alegraba de verte y tenía esa mirada de vicioso que se le pone a veces.

—¿Qué mirada?

—Esta. —Briana miró hacia un punto situado por detrás de Audrey, entornando los ojos de la forma en que pensaba que lo hacía Colin.

Su amiga se rio con su imitación sin poder contenerse.

—Si hubieras oído cómo habla de Terry… Que si es una aburrida en la cama, que si solo se preocupa de taparse. No entiendo por qué se casa con ella si piensa eso.

—Será por tener una mujercita en casa que limpie y cocine mientras él se pasa el día de juerga y tirándose a quien le dé la gana.

Exacto, Audrey estaba de acuerdo.

—¡Cuéntaselo a Terry!

—Venga, hombre, si le cuento lo que dijo no me creerá. Está coladita por él y se pensará que yo también, que son celos o vete tú a saber. Si ni siquiera tengo claro que me creyera la primera vez cuando les conté lo que había pasado, ahora menos.

Briana frunció los labios, frustrada.

—Pero, ¿y vamos a dejar que se case con ese imbécil? ¿No podemos hacer nada?

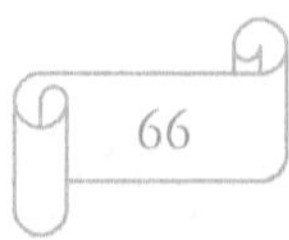

—No sé qué podríamos hacer nosotras, la verdad. El amor es ciego.

—Pero nosotras no. Y si estamos delante y vemos todo lo que hace, deberíamos intervenir. Terry es amiga nuestra, ya sé que no tanto como antes, pero aún lo es.

Audrey afirmó con la cabeza. Sabía que Briana estaba en lo cierto, pero no veía qué podían hacer ellas dos sin llevarse un aluvión de críticas.

—Colin es mala persona y deberíamos poder demostrarlo —dijo Briana—. Mientras se nos ocurre cómo, pienso fastidiarle todos los cafés.

—A ver si te van a despedir, Brie…

—Pues mira, no me preocupa lo más mínimo. Así no tendré que volver a madrugar. —Se quedó pensativa unos segundos—. Mi padre se iba a decepcionar, aunque seguro que ha dado instrucciones para que no me echen. O me mandaría a otra cafetería, que ya le conozco. Pero bueno, esto es más importante. Hay que darle una lección a tu ex.

—¿Cómo? ¿Qué podemos hacer?

Briana se levantó, dejando el bote de helado sobre la mesita. Fue hasta uno de los armarios del salón, lo abrió y rebuscó hasta sacar una libreta. Audrey contempló con la ceja arqueada aquel cuaderno lleno de purpurina plateada y el bolígrafo a juego que terminaba en un pompón de lana.

—¿Dónde compras estas cosas? —quiso saber.

—Por Internet —contestó la joven, como si fuera obvio—. ¡Hay auténticas monadas! ¿Quieres que te pase unas cuantas páginas?

—No, no hace falta.

—Ojalá me dejaras decorar tu despacho, quedaría tan cuqui… Le daría ese toque femenino que le falta. Ya sé que puede parecer una tontería, pero seguro que trabajarías de mejor humor rodeada de purpurina rosa.

Aunque Audrey apreciaba el interés sincero de su amiga, bastante le había costado que la tomaran en serio en aquel equipo formado casi del todo por hombres como para decorar su despacho con pompones rosas. Sacudió la cabeza con una sonrisa.

—¿Y qué vamos a anotar ahí? ¿Nuestros planes maquiavélicos para derrocar a Colin y bajarlo a patadas del pedestal?

—¡Sí! Es genial, puedo encargar una y que en la tapa ponga «Plan maquiavélico». —Briana se frotó las manos, entusiasmada.

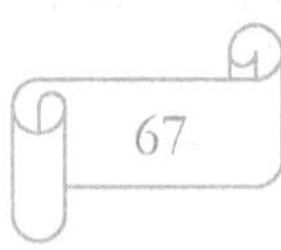

—Más vale que la guardes a buen recaudo, si es que haces eso… —Audrey miró al techo, pensativa—. Ahora que lo dices, se me ocurren un par de cosas que podrían fastidiarle mucho.

—¿Por ejemplo? —Briana abrió la libreta, expectante—. Lo anotaré en plan borrador y ya lo pasaremos a bonito cuando llegue la definitiva.

—Pues como por ejemplo joderle alguna venta. Colin siempre llega tarde y mal, y muchas veces consigue ventas gracias a que es guapo, pero deja las cosas mal atadas. Marlon recibe quejas de vez en cuando.

Briana se puso a escribir.

—Uno: fastidiarle en el trabajo —leyó.

—Me resultará fácil tirar a Marlon de la lengua, y también a Norma, la secretaria. Se hartó de que él coqueteara con ella sin recompensa y ahora le lanza miradas de odio cada vez que lo ve. Además, todavía tengo la contraseña de su ordenador. Puedo enterarme de todos sus movimientos y reuniones de trabajo.

—La habrá cambiado, ¿no?

Audrey negó de manera enérgica.

—Su cabeza es un lugar diáfano, en serio. No hay laberintos ni complicaciones.

—Eres terrible. —Briana soltó una risita, pero lo anotó—. Yo puedo seguir echándole cosas en el café todas las mañanas.

—Extra de azúcar, a ver si pierde los músculos —bufó Audrey.

—O cosas peores. Tu padre es médico, ¿no?

—¿Y qué?

—Que te conoces todas las pastillas del mundo al dedillo, sabes para qué sirve cada una y lo mejor, tienes acceso a ellas. Digamos, por ejemplo, un laxante para un momento concreto. O un Valium para una reunión importante. ¿Me sigues?

Audrey escuchó sus palabras, sorprendida. Briana estaba demostrando una mala leche considerable y no sabía si aquello era bueno o malo.

—Y encima es hipocondríaco —añadió—. Se creerá que tiene alguna enfermedad en fase terminal.

—Si encontráramos la manera de demostrar que no es fiel… —siguió su amiga, pensativa.

—A Colin le gusta tenerlo todo controlado. Si se desestabiliza es más que probable que meta la pata.

—Mucho mejor —asintió Briana—. Joderle por venganza quedaría feo, así tenemos un motivo de peso: Terry.

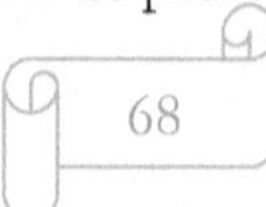

—Esto no nos deja en muy buen lugar, precisamente —observó Audrey, segundos después—. Si alguna vez las chicas se entera quedaremos como las malas.

—Ya somos las malas, Audrey, ¿no te das cuenta de cómo pasan de nosotras y cuchichean a nuestras espaldas? Además, ser la buena de la película es muy aburrido.

En aquel instante sonó el timbre, y Briana sonrió.

—¡La cena! Genial, me muero de hambre. Podemos ultimar los detalles mientras comemos, pero mientras tanto, ¿encargo la libreta del plan maquiavélico?

Audrey lo pensó unos segundos. Aquello era mezquino y era consciente, pero la tentación de bajarle los humos al prepotente de su ex era tan tentadora…

—Hecho. Creo que prefiero ser una villana antes que una cornuda.

—¡Bien dicho!

Briana se puso a teclear en el móvil, escogiendo la libreta tal y como la quería, bien llena de brillantitos y colores chillones. Audrey permaneció callada, escuchando cómo la puerta principal se abría y el personal de la casa recogía su cena.

—¿Cómo se ha tomado lo del trabajo Humpfrey, por cierto? —preguntó, al recordarlo.

—Ah, eso. Me ha dejado por mensaje. Pero da igual. —Le puso el móvil ante los ojos—. ¿Te gusta dorada y rosa, o mejor plateada y rosa?

—Plateada y rosa. —Le tapó la pantalla, para que la mirara—. ¿Me lo estás diciendo en serio?

—¿Te acuerdas de que te dije que tenía un guía de vida o no sé qué?

—Un entrenador.

—Eso. Pues no le ha debido de gustar todo el tema este del trabajo. No va con el plan que se ha trazado, así que dice que no va a perder más el tiempo.

Apartó la mano y pulsó las opciones para la libreta, mientras Audrey la miraba con detenimiento. Pero no la veía disgustada ni alterada por lo de Humpfrey, lo cual no era muy normal en Briana.

—¿Y no estás enfadada? —preguntó.

—Bueno, no te voy a decir que no me mosqueé cuando leí el mensaje, pero he hablado con mi abogado y mira, que se encargue él, que para eso le pago. O le paga mi padre, vamos.

—¿Y para qué necesitas a tu abogado?

—Porque quiere que le devuelva todos sus regalos.

—¿Cómo? Son regalos, no te los puede pedir.

—Pues eso digo yo. Pero que se peguen ellos, tengo cosas más importantes que hacer, como planes maquiavélicos. —Le mostró la pantalla—. Listo, mañana por la mañana estará aquí.

—Siento que Humpfrey haya resultado ser un imbécil. No te voy a decir que no apuntaba maneras, pero…

—Ni te preocupes. —Movió la cabeza—. Mi madre estará más disgustada que yo, seguro que él ya se lo ha contado. Y sí, era perfecto porque tenía todo lo que ella quería… y justo hoy Sally me ha dicho una cosa que me ha hecho pensar.

—¿Sally?

—La encargada de la cafetería. Me ha dicho que ella hace lo que quiere, trabajar o no, pero no porque un hombre se lo imponga. Ha sido después de oír a Humpfrey decir que quería cuidarme y que no trabajara.

—Y eso es lo que siempre has querido, ¿no?

—Sí, pero, ¿y si quisiera trabajar? O hacer cualquier otra cosa con la que él o su entrenador de marras no estuvieran de acuerdo. ¿Por qué iba yo a tener que escucharlos?

Audrey la miró con orgullo. Siempre le había parecido que la actitud de Humpfrey era muy machista y que Briana no lo veía por culpa de su madre, que le inculcaba ese tipo de actitudes como si fueran normales. Ella le había tirado alguna que otra indirecta, pero mira por dónde, tenía que aparecer una persona desconocida y soltar una frase para que su amiga escuchara.

Típico.

—Así que nada, que le zurzan —siguió Briana, abriendo otra libreta y cogiendo su bolígrafo de purpurina—. Vamos, a lo nuestro. ¿Qué se te ocurre que podemos hacer?

—Lo que has dicho del laxante y el Valium no me parece mala idea.

—Pues apunto. —Escribió en la libreta—. ¿Podrás conseguirlo?

—Seguro. —Le cogió el bolígrafo y se sentó junto a ella para apuntar también—. Alucinógenos. Mi padre tiene que tener algo parecido.

—Genial.

Llamaron a la puerta y Briana se levantó para ir a abrir. Una de las chicas de servicio estaba al lado con una bandeja de comida sobre la que había unos platos con la cena.

—Ya os ha costado subir —comentó, cogiéndola—. Ni que la cocina estuviera tan lejos.

Cerró la puerta y dejó la bandeja sobre la cama.

—Voy a pedirle a mi padre que ponga un montacargas —dijo, cogiendo los palillos para atrapar un rollito de sushi—. Así no tardarán tanto.

—Han sido cinco minutos, tampoco exageres.

—Con el hambre que tengo, me han parecido más. —Le cogió el bolígrafo—. Ten cuidado, no lo muerdas, que ya tienes la cara llena de purpurina.

—¿Qué? —Audrey sacó un espejito de su bolso y se miró. Efectivamente, en sus mejillas se podían ver unos puntitos brillantes—. ¡Pero si no lo he mordido!

—Ah, pues entonces es de las manos. Es lo que tiene, se caen los brillos por todas partes.

Audrey se miró las manos y sí, también le brillaban un poco. Pero Briana tenía el mismo aspecto, ahora se explicaba por qué muchas veces la veía con esos brillitos. Pensaba que era parte de su maquillaje o de alguna crema tornasolada pero no, ahora se daba cuenta de que tenía que salir de aquellos bolígrafos.

—¿Cuántos de estos tienes? —preguntó.

—Huy, un montón. —Dejó la comida y abrió un cajón, sacando varios de diferentes colores—. Toma, llévate este, que no lo he estrenado todavía. Tiene incrustaciones de Swaroski y todo. Con eso fliparán cuando firmes algún acuerdo.

«Eso seguro», pensó ella.

Pero lo aceptó y se lo guardó, tampoco quería quitarle el entusiasmo por la purpurina, después del día tan duro que había tenido.

—¿Alguna cosa más? —preguntó Briana, señalando la libreta.

Audrey cogió sus palillos y comió un par de rollitos, pensativa. Tenía que conseguir putear a Colin también en el trabajo, como habían apuntado, pero ¿cómo?

—Habrá que darle una vuelta a ver qué se nos ocurre —contestó—. Ah, por cierto, vino con su amigo, Dylan. Madre mía, pedazo de cambio, yo también me subiría con él a un Mustang ahora.

—Ja, ja, qué graciosa. Sí, también estaba con él en la cafetería.

—Qué cabrón. Lo estará acaparando por sus proyectos, se va a aprovechar de que son amigos, como si lo viera. Porque además he preguntado y oye, como que no hay nada nuevo.

—Quizá podríamos hablar con Dylan.

—No sé yo, que los tíos ya sabemos que se protegen entre ellos.

—Sí, pero siempre habla conmigo. Antes, cuando salíais, creo que le gustaba. Puedo utilizar eso a nuestro favor.

—Pero no sabes cuándo lo verás de nuevo.

—Por cómo habló, creo que se pasará por allí bastante a menudo. A lo mejor trabaja cerca… Si viene mañana le pregunto directamente y te digo.

—Genial. —Chocaron las manos—. Plan en marcha. ¡Que se prepare ese cabrón!

Brindaron con sus botellines de agua y entonces pitó el móvil de Briana, que lo cogió para mirar la pantalla.

—Ay, madre —dijo—. Es mi alarma de sueño. Solo me queda media hora o no llegaré a mis diez horas diarias y a saber qué estragos causará eso en mi piel.

—¿Por qué no le dices a la encargada que te cambie al turno de tarde? Así no tienes que madrugar.

—Anda, pues no lo había pensado. —Movió la cabeza—. No, no sabemos si Colin va por las tardes, tendríamos que replanificar. No importa, ya me acostumbraré, esto es más importante.

Audrey la miró con cariño. Por cosas así era por lo que la quería tanto y eran tan buenas amigas. Porque, al final, siempre estaban la una para la otra cuando se necesitaban.

CAPITULO 6:
ERASE UNA VEZ… EL VODKA ESPIRITUOSO, UN COCHE Y CIERTA ROPA INTERIOR

Intercambio de audios de WhatsApp:

AUDREY

Briana, ¿dónde estás? ¡Que llevo media hora esperando en la puerta de mi casa, desde que me dijiste que salías! Habéis cambiado de chófer y se ha perdido o ¿qué pasa?

BRIANA

Lo sé, lo sé, salimos ahora mismo. Es que me había comprado un vestido negro para la maldita fiesta y me he tenido que cambiar dos veces… Bueno, ¡tres! ¡Odio ese color! ¿Ves lo que ha supuesto trabajar? ¡Que ya no sepa ni qué ponerme! Llego en cinco minutos, tranquila. O diez, maldita sea, me he puesto zapatos negros. Mira que si me hacen los pies gordos en lugar de afinarlos, como se supone…

AUDREY

Lo de que el negro adelgaza es solo para la ropa, ven ya que a este paso llegamos cuando se acabe la fiesta. ¡Y una cosa es llegar tarde en plan elegante y otra no llegar!

Audrey observó aquel despliegue de manera crítica. Comprendía que los novios quisieran una fiesta preboda, pero tomarse la molestia de preparar cuatro decoraciones y estilos diferentes para descubrir cuál era la temática idónea le resultaba un pelín excesivo. Aunque bueno, quizás ella habría hecho lo mismo.

No, qué va. Tenía claro que, primero, el matrimonio no era algo que anhelara en particular y, segundo, si alguna vez se casaba, la temática estaría directamente relacionada con la playa y el mar. No necesitaba ni dos ni tres ni cuatro decorados para decidirse.

Pero claro, entre que Colin no tenía imaginación y que Terry era la indecisión personificada… aquello podía durar horas.

El comedor estaba en uno de los mejores hoteles de la zona y se componía de cuatro mesas con distintos tipos de menú, a caballo entre lo clásico, lo sano y algunas apuestas un poco más arriesgadas. Comida italiana, vegetariana, fusión asiática y mediterránea… Resultaba caótico ir de mesa en mesa y recordar lo que habías probado en la anterior. A Audrey no le interesaba demasiado esa parte, pero por suerte los novios se habían estirado y volvían a tener barra libre.

Cuando ese pensamiento cruzó por su mente recordó la última fiesta y se giró al momento para ver si Alexei estaba presente en aquella celebración. Recordaba que le había dicho que trabajaba para la empresa y que iba a participar en todos los eventos de la boda, así que debería estar, ¿no? Quería darle una cosa, en parte como agradecimiento, en parte como disculpa.

Detrás de la barra solo se encontraba un chico que no parecía mayor de edad, lo que le provocó una leve decepción. Sacudió la cabeza, ¿qué le importaba a ella aquel tipo tan desarreglado?

—Es ridículo. —Escuchó decir a Briana—. ¿Una mesa inspirada en Italia? ¿Un menú de boda compuesto de pasta y pizza? No sé de quién habrá sido esa idea pero, vamos, si meten esa comida, después no habrá quien se levante a bailar. ¿Qué opinas?

—Será cosa de Terry, ya sabes que le encanta la comida italiana.

—Pues que siga comiéndola, que a este paso no entrará en el vestido… y no es por ser mala, pero debería cuidar la dieta, más con alguien como Colin, que tanto se fija en sus muslos.

Terry llevaba toda la vida batallando con el peso, herencia de su complexión latina. Se pasaba la vida comiendo verduras y suspirando por los dulces, pero en realidad todo su esfuerzo no se veía recompensado como merecía, y es que los genes eran los genes. Audrey imaginaba la presión que Colin debía de estar haciendo sobre ella, era el tipo de hombre que se miraba en todos y cada uno de los espejos que se cruzaban en su camino. Se preocupaba mucho por el aspecto y quería a su lado a alguien en una sintonía parecida; a veces, Audrey se preguntaba si no habría sido ese el motivo por el cual la había escogido como novia, solo porque su belleza física respondía al ideal estándar. Bueno, al parecer también lo motivaba en el terreno sexual, en vista de sus últimas insinuaciones.

—No me estás haciendo caso —se quejó Briana, cruzándose de brazos.

—Perdona, estaba pensando en otra cosa.

Se giró otra vez hacia la barra, justo para ver aparecer a Alexei por el extremo izquierdo. El adolescente se acercó a él para susurrarle algo mientras se ajustaba el chaleco y, tras un apretón de manos, se marchó hacia la zona de camareros.

La joven lo miró con curiosidad, ¿qué se traerían aquellos dos entre manos?

—¿Es el plebeyo extranjero que te llevó a casa? —inquirió Briana, al ver cómo lo miraba—. ¿El ruso?

—Sí. Voy a hablar un momento con él, ahora vuelvo.

Audrey se alejó de su amiga, dejándola anonadada. Esperó a que Alexei se aproximara, con el mismo aspecto desganado de la primera vez, como si le hiciera un favor decidiéndose a atenderla. ¿Ya era así de mono en la fiesta anterior, o se trataba de sus hormonas, que andaban un poco revueltas?

—Vaya, otra vez tú —comentó él—. ¿Te vas a emborrachar de nuevo?

—Por ahora, no. Solo quería… o sea, lo del otro día fue… bueno, quería darte esto —explicó la chica, deslizando un sobre por encima de la barra para empujarlo en su dirección.

Alexei arqueó una ceja, cogió el sobre y lo abrió para mirar en su interior, aunque imaginaba lo que había dentro. Un pequeño fajo de billetes perfectamente doblados, y apostaba a que contenía bastante más de lo que cobraría por aquella noche de trabajo.

—¿Qué es esto? —preguntó.

—Es por llevarme, por las molestias causadas.

—No es necesario que me pagues, fue por hacerte un favor —aclaró él.

Audrey lo miró, estupefacta.

—¿Un favor? —repitió, con cara de tonta.

Alexei se cruzó de brazos.

—Un favor es un acto que se realiza para ayudar, complacer o prestar servicio a una persona por amabilidad, amistad o afecto.

—Ya sé lo que es un favor —protestó ella con un resoplido.

—Entonces, ¿por qué preguntas? No quería complacerte, ni mucho menos prestarte servicio, así que fue por pura amabilidad.

Audrey comprendía sus palabras, en efecto, pero le costaba asimilarlas. Desde que tenía uso de razón había entendido muy pronto que nadie hacía nada por nadie, y le costaba aún más en ese caso, ya que ella había sido bastante… maleducada.

No, esa definición no le gustaba, mejor decir que se había portado como una chica con carácter. Con brío. Con decisión. Con…

—No quiero tu dinero. —Alexei lanzó el sobre de nuevo en su dirección, empezando a alejarse de su zona.

—¿No?

—Net.

—Pero seguro que te vendrá bien. Con eso podrás pagar el alquiler de un par de meses o algo así… o más, depende de dónde vivas.

Cerró la boca de forma abrupta y retrocedió de manera instintiva al ver que Alexei volvía sobre sus pasos con cara de pocos amigos.

—Dame las gracias —la instó.

—¿Qué?

—Yo no trabajo para ti. Dame las gracias y no un sobre con dinero.

Audrey sintió cómo una corriente de indignación subía por su garganta y pugnaba por salir a la superficie. Pero, ¿quién se creía que era para hablarle de aquella manera? ¿Por qué no cogía el dinero y listo? Dar las gracias era un acto de generosidad y no estaba del todo convencida de si un viaje en coche lo merecía. Si al menos el coche hubiera sido un Lamborghini podría planteárselo, pero…

—Tú deberías darme las gracias a mí, por tener la suerte de que haya subido a tu coche.

—*Mne ne nravitsya. Do svidaniya* —respondió él, alejándose otra vez en dirección a la zona opuesta de la barra.

—¿Qué demonios acabas de decir? —preguntó Audrey, controlando los deseos de pegar cuatro gritos al suponer que no era nada agradable.

Pero Alexei se limitó a ignorarla, poniéndose a servir copas a otros invitados. Audrey agarró su bolso y regresó junto a Briana, que permanecía donde la había dejado y sin perder detalle de la conversación.

—¿Regresas sin copas? —preguntó, desconcertada—. Y con cara de cabreo. ¿Qué hablabas con el camarero?

—Poca cosa, solo quería pagarle por lo del otro día, cuando me llevó hasta casa.

—Oh, qué detalle, Audrey. Otra persona ni se habría acordado del tema.

—Pues no lo quiere.

—¿Está seguro? —preguntó Briana, echando un vistazo hacia la barra—. Porque no le vendría mal un cambio de imagen o un corte de pelo. De los buenos, ya me entiendes, con una factura de tres cifras como poco.

—Eso mismo he pensado yo, pero no le ha hecho gracia y me ha dicho que no trabaja para mí y no sé cuántas burradas más en ruso.

—¿Entiendes ruso? —preguntó Briana y, al ver a su amiga negar, continuó—. ¿Y entonces cómo sabes qué eran burradas?

—Sonaba mal.

—Es que es un idioma muy áspero, ¿no? Y todo el día rompiendo vasos…

Audrey se giró para mirarla con el ceño fruncido.

—¿Cómo que todo el día rompiendo vasos?

—Vasos, huesos… —se apresuró a decir Briana, consciente de que había confundido a los rusos con aquellos que arrojaban vasos en las bodas—. Da igual. Lo importante es que ahora no va a querer servirte las copas y tendré que ir yo todas las veces.

—¿Qué? No puede negarse a servirme, soy una invitada y él un camarero. Puedo ir a quejarme, incluso hacer que lo despidan.

—Esa sería una manera genial de agradecerle que te llevara a casa, sí —comentó Briana sin malicia, mientras recorría el comedor buscando a alguien conocido.

Audrey decidió poner en práctica la misma técnica que usaba en el trabajo cuando estaba alterada: coger y soltar aire diez veces. Era una absurdez, pero siempre funcionaba y le enfriaba la cabeza. Esa vez no fue una excepción, en cuanto se hubo calmado se dio cuenta de que su comportamiento era muy, muy estúpido. Y que cuanto más altiva se ponía, más motivos tenía él para mirarla con desprecio.

Pero… ¿desde cuándo se podía permitir un simple camarero mirar de manera despectiva a la gente adinerada? ¡Era el mundo al revés!

En cualquier caso, el chico estaba en su derecho de rechazar el dinero, por muy increíble que le pareciera, y ella tenía que aceptarlo. Pero seguía teniendo una sensación extraña al respecto porque, una de dos, o no volvía a abrir la boca y quedaba como una borde desagradecida, o agachaba la cabeza y daba las gracias.

—Hola, chicas —saludó Scarlett, materializándose frente a ellas como por arte de magia—. No sabíamos si al final vendríais, entre el nuevo trabajo de Brie y lo tuyo…

—¿Qué es lo mío, perdona?

—Bueno, la situación es incómoda —comentó la joven, recolocándose la americana negra por hacer algo—. Pero lo entendemos.

—¿El qué entendéis exactamente, Scarlett?

—Ya sabes, eso.

—No, no sé. ¿Eso?

—A ver. —Scarlett bajó la voz mientras se aseguraba de que nadie las oía—. Es jodido ver como tu ex se va a casar con otra, sobre todo con una ruptura tan traumática. Sabemos que ha debido de costarte mucho aceptar que Colin te dejara.

Briana alzó la ceja derecha al escucharla.

—Oye, fue un tema de cuernos.

—Sí, sí, lo sé. Conozco tu versión.

—¿Mi versión? —Audrey se puso las manos en la cintura, convencida de que una úlcera estaba empezando a formarse en su estómago de tanto retener bilis.

Scarlett estaba deseando huir, conocía muy bien aquella expresión en el rostro de su amiga. En su día, Audrey tampoco había dado muchos detalles sobre la ruptura, solo que el motivo había sido la infidelidad. Por supuesto ninguna desconfiaba, pero una vez Colin hubo entrado en sus vidas a través de Terry, les había dado pequeñas porciones de información hasta entregar una versión coherente y que también resultaba creíble.

—Colin dice que fue una especie de malentendido.

—Ah, sí —espetó Audrey al instante—. Alguna *stripper* contorsionista que se equivocó de destinatario, supongo. Más de una, en realidad.

—Audrey, si es que estás a la defensiva. En eso tiene razón él.

—¿Y en qué más tiene razón?

—Oye, solo venía para ver qué comida os gustaba más de las cuatro opciones, nada más. Esto es una fiesta, hay que pasarlo bien. ¿Os acordáis de cómo divertiros?

Ni loca pensaba repetir ante Audrey todas las joyas que su ex había dicho de ella. Maniática, celosa, mandona, sarcástica, neurótica… En opinión de Scarlett era algo exagerado, aunque cierto era que el sarcasmo de Audrey lo habían sufrido todas en mayor o menor medida. El resto lo tenía menos claro, pero a saber cómo se portaría ella en pareja.

—Nos acordamos, gracias —comentó Briana en tono firme—. Y ya que tanto le interesa a Terry saber nuestra opinión sobre la comida, puedes decirle que venga ella misma a preguntar.

—Oh, no es eso, es que…

—Voy un segundo al lavado —dijo Audrey, pero se detuvo a su lado unos segundos—. Por cierto, ir con un traje pantalón a una fiesta ya no se lleva.

Scarlett miró a Briana, que sacudió la cabeza.

—Tiene razón con lo del traje pantalón —dijo.

—¿Sabes? No tenéis por qué ser tan desagradables siempre.

—¿Perdona?

—Pues eso, que a veces podríais guardaros vuestra opinión, porque tampoco os la hemos pedido.

Con esa frase se dio la vuelta y se alejó con la espalda estirada. Briana cogió una copa de un camarero que pasaba por allí, frunciendo el ceño. ¿A qué había venido eso? Desde luego, era lo último que le quedaba por escuchar: que no querían oír su opinión.

—¿Te diviertes?

Al momento relajó la expresión al reconocer la voz y se giró con una sonrisa para encontrarse con Dylan.

Vaya, estaba guapísimo con aquel traje de chaqueta. ¿Cómo lo hacía para que todo le quedara bien? Porque Humpfrey tenía su propio sastre y le hacían todo a medida pero, de alguna manera, le parecía que a Dylan la ropa le quedaba más natural.

—Más o menos —contestó—. Demasiadas opciones, ¿no te parece?

—Sí. —Se acercó a su oído, como si fuera a contarle un secreto—. Aunque no tienen tantas opciones de café como tú.

Briana emitió una risita. Aquella semana Dylan había ido a tomar café con Colin todos los días, siempre después de la hora punta, y había probado diferentes bebidas. Ella se había esmerado con él. No así con Colin: cada día le había cambiado el sirope o le había puesto más azúcar del debido.

—Pronto vas a acabar la carta —le contestó.

—No importa, seguiré yendo todos los días.

—Pensaba que estabas de paso, no en algún proyecto con Colin.

—Mi empresa no ha puesto las oficinas aquí todavía, así que me han cedido un despacho en la inmobiliaria. Así también podré trabajar más cerca de los vendedores.

—Entonces, ¿no estás en exclusiva con Colin?

—No, claro que no. ¿Por qué iba a estarlo?

—No sé, no tengo ni idea de cómo van esas cosas.

—La idea es hacer una urbanización de lujo, hay de sobra para unos cuantos vendedores y además es demasiado trabajo para uno solo. Y aparte, tengo un par de casas que estoy empezando a diseñar.

Por cierto, si te independizas de tus padres, cuenta conmigo para hacerte una.

Briana le sonrió mientras daba un sorbo a su bebida. Aquella información era muy interesante, tenía que contársela a Audrey. Se dio cuenta de que Dylan la miraba como si esperara una respuesta y tragó el champán.

—Bueno, de momento no me voy de casa —contestó—. He roto con Humpfrey, así que…

—¿En serio? —Miró a su alrededor—. Ya me parecía que no estaba por aquí.

—No sé si seguirá invitado a la boda.

—De todas formas, no le necesitas para irte de casa, ¿qué te lo impide? ¿No quieren tus padres o te da pena?

Briana ladeó la cabeza, pensando en aquella pregunta. No se iba porque vivía muy bien así, claro. Siempre había supuesto que sus padres la mantendrían y después viviría de su marido, fuera quien fuera. Pero ya llevaba una semana trabajando, lo cual le hizo pensar en que todo el mundo que trabajaba, recibía un sueldo. Y no tenía la menor idea de cuánto era o de si su padre pensaba pagarle. Tendría que hablar con él al respecto.

No quedaba mucho para que la celebración llegara a su fin, porque los camareros estaban empezando a recoger las bandejas. Para ser una fiesta de elección de menús había durado hasta tarde y, aunque Audrey estaba deseando marcharse, no pensaba hacerlo sin dar carpetazo al asunto del agradecimiento con el ruso. De forma que se encaminó hacia la salida del restaurante. Imaginaba que lo encontraría fuera, igual que en la fiesta anterior, y no andaba desencaminaba. Alexei estaba sentado en las escaleras delanteras, con un cigarrillo en la mano. Observaba el enorme aparcamiento que había ante él y la cantidad de coches aparcados, hasta que la vio acercarse y le dedicó una mueca.

—Hola. —Audrey se sentó junto a él tras dudar unos segundos, estirando la tela del vestido para no darse a conocer en exceso.

—*Privet* —contestó Alexei—. No me estarás acosando, ¿verdad?

—No —respondió ella, con una risita—. Es que lo de antes me ha dejado una mala sensación y no sé, yo no soy así. Estoy pasando una temporada de mierda y estas fiestas no ayudan en nada, la verdad.

—Ah, sí. Me acuerdo. Tu exnovio cabrón. —Alexei cogió un vaso de plástico que tenía apoyado en la escalera y se lo tendió—. Toma, te ayudará.

Audrey no solía beber en vasos de plástico, ni ajenos, ni en la calle, pero decidió hacer una excepción. Total, la tarde había sido un completo desastre y no creía que aquello fuera a empeorarlo más.

Bebió un sorbo y apartó el vaso, con la sensación de haberse tragado medio litro de alcohol hirviendo.

—¡Dios! ¿Qué es esto? —protestó, entre tos y tos.

—Vodka polaco *Spirytus*. Difícil de conseguir y muy potente. Va de maravilla para los días malos.

—Sí, claro. Es difícil estar deprimido si caes inconsciente.

—Cuando estoy detrás de la barra me toca ser comprensivo, simpático y hacer de psicólogo, pero en mi tiempo libre no tengo ni ganas ni energía. Prefiero ofrecer un trago de esto, es más sencillo.

«Hombre, eso de simpático…», pensó ella, mirándolo de reojo. Al menos no parecía rencoroso, o a lo mejor eran los tragos de aquel mejunje, que le hacían olvidar todas las conversaciones. Empezaba a sentir calor, aunque no sabía si achacárselo al vodka o a aquel tipo, con el que no pensaba enrollarse ni loca porque no estaba a su altura, pero al que no le importaba mirar.

Lo peor de todo era que le caía bien, aunque le molestara admitirlo. La única verdad que había dicho Colin era que le iba la marcha, y ahí estaban incluidos los tíos que le daban caña, no podía evitarlo. Ella tenía mucho carácter y los hombres que se hacían pequeños en su presencia no le interesaban. Necesitaba que le sostuvieran la mirada, que pudieran encajar sus comentarios sarcásticos, incluso que le dieran una respuesta cortante de vez en cuando. Cuando no le daban lo que quería era cuando despertaban su interés. Y en ese momento se dio cuenta de que se libraba una batalla entre su sentido común y lo que le apetecía hacer. La parte insensata quería ponerse a coquetear y dejar que su vestido mostrara más de la cuenta. La racional le susurraba que se tomara la medicación, que ella no tenía nada que hacer con ese elemento de aspecto poco fiable que bebía vodka como si fuera agua.

—Lamento lo de antes —se disculpó—. Respeto que no quisieras el dinero.

—Gracias.

—Y tenías razón en lo que dijiste. Solo querías un agradecimiento, así que… gracias.

—Gracias otra vez.

—No, a ti por llevarme.

—Bueno, ahora no hace falta que me des las gracias tantas veces. ¿Qué pasa, eres de esas que o no llega o se pasa?

Audrey abrió la boca para contestar, molesta por aquel último comentario, pero justo en ese momento se abrió la puerta y apareció Colin. Se notaba que había tomado alguna copa de más, tenía el pelo despeinado, no llevaba la corbata y se estaba desabrochando el botón de arriba de la camisa. Llevaba un cigarrillo entre los labios, aún apagado.

Los miró con extrañeza y se acercó.

—¿Tú no eres el camarero? —Alexei afirmó con la cabeza—. Entonces tendrás fuego.

—¿Y tú qué sabes si fuma? —espetó Audrey.

—Los camareros siempre llevan mecheros, por si algún cliente como yo les pide fuego y así ganarse la propina. De algo tienen que vivir, porque con el sueldo que les pagamos…

Se rio como si aquel chiste fuera de lo más divertido pero, por la cara de Alexei, Audrey supuso que le había hecho tanta gracia como a ella.

El ruso sacó un mechero y se lo tiró a un desprevenido Colin, que a duras penas consiguió levantar las manos para atraparlo y, aun así, se llevó un golpe de rebote en la frente.

—*Izvini*, la puntería no es lo mío —dijo, con cara de no sentirlo lo más mínimo.

—Ya lo veo, ya. —Se encendió el cigarrillo y se guardó el mechero en el bolsillo—. ¿Y tú qué haces aquí fuera con este?

—¿Y a ti qué te importa con quién estoy?

—Hombre, será la primera vez que te veo hablar con un plebeyo, qué quieres que te diga. Ahora solo falta que me digas que te va a llevar a casa en ese coche de gama media.

Señaló el coche entre risas, mientras Audrey notaba cómo empezaba a sulfurarse. Que vale, sí, ella también había descrito a Alexei como plebeyo, pero el tono despectivo de Colin y aquella forma de hablar la estaban sacando de sus casillas. Se cruzó de brazos, con gesto de desafío.

—Pues sí —contestó, haciendo que los dos la miraran—. Precisamente de eso estábamos hablando, de que me iba a llevar a casa. ¿Verdad, Alexei?

El chico estuvo a punto de negar ese último punto, pero al ver la mirada burlona que les estaba lanzando el novio, afirmó con la cabeza. No era lo más práctico ni lo más inteligente mosquear a quien le había contratado para toda aquella serie de fiestas de boda, preboda y demás, pero el tipo era un impresentable y, aunque Audrey no había comenzado bien la noche con aquel intento de pagarle, al final se había bajado de su pedestal para darle las gracias.

Y, qué demonios, no le importaría llevarla en su coche otra vez.

—Sí, de hecho estábamos a punto de irnos. Puedes quedarte el mechero, tengo más.

Colin se atragantó por el humo, lo cual le impidió hacer ningún otro comentario y a ellos les dio tiempo de alejarse y subirse en el coche.

—Gracias por eso —dijo Audrey, mientras se alejaban.

—No hay de qué. Parece que te ha gustado la palabra, visto lo mucho que la estás utilizando.

—Qué gracioso. —Se dio un golpe en la frente—. Ay, Briana.

—¿Eres de alguna religión rara?

—¿Perdona?

—No sé, la gente normalmente cuando se da un golpe o le pasa algo dice «Ay, Dios».

Audrey lo miró preguntándose si bromeaba o no, pero como Alexei tenía la vista en la carretera, tampoco le quedó claro. Sacó su móvil del bolso, suspirando.

—Briana es mi mejor amiga y acabo de dejarla plantada en la fiesta.

—¿La chica que estaba contigo antes?

—Esa misma.

—Y la que te dejó plantada a ti en la otra fiesta, si no recuerdo mal.

—Ah, no, eso fue un malentendido.

—¿Volvemos a por ella, entonces?

—No, no, tiene chófer. No pasa nada.

—¿No era la del novio con aquel nombre tan raro?

—Ya no lo es, esta semana él la dejó. Por mensaje. —Tecleó en su móvil—. Mejor, no creas, el tío era un capullo.

—Más o menos como el que acabamos de dejar atrás, ¿no?

—Exacto. —Guardó de nuevo el aparato—. No son amigos, pero deberían, porque son tal para cual. —Miró por la ventanilla—. Vaya, ¿y este camino?

—Es un *sokrashchennyy*, rodea todas las urbanizaciones y esquivamos la carretera principal, que a saber cómo estará de coches. No es que vaya a secuestrarte ni nada parecido.

—No, claro que no. —Carraspeó—. Ni se me había ocurrido, ejem.

—¿Nunca habías venido por aquí?

—No, no tan arriba. Tiene que haber unas buenas vistas.

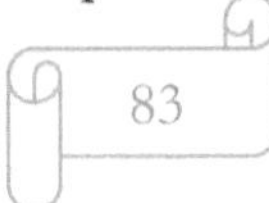

—Sí, ¿quieres que te las enseñe?

Según las palabras salían de su boca, Alexei se dio cuenta de lo absurdo de la oferta. Lo había dicho con la mejor intención pero, claro, la gente no iba a aquellas colinas a «mirar las vistas». O sí, las miraban, pero para luego dedicarse a otros menesteres más interesantes. Los cuales, pensó mientras miraba de reojo las piernas de Audrey, tenían que estar bien alejados de su mente y no amenazando su pantalón, que hasta entonces había estado muy tranquilo. Pero la verdad era que la chica le provocaba de todo menos impasibilidad. ¿Quién le mandaba volver a darle conversación después de aquella primera fiesta? Bueno, no pasaba nada, porque seguro que decía que no y…

—Sí, me parece genial.

Alexei pensó en alguna excusa que poner pero no se le ocurrió ninguna creíble, así que cogió el primer desvío que encontraron y condujo hasta uno de los miradores que había oculto entre los bosques.

«Que haya más coches —pensó—. Que haya más coches, que haya más… *Bleati!*».

No había nadie más, ni siquiera había farolas. Si hubiera querido escoger el lugar más recóndito y solitario no le habría salido mejor.

Aparcó junto a una valla y Audrey se bajó sin esperar, para ir hasta el borde y mirar la ciudad que se extendía a sus pies. Luces y luces por todas partes, como si no tuviera fin. Había visto Los Ángeles desde los aviones más de una vez, pero aquello impresionaba más.

Alexei apareció a su lado y le tendió una botella.

—Toma, yo solo le daré un par de tragos más, solo me faltaba que me parara la policía.

—¿Y los vasos?

—Me los he dejado en la escalera. Esta es otra botella, también. Es lo que tiene salir corriendo para rescatar a una dama en apuros.

Audrey dudó unos segundos, pero al final la cogió y le quitó el tapón. Ya de perdidos, al lago. ¿O era al río? Qué más daba. Aquello reiteraba la sensación generalizada de que los rusos bebían vodka muy a menudo.

La bebida le quemó de nuevo la garganta, pero dio otro trago a ver si así se le pasaba el ardor, y le devolvió la botella.

Alexei la cogió con una sonrisa.

—Al final le vas a coger el gusto —comentó.

—Me gusta probar cosas nuevas.

Alexei levantó una ceja, mientras daba otro trago. No quería precipitarse en sus conclusiones, porque era muy fácil sacar aquella frase

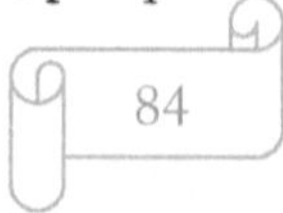

de contexto y no quería tener ningún lío. Que con aquellas chicas ricas nunca se sabía. Pero, justo entonces, Audrey se acercó más a él… y se quedó mirándola, esperando.

Audrey no se podía creer lo que estaba haciendo. Tampoco se lo iba a achacar al alcohol porque, si bien era cierto que el vodka espirituoso aquel ayudaba, ni mucho menos se sentía borracha.

Tenía que ser su mal gusto con los hombres, no encontraba otra explicación. Cuando no se interesaba por uno que la engañaba, lo hacía por otro que era un simple camarero de dudosos modales. No debería perder el tiempo con alguien a quien jamás tomaría en serio para una relación, pero… Dios, era guapo. Cuando mascullaba palabras en ruso no tenía la menor idea de qué decía, pero aquel tono de voz ronco la estaba poniendo a mil. Ni siquiera sabía si cuando le había dicho aquella frase de probar cosas nuevas pretendía coquetear con él, pero le había salido sola. Y, qué demonios, quería algo más que coquetear, ya puestos.

De repente, el ruso la apoyó contra la puerta del coche y ella se quedó mirando sus labios. Desde que lo había visto la primera vez había sentido el deseo de probarlos, solo que, como hacía siempre, ese deseo había quedado sepultado bajo una inmensa capa de estúpido clasismo.

¿Cómo iba a gustarle alguien que se dedicaba a servir copas en un catering? No, a ese chico solo podía utilizarlo como diversión, para… lo que estaba a punto de hacer en ese momento.

Alexei le acarició el labio inferior con el pulgar y ella sintió que se derretía. Quizá hacía demasiado que no practicaba sexo, porque presentía que el juego no duraría mucho si continuaba calentándola de aquella manera.

Le acarició el pulgar con la punta de la lengua y entonces él la besó. Audrey se estremeció desde la cabeza hasta los pies, no recordaba que la hubieran besado de aquella manera nunca. Ni siquiera Colin en sus mejores momentos tenía esa técnica. ¿Sería por ser ruso? Los rusos tenían estrategias para cualquier eventualidad, todo el mundo lo sabía.

Le agarró de la camisa para atraerlo hacia ella, excitada e impaciente. Alexei se alejó, dejándola desconcertada unos segundos hasta que vio que sacaba la llave del coche.

Increíble, se lo iba a montar en un coche, igual que cuando tenía diecisiete. Pero ¿qué importaba?, unos segundos antes había estado dispuesta a tumbarse sobre el capó si era necesario. Además, el coche estaba aparcado en una zona solitaria, un detalle que era de agradecer.

Notó como la puerta trasera se abría tras ella y se dio cuenta de que el ruso la empujaba hacia el interior. Se tumbó de espaldas, aún sin terminar de creerse lo que estaba haciendo. Si sus amigas se enteraban de aquello sería la locura, le gastarían bromas durante el resto de su vida.

Daba igual. Porque Alexei se había tumbado sobre ella y volvía a besarla mientras su mano derecha se metía por entre el vestido. No logró controlar un jadeo cuando esa misma mano se introdujo dentro de la ropa interior, buscando aquel punto tan sensible que pedía a gritos ser acariciado. Y lo encontró, vaya si lo encontró.

Audrey se retorció al sentir una presión suave pero firme, un ritmo sin prisa pero sin pausa.

Madre de Dios, de todos los santos y de varias monjas de clausura, el ruso no sería la persona más simpática del mundo, pero estaba claro que sabía muy bien cómo tocar a una chica.

Durante unos segundos temió que alguien la escuchara gemir, pero enseguida lo olvidó; solo podía pensar en él y en que le estaba haciendo ver las estrellas, de hecho estaba a punto de…

Alexei apartó la mano.

—¿Qué haces? No te pares, joder.

Antes de que pudiera reaccionar, escuchó el ruido metálico de un cinturón y el bajar apresurado de una cremallera. Se arqueó y él la penetró en el momento justo, arrancándole un gemido que iba a caballo entre el placer y la sorpresa. Se movía de maravilla y, como la había dejado al límite, fue cuestión de medio minuto que sintiera aquella maravillosa explosión. Fue como si sus piernas se hubieran convertido en mantequilla, el chispazo la recorrió por completo y terminó por morderle en el hombro para no gritar, que no era muy elegante.

Las manos del chico la sujetaron del cuello mientras jadeaba y segundos después se derrumbó sobre ella, tratando de recuperar la respiración. Audrey lo abrazó, aún agitada mientras los latidos del placer se iban alejando poco a poco… Una lástima, podría tener orgasmos como ese a todas horas.

Alexei se incorporó y ella se tomó la molestia de observarlo. La verdad era que físicamente la atraía a lo salvaje, no lo podía negar, le encantaban aquellos ojos tan fríos y a la vez tan calientes, por no hablar de esas manos. Sus manos deberían estar aseguradas, eran armas de placer masivo. Se mordió el labio, reprimiendo las ganas de relamerse como un gatito satisfecho. ¿Quién hubiera dicho que el asiento trasero de un coche iba a ser tan excitante y cómodo?

Notó una ligera brisa por sus piernas y entonces se dio cuenta de la situación en la que se encontraba: los tirantes bajados, el vestido arrugado de mala manera y… vaya, ahí abajo le faltaba algo, ni se había dado cuenta de cuándo se había quedado sin ropa interior.

Miró a su alrededor y palpó por el suelo, pero no encontró nada, estaba demasiado oscuro. Escuchó que Alexei carraspeaba y, al levantar la vista, vio que llevaba toda su ropa puesta.

Se colocó los tirantes del vestido y se bajó la parte de la falda, para poder salir del coche de forma más o menos digna.

—Bien, esto… —empezó, mirando a todas partes menos a él—. Muy bonito el paisaje.

Él levantó una ceja, sin saber qué contestar a eso. Pero tampoco tenía muy claro qué decir después de lo que había pasado, así que rodeó el coche hasta llegar a la puerta del conductor.

—¿Seguimos?

Audrey pensó al momento en otro encuentro pero lo apartó de su mente, porque estaba claro que él no estaba en la misma onda, lo que le estaba diciendo era que quería marcharse. Así que abrió la puerta del copiloto y se metió dentro del coche.

—Sí, vamos, es tarde —murmuró.

Alexei se sentó sin decir nada más y así permanecieron el resto del viaje, él concentrado en la carretera y ella mirando por la ventana, como si aquel paisaje oscuro fuera lo más interesante del mundo.

Briana seguía hablando con Dylan, iba por su tercera copa de champán y la verdad era que se lo estaba pasando muy bien con él. Notó que su móvil vibraba y lo sacó de su pequeño bolso.

—Perdona, tengo un mensaje de Audrey.

Lo abrió y tuvo que leerlo dos veces para creérselo. ¿Otra vez se había ido con el plebeyo ruso? Mira que si tenía que volver a llamar a urgencias… En fin, hablaría con ella al día siguiente.

—¿Algún problema? —preguntó Dylan.

—No, solo que se ha tenido que ir.

—¿No tienes quien te lleve, entonces?

Briana negó con la cabeza, obviando al chófer que estaba esperándola en el aparcamiento.

—No te preocupes, yo te acerco a casa —se ofreció Dylan, tal y como ella había esperado.

—Perfecto.

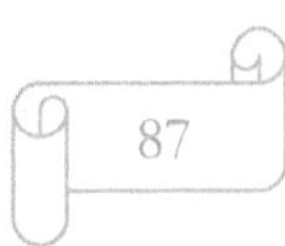

Y así, sin comerlo ni beberlo, se encontró de nuevo en aquel Mustang que cada vez le gustaba más. Igual que el dueño, pero de eso ya se preocuparía otro día.

CAPITULO 7:
ERASE UNA VEZ… VEINTE MIL ENTRE DOCE

Sucesión de audios de Briana:

Audrey, no me coges el teléfono. Son las diez de la mañana y es raro que no te hayas levantado todavía, ¿bebiste mucho anoche? Bueno, estoy de camino a tu casa con un par de bollos suizos, no sabes lo que me ha costado venir, ¡el chófer de mi padre no está en casa! He tenido que coger el de mi madre, que no me cae nada bien, ¡así que levántate al menos a abrirme! ¡Que hay muchas cosas de las que hablar!

¡Audrey! Tu portero me ha abierto, pero ni siquiera has escuchado mi audio. Voy a tener que usar mi llave para entrar, espero no interrumpir nada extraño, porque no has usado el mensaje clave. Estoy en la puerta justo ahora, metiendo la llave en la cerradura.

Estoy en el pasillo, ¿por qué tienes las persianas cerradas? Madre mía, como me encuentre a alguien contigo me da un ataque, ¡te lo advierto! Voy hacia tu cuarto, estás avisada…

Audrey se despertó de golpe al sentir que alguien la sacudía con energía. Abrió los ojos lo justo para confirmar que no era un ladrón y soltó un suspiro al reconocer a su amiga.

—Me has asustado —murmuró.

—¿Yo a ti? Deberías ver cómo tienes el pelo, chica.

—¿Qué hora es?

—Muy tarde. Arriba, he traído el desayuno, iré haciendo café y tú te vistes.

Briana abandonó la habitación mientras la rubia se frotaba los ojos. Se cercioró de que realmente eran las diez de la mañana, sorprendida porque ella no solía dormir hasta esas horas. Al parecer, aquel vodka engañaba bastante en cuanto al grado de borrachera.

Se incorporó con un bostezo, echando un ojo al vestido arrugado que permanecía en el suelo. Miró a su alrededor con la esperanza de encontrar su ropa interior pero nada, ni rastro. Seguro que se había quedado en el coche del ruso… Madre mía, ahora que se acordaba, no la había encontrado y al final se había ido sin ella. Con lo exclusivos que eran los conjuntos de La perla, como para irlos perdiendo por ahí…

Se puso algo cómodo y, cuando salió, todo su piso estaba impregnado de un maravilloso olor a bollo suizo tostado. Suspiró y fue a reunirse con Briana, que estaba ante su máquina de café pulsando teclas, al parecer con éxito.

—He aprendido a usarla —dijo con orgullo, al verla entrar.

—Eres un hacha —sonrió Audrey, sentándose junto al ventanal por el cual se veía la playa.

—¿Tan tarde llegaste anoche?

—No demasiado, pero supongo que entre eso y el vodka he caído en coma.

Briana se sentó tras depositar en la mesa las dos tazas de café y los bollos.

—Café *machiatto* con canela y un bollo tostado con arándanos, bajo en grasa, para la señorita —recitó, usando el tono que empleaba en el WaFFle CoFFee, lo que hizo reír a Audrey—. Bien, ahora que tenemos café y bollo, puedes empezar por explicarme tu extraño mensaje de anoche.

—¿Qué mensaje?

—Este.

Briana le enseñó la pantalla:

> **Brie, no te preocupes por mí. Me marcho con el ruso, él me lleva a casa.**

—Ah, ese. Ya, ya, no hace falta que lo leas en voz alta —carraspeó la joven, bebiendo un sorbo de café y poniendo cara de sorpresa porque sabía bien—. ¡Vaya, vas haciendo progresos!

Briana pareció ilusionada.

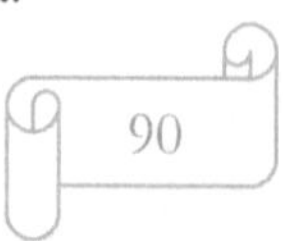

—¿En serio? ¡Gracias! —dijo, sonriendo—. Bueno, esta máquina es mucho menos complicada que las del trabajo, así que… Pero no me distraigas y cuéntame. Creía que habíamos dejado claro que los rusos dan miedo, ¿por qué te subiste otra vez en su coche?

Audrey se frotó la cabeza, con una mueca.

—Hombre, miedo, lo que se dice miedo…

—Te llevó obligada, ¿a que sí? Lo sabía.

—No, no, en absoluto —se apresuró a corregir Audrey—. Estábamos fuera, hablando, y de repente apareció Colin. —Briana puso gesto de desagradado—. Y, bueno, no me gustó el tono con el que se dirigía a él, así que para darle en las narices me marché en su coche.

—¿Cómo se dirigía a él? ¿Como nosotras?

Audrey asintió, fastidiada.

—Sí, pero al estilo Colin, ya sabes. Con su cara de gilipollas, como si fuera el único hombre que hay sobre la tierra. No sé qué pasaba anoche, que me lo encontraba en todas partes.

—Quizá porque era su fiesta… —Audrey hizo una mueca—. Bueno, entonces te subiste a su coche y te emborrachó, ¿a que sí? Lo sabía.

—No. Lo de beber fue por voluntad propia, lo que pasa es que el vodka que llevaba era un quitapenas de esos que te queman la garganta. Y le di unos cuantos tragos en el restaurante y otros cuantos en el mirador.

Briana asintió de forma mecánica. Después se quedó en silencio mientras procesaba la información que acababa de escuchar, hasta que al fin reaccionó con expresión perpleja.

—Un momento. ¿Has dicho mirador?

—Ajá.

—Dios mío. Te llevó a un mirador y trató de abusar de ti, ¿a que sí? ¡Lo sabía! —Cogió su móvil a toda prisa—. Voy a llamar a la policía. Los he puesto en marcación rápida, después del susto de tu cuasi secuestro.

Audrey puso su mano sobre la de ella para quitarle el teléfono.

—Estate quieta que nadie ha abusado de mí, en todo caso al revés.

—Espera, ¿qué? O sea, ¿qué? ¿Qué?

—Pues que subimos a un mirador donde había unas vistas increíbles y, ya que estábamos, me acosté con él —soltó Audrey, cogiendo un pellizco del bollo.

Briana se quedó sin habla. Durante unos segundos, se le pasó por la cabeza que su amiga estuviera tomándole el pelo, porque no recordaba haberla visto jamás saliendo con un tío sin traje. Todos los

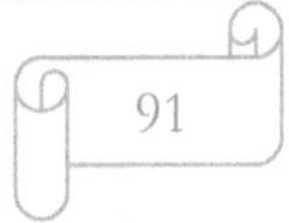

novios de Audrey habían sido abogados, banqueros, empresarios y cosas por el estilo. Vestidos con trajes caros, con el pelo bajo control y unas abultadas cuentas corrientes con las que poder satisfacer a su caprichosa novia. Aquello la dejaba *flasheada*.

—Pero… pero… ¿cómo? ¿Dónde?

—En el coche.

—¿En el coche? —exclamó Briana, espantada—. ¿Sin cama? Oh, Dios mío.

Audrey sintió deseos de reírse, pero se contuvo. Briana para esas cosas eran tan princesita… Si le quitaban el dosel y las velas estaba desubicada, así que podía entender su sobresalto. Visto desde su perspectiva estaba segura de que parecería que había perdido la cabeza, pero tampoco podía darle una explicación razonable.

—¿Y no fue incómodo? —quiso saber Briana, muerta de curiosidad.

—No. Como si hubiera sido en el suelo, ni me enteré de dónde estaba. Me tuvo despistada el mejor orgasmo del mundo.

—¡Ay, por Dios, Audrey! —Briana puso cara de susto.

—Fue un impulso sexual, ¿qué quieres que te diga? —Audrey le dio un sorbo al café—. Son cosas que pasan a veces.

Briana asintió, aunque no, para ella no eran cosas que pasaban. Su vida sexual era… ejem. Casi prefería no pensarlo mucho.

—Audrey, te podría haber pasado cualquier cosa —murmuró y su amiga alzó la mirada—. ¿Cómo se te ocurre irte con un tío que no conoces de nada?

—Pero sí que lo conocía —protestó ella—. Que no es muy hablador ni me baila el agua, pero se ha portado bien las dos veces que he coincido con él.

—Ya, pero es ruso…

—¿Y eso que tiene que ver? No todos los rusos son delincuentes, tu forma de pensar es…

Se calló, consciente de que la forma de pensar de Briana era igual que la suya y consistía en generalizar, claro. ¿Acaso no había elucubrado ella misma al respecto y con las palabras «armas» y «drogas» rondando por su mente?

—Perdona —dijo Briana—. ¡Es que esto se me hace muy raro! Nunca sospeché que pudieras tener algo con un simple camarero.

—A ver, que no es nada. Solo fue un polvo, eso es todo.

—¿Y no tenías otros candidatos?

—Sí, podía haberme tirado a Colin —gruñó Audrey.

—No, hay muchos tíos que estarían encantados, muchos de ellos estaban en el restaurante anoche —señaló Briana, confusa—. Hay que pensar mejor las cosas, yo entiendo que es guapo, pero…

—Igual no hay que pensar tanto.

—¿Entonces vamos y nos acostamos con cualquiera sin mirar su estatus?

—Briana, fue un impulso, ya está. Se llama química sexual, ¿sabes lo que es? Igual no, que a ti no te va el sexo.

Lo dijo sin maldad, pero Briana curvó los labios en una mueca triste.

—No es cierto —se quejó.

—Venga ya, si con Humpfrey no te has acostado más que un par de veces. Que enseguida le soltaste todo ese rollo de que así la noche de bodas sería más emocionante.

—Es que no me gustaba mucho acostarme con él.

Audrey se dio cuenta de que había sido brusca con su amiga y relajó su expresión para pasarle el brazo por los hombros.

—No tenía pinta de saber follar, no… —dijo en voz baja.

—No seas ordinaria.

—Mira, algún día te vas a cruzar con alguien que haga saltar tus fusibles. Y cuando te suceda lo comprenderás.

Briana no estaba muy convencida, a esas alturas de su vida pensaba que el asunto no tenía remedio. De adolescente había cometido el error de pensar que el sexo era como en las películas y cuando empezó a practicarlo se llevó el chasco de su vida. Como solo había tenido un par de novios creyó que aquello era lo normal, por eso cuando alguien le hablaba de química sexual no acababa de entenderlo. Ella no había sentido jamás ese chispazo que te lleva a acostarte con alguien aquí y ahora, aunque eso no quería decir que no pensara en ello. Cierto que ella era tradicional y a veces se horrorizaba de las cosas que le contaba Audrey, pero quería creer que no todo el sexo era aburrido y soso.

—¿En serio lo crees?

—Sí. Cuando menos te lo esperes aparecerá esa persona. —Briana sonrió un poco—. Y te pondrá a cuatro patas y te tirará del pelo.

—¡Audrey! —Le pegó en el brazo mientras su amiga se reía.

—Perdona, estaba bromeando. O no.

Briana soltó un resoplido, pero cogió el bollo con energía, como queriendo abandonar aquel tema.

—Y entonces ¿qué? ¿Vas a volver a verlo?

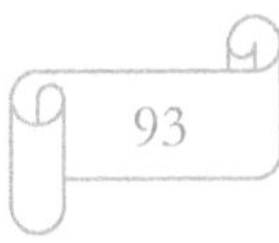

—No sé. No lo echaría de mi cama, pero eso de pasearlo en público…

—Te entiendo. Pero ese ruso no creo que quiera convertirse en tu juguete.

—Además, no tengo su teléfono. No podría llamarlo aunque quisiera. —Audrey no era consciente, pero tenía el ceño fruncido—. Vaya tela. Se queda con mi ropa interior de La perla, pero ni se molesta en darme el móvil.

—Dios mío. Demasiada información. —Briana se levantó, cogiendo su taza— No quiero oír más detalles gráficos sobre el tema, termínate el café y ponte la ropa que nos vamos al *brunch*, a ver si se te van esas ideas raras de la cabeza.

—Vale, vale, ya voy.

Terminó el café y fue a su habitación a darse una ducha rápida y vestirse. Cuando bajaron a la calle, se sorprendió al ver que el chófer habitual de Briana no estaba.

—¿Este no es el de tu madre? —preguntó.

—Te lo he contado en el wasap, el de mi padre no sé dónde anda. ¿Tú te crees, qué poca consideración? ¡No se ha presentado al trabajo!

—Qué raro. Porque ayer no parecía enfermo.

Briana se quedó quieta, mirándola.

—Huy —dijo.

—¿Qué?

—Pues que no me llevó a casa… Volví otra vez con Dylan. Y creo que no le avisé para que se fuera.

—¿Lo crees o no le avisaste?

Briana movió la cabeza, sacando su móvil.

«Mi padre me va a matar», pensó.

Se subieron al coche mientras le mandaba unos mensajes al chófer y a su padre y guardó el teléfono con rapidez para no ver las contestaciones, por si acaso le caía alguna bronca.

Llegaron a su restaurante favorito de los domingos, donde solían tomar el *brunch*, y el camarero las sentó en su mesa habitual.

Después de mirar la carta y acabar pidiendo lo de siempre, Audrey cruzó las manos encima de la mesa y miró a su amiga con interés.

—Bien, ya hemos hablado de lo mío y está resuelto el tema del chófer —dijo—. Ahora cuéntame eso de que Dylan te llevó a casa.

—No hay mucho que contar, estuvimos hablando y eso… me llevó. —Se encogió de hombros—. Es muy majo.

—¿Solo te parece majo? ¿Ni un poco de tilín? —Briana enrojeció—. ¡Tilín tolón, que se nota!

—Que no, yo qué sé. A ver, que es el amigo de Colin. Seguro que en el fondo es un sinvergüenza como él. Solo soy amable por ti, para conseguir información.

—Claro, claro. —El camarero les dejó las bebidas y sus platos—. Esta semana pienso meterme en el ordenador de Colin, por cierto. Y ya he cogido laxantes. —Sacó de su bolso una caja y se la pasó—. Toma, ya te avisaré de cuándo echárselos.

—Genial.

—Bueno, ¿y por lo demás, qué tal? ¿Cuándo cobras tu primer sueldo?

Briana parpadeó sorprendida y se la quedó mirando. ¿Sueldo? Su padre no le había dicho nada al respecto… pero claro, tendría que cobrar, ¿no? Que se estaba matando a trabajar cuatro horas cada día con madrugón incluido. Y en su última conversación solo le había comentado que Sally le había dicho que lo estaba haciendo muy bien y que el mes siguiente pasaría a hacer ocho horas, como todo el mundo.

—¿Y esa cara? —preguntó Audrey—. ¿Es porque vas a cobrar muy poco? —La miró con cariño—. Es lo normal, los camareros…

—No, es que no sé cuánto es. Pero mañana mismo se lo digo a mi padre, esto no puede ser. Mira que a lo mejor tenía intención de tenerme ahí sin pagarme. Pues no, no puede ser. —Su rostro se iluminó—. Ay, Audrey, que nunca he tenido un sueldo.

—Bueno, no un sueldo, pero tienes tu manutención. Y las tarjetas a nombre de tu padre.

—Sí, sí, pero no es lo mismo. Ahora puedo independizarme. Tú me buscas un piso como el tuyo y ya está.

Audrey la miró por si estaba bromeando, pero no: Briana la miraba muy seria. Pero ¿cuánto pensaba que le iban a pagar? Quizá su padre le diera más que al resto por ser su hija, aunque no lo creía, porque si la hacía trabajar como a los demás era porque no tenía intención de darle un trato preferente. Ahora, que no iba a ser ella quien la bajara de la nube, con lo emocionada que parecía.

—Mira, hacemos una cosa —le dijo, dándole unas palmaditas en la mano—. Cuando sepas cuánto vas a ganar, me lo dices y miramos las posibilidades, ¿vale?

—¡Genial! Qué guay, mi propio apartamento.

Dio un par de palmaditas de entusiasmo, literal y mentalmente. Hasta entonces nunca se había planteado irse de casa, pero ya no tenía el plan B de Humpfrey. Tampoco había pensado verse nunca en un trabajo, así que parecía el momento de hacer algún otro cambio. Si tomaba el ejemplo de Audrey no le iría mal, le gustaba el apartamento que tenía y si le encontraba uno parecido, mejor que mejor. Ya se estaba imaginando cómo pintar las paredes: en tonos pastel, por supuesto.

Con aquellos planes de mudanza y decoración de su piso aún por comprar, regresó a su casa, pero la sonrisa de entusiasmo se le pasó al llegar y ver que su padre salía a su encuentro desde el salón, con los brazos cruzados y gesto serio.

—Ven conmigo a mi despacho —ordenó.

Se dio la vuelta sin esperar a ver si le seguía.

Briana fue tras él preguntándose qué habría hecho mal. ¿Se habría dado cuenta Sally de que le echaba demasiado azúcar a Colin? No, no podía ser eso, se lo habría dicho, como cuando se pasó con el sirope. Por más que se estrujó el cerebro, no se le ocurría nada.

—Siéntate —volvió a ordenar su padre, señalando la silla frente a él.

Briana obedeció, cruzando las piernas y las manos como siempre hacía, lo que le daba un aire de inocencia que esperaba que la sacara de aquel lío, fuera el que fuera.

—¿Qué tal anoche en la fiesta de Terry y Colin?

Briana levantó la vista, sorprendida. Su padre nunca le preguntaba por las fiestas a las que iba… ¿Sería por Dylan? ¿La habría visto llegar en el Mustang?

—Bien —contestó—. No vine muy tarde.

—¿No?

—No.

—¿A qué hora exactamente?

—Creo que la una… o un poco antes. Me trajo un amigo.

—Ajá. Lo suponía, porque en bicicleta no te imagino, y tampoco usando una de esas cosas modernas, ¿cómo se llaman?

—¿Uber?

—Eso. —Agitó la mano—. ¿Y no se te olvidó nada?

—¿Olvidarme? —Al momento pensó en Audrey, pero ella no había perdido las bragas, desde luego—. No, ¿por qué?

—¿Y mi chófer?

Porras. Duda aclarada, no le había avisado. Pero bueno, a ver, ¿qué culpa tenía ella si el hombre se había quedado toda la noche allí? Sí, le dijo que la esperara, pero suponía que el hombre tendría alguna hora límite o algo. Además, había dado por supuesto que con los mensajes que les había enviado hacía un rato el tema se daba por zanjado, por eso su padre la había pillado desprevenida. Carraspeó, buscando la forma de quitarse la culpa de encima.

—Pensé que…

—No pensaste, como siempre —la interrumpió, de forma brusca—. Se quedó esperándote hasta que vio que no salía nadie más en la fiesta y cuál fue su sorpresa al preguntar al personal de seguridad y enterarse de que te habías ido.

—Bueno, si al final se marchó…

—¿Eso es todo lo que tienes que decir? ¿De verdad no te importa que estuviera horas esperándote cuando podría haber estado durmiendo como cualquier persona con derecho a descansar? —Movió la cabeza—. Esto se ha acabado, Briana. Te quito los derechos de chófer. Del mío y del de tu madre, por supuesto.

—¿Qué? —Abrió los ojos como platos—. Pero… pero… ¿y cómo voy a ir a los sitios?

—Te diría que en autobús o en metro pero no es seguro, así que cogerás mi viejo Mercedes.

Por viejo, se refería a un convertible que había comprado un par de años atrás y que apenas utilizaba.

—¿Y quién lo conducirá? —preguntó Briana, sin entender.

—Tú, por supuesto.

—¡Si no sé!

—Por supuesto que sabes, te sacaste el carnet en el instituto.

—¡Y no he vuelto a tocar un volante desde entonces! —Pensó con rapidez—. Papá, puedo ser un peligro.

—Tienes toda la tarde para ensayar. —Le pasó las llaves por encima de la mesa—. A un par de manzanas de la cafetería hay un aparcamiento donde tengo unas plazas reservadas para los trabajadores.

Briana cogió las llaves con la punta de los dedos, mirándolas como si fueran de cristal y pudieran romperse en cualquier momento. Abrió su bolso y las dejó caer dentro, tragando saliva. Bien, ¿no era día de cambios? Pues otro más, aunque fuera obligado.

Se estiró muy digna, intentando aparentar más seguridad de la que sentía.

—Muy bien —contestó—. Ya que hablamos del trabajo, hay algo que me gustaría saber.

—Seis meses, mínimo.

—No, eso ya lo tengo claro. —Hizo una mueca, a su pesar—. Pero supongo que cobraré, ¿no?

Aquello sorprendió a su padre, que la miró como si no la conociera.

—¿Quieres un sueldo? —preguntó, cuando reaccionó.

—Claro, quiero irme de casa y de alguna forma tengo que pagármelo.

—Briana, no voy a pagarte más que al resto.

—Todos viven en alguna parte, digo yo. No están en la calle así que mal no pagarás.

Su padre abrió un cajón y sacó unos cuantos papeles, que le pasó por encima de la mesa. Briana los cogió y los miró por encima.

—¿Un contrato?

—Tu contrato. —Le entregó un bolígrafo—. Firma al final.

Briana cogió el bolígrafo y leyó unas cuantas líneas al azar. Vio una cantidad con unos cuantos ceros y firmó, satisfecha.

—Me sorprendes —comentó su padre, cogiendo su copia y dándole una a ella—. Espero que encuentres un sitio.

—Por supuesto. Ya no necesito tu manutención. —Se levantó—. ¿Algo más?

—No, eso es todo. Recuerda que mañana no te llevaré yo, no llegues tarde.

—Mañana tengo libre. —Su padre frunció el ceño—. Es la prueba del vestido de Terry, Sally me ha cambiado el día por el sábado.

—Bien, en eso no me meto porque es cosa de Sally. Espero que cumplas y no faltes el sábado.

—No lo haré.

Salió del despacho con paso seguro y firme y, una vez que hubo cerrado la puerta tras de sí, corrió a su habitación. Dejó las hojas del contrato sobre la colcha de la cama y buscó la línea donde estaba el sueldo, para sacarle una foto y enviársela a Audrey. Su amiga no tardó en contestarle con un emoticono triste.

BRIANA
¿Y esa carita?

AUDREY
Por tu sueldo, lo siento.

BRIANA
¿Por qué? Son veinte mil más propinas, con eso puedo alquilar algo, ¿no? Me conformo, aunque no tenga piscina privada. Puedo compartir una si hace falta.

AUDREY

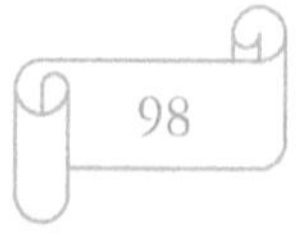

Briana, cariño, lee bien.

La chica miró de nuevo la hoja. Si estaba claro, los números estaban en negrita: veinte mil dólares al año.

«Ay, Dios —pensó—. No, no, no, ¿al año? Que no, que es al mes, tiene que estar mal».

Hizo un intento de dividir los veinte mil dólares entre doce para tratar de averiguar cuánto iba a cobrar al mes, pero su cerebro se negaba a aceptar la cifra que le salía y desistió.

Su teléfono comenzó a sonar y lo cogió al ver que era Audrey.

—¿Estás bien? —preguntó su amiga.

—No. —Notó un nudo en la garganta—. Pensaba que era al mes… Ay, Audrey, que le he dicho a mi padre que no necesito su paga mensual. ¡Me la va a quitar! Y seguro que hace lo mismo con las tarjetas, ¿qué voy a hacer? —Se abanicó con el contrato—. Me voy a desmayar, lo estoy viendo, me voy a desmayar.

—Respira, tranquila, respira.

—¡Si hasta tengo que ir en coche! —Ahogó un grito—. ¡Audrey!

—¿Qué?

—¡No es eléctrico! ¡Tendré que echarle gasolina y no sé ni cómo se hace! Y eso hay que pagarlo también, ¿no? Ay, me falta el aire. ¿Llamo a emergencias?

—A ver, no, no llames a nadie, tranquilízate. Túmbate y respira hondo.

—¿Les llamo por la otra línea y que vayan enviando una ambulancia, por si acaso? Si se me pasa la cancelo y punto.

—Una ambulancia no es como pedir comida japonesa. Hazme caso y túmbate. —Briana se estiró en la cama, con el contrato sobre el pecho y el móvil pegado a la oreja—. ¿Mejor?

—Un poco. ¿Qué hago?

—Con ese dinero no puedo buscarte nada, está claro, ya sabes que yo trabajo con grandes casas, cosas de lujo. No tengo ni idea de en qué barrio podrías pagarte algo y mejor no buscar, miedo me da.

Briana se levantó, agobiada de nuevo mientras la escuchaba. Le había lanzado un órdago a su padre, no podía echarse atrás, pero tampoco tenía forma de salir de casa. Abrió la ventana para que entrara algo de aire y se quedó mirando la enorme piscina que reflejaba la luz del sol, echándola ya de menos.

—¿… entonces? —preguntaba Audrey.

—¿Qué?

—Que si vas a volver a hablar con tu padre. Yo si quieres tengo un sofá muy cómodo, ya lo sabes, pero para algo continuo no creo que…

—Me voy de casa, y ahora mismo.

—¿Qué? Briana, ¿qué vas a hacer? No hagas ninguna locura, por Dios.

—No, tranquila. Estoy viendo la solución desde mi ventana.

—¡Briana, no te tires!

—Ay, que no, luego me dices que yo soy la melodramática. —Emitió una risita—. Estoy viendo la casa de invitados de mis padres, la de la piscina. Me mudo allí.

Audrey se quedó sorprendida. No era independizarse del todo, seguiría teniendo cerca a sus padres y, por extensión, a todo el servicio. Pero era un gran paso para su amiga y desde luego mejor que mudarse a Dios sabía dónde.

—Me parece una idea genial —le contestó, con sinceridad.

—Voy a decírselo a mi padre para que la preparen. Luego te cuento, que también tengo que conducir un rato, ni me acuerdo de cómo se hacía. Huy, que mañana tenemos la cita de la prueba del vestido de Terry… Vale, tú no te preocupes, yo te paso a buscar.

—¿A buscarme?

—Sí, sí, ya habré ensayado lo suficiente con el coche. Quedamos al principio de tu calle, a las diez. ¡Besitos!

Colgó el teléfono y Audrey se quedó mirando la pantalla unos segundos, asimilando toda la información, porque lo del coche no lo había interiorizado bien. Claro, seguro que su padre le había prohibido el uso de los chóferes después del plantón de la otra noche.

Cruzó los dedos mientras dejaba el móvil, recordando la última vez que había visto a Briana al volante de un coche. Había sido en el instituto, no recordaba si era la quinta o la sexta vez que Briana se había presentado cuando por fin le habían aprobado y no estaba segura de que se lo hubiera merecido o de que lo hubieran hecho ya por pena.

Aquella vez no se había llevado ningún buzón por delante… Movió la cabeza. Quizá ella tendría que sacar su coche para algo más que ir a las citas de las casas, por si acaso.

CAPITULO 8:
ERASE UNA VEZ… UN VESTIDO DE NOVIA, UNA COMIDA Y UN LAVACOCHES

Conversación de WhatsApp entre Audrey y Briana, audios:

AUDREY

Brie, te estoy esperando al principio de la calle, ¿dónde estás?

BRIANA

Pues no te veo… Audrey, si estás detrás de alguna columna o algo sal, porque no te veo.

Llamada de Audrey a Brie:

—Briana, que no te veo, estoy en la esquina al principio de mi calle y no hay ningún coche.

—Que sí, estoy aquí parada al lado del semáforo.

—¿Qué…? —Audrey miró a su alrededor por décima vez, pero no, no había ningún coche.

—El Mercedes negro —añadió Briana—. Frente a la tienda.

—¿Qué tienda? Aquí no hay ninguna tienda.

—Sí, una de tartas. Con muy buena pinta, por cierto.

—¿Tartas? —Audrey puso los ojos en blanco—. Briana, eso es el FINAL de la calle, no el principio.

—Qué va a ser el final, si es por donde se entra.

—Pero los números acaban ahí, no empiezan. Lo estás pensando al revés.

—O la calle está mal hecha, no te digo…

—Bueno, es igual. Sigue adelante, yo me quedo en la acera y me coges al pasar.

—Vaaaleee.

Media hora después, Audrey y Briana llegaron a la puerta de la tienda de vestidos de novia y se miraron, poniendo los ojos en blanco.

—Vera Wang —leyó Briana—. Claro, ¿cómo no? Tiene que tener un vestido exclusivo.

—Ya ni se lleva ser tan original. En fin, espero que den champán.

—Por supuesto.

—¿Cómo estás tan segura?

—Sale en estos programas de la tele, ya sabes, los de «Di sí al vestido» o «Quiero ese vestido» o…

—Pero ¿cuántos ves?

Briana se encogió de hombros.

—Ni idea, es que hay un canal solo de eso y chica, qué quieres, es hipnótico. Quiero cambiar pero claro, no puedo sin saber qué vestido se quedan.

Audrey la siguió al interior moviendo la cabeza. Qué peligro tenía su amiga con un mando a distancia… Casi más que al volante.

Una chica salió a su encuentro, vestida de forma elegante y caminando sobre unos altos tacones.

—Buenos días —saludó—. ¿Tienen cita?

—Venimos por Terry Martin —contestó Briana—. Somos sus damas de honor.

—Ah, perfecto, por aquí. Ya ha llegado con sus otras dos amigas.

Las guio hasta una sala de espera donde, efectivamente, se encontraba Terry con Chloe y Scarlett. Estaban sentadas en un sofá y, delante de ellas, había una mesita con varias copas de champán. Briana las señaló con la cabeza mientras carraspeaba y se acercaron a las chicas, que se levantaron para darse unos besos sin llegar a tocarse las mejillas, como siempre hacían. Por muy bueno que fuera el maquillaje, ninguna se arriesgaba nunca a que se pudiera estropear lo más mínimo.

—Ay, qué bien que hayáis llegado —dijo Terry, cogiendo una mano de cada una—. No os imagináis lo nerviosa que estoy. ¡Estoy llena de dudas!

—Me alegro de oírlo —contestó Audrey—. Si no estás segura es mejor que no te cases.

—Audrey, no bromees. —Emitió una risa nerviosa—. Me refiero al vestido, claro.

—Claro, claro —intervino Briana, dando un ligero codazo a Audrey—. El vestido es lo más importante.

—¿Vamos a la zona de pruebas? —preguntó la chica.

—Sí, por supuesto. —Terry era toda sonrisas—. ¡Qué emoción, chicas!

Chloe y Scarlett la siguieron con idénticas expresiones en la cara, mientras Audrey se tomaba de un trago una copa de champán a toda prisa y cogía otra.

—Me va a hacer falta —dijo, siguiéndolas.

Briana cogió otra copa y se apresuró a seguirlas. La chica las llevó hasta una zona de la tienda con un sofá para que se sentaran, otra mesita a un lado con más champán y bombones y, frente a ellas, una plataforma redonda con un gran espejo delante, donde se subiría Terry con los modelos escogidos.

—Bien, ¿qué idea tienes? —preguntó la chica.

—Me gustan los volantes, que la falda tenga vuelo, pero también quiero probarme algún corte sirena.

—Huy, qué arriesgado —dijo Audrey. Todas la miraron—. Perdón. Sí, corte sirena va genial con las caderas anchas.

Dio un trago, mientras todas volvían su atención a la dependienta.

—No sé si quiero tirantes, escote barco o en forma de corazón, pero sí algo con brillo.

—Muchos brillos —intervino Briana—. Qué gran idea. Por todas partes, que cuando salga nos tengamos que poner gafas de sol. ¿Y una tiara? ¿Has pensado en…?

Audrey aprovechó para devolverle el codazo que había recibido un rato antes.

—Que te pierdes —susurró.

—Perdón. —Hizo un gesto con la mano—. Sigue, Terry, sigue.

—¿Lo quieres con mucha cola? —preguntó la chica.

—No estoy segura. Porque también quiero que sea cómodo y…

—Te la puedes recoger luego. O un vestido doble. —Briana dio unas palmaditas de emoción—. Sí, qué guay, de esos que son una cosa y después otra y… —Audrey le dio un par de bombones—. Si no tengo hambre… —Su amiga le metió uno directamente en la boca—. *Gale, pendón.*

Empezó a masticar con cuidado de no ahogarse, que el bombón estaba buenísimo, pero también duro… y de pronto notó un crujido y un líquido por la garganta. Vaya, ¡si tenían licor de cereza dentro!

—Pruébalos —le susurró a Audrey, mientras Terry seguía diciendo lo que quería a la chica—. Están de muerte.

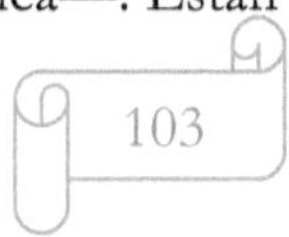

Audrey también se metió dos en la boca para evitar hablar, mientras veían cómo Terry se despedía de ellas como si se fuera a la guerra y no fueran a verla cinco minutos después, vestida de blanco o a saber de qué color, que a la chica le había comentado que hasta quería probarse algo en rosa palo.

—Es genial que estéis aquí —dijo Scarlett—. Para Terry es muy importante, no estaba segura de que fuerais a venir.

—Pues claro. —Audrey tragó con dificultad—. Es nuestra amiga.

—Y venimos a apoyarla —afirmó Briana, cogiendo otro bombón—. Qué ricos están.

—Qué emocionante es esto, ¿no? —comentó Chloe—. ¡Es la primera vez que una de nosotras se va a poner un vestido de novia!

Dio unas palmaditas y las demás la imitaron, aunque las de Audrey no fueron entusiastas en lo más mínimo. De pronto Scarlett emitió un gritito mirando hacia el pasillo y vieron aparecer a Terry con un vestido blanco de volantes y con una amplia falda. La chica la acompañaba sujetando la cola y la ayudó a subir al puesto frente a ellas.

—¿Qué os parece? —preguntó Terry, con una enorme sonrisa mientras pasaba la mano por los volantes—. ¡Es superbonito!

—Es un diseño de baile, con volantes cosidos a mano —explicó la chica—. Escote corazón, vale diez mil dólares.

—Estás preciosa —dijo Scarlett.

—Deslumbras —corroboró Chloe.

—Pareces una tarta de nata —añadió Audrey. Todas la miraron—. Sí, bueno, en el buen sentido, quiero decir… con todas esas capas de volantes… ¿Brie?

—Es un poco… —Se mordió un labio, buscando las palabras—. Excesivo para ti. No pareces tú.

—Eso quería decir yo.

Terry giró sobre la plataforma, se miró en el espejo y se movió un poco, haciendo que los volantes se agitaran.

—Muy cómodo no es —dijo, al fin—. Quizá necesite algo menos ostentoso.

—Prueba algo con brillos —sugirió Briana.

La dependienta recogió la cola y se llevó a Terry de nuevo al cambiador.

—Era bonito, pero no le pegaba —dijo Scarlett, dando un sorbo de champán.

—¿Y por qué no lo has dicho cuando estaba aquí? —inquirió Audrey.

—Tampoco hay que quitarle las ganas, al final escoge ella.

—Ya, pero mejor ser sinceras, no vaya a coger algo que le siente fatal, ¿no?

—En eso tienes razón —dijo Chloe, con tono conciliador—. Pero no hay que ser muy críticas, tiene que disfrutar con esto.

Audrey decidió no seguir con el tema, al final tenían razón: era el día de Terry y si quería ir con un vestido que la hacía parecer una tarta, ¿quién era ella para decir que no?

Pero entonces Terry apareció de nuevo… y se metió un bombón para no hablar. Porque, al lado de ese, el de los volantes le quedaba genial.

—Vestido corte sirena —informó la chica—. Con cristales Swaroski cosidos a mano individualmente y escote corazón sin mangas. Quince mil dólares.

—¿Qué os parece, chicas?

—Estás… deslumbrante —dijo Briana.

La luz se reflejaba en todos los cristales, así que en eso no mentía. Pero por lo demás…

—¿No es un poco justo? —siguió Briana.

—Te hace unas caderas y un culo… —empezó Audrey. Scarlett carraspeó—. Espectaculares —terminó.

Terry dio un par de pasitos cortos, porque el vestido se ceñía a la altura de las rodillas y no podía andar más, pero al hacerlo se acercó demasiado al borde de la plataforma y de pronto se vio en el suelo, espatarrada.

—Creo que este tampoco es —comentó Audrey, mientras todas corrían a socorrerla.

Diez vestidos y un par de pruebas con velos y accesorios después, por fin Terry escogió uno que para Briana era demasiado escotado y para Audrey, demasiado recatado.

Tras dejar la señal, salieron a la calle y Terry le dio una tarjeta a Briana.

—Toma, es la dirección del restaurante, para que le des al chófer. Está cerca, creo que tres calles a la derecha y una a la izquierda.

—Lo pondré en el GPS, hemos venido en mi Mercedes.

—¿Y eso? —Todas la miraron, sorprendidas—. ¿Está enfermo el chófer de tu padre?

—No, es que ahora soy independiente. —Sonrió orgullosa—. Os lo cuento en la comida. Vamos, Audrey.

Le pasó la tarjeta y Audrey la siguió hasta el coche, mirando la dirección para meterla en el GPS del móvil.

Briana sacó el coche a la calle principal y esperó.

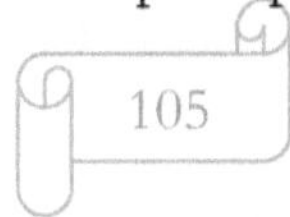

—¿Qué hago? —preguntó.

—Esto todavía está buscando… Bueno, tú vete girando a la derecha, como ha dicho Terry.

—Vale.

Briana giró a la derecha y llegaron a un semáforo. Había un policía allí que las saludó con la cabeza y Briana siguió su camino. Volvió a girar a la derecha mientras esperaba las instrucciones de Audrey, pero el móvil seguía buscando, así que giró de nuevo y, al poco, otra vez.

—Esta calle me suena… —dijo Audrey.

—¿Sí? —Se paró en un semáforo—. Anda, si este es el policía de antes, ¿no?

—¡Ya tengo señal! —exclamó Audrey—. Anda, qué raro, si marca que estamos al lado de la tienda…

El policía se acercó y les dio unos golpecitos en la ventana. Briana la bajó con su mejor sonrisa, preguntándose si habría incumplido alguna señal.

—Buenos días —dijo el hombre—. ¿Se han perdido?

—¿Perdido? —repitió Briana—. No, ¿por qué?

—Porque acaban de dar la vuelta a la manzana.

—Anda, ya decía yo que me sonaba la calle, qué gracia.

—No pasa nada —dijo Audrey, enseñándole el móvil—. Ya está, destino localizado. Gracias, agente.

El hombre frunció el ceño, pero les hizo un gesto para que continuaran y Briana obedeció, aliviada. Porque señales no creía haber incumplido, pero sí que se había tomado alguna copa… y no tenía ni idea de cuál era el límite legal. Por no hablar de los bombones, a saber cuánto alcohol tenían.

Estaba tan concentrada en no saltarse ninguna señal que por poco sufrió un ataque cuando Audrey pegó un golpe en el asiento.

—¡No!

—¿Qué? ¿Qué pasa, qué?

—¡Has vuelto a coger la misma dirección!

—¡No es cierto!

—Sí que lo es, mira otra vez el policía. —La rubia se llevó las manos a la cabeza—. Mierda, ya van tres, nos va a hacer parar y has bebido champán. Creerá que estamos un poco borrachas y tampoco anda alejado. —Se mordió el labio e hizo un ruidito—. ¡Ya sé! Toma.

Sacó su cartera, buscando entre los billetes hasta encontrar uno de cien dólares.

—Oh, gracias, Audrey. Sabes que en mi situación actual cualquier ayuda es bien recibida.

—No es para ti, tonta, es para él. Te va a pedir el permiso de conducir, seguro, siempre lo hacen antes de la multa. Mete el billete dentro y cuando lo abra captará que es una «propina» para no tener problemas.

Briana parecía horrorizada.

—¿Y si se enfada y nos acusa de soborno?

—En las películas los policías siempre aceptan el dinero —comentó Audrey, mientras metía el billete dentro del permiso de conducir de su amiga—. ¿Ves? Nos hace un gesto para que paremos.

—Ay, madre…

Briana se detuvo junto al policía, sonriendo mientras miraba su placa. Ahora que sabía que existía la posibilidad de que le hiciera una prueba de alcoholemia puso todo su empeño en disimular las copas de champán que se había tomado.

—Hola, agente Brady. Somos nosotras otra vez, que nos hemos vuelto a confundir.

—Es que mi amiga hace mucho tiempo que no cogía el coche, ya sabe —añadió Audrey, tratando de parecer inocente.

—No habrá bebido, ¿verdad, señorita?

—¿Yo? No, no, ni una gota. Soy una persona sobria —sintió un pellizco en el costado—. Quiero decir que estoy sobria. Estoy sobria, lo prometo.

Él la miró con desconfianza, tendiendo la mano para coger el permiso de conducir. Lo abrió, examinando el interior para después observarlas a ellas por encima de sus gafas de sol. Briana quería morirse, estaba convencida de que iban a arrestarlas por tratar de sobornar a un agente de la ley.

—Sigan adelante, señoritas —dijo el policía, deslizando el billete en su bolsillo y devolviendo el documento a Briana.

—Muchas gracias, señor agente —suspiró esta, aliviada.

Arrancó el vehículo para alejarse, controlando las ganas de echarse a reír.

—Tenías razón —admitió, incorporándose al carril.

—¿Ves? —Notó que su bolso vibraba, así que buscó el móvil—. Huy, es Terry. Seguro que han llegado al restaurante y nos están esperando. Voy a mandarle un mensaje diciendo que en diez minutos estamos ahí… —Alzó la vista—. ¡Brie! ¡Que has vuelto a girar otra vez mal!

—¿Qué? No, no, imposible, te juro que estaba super atenta.

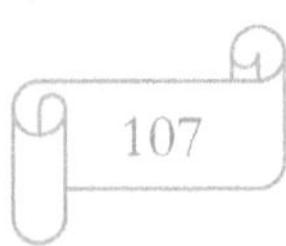

Audrey se echó las manos a la cabeza, desesperada. Entendía que su amiga llevaba siglos sin conducir, pero aquello ya no tenía que ver con eso, sino con el despiste más puro.

—Dios, otra vez vamos a pasar por donde el policía —se desesperó.

—¿Tienes más dinero? —preguntó Briana, y al verla asentir siguió—: Pues repetimos jugada, seguro que lo coge otra vez.

—Estamos tentando a la suerte —protestó Audrey, obedeciendo al mismo tiempo que escondía otro billete de cien en la documentación—. ¡Desde luego, este paseo en coche me está saliendo caro!

El agente Brady frunció el ceño al verlas aparecer por cuarta vez. Buscó con la mirada por si había alguna cámara grabando, pero no vio nada raro. Suspiró mientras se aproximaba al coche. Tenía claro que la conductora al menos había bebido algo, y eso sumado a la inexperiencia al volante la estaba haciendo conducir en círculos.

—Tenga —Briana no le dio tiempo a hablar, entregándole su documentación.

—Yo no la he… —Vio el billete y miró al cielo—. Oigan, si me dan otro como este las escolto hasta el sitio al que vayan.

Audrey sacó su cartera a toda prisa y le entregó un tercer billete. Mejor así, si no, se veía todo el día en un bucle eterno en el cual nunca llegaban a su destino y ambas morían de hambre dando vueltas por Santa Mónica.

Así que el policía las llevó hasta la misma entrada del restaurante. Una vez allí, Briana necesitó un montón de maniobras para conseguir encajar el coche en un enorme hueco, pero al final lo consiguió. De no ser porque estaba con las copas de champán encima, era probable que Audrey le hubiera arrebatado el volante para hacerlo ella, pero una vez encaminadas en la dirección correcta se había relajado. Lo cual le venía bien porque no pensaba perder la calma durante la comida; no quería parecer débil delante de sus amigas, para algo tenía una reputación.

Y además no necesitaba fingir, fue consciente mientras entraba junto a Briana al restaurante que había elegido Terry, el Mélisse, en Wilshire Boulevard. Jamás se había encontrado tan serena, tan plácida, tan…

—Huy —escuchó decir a Briana—. Sí que es pequeño el mundo. Mira quién trabaja aquí, tu camarero ruso.

Audrey sintió como toda aquella serenidad se esfumaba a la velocidad del rayo al ver que, efectivamente, Alexei se encontraba tras la barra. ¡Mierda! ¿Por qué tenía que pasarle a ella? ¿Es que no había

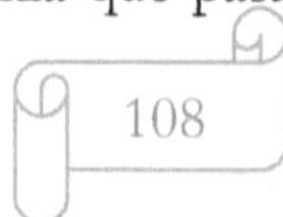

más empresas que Draco en todo Santa Mónica? Con su elitista grupo de amigas delante no podía siquiera insinuar que lo conocía, mucho menos acercarse a hablar con él.

—¿Sabrá toda esta gente que los atiende personal con elevadas posibilidades de ser mafioso?

—No digas tonterías.

—Lo siento, no puedo evitarlo. Me da miedo. — Briana observó su expresión—. Ni lo sueñes, Audrey, nada de hablar con él. No en este sitio, no con nuestras amigas. Últimamente están sacando mucho los pies del tiesto, no vamos a darles más munición.

Agarró a la rubia del brazo con gesto resuelto y se la llevó hacia la mesa, sin que Audrey encontrara las fuerzas necesarias para resistirse. Briana tenía razón.

Alexei le lanzó una mirada difícil de definir cuando pasó junto a la barra, pero no pareció sorprendido de que lo ignorara porque reaccionó de forma similar y eso molestó a Audrey. ¿Por qué siempre se las arreglaba para quedar por encima?

Bueno, ¿y qué pretendía? ¿Que besara el suelo que ella pisaba? No lo conocía mucho, pero desde el minuto cero había tenido claro que eso no iba a ocurrir. Había tratado a suficientes peleles para saber cuándo se codeaba con uno, y no era el caso. De hecho, por eso no le gustaban los peleles.

«¡Mierda!», se repitió, sentándose en su silla. Ella pensando en cómo conseguir su teléfono y, cuando al fin se lo encontraba, no podía dirigirle la palabra.

—¿Os gusta el sitio? —preguntó Terry, mientras les repartían las cartas—. A nosotros es que nos encanta la cocina y el concepto de Josiah Citrin. Siempre venimos aquí.

—Yo estuve hace unos meses —contestó Scarlett—. La langosta a la boloñesa está riquísima.

—Y el servicio es genial. —Terry dedicó una sonrisa al camarero—. Bueno, de hecho fue el encargado quien nos recomendó la empresa de *catering* que utilizan y estamos muy contentos, la verdad.

—El de la barra estaba en tu fiesta —dijo Chloe al momento.

—Qué buena memoria —se echó a reír Scarlett, dándole con la carta.

—A ver, de los feos no me voy a acordar, está claro…

—¿Qué pedimos? —interrumpió Briana, al notar que su amiga estaba adquiriendo un color ceniciento muy poco favorecedor—. ¿Qué está rico aquí, Terry?

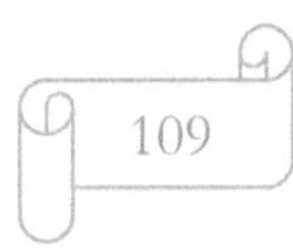

La morena abrió la carta. Mientras hablaban de la comida, Audrey se dedicó a recorrer el local. Era innegable que Terry había tenido buen gusto: la decoración en blanco y negro era minimalista y, para los amantes del vino, había un mueble del suelo al techo lleno de ellos. La gente que había allí seguía el código de etiqueta al pie de la letra. Incluso la carta era elegante, con papel en tono hueso y ribeteado de hilo plateado. Estaba claro que sus amigas estaban poniendo de su parte para que todo saliera bien. Y ahí estaban ellas dos, conspirando para putear al futuro novio. Eso la hizo sentir mal, quizás debería hablar con Briana y olvidar en plan maquiavélico.

Trató de reengancharse a la conversación a pesar del esfuerzo que le suponía.

—Langosta…

—Lenguado a la trufa negra.

—Anda, mira, caviar ruso. —Briana le pegó un codazo—. Esto seguro que te apetece, ¿no?

Audrey la fulminó con la mirada mientras el resto de las chicas intercambiaban miradas de perplejidad al no pillar el chiste.

—¿Ya tenéis hambre, con todo lo que habéis bebido? —comentó Scarlett, con cierto tono sarcástico.

Terry y Chloe se echaron a reír a la vez. Audrey no sabía qué les parecía tan gracioso, desde luego sabía reconocer el sarcasmo a primera vista y, si Scarlett buscaba un intercambio, que se preparara, que lo iba a tener.

—Perdón por intentar no morir de aburrimiento en una prueba de vestidos de novia —respondió, malhumorada.

—¿Qué quieres decir? —preguntó Terry, desconcertada.

—Nada, no le hagáis caso —se apresuró a decir Briana—. Hemos tenido ciertos problemas en llegar por mi inexperiencia conduciendo y por eso está gruñona. A ver, *garçon*, ¿puedes venir a tomarnos nota?

Hubo cierta tranquilidad mientras el camarero apuntaba langostas, huevos trufados, *risottos* y demás exquisiteces. Cuando les estaban sirviendo el vino, Briana tuvo un breve momento de pánico al pensar en lo caro que era aquel restaurante y bajó la voz para hablar con su amiga.

—Audrey —siseó.

—¿Qué?

—¿Crees que Terry nos invitará a la comida? —susurró.

—¿Qué? —Audrey se acercó más a ella para oírla bien.

—Que si crees que Terry nos invitará a la comida —repitió Briana, con mucho cuidado para que nadie la escuchara.

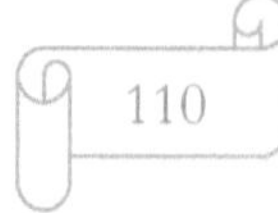

—Yo que sé, ¿qué importa?

—Importa desde que mi sueldo es veinte mil entre doce. —La cara de la joven era un poema, estaba segura de que se había puesto tan cenicienta como Audrey minutos antes.

Audrey sacudió su melena rubia, quitándole importancia.

—Tranquila, si no paga ella lo haré yo. Total, de perdidos al río.

—No entiendo por qué tengo que pasar por estos tragos —suspiró Briana, casi con ganas de echarse a llorar—. A este paso, dentro de un año me veo detrás de esa barra yo también.

Audrey no se podía imaginar a su amiga sirviendo copas, pero la sola idea le hizo sonreír. Quién sabía, antes no hubiera imaginado que aceptara poner cafés o que se mudara a la casita de invitados. O que cogiera el coche, aunque fuera malamente y con dinero perdido de por medio.

Miró a Terry, tratando de prestar atención a lo que estaba diciendo.

—Briana, ¿cómo es que trabajas de camarera en WaFFle CoFFee? Colin me lo ha contado.

—Caprichos de mi padre —se quejó ella.

—No lo veo tan descabellado —opinó Chloe—. Es normal, si en algún momento vas a heredar su imperio debes conocer el funcionamiento.

—Sí, pero no veo necesario que baje hasta tan abajo, ¿no? —intervino Scarlett—. Vamos, tenerla ahí poniendo cafés, ¿cómo haces para aguantar a la gente? Yo me moriría.

—Colin dice que no es su fuerte, no. —Terry soltó una risita.

—Bueno —Audrey no pudo por menos que intervenir, al ver la cara de Briana—, tampoco te creas todo lo que dice Colin, ¿eh? Que ya lo conocemos.

—Es cierto que últimamente está un poco fantasioso, porque nos ha contado que el otro día te largaste con un don nadie, ¿es verdad? —Scarlett volvió al ataque.

Audrey arqueó una ceja. Pues sí que le había sentado mal su comentario sobre el traje de chaqueta.

—¿Qué pasa, no tenéis nada más interesante de que hablar aparte de mí? —contestó.

—Es verdad —asintieron Scarlett y Chloe a la vez, tras mirarse entre risas.

—Esa es una información contaminada y poco fiable de la que no pienso dar detalles —Audrey zanjó el tema con un gesto orgulloso.

—La respuesta de siempre… —Scarlett puso los ojos en blanco.

—¿Qué quieres decir?

—Pues que siempre que un tema no te gusta lo zanjas de la misma manera y nos quedamos sin saber la verdad. Entiendo que no lo vayas contando todo por ahí, pero se supone que nosotras somos tus amigas, Audrey. Y no quieres hablarnos de nada.

Hubo un breve silencio en la mesa mientras Audrey procesaba las palabras de Scarlett.

—Por ejemplo, tema Colin —prosiguió Scarlett.

—Scarlett, no sé si… —trató de intervenir Terry, con cierta angustia reflejada en la cara.

—Tranquila, no pretendo montar ningún número. Si somos amigas, todas deberíamos poder hablar las cosas sin problema, ¿no?

Briana estaba perpleja, pero se limitó a asentir.

—Muy bien —aceptó Audrey—. ¿Qué es eso tan importante que tienes que decir? Adelante.

—Con lo bien que nos llevábamos en el instituto, hace mucho que ya no tenemos esa relación. Y no es culpa nuestra, ¿sabéis? Sois vosotras las que os habéis alejado. Apenas os vemos y cuando os dignáis a aparecer tampoco interactuáis con nosotras. Desde el tema Colin.

Terry se frotó la frente y Chloe posó los ojos en el mantel, estudiándolo como si fuera el mejor trabajo de artesanía que hubiera visto en su vida.

—Desde el tema Colin —repitió Audrey.

—Sí, no ha vuelto a ser lo mismo.

—Puede que el hecho de que tus supuestas mejores amigas no crean ni una de tus palabras haya tenido algo que ver, sí —Audrey lanzó su primera estocada con toda la mala leche que sentía en aquel momento.

—¡Eso no es justo! —protestó Chloe, alzando la vista—. Sí que te creíamos, solo que…

—Solo que luego apareció él, con sus sonrisas y sus bíceps, y os pareció que era más fiable que yo, que soy una seca. ¿No?

Chloe parecía dolida. A diferencia de Scarlett, era el tipo de chica que buscaba aprobación y complacer a la gente, y siempre había tenido a Audrey y Briana en un pedestal.

Terry parecía violenta por el cariz que estaba tomando la reunión, pero no veía el modo de interrumpir aquello.

—No fue así —insistió Scarlett.

—Fíjate si fue así que hasta Terry se prometió con él. Es obvio que habéis elegido a quién creer, no hay problema. Pero tampoco me pidas que nuestra relación siga siendo igual después de eso, porque

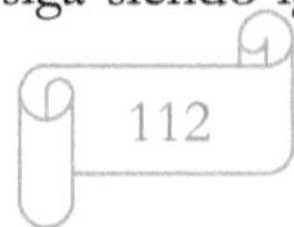

entonces significa que me tomas por imbécil. Y puedo ser muchas cosas, pero imbécil no, te lo aseguro.

Scarlett hizo un ruidito de exasperación.

—¡Vosotras dos sois tan egoístas! —exclamó—. No hacéis más que pensar en vuestro ombligo. Ni siquiera una llamada de vez en cuando para saber cómo estamos. ¿Sabéis acaso que Chloe ha sido ascendida? ¿Que yo he conocido a una chica genial con la que llevo saliendo dos meses? ¿Os preocupa algo que no sea vuestro pelo, vuestro coche o vuestro modelito de diseño?

Escucharon un carraspeó proveniente del camarero, que aguardaba con la bandeja y expresión incómoda. Terry le hizo un gesto y el silencio cayó como una losa sobre ellas mientras el hombre depositaba los platos de comida.

Una vez se hubo alejado, Audrey sacudió la cabeza.

—¿Ya has acabado o tienes más balas en la recámara?

—¿Ves? ¡Justo a eso me refiero! —protestó Scarlett—. Trato de ser sincera y decir lo que pensamos la mayoría. Parece… no sé, que ya no os interesa nada de nuestras vidas. Pero siempre estáis dispuestas a decirnos lo malo.

—¿Y a qué te refieres con eso? —se metió Briana.

—Al color del vestido que no pega con el tono de piel. O al corte de pelo que te hace parecer un perro despeinado. A la ropa que no se lleva, al maquillaje que necesitas si no quieres parecer un espantajo —enumeró Chloe, sorprendiendo a todas.

Briana enmudeció.

—A los chistes cuando alguna engorda —siguió Terry.

—O como cuando os hizo tanta gracia que me despidieran de mi anterior trabajo, cuando ni siquiera fue culpa mía —terminó Scarlett—. En lugar de portaros como amigas, más bien parecéis enemigas. Y no lo entiendo, si no os apetece seguir con esta amistad nadie os obliga.

—¿Queréis que os dejemos solas? —preguntó Audrey—. ¿Es eso?

Terry volvía a negar con la cabeza, desesperada. La comida se había arruinado y no había forma de enderezarla, pero si continuaban por aquel camino podrían estropear todo lo demás. Y aunque era verdad que la relación con sus dos amigas no era tan estrecha como hacía años, no estaba preparada para que salieran de su vida de forma definitiva.

Puso la mano en el brazo de Scarlett para que no siguiera hablando.

—Basta —pidió—. La idea era pasar un rato juntas para disfrutar, no para esto.

Scarlett cerró la boca.

—No queremos que os vayáis —siguió la morena—. Somos amigas y me caso en breve. ¿Creéis que podríamos hacer un esfuerzo todas para que esto salga bien?

Chloe fue la primera en afirmar, otra vez con la mirada clavada en su lenguado. Scarlett se encogió de hombros, lo que no era una capitulación total, pero siendo ella resultaba suficiente por el momento. Finalmente, Briana y Audrey mostraron su conformidad con breves movimientos de cabeza.

—Bien, gracias. Ahora disfrutemos de la comida y hablemos sobre algo agradable, por ejemplo el ramo de novia que mejor vaya con mi vestido.

El silencio fue general, haciendo que Briana se encogiera de hombros.

—Pero entonces, ¿damos nuestra opinión o no? Porque no me ha quedado claro…

—Voy al lavabo —dijo Audrey, levantándose mientras agarraba su bolso.

Ninguna dijo una sola palabra hasta que la chica estuvo lo bastante alejada como para no poder escuchar. Chloe miró a Briana.

—¿Crees que se ha enfadado?

—No sé… —respondió la aludida, haciéndose la despistada.

Audrey se metió en el cuarto de baño para practicar su famosa cuenta calmanervios. Scarlett casi la había sacado de quicio. Al parecer, toda la responsabilidad de la amistad recaía en ellas. Porque tampoco es que las otras las agobiaran con sus llamadas precisamente, ni tampoco con elogios ni frases agradables. Pero no había nada como tener fama de borde, siempre eras la mala pasara lo que pasara.

Su breve idea de abortar el plan se evaporó con la misma facilidad con la que había llegado. Si las chicas pensaban que eran tan malas, a partir de ahora lo iban a pensar con razón.

Ya más calmada tras tomar la decisión, salió del baño para reunirse de nuevo con ellas y seguir con aquella estupidez de comida. Como si escoger ramos de novia fuera algo tan emocionante. Logró colocar su mejor sonrisa mientras se dirigía a la mesa, pensando que al final de la maldita comida acabaría con agujetas.

Desde la barra, Alexei preparaba las bebidas para las mesas sin poder evitar lanzar alguna que otra furtiva mirada a la mesa de

Audrey. ¿Qué demonios tenía para que la estuviera mirando más de la cuenta? Ni que tuviera algún tipo de imán oculto…

Sacudió la cabeza y volvió su atención a la coctelera, aunque no recordaba si había echado todo o no, así que tuvo que vaciarla y volver a empezar. Cuando la vio entrar se había quedado parado sin saber qué tipo de saludo dedicarle, si un hola o un simple movimiento de cabeza, pero desde luego le había quedado claro que ella no quería ni que la saludara, visto cómo había pasado a su lado. Debería haberlo imaginado: todas aquellas niñas ricas eran iguales, ni por asomo querría que sus amigas supieran que se conocían de algo más que de verse en las fiestas de la novia, aunque en posición horizontal la había visto muy cómoda. Vamos, a las amigas seguro que les daba un ataque si se enteraban de lo del coche. Seguro que para ella había sido una especie de aventura emocionante, un escarceo con un tipo que no podía estar más alejado de su círculo.

Eso tampoco le quitaba el sueño, precisamente ligues nunca le habían faltado. Frunció el ceño mientras llenaba unos vasos y cogía otra comanda. Mejor se concentraba en lo suyo, que a ese paso echaba limón en lugar de naranja o a saber qué.

Lo logró a medias, hasta que el grupo de amigas terminó su comida y de nuevo pasaron a su lado, Audrey hablando con Briana y sin girar la cabeza hacia él ni un segundo. Mosqueado, siguió trabajando hasta que por fin acabó su turno y salió al aparcamiento. Pero, al ver su coche, todavía con los bajos manchados de barro tras la excursioncita de marras, el cabreo subió y subió otro par de puntos, haciendo que decidiera que aquello no podía seguir así. Llevaría el coche para que se lo dejaran inmaculado y todo olvidado.

Así que condujo hasta el centro de lavado de su barrio, donde siempre lo llevaba, y lo dejó en la rampa de entrada. Se bajó y le tiró las llaves al encargado, que se había acercado.

—¿Vuelvo en una hora? —preguntó.

—¿Lo de siempre, por dentro y por fuera?

—Sí.

—Vaya, ¿y ese barro? Ni que te hubieras mudado al monte.

—Ya, un desvío que tomé el otro día. —Se giró y de pronto se dio la vuelta maldiciendo—. Mierda, me he dejado la bolsa de la lavandería en el asiento de atrás.

—No te preocupes, Julio recoge todo para pasar la aspiradora y después te lo dejará como estaba.

—*Khorosho.*

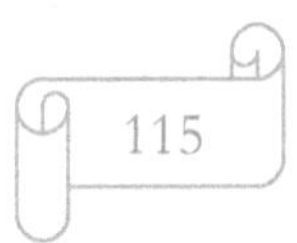

Sacó un paquete de cigarrillos y se fue a un bar cercano a tomar una cerveza mientras esperaba. Bueno, al menos se libraría de aquel barro y, con ello, de la rubia. Eso si no se la volvía a encontrar en otra de aquellas malditas fiestas. Tenía que mirar la planificación para ver cuántas más le quedaban por trabajar para la dichosa pareja, que más que un compromiso, eso parecían las bodas de Caná.

Pidió otra cerveza sin poder quitarse a Audrey de la cabeza, por la forma en que lo había evitado en el restaurante. Tampoco debería extrañarle pero, por algún motivo que no quería analizar en profundidad, le molestaba que lo ignorara como a un mosquito. O pensar que hubiera estado jugando con él. Porque, aunque cuando la había llevado a casa todo había parecido fruto de la casualidad, ya no sabía si pensar que quizá todo había sido un juego para ella. Aunque lo del exnovio (que ahora era el novio de la amiga) montando el numerito le parecía demasiado rebuscado. ¿Qué le habría visto a aquel tipo? Porque simpatía no desprendía, precisamente. Alexei le había visto venir desde la primera fiesta: el típico engreído con pasta que se creía superior a los demás. Y deseado por todas las mujeres de la sala, que había oído algún que otro comentario al respecto.

En fin, lo único que sacaba en conclusión de todo aquello era: uno, que no entendía a las mujeres y nunca lo haría; y dos, que mejor no se cruzaba más con ella porque temía que, si lo hacía, lo del coche podría no quedarse en una simple anécdota.

Comprobó el reloj y vio que había pasado una hora, así que pagó y cruzó la calle hasta el lavadero.

En efecto, allí estaba su coche, limpio como una patena. Julio estaba terminando de dar cera al capó y, al verlo, se acercó con una sonrisa echándose el trapo al hombro.

—¿Está listo? —le preguntó.

—Claro.

Alexei le dio unos billetes y avanzó, pero Julio se puso delante de él para evitarlo.

—¿Algo nuevo en tu vida? —le preguntó.

—¿Qué?

—O alguien. Una novia, por ejemplo.

—*Net*, nada. ¿Por qué?

—No, por preguntar. —Lo miró de arriba abajo con una sonrisita—. Se te cayó la bolsa de ropa de la lavandería, he vuelto a meter todo dentro.

—Vale, gracias. No debí de cerrarla bien.

—Claro, claro. —Le guiñó un ojo—. No sabía que tú eras de esos.

—¿De esos? ¿De los que van a la lavandería, como el noventa por ciento de la gente en este país?

—No, de esos. Ya sabes. —Se bajó un poco el pantalón y Alexei vio una tela rojo brillante—. Que te gusta… llevar cosas.

—¿Cosas? ¿Qué? ¿Pero qué dices?

—Aunque no sé cómo puedes permitirte algo de La Perla, ¡es carísimo! Me muero de la envidia.

—¡Julio! —lo llamó el dueño—. ¡Que tienes otro coche esperando!

—¡Voy, jefe! —Tiró un beso a un estupefacto Alexei—. Cuando quieras hacer algún intercambio me avisas, me muero por ver tu guardarropa.

Se alejó con un par de saltos alegres. Alexei cerró la boca, que sin darse cuenta había abierto, y abrió la puerta trasera de su coche preguntándose de qué demonios estaba hablando. ¿Se le habría mezclado alguna ropa en la lavandería? Pero no, era imposible, no se había separado de la lavadora ni de la secadora durante todo el proceso.

Abrió la bolsa y parpadeó sorprendido. Encima de todo el montón, había unas bragas de encaje rojo que, por supuesto, no eran suyas ni había visto en su vida. Las cogió con el ceño fruncido y entonces sí, al tocarlas, reconoció aquella tela.

Audrey.

Hizo una bola con ellas y las volvió a meter en la bolsa refunfuñando. Genial. Se libraba del barro y ganaba unas bragas que valdrían su sueldo del mes. Y que no podía conservar (sería raro), ni devolver (sería aún más raro).

Solo mientras conducía a su casa se dio cuenta de lo que aquello significaba. Audrey se había ido a su casa aquella noche sin ellas. Sí que había sido aventurera, pensó, con media sonrisa.

CAPITULO 9:
ERASE UNA VEZ… UNA PUTADA, UNA MANSION COLONIAL Y UNA ENCIMERA

Conversación de WhatsApp entre Audrey y Briana, audios:

BRIANA
Muahahahahahahahaha.

AUDREY
¿Te encuentras bien?

BRIANA
Perfectamente, excepto por el hecho de que gano veinte mil entre doce y eso es una miseria. Calderilla. Monedas sueltas. Como una propina. Por lo demás todo bien, incluso me siento muy villana hoy.

AUDREY
¿Qué te has tomado? ¿O son los vapores del WaFFle CoFFee, que empiezan a afectarte?

BRIANA
Luego me das las gracias, ahora tengo que volver al mostrador.

Audrey dejó el móvil, sin entender qué diantres le pasaba a Briana. De todas formas ella también tenía una reunión, hacía cinco minutos que Marlon había enviado un *mail* informativo a todos los vendedores para que se personaran en la sala.

Agarró su portátil y se encaminó hacia allí. En la entrada se cruzó con Colin y su amigo Dylan que, como todos los días, regresaban de su primera salida al WaFFle CoFFee. A Audrey le caía bien Dylan, al menos en los pocos minutos en los que lograba charlar con él sin que Colin se lo llevara hacia el despacho. Parecía que alguien lo había nombrado su protector.

—¿Una reunión? —estaba preguntando el arquitecto, mientras se quitaba la chaqueta—. Ah, hola, Audrey. Justo hemos visto a Briana y nos ha dicho que te saludemos de su parte.

Ella parpadeó, sorprendida.

—Parece que ya sabe pulsar botones —añadió Colin, de forma innecesaria—. Al menos hoy mi café se puede beber. Espérame aquí, voy por mi ordenador.

—¿De qué va esto? —quiso saber Dylan, mientras su colega se encaminaba con rapidez hasta su despacho.

—Ah, no es nada, reunión para ponernos al día sobre cifras, ventas, objetivos y esas cosas, todo muy aburrido.

—Pues menos mal que me he tomado un café, no quisiera roncar encima de la mesa.

—Lo más probable es que Marlon tenga nuevas viviendas y las vaya a adjudicar —comentó ella, mirándolo—. Aún no tengo demasiado claro qué haces aquí, pero si te han dado un despacho provisional supongo que es importante. ¿Me lo vas a contar o me enteraré tarde y mal?

—Tengo un acuerdo con Sotheby's para construir casas de lujo.

—Que, supongo, venderemos nosotros. —Dylan asintió—. ¿Por qué no sé nada sobre esto?

Él se encogió de hombros. Por supuesto no era idiota y había notado que cada vez que salía el tema, Colin se lo llevaba a rastras para que su exnovia no tuviera información. Lo primero que había pensado era que su amigo no estaba cómodo con Audrey por su anterior relación. Lo primero y lo último, pues no quería pensar que Colin tuviera la intención de quedarse con todas las viviendas para él solo, era tan absurdo que no tenía el menor sentido.

Audrey notó su expresión de cautela y se apresuró a quitarle importancia.

—Tranquilo, no te preocupes. Hablaré directamente con Marlon y solucionado, esto no es culpa tuya en absoluto.

—Menos mal —suspiró—. Soy muy malo guardando secretos, enseguida se me nota en la cara.

—Eso es verdad. —Ella se echó a reír.

Colin regresó con su ordenador bajo el brazo y el ceño fruncido. Hizo un gesto con la cabeza para que entraran en la sala de reuniones, donde Marlon se encontraba acomodado en el centro de una mesa redonda. Había varios vendedores con sus portátiles abiertos mientras consultaban datos, y uno solo comiendo donuts de un plato que la secretaria había depositado en el centro: Finn.

Marlon los saludó con la cabeza, señalando las sillas para que se sentaran. Los tres obedecieron mientras el jefe carraspeaba desde su trono particular.

—Muy bien, adelante. —Abrió su ordenador—. ¿Hacemos una ronda? Leo, empieza tú.

—Si todo sale como debería, mañana tendremos el *okey* del banco para la casa Fletcher.

—¿Daniel?

—Nada seguro por ahora en la mansión Dobrev. Pero justo hace cinco minutos acaban de cerrar el trato por la casa Miller. Tres y cuarto, no está nada mal.

—¿Colin?

—Se me está resistiendo un poco la casa de encima del acantilado —respondió él, de mala gana, sin alzar la mirada de la pantalla.

—Normal, son ocho millones. Es una «piedra» en toda regla.

—Hoy tengo montada una visita de puertas abiertas para ver si se anima la cosa. Hasta ahora han confirmado su asistencia bastantes personas, así que espero cerrar el día con una buena noticia —explicó Colin—. Además, me he permitido la licencia de poner copas y canapés. Para animar el ambiente, ya sabes.

Marlon apartó la vista unos segundos de su portátil para echarle un vistazo. Comprendía que Colin hubiera aprendido de las técnicas de venta de Audrey mientras estaba con ella y quisiera aplicarlas en su beneficio, ya que no parecía que la ética tuviera nada que ver con él, pero aquello parecía excesivo. Audrey colocaba detalles aquí y allá, pero lo de poner cava y comida, con servicio de personal incluido, era demasiado.

—Sin exceder el presupuesto destinado a esos menesteres, espero —murmuró.

—No te preocupes, son los mismos que se ocupan de mi boda. Sale tirado de precio.

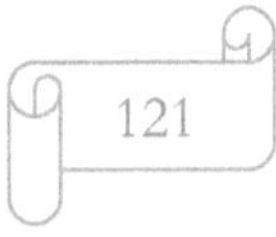

—¿Pretendes emborrachar a los compradores? —comentó Audrey.

—Pretendo vender una casa muy cara, si para eso tengo que… —Colin dejó de hablar de repente.

Todos alzaron la vista de sus ordenadores, esperando a que terminara la frase.

—… hacer el pino puente? —aventuró Leo, burlón.

—…enseñar pectorales? —siguió la broma Finn.

Dylan empezó a sonreír, pero al ver cómo le miraba su amigo dejó de hacerlo. Joder, pues sí que tenía poco sentido del humor esa mañana.

—¿Te encuentras bien? —preguntó Marlon, aunque no parecía importarle si así era.

—Sí. No sé. —Se llevó las manos a su estómago liso— Estoy un poco revuelto, a lo mejor me ha sentado mal el muffin del desayuno.

—¿Desde cuándo comes esas cosas? —se burló Audrey, echándole un vistazo—. Ahora que me fijo bien, parece que has cogido un par de kilos, ¿no?

Aquella era una maldad gratuita, pero qué importaba. Estaba convencida de que Colin se pondría a régimen de forma inmediata tras sus palabras, lo conocía y el físico le importaba demasiado como para ignorar su observación.

—¿Por qué no…? —empezó él, con el ceño fruncido, pero otra vez se detuvo. Se incorporó ante la atenta mirada del grupo—. Disculpadme un momento.

Salió de la sala ante las caras estupefactas del personal. Y entonces Audrey cayó en la cuenta de lo que estaba pasando: ¡Briana acababa de comenzar la guerra! Y lo había hecho en forma de laxante, estaba segura.

Se recostó contra la silla sintiendo un inmenso placer. Colin iba a tirarse una buena parte del día sentado en el inodoro y queriendo morirse. Al día siguiente se le habría pasado, pero la angustia seguiría con él y se saldaría con una llamada a su centro médico para concertar un exhaustivo chequeo. Si lo sabía ella, Colin no podía hacerse un moratón sin que pensara que la diabetes se cernía sobre él.

—Qué raro —le dijo Dylan—. Yo he comido lo mismo y estoy bien.

—Vete a saber. —Audrey se encogió de hombros—. Lo mismo le ha pegado un par de tragos a la petaca que tiene en el cajón de su despacho y eso le ha soltado el estómago.

Dylan alzó una ceja, decidiendo no añadir más. Allí había mucha retranca de la que no sabía nada, mejor no meterse entre esos dos.

—Bueno, mientras vuelve, sigamos —Marlon reanudó la charla—. ¿Mitchell, qué tienes?

—A partir de la semana que viene unas cuantas visitas programadas.

—No está mal teniendo en cuenta que solo hace un par de días que te he pasado las fichas —asintió él, complacido—. Podías haberte tomado el día libre hoy.

—Tengo papeleo pendiente.

—Ya me extraña pero, si tú lo dices, te creo. —Alzó la mirada al ver a Colin regresar—. ¿Mejor?

Estaba pálido y sudoroso así que, aunque asintió, nadie le creyó. Colin prefería morir a revelar lo que le ocurría, de modo que tragó saliva e intentó concentrarse en la pantalla otra vez.

—¿Por dónde íbamos? Ah, eso, la visita de puertas abiertas, ¿lo tienes todo controlado entonces o necesitas ayuda? Porque Mitchell está libre y podría echarte una mano.

—¡Ni hablar! —casi gritó Colin. Bajó la voz al ser consciente de que se había excedido y carraspeó—. Quiero decir, no hace falta. Puedo arreglármelas solo y además…

Se calló de nuevo, haciendo que un montón de pares de ojos volvieran a escudriñarlo, muertos de curiosidad. Colin se aflojó la corbata y se pasó el dorso de la mano por la frente, ahora perlada de sudor.

—Perdonadme —se excusó, antes de salir a toda prisa.

Audrey hacía verdaderos esfuerzos porque los sentimientos que tenía no se reflejaran en su cara. No podía demostrar que estaba disfrutando de la escena, al menos no mucho. Le sorprendió darse cuenta de que no era la única en la sala que trataba de esconder una sonrisa y sacudió la cabeza.

—Parece que Colin está indispuesto —observó en tono neutral—. ¿Quieres que me ocupe de la visita de puertas abiertas?

Marlon hizo milagros para ocultar la sonrisa. Por suerte, tener la cara parcialmente escondida por su portátil gigante lo protegía a la hora de camuflar las emociones. Contratar a Audrey había sido en su momento una especie de *marketing* de cara a tener un rostro mono en el equipo, pero con el tiempo le había demostrado que era una de sus mejores vendedoras, además de que tenía aquel carácter que evitaba que nadie la pisoteara. Por Colin, sin embargo, no sentía el mismo entusiasmo. Contratarlo respondía más bien a un favor personal que había hecho y el tiempo le daba la razón, era perezoso y cómodo. No podía decirse que sintiera lástima por él, la verdad.

—Hazte cargo —comentó, sin elevar el tono.

—Un momento —interrumpió la voz de Colin, desde la puerta—. Puedo ocuparme yo, en serio. En un rato seguro que…

Audrey lo miró de reojo. Vaya, los retortijones debían de ser muy fuertes, parecía costarle un auténtico esfuerzo articular palabra.

—Es obvio que estás enfermo y casi no te tienes en pie —la voz de Marlon sonó suave pero firme—. Vete a casa a recuperarte. Audrey está libre y puede encargarse perfectamente.

Colin puso una expresión tan cómica que los presentes tuvieron que hacer verdaderos esfuerzos por no echarse a reír. Estaba claro que, si al final del día la famosa casa del acantilado se vendía, Colin tendría que compartir la comisión con Audrey. Y compartir la comisión de una vivienda con un valor de ocho millones dolía. Dolía mucho, sobre todo porque estando ella de por medio había posibilidades de venta.

—Pero, Marlon… —empezó a protestar, viendo como parte de su dinero se esfumaba.

—Espero que mañana estés mejor —Marlon dijo su última palabra con voz firme.

Colin resopló, frustrado, dándose la vuelta para salir.

—Arroz cocido —siseó Daniel, entre las risitas del resto.

La reunión no duró mucho más. Dylan fue a ver cómo se encontraba Colin, mientras que Audrey se quedaba unos minutos con Marlon para que este le diera los datos sobre la casa y la reunión.

—Todo tuyo, Mitchell. Suerte, hay mucho dinero en juego.

—Haré lo que pueda —respondió ella—. ¿Y qué pasa con el proyecto del arquitecto este? ¿Va a tener él la exclusiva de ventas? Porque nadie dice nada…

—No está firmado del todo —contestó Marlon—, por eso aún no se ha hecho público. Sotheby's está negociando para tener la exclusiva completa, de ahí que le hagamos la pelota a su compañía y le dejemos un despacho. Y, dado que si ganamos este cliente es en parte gracias a Colin, tendrá preferencia.

Ella negó con la cabeza, fastidiada.

—Qué mierda. ¡No es justo!

—Solo cierta preferencia, Mitchell. Haré lo que pueda para que haya reparto. —Miró el reloj y después a ella—. Será mejor que te pongas manos a la obra, tienes trabajo que hacer.

Audrey afirmó, haciendo un gesto de despedida antes de cerrar. Encontró a Dylan fuera, apoyado en la pared.

—¿Qué tal está Colin? —Audrey fingió cierta dosis de preocupación.

—Con emergencia tras emergencia —contestó Dylan—. Me ha pedido que esté contigo durante la visita de puertas abiertas, si te parece bien.

—¿Te manda a vigilarme?

—Exacto. —Dylan se echó a reír—. Quiere asegurarse de que todo sale bien. Un poco paranoico, en mi opinión, pero es mi amigo y no puedo decirle que no, a menos que a ti te moleste que te acompañe, claro.

A Audrey no le molestaba en absoluto la compañía de Dylan, pero sí que Colin mandara a alguien a espiar sus movimientos. Tampoco podía negarse, ya que esa vivienda formaba parte de sus propiedades. ¿Para qué malgastar energía discutiendo aquella tontería? Mejor si reservaba sus esfuerzos para venderla: con lo que le estaba costando a él, si lo conseguía podría restregárselo por la cara.

—Quedamos allí a las cuatro —respondió.

—Colin dice que el personal estará a las tres para tener todo preparado.

—¿El personal? Pero, ¿qué lío ha montado? —suspiró ella exasperada—. Bien, bien, nos vemos allí a las tres. No te retrases.

—¿Va a ir Briana? —preguntó él.

Audrey estuvo a punto de soltar una carcajada, pero se contuvo. ¿Briana, en una venta inmobiliaria? Cómo se notaba que aún no había llegado a profundizar en su personalidad, o sabría que la pregunta que acababa de hacer era absurda.

Aunque ahora que lo pensaba… lo mismo si le chivaba que Dylan iba a estar allí se animaba a acercarse.

—Quién sabe, lo mismo viene —contestó, con un guiño.

Dylan se despidió con un gesto de cabeza mientras Audrey recogía a toda prisa sus cosas del despacho. Si tenía que estar a las tres no le sobraba tiempo, así que se fue a su piso a darse una ducha y elegir la ropa adecuada. A los clientes les gustaba la sobriedad, pero siempre con cierto toque de elegancia que dejara claro que se movían por caminos más selectos que el resto de los mortales. Lo de dar un cóctel que incluyera alcohol le parecía demasiado, pero como ya estaba organizado se puso a pensar en maneras de sacarle provecho a la idea. Tenía que moderar las copas de champán, no quería a nadie que firmara una venta de la que se arrepintiera al día siguiente, así que se centraría en las bandejas de canapés y en el agua con burbujas. No había otro remedio.

Envió un mensaje a Briana comentándole la visita y añadió de paso que Dylan estaría por allí, por si se animaba a presentarse. Después escogió una ropa que nunca fallaba: chaqueta y falda negra, camisa blanca, tacones y melena suelta. Se sentía como si fuera disfrazada de ejecutiva, pero a los clientes les gustaba porque la veían profesional.

Cogió el coche media hora después sin que Briana hubiera respondido a su mensaje. Cuando llegó allí, se llevó el primer sobresalto al ver aparcado un coche que le era familiar, muy familiar. Y al dueño, también familiar, apoyado contra la puerta del copiloto y fumando. No es que le sorprendiera del todo, ahora que sabía que Colin y Terry utilizaban la misma empresa para todas las celebraciones era lógico, pero eso no quitaba que se le pusiera un nudo en el estómago. Primero porque, ¿cuántas horas trabajaba aquel chico? Imposible calcularlas pero, que ella supiera, al menos tenía tres trabajos. Y segundo, ¿cómo iba a decirle nada después de su último comportamiento?

¿Y si hacía como si nada? Tampoco creía que él le hubiera dado mucha importancia, total, apenas se conocían. Vale, era verdad que lo había tenido dentro, pero lo que era hablar, no habían hablado casi nada. Y ya se sabía que los tíos no se tomaban aquellas cosas muy a pecho.

Aparcó su vehículo junto a él y salió del coche.

—Vaya, qué casualidad —dijo, a modo de saludo.

Alexei le dedicó un gesto neutral con la cabeza. No era lo más efusivo del mundo, pero resultaba mejor que nada.

—¿Trabajas hoy aquí?

—Ajá. Parece que tu ex me ha cogido cariño —contestó él—. O eso o pretende esclavizarme, una de dos.

—¿Y cuál es tu cometido exactamente? —preguntó la chica—. Bueno, no quiero que haya demasiado alcohol. Es una visita inmobiliaria, lo peor que podría pasar sería que los clientes se emborracharan y decidieran comprar algo que no pueden pagar. O que mañana se arrepientan y haya problemas.

Él levantó una ceja con cara de «no sé de qué me hablas, pero me importa una mierda».

—Mira, guapa, yo solo vengo donde me mandan. Soy camarero de barra, preparo copas, cócteles y esas cosas.

—Conozco tus cócteles de primera mano, eso es lo que temo.

—Entonces puedo irme, no hay problema. Una tarde libre no es algo que tenga todos los días. —Alexei apagó el cigarrillo antes de lanzarlo a la papelera con sorprendente puntería, muy lejana de la que tenía arrojando mecheros.

—Pero puedes trabajar como camarero de…

—No, gracias. No soy muy habilidoso con las bandejas.

Audrey no creía ni una palabra, pero lo dejó pasar. Ni siquiera era capaz de descifrar si estaba ofendido, como siempre era tan parco en palabras y tan antipático…

—Bueno, da igual —decidió, con voz firme—. Puedes preparar las bebidas a los que pasean con las bandejas, sin alcohol. Y si te piden combinados, no los cargues mucho. Seguro que eres útil.

Hubiera estado genial que lo dejara marchar, ya que Alexei había insinuado de manera poco sutil que apenas tenía tiempo libre, pero si se marchaba le perdería la pista. Mejor que anduviera por allí, y en algún momento quizá podría disculparse por lo del restaurante.

—*Khorosho* —masculló él, cerrando su coche—. Ah, por cierto… *Ty prekrasno vyglyadish*.

Audrey lo vio alejarse, por supuesto sin comprender qué le había dicho. ¡Cuánto odiaba que hiciera eso! Sentía la necesidad de buscar la traducción en Google, pero claro, ni siquiera era capaz de reproducir lo que había oído. A saber qué disparate le acababa de soltar. Pero por el momento tenía otras cosas de las que preocuparse, como pudo comprobar en cuanto entró por la puerta y se vio rodeada de manteles dorados, copas doradas, servilletas doradas… A Colin se le había ido la mano con las imitaciones de oro, qué poco gusto tenía, por Dios. ¡Que se trataba de vender una casa, no la sala de los espejos del palacio de Versalles!

Miró a su alrededor hasta localizar entre los que colocaban las cosas a una chica que llevaba el uniforme de la empresa y en la mano una tablilla con varios papeles, donde estaba apuntando cosas. Tenía que ser la encargada, así que se acercó con una sonrisa amable, tampoco era cuestión de montar una bronca cuando lo que estaban poniendo lo había pedido otra persona, ellos solo seguían sus instrucciones.

—Hola, ¿qué tal? —saludó, extendiendo la mano—. Soy Audrey Mitchell, compañera de Colin.

—Encantada. —Estrechó su mano, mirando por encima de su hombro—. ¿No ha venido él?

—No, ha tenido… un imprevisto, así que yo me encargo.

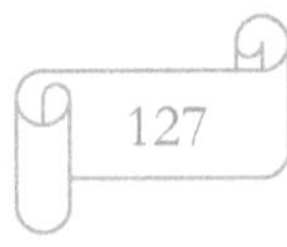

—Casi hemos terminado. Están poniendo arriba los jarrones de imitación de oro y las flores, aquí faltan un par de mesas y ya estaremos.

—Ya, bueno, verás. Estaba pensando en hacer algunos ajustes.

—¿No te gusta? Es exactamente lo que pidió Colin.

—Lo sé, lo sé. —Se acercó a una mesa y levantó el mantel para mirar por detrás—. Mira, todos juntos queda demasiado… dorado.

—Esa era la idea de Colin. Lujo, oro, diamantes… Esas cosas. Si quieres le llamo para que te lo confirme.

—No es necesario, porque seguiremos con esa idea y, de todas formas, quien paga esta factura es la empresa, no él, y yo la represento en estos momentos. Intercalad los manteles, les dais la vuelta a algunos subiendo las puntas y así las mesas quedarán blancas y doradas. He visto por allí que hay copas de cristal, que sean todas así, fuera las doradas. Voy arriba a ver el tema de los jarrones mientras cambiáis esto. Gracias.

Se alejó sin dejar de sonreír y sin darle tiempo a contestar. No podía perder el tiempo con discusiones, tenía que arreglar aquello antes de que llegaran los compradores potenciales.

En cuanto subió a la primera planta, le llegó un aroma a jazmín que casi la tumbó en el suelo. A cada lado del final de la escalera había un par de jarrones, por supuesto dorados, llenos de aquellas flores. En un descansillo, sobre una mesa redonda de cristal, el jarrón más grande que había visto en su vida también estaba lleno. Más que un ramo, parecía que hubieran acabado con un invernadero.

La puerta de la habitación que había junto a ella se abrió y salieron un par de chicos arrastrando un carrito lleno de más flores.

—Quietos —ordenó, haciendo que los dos la miraran sorprendidos—. ¿Dónde vais con eso?

—¿Quién lo pregunta?

—Soy la encargada de la venta de esta casa, así que menos humos. Quiero fuera todos estos jarrones, ahora mismo. Dejad solo uno pequeño sobre esa mesa, los demás al jardín.

—¿A la calle?

—Sí, dejadlos repartidos por el camino, alguno en la piscina… que no haya más de dos juntos a menos de diez metros de distancia, ¿entendido? —Ellos se miraron—. Tenéis media hora.

Esperó a que volvieran a entrar a la habitación para comprobar que, efectivamente, se llevaban los jarrones, y después recorrió los dormitorios para asegurarse de que tenían las cortinas abiertas de forma que entrara luz suficiente pero no mucha, no quería dar la impresión de que les daba demasiado sol. A la gente le gustaba tener una casa con luz natural, no un invernadero.

Una vez satisfecha, fue a su coche a coger los folletos informativos de la casa y los dejó en una mesita en la entrada, para que los visitantes los vieran nada más entrar y cogieran uno.

Dylan llegó en aquel momento y emitió un silbido de admiración.

—Vaya, qué entrada más amplia —comentó—. Colin ha acertado poniendo aquí el *catering*.

«Será lo único en lo que ha acertado», pensó Audrey, acercándose con un folleto.

—Sí, todo un acierto —contestó.

—Me encanta cómo han quedado el dorado y el blanco. —Cogió el papel—. Gracias. No me la puedo permitir todavía, pero nunca se sabe.

—Tú paséate como que te interesa mucho, la gente a veces hace ofertas con tal de que nadie se les adelante.

—No te preocupes, ensalzaré los valores de esta casa… —leyó la descripción—, hogareña de estilo colonial con reminiscencias españolas. —Levantó una ceja—. Deben de ser unas reminiscencias muy reminiscentes, porque no las he visto. ¿Quién ha escrito esto?

—Colin. —Miró el texto y suspiró. Cómo le gustaba poner cosas de ese tipo sin tener ni idea de arquitectura—. Se lía con los estilos.

—Ya lo veo, ya, tendré que darle unas cuantas lecciones.

—Sí, por favor, hazlo. Le encanta que lo corrijan y aprender de sus errores.

Dylan la estudió unos segundos, sin saber si hablaba en serio o estaba siendo sarcástica, pero no lo pudo comprobar porque un coche se acercaba al aparcamiento y Audrey se disculpó para acercarse a recibir a los primeros visitantes.

Pronto el aparcamiento estaba lleno de coches y la casa a tope de visitantes. Los camareros iban y venían con las bandejas llenas de bebidas y Audrey cogió una tras contestar unas preguntas de una pareja sobre la casa. Dio un sorbo y sonrió satisfecha al comprobar que apenas llevaba alcohol. Al menos Alexei estaba haciendo su trabajo…

Echó una mirada a la zona donde se encontraba, tras una de las mesas de pasteles. Estaba ocupado rellenando unas copas y Audrey apartó la vista antes de que la viera observándolo. Tampoco era cuestión de que la pillara babeando por él.

Sacudió la cabeza mientras se terminaba la copa y pensaba que no le habría venido mal algo de alcohol. Además de repetirse que no estaba babeando por él: lo del coche había sido suficiente, ¿no? ¿Para qué repetirlo?

Vio que otro vehículo entraba en el aparcamiento y se acercó a la puerta. Pero no era otro comprador potencial: al ver que era un Mercedes y que lo dejaban prácticamente en el medio de la carretera, se dio cuenta de que era Briana.

Su amiga se bajó del coche, miró cómo lo había aparcado y pareció darse por satisfecha, porque lo cerró y se acercó a la casa.

—Ay, qué bonita es —comentó Briana, recorriendo la entrada con la vista—. ¿Cuánto vale?

—Unos ocho millones.

—No quiero ni calcular cuántos veinte mil entre doce me hacen falta para pagarla.

—¿Quieres que abra el garaje y metes el coche dentro?

—¿Por qué? —Lo miró—. Ahí está bien, ¿no? En el aparcamiento de las visitas. ¿O has visto a alguien conduciendo fatal? Mira que si me lo rayan… ¿Eso lo cubren los seguros? Jo, con lo tranquila que venía yo y ahora que lo pienso no sé ni qué me cubre el seguro.

—Tranquila, seguro que todo, no te preocupes. —Le entregó un folleto—. Toma, para que disimules como que la vas a comprar.

—Eso, ponme el chocolate delante y luego dime que no lo pruebe. —Le sacó la lengua—. ¿Qué tal va?

—Un par de parejas me han dicho que están interesadas, pero mientras no me envíen una oferta no me creo nada.

—Vaya. —Miró a su alrededor—. Anda, si está tu ruso.

—Que no es mi ruso.

—«El» ruso, ¿te parece mejor? Pues sí que trabaja… A lo mejor es que tiene un sueldo como el mío y por eso necesita estar en tres sitios, para que sea sesenta mil entre doce.

—No tengo ni idea de lo que gana. —Señaló la escalera—. Mira, por ahí viene Dylan.

Agitó la mano para saludarlo, buscando así la forma de cambiar de conversación. El chico le devolvió el saludo, sonriendo al ver a Briana a su lado, y bajó las escaleras para acercarse.

—Ya he mostrado mi gran interés ante todos los que se me han acercado —dijo—. Incluso he fingido una conversación con mi novia por teléfono ante una pareja que estaba pensando en ofrecer siete millones.

—¿Solo siete? Eso no lo aceptará nuestro cliente.

—Por eso me he ocupado de recalcar por todas partes que voy a ofrecer ocho y medio. A ver si hay suerte.

—¿La vas a comprar? —preguntó Briana.

—No, es solo en plan cebo —contestó Audrey.

—Cuando esté terminada la urbanización que estoy diseñando puedo elegir entre una de las casas o un bonus especial, entonces me pensaré qué hago. De momento, de alquiler.

—Os dejo solos, me están haciendo señales.

Se alejó hacia una pareja que la estaba saludando con la mano.

Dylan cogió un par de copas de uno de los camareros y le dio una a Briana.

—Yo quería irme de alquiler —comentó ella, con tono triste.

—¿Y por qué no lo haces? Ahora estás trabajando.

—Ya, pero no creas que me pagan mucho. Aunque sí me he independizado, ya no vivo con mis padres.

—¿Te has ido con Audrey?

—No, me he mudado a la casa de la piscina de mis padres. Estoy redecorándola, va a quedar muy bien.

No era una independencia tal y como Dylan lo entendía, pero si pensaba en cómo era Briana y a lo que estaba acostumbrada, era un gran paso. Además, notó la ilusión en su voz y no pudo menos que chocar su copa con la de ella.

—Felicidades —le dijo.

—Gracias.

—¿Quieres dar una vuelta para ver la casa? Aunque ni tú ni yo nos podamos permitir comprarla, podemos fingir que sí. —Elevó la voz para que le oyera una mujer que estaba cerca de ellos—. ¿No te parece demasiado pequeña, cariño? Trescientos metros cuadrados no nos llegan.

Briana sonrió y cogió el folleto que él le tendía, ojeándolo con rapidez.

—Huy, ¿solo una cancha de tenis? Tendríamos que turnarnos para jugar.

—Al menos hay dos *jacuzzis*, uno fuera y otro en la habitación principal. —La mujer se alejó para ir a hablar con un hombre—. ¿Cuántos *jacuzzis* necesita una persona en su vida?

Su tono era de broma y Briana se rio, aunque pensó que en su casa había tres… y nunca se había planteado si eran muchos o pocos. Siguieron paseando por la casa, haciendo comentarios aquí y allá sobre las maravillas que tenía, mientras Audrey parecía estar en todas partes a la vez: controlando a los camareros, hablando con los visitantes… todo ello sin acercarse a la zona de preparación de cócteles.

Un par de horas después, el flujo de gente comenzó a disminuir y Dylan miró su reloj.

—Vaya, se ha pasado la tarde volando. ¿Te llevo a casa? —preguntó.

—Claro. —Escucharon un pitido y ella pegó un bote—. Ay, no, que he venido con el mío.

—¿Quién está pitando así?

—Alguno que no tendrá otra cosa que hacer que molestar, qué desagradable.

Se empezaron a escuchar dos pitidos diferentes y, al poco, la encargada del *catering* fue a hablar con Audrey, que se asomó a la ventana y se acercó a Briana.

—Te la robo un segundo —le dijo a Dylan, apartándola un par de metros—. Te están pitando a ti.

—¿Y eso? ¿De admiración? ¿Qué tengo que hacer, salir a saludar?

—No, hija, quieren que quites tu coche.

—¿Por qué?

—Porque no pueden salir.

—La gente no tiene ni idea de conducir. —Sacudió la cabeza—. Ya voy.

Al ver que se dirigía a la puerta, Dylan corrió a alcanzarla.

—¿Te marchas ya? —preguntó.

—Tengo que quitar el coche, parece que molesta.

—¿Quieres que…? —Su móvil empezó a sonar y lo sacó con desgana, para ver que se trataba de Colin—. ¿Qué querrá ahora?

Los pitidos se volvieron insistentes así que, mientras Dylan contestaba, Briana salió al aparcamiento y movió su coche. Pensaba volver para ver qué era lo que le iba a preguntar Dylan, pero no pudo aparcar donde quería porque otro vehículo estaba intentando salir, así que después de unas cuantas maniobras, se encontró en el camino de salida sin posibilidad de dar la vuelta, por lo estrecho que era.

Porras. Bueno, al menos lo vería al día siguiente en la cafetería, no fallaba ningún día.

En la entrada de la casa, Dylan colgó el teléfono con un suspiro de fastidio. Colin le había llamado para preguntar por las visitas, a ver qué tal había ido todo y cómo había visto a Audrey. No lo entendía, si habían trabajado juntos mil veces, tenía que saber de sobra que era buena en lo suyo. Aunque con lo mal que habían acabado como pareja, quizá pensaba que ella le boicotearía esa venta, lo cual sería tonto porque ella se quedaría sin comisión y, por lo que había visto, Audrey era profesional. Se fue a su coche preguntándose si habría dicho algo para que Briana se fuera así, sin despedirse.

En fin, hablaría con ella en la cafetería al día siguiente, a ver qué vibraciones le daba.

Dentro de la casa, Audrey se guardó en el bolso la tarjeta de visita de la última pareja en irse. Se marchaban contentos y le habían prometido contactar con ella para hacer una oferta; que le dieran la tarjeta era una buena señal, siempre podía llamarlos en un par de días para preguntar a ver si se lo habían pensado.

La empresa de *catering* estaba recogiendo todo y ella subió a la primera planta para revisar las habitaciones y que todo volviera a su estado original, no fuera a quedarse alguno de aquellos jarrones dorados por ahí.

Satisfecha, bajó a comprobar la primera planta. Eran eficientes, la verdad, porque ya no quedaba ni rastro de ellos, y no supo si sentirse aliviada u ofendida al ver que Alexei se había marchado sin despedirse siquiera.

Entró en la cocina y dio un respingo al verlo allí, sentado sobre la encimera de la isla central como si fuera su casa.

—¿Qué haces aquí? —preguntó—. Pensaba que os habíais marchado.

—Mi jefa tenía prisa y me ha dejado esto para que firmes. —Le deslizó un papel por la encimera y ella lo cazó al vuelo—. Me ha dicho que no me fuera sin que lo hicieras.

Audrey sacó un bolígrafo y revisó lo que ponía, que no era más que una certificación de que se habían llevado todo el equipamiento y no habían roto o estropeado nada de la casa, para evitar problemas posteriores. Firmó y se lo pasó de la misma forma que él a ella.

—Arreglado —dijo Audrey. Esperó, pero él solo dobló la hoja con mucha calma y se la metió en el bolsillo de la chaqueta—. ¿Algo más?

—*Net*, ¿por qué?

—No sé, estás ahí sentado como si nada. ¿Qué pasa, es muy cómodo o qué?

Los ojos de Alexei chispearon y la miró de arriba a abajo.

—¿Comparado con un asiento trasero, quieres decir?

Audrey emitió un sonido ofendido y se acercó para darle un golpe con su bolso en el hombro, lo cual hizo que él sonriera a medias. O más bien, parecía que estaba aguantándose la risa.

—¿Qué es tan gracioso? —gruñó.

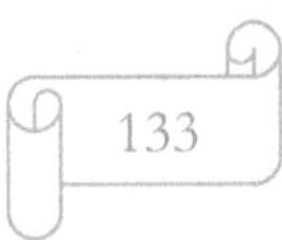

—Pensar que con esa minucia de bolso o como quieras llamarlo me puedes hacer daño.

Se bajó de un salto, pero se quedó delante de ella.

—Mira, me parece muy bien que tengas sentido del humor —siguió Audrey—. Porque, además, pensaba que lo de sonreír como que era algo desconocido para ti, pero no creo que… —Alexei la cogió por la cintura, la subió a la encimera y ella le dio otro golpe en el hombro, pero con poco énfasis—. ¿Estás tonto? ¿Aquí encima? —Notó aquellas manos deslizarse por sus piernas—. ¿Y si viene algui…?

Pero Alexei la besó y se olvidó de lo que estaba diciendo. Dudó un microsegundo, pero tiró el bolso al suelo y lo abrazó mientras le metía la lengua en la boca y todo su cuerpo se estremecía. Joder, ¿por qué tenía que besar tan bien? No podía ser, aquello… Gimió al sentir sus dedos introduciéndose por dentro de la ropa interior. Al pensar en ello, tuvo un instante de lucidez y se recordó buscarla bien al terminar, solo faltaba que la encontrara el dueño al día siguiente. Pero entonces escuchó un desgarro y se dio cuenta de que no tendría que preocuparse por perderla, porque había roto las braguitas y se habían quedado enganchadas en su cadera.

Y qué más daba, ya se compraría otras. Mil, con la comisión de aquella casa. Lo rodeó con las piernas para acercarlo a ella y en unos segundos lo tuvo en su interior, moviéndose con rapidez y haciéndole ver las estrellas de nuevo, a pesar de la postura, que la obligaba a agarrarse a él con fuerza para no caer. Consiguió desatar un par de botones de la camisa y acercó la cara a su cuello, aspirando su aroma mientras notaba que su cuerpo perdía el poco control que le quedaba. Por segunda vez le mordió en el hombro, ahogando un grito, y al poco notó que él aflojaba la presión de su abrazo, dejándola sentada sobre la encimera.

Nunca hubiera imaginado que el mármol estuviera tan frío. Aunque tampoco había pensado que acabaría sentando su culo desnudo en una piedra tan cara, pero en fin, últimamente se encontraba haciendo cosas muy raras y todas por culpa del maldito ruso que tenía delante. Y aún dentro.

Alexei la cogió de la barbilla para elevársela y darle un par de besos perezosos en el cuello, que casi hicieron que perdiera la razón de nuevo.

Casi, porque del bolso que tan alegremente había tirado empezó a salir un sonido familiar, y lo empujó para que se apartara.

—¡Es mi móvil! —exclamó.

—¿Y qué?

—Que puede ser una oferta.

Volvió a empujarlo y él se apartó con una de aquellas palabras rusas que sonaba a juramento, pero Audrey no le escuchó. Cogió su bolso y sacó el móvil para contestar con rapidez.

—Audrey Mitchell.

—Hola, somos los Clarkson, hemos estado esta tarde en la jornada de puertas abiertas.

—Sí, claro, les recuerdo —Tenía una ligera idea, no eran los de la tarjeta, así que cruzó los dedos, porque si tenía más de una oferta, mejor que mejor—. ¿Qué tal, tiene alguna idea en mente?

—Queremos ofrecer siete novecientos.

—Claro, genial, perfecto. Pasaré la oferta y los llamaré de vuelta, ya saben que no es seguro que lo acepten y hay más gente interesada.

—Esperaremos sus noticias.

—Gracias por llamar.

Colgó el móvil con una sonrisa y se dio la vuelta… para encontrarse sola en la cocina. Genial. Otra no despedida, otra vez sin saber cómo contactar con él. Porque hablar no parecía que el chico quisiera hablar mucho, pero de lo otro…

CAPITULO 10: ERASE UNA VEZ… UNA INVITACION Y UN ROBO DE COMISION

Conversación de WhatsApp entre Audrey y Briana, audios:

AUDREY

Estoy supercontenta, ¿te puedes creer que tengo un par de ofertas por la casa? ¡Es lo mejor que me podía pasar! Colin se va a quedar muerto, con el tiempo que llevaba para venderla y yo lo consigo en una tarde, ¡ja! Se va a poner verde de la envidia.

BRIANA

¡Qué guay! Restriégaselo bien, que se fastidie. Yo me voy ahora a la cafetería, ¿le echo algo?

AUDREY

No, que quiero que se entere bien de todo. Como mucho ya sabes, azúcar de más… Ja, ja, ja.

BRIANA

Lo que la señorita ordene.

Briana metió el teléfono en el bolso y se miró en el espejo de su nuevo dormitorio. Le había llevado unos días poder acomodar la casita a su gusto pero, tras unos cuantos viajes del jardinero y de uno de los encargados de mantenimiento, por fin tenía todas sus cosas. Le faltaba darle una mano de pintura, que aquel tono salmón no le convencía, pero su padre le había dicho que tenía que hacerlo ella o contratar a alguien, así que lo había dejado apartado. No se veía con una brocha en la mano y tampoco podía permitirse algo así de momento, así que colocó unos cuantos cuadros y fotos por todas partes para ocultar la pintura en lo posible y dejó el plan para más adelante.

Vivir sola era más complicado de lo que había esperado, como pudo comprobar la primera noche que durmió allí, fue a la cocina a cenar… y se encontró con la nevera vacía. No había ido jamás en su vida a un supermercado, así que ni corta ni perezosa se presentó en la cocina de la casa principal y se llevó todo lo que necesitaba. Y así seguía haciendo cada vez que le hacía falta algo, siempre y cuando se pudiera calentar en el microondas. La vitrocerámica y el horno no los había encendido nunca, ni tenía intención.

También estaba el tema de la limpieza… pero como era parte de las tareas del servicio, seguían ocupándose y esperaba que su padre no diera órdenes contrarias. Igual con su ropa, que metía en el mismo cesto de siempre y que alguien vaciaba para luego dejársela limpia y planchada sobre la cama.

En resumen, la única diferencia real era que estaba en un edificio independiente al de sus padres. Por lo demás, no había cambiado mucho sus costumbres.

Comprobó que la chapa con su nombre estaba bien enganchada, se recogió el pelo en una coleta y se dirigió a la puerta para marcharse a trabajar.

Pero, cuando la abrió, se encontró con su madre justo al otro lado, con la mano levantada como si fuera a golpear la puerta.

—¡Mamá! —exclamó, sorprendida—. ¿Qué haces levantada tan temprano?

—Me tienes contenta. —Entró en la casa con gesto decidido—. ¿Te parece normal?

—¿El qué? —Miró su reloj—. ¿Podemos hablar luego? No quiero llegar tarde.

—Acaba de llamarme mi abogado.

—De verdad que…

—Esto es más importante. ¿Qué es eso de que has roto con Humpfrey?

Briana puso los ojos en blanco.

—Hace tiempo de eso, mamá.

—¡Y yo sin enterarme!

—Es que no hemos coincidido. Si no, te lo habría dicho. ¿Te lo ha contado el abogado?

—Por supuesto. Me ha llamado porque se ha equivocado, quería hablar contigo sobre el tema ese de la devolución de regalos.

—Sí, le he dicho que se encargue él.

—Me parece increíble que lo dejes escapar así. ¡Es el chico perfecto! Tienes que ir a hablar con él y que te perdone, sea lo que sea que hayas hecho.

—No quería que trabajara.

—Dios mío, lo sabía, sabía que todo esto de la cafetería que se le ha metido en la cabeza a tu padre iba a tener alguna repercusión.

—Pues bien que te quedaste callada cuando te dije que no quería hacerlo.

—¡Porque no pensaba que ocurriría algo tan grave! —Se frotó la frente—. Bien, no pasa nada, pensemos. ¿Cuánto tiempo tienes que estar ahí?

—Eso da igual, no voy a volver con él.

—¿Por qué no?

—Porque no quiere que trabaje, ya te lo he dicho.

—Y tú tampoco quieres trabajar, ¿cuál es el problema?

—Bueno, pues que debería respetar lo que quiero o no quiero hacer, ¿no te parece? No pienso pasarme la vida pidiéndole permiso para todo.

Su madre la miró de arriba abajo como si no la reconociera.

—¿Estás tomando algo? —le preguntó, al fin—. O es esa amiga tuya… —Entrecerró los ojos—. No, no me digas más. El tipo ese del Mustang.

—Mamá…

—Cualquiera que tenga un coche así no está a tu altura y lo sabes, no es más que un pobretón que lo único que querrá será tu dinero. Tienes que terminar con eso ya.

Briana, que hasta entonces la había estado escuchando con toda la calma del mundo, se sulfuró. Bueno, ¡aquello era el colmo! Juzgar así a Dylan, sin conocerlo… Como si Humpfrey hubiera estado con ella por amor verdadero y no por su posición o por las empresas de su padre.

Se cruzó de brazos y la miró desafiante.

—¿Y si estoy saliendo con él, qué? ¿Qué vas a hacer? —la retó.

Su madre retrocedió con la mano en el pecho, como si fuera a sufrir un ataque.

—No te reconozco, Briana. Si no pones de tu parte no puedo ayudarte. Estoy dispuesta a hablar con tu padre, pero tú tienes que volver a tu ser.

—No hace falta que hables con él, estoy bien así y así seguiré.

—No digas tonterías. Tú eres como yo, siempre lo has dicho. Si lo teníamos todo planeado, cariño. Casarte con Humpfrey, irte a una gran mansión, tener algún hijo… Hasta eso es ahora más fácil, que yo tuve que parirte y estropear mi figura, cuando ahora puedes coger un vientre de alquiler.

—Bueno, pues ese plan ya no va conmigo. Así que no te sorprendas si ves el Mustang otra vez en la puerta. Y ahora, si me disculpas, llego tarde y no quiero que me lo descuenten del sueldo.

Salió al exterior y esperó con los brazos cruzados a que su madre lo hiciera también. Cerró con llave bajo su mirada de desaprobación, pero parecía que la había dejado sin palabras porque la mujer solo movía la cabeza de forma negativa como si no se creyera lo que había pasado.

Briana se fue al coche sin esperar a ver si decía algo más y, mientras salía del garaje, marcó el número de Audrey.

—Buenos días, chica trabajadora —saludó su amiga—. ¿Te aburres en el camino al trabajo o qué?

—Ojalá, pero no es eso.

—Te noto rara, ¿qué ha pasado?

—Acabo de discutir con mi madre. Su abogado, que es el mío, la ha llamado y se ha enterado de lo de Humpfrey. No veas qué bronca me ha echado, ni que la hubiera dejado a ella en lugar de a mí.

—A tu madre le caía muy bien.

—No sé si le caía bien o solo era que se ajustaba a su definición de marido. —Suspiró—. En fin, que hasta me ha dicho que no vea a Dylan.

—¡Qué me dices!

—Ya le he dicho que cualquier día volvía a ver el Mustang por casa.

—Pues a lo mejor es eso lo que tienes que hacer.

—¿Comprarme un Mustang?

—No, mujer, que Dylan vaya a tu casa. Invítalo a tomar algo, si al chico se le ve que tiene ganas.

Briana dudó, mordiéndose el labio.

—Es que nunca he hecho eso —contestó.

—¿El qué?

—Invitar yo. Siempre me invitan.

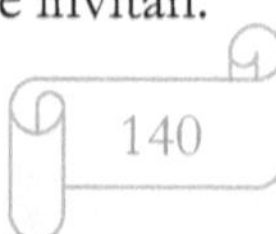

—Pues ya es hora de otro cambio en tu vida, cariño. Con la racha que llevas, esto no es nada.

—Bueno… lo pensaré. A ver si lo veo luego en la cafetería, ya te contaré.

—Eso, me llamas.

—Y suerte con las ofertas.

Le tiró un beso, que Audrey le devolvió, y cortó la llamada. Durante todo el trayecto hasta el aparcamiento cercano a la cafetería estuvo pensando en toda la conversación con su madre y en lo que Audrey le había dicho. Lo de invitar a un chico era algo que nunca se le habría pasado por la cabeza, no estaba dentro de las normas sociales, pero qué demonios. Tampoco se había puesto nunca un uniforme con delantal y ahí estaba, conduciendo con él puesto. ¿Qué era lo peor que podía pasarle? ¿Que le dijera que no? Esperaba que no fuera así, si se fiaba de cómo le hablaba, Dylan había flirteado con ella desde que había vuelto. Pero claro, tampoco podía estar segura si no le preguntaba.

Dejó el coche y atravesó la calle a paso rápido para no llegar tarde, que ya estaba con el tiempo justo.

Sally acababa de reunir al equipo, así que se apresuró a colocarse con los demás y escuchar el plan del día, al cual no hizo mucho caso porque su mente estaba en Dylan y en cómo preguntarle si quería una cita.

¿Se lo preguntaba directamente o le lanzaba alguna indirecta cuando le tomara nota? Se inclinaba por lo primero, no fuera a ser que no pillara las indirectas, pero claro, si estaba el idiota de Colin al lado tampoco le apetecía que escuchara la conversación.

Se fue a la caja mientras Sally abría la puerta y empezó a tomar pedidos de forma mecánica, pensando frases que decirle a Dylan:

«Hola, ¿lo de siempre? De postre, ¿una cita conmigo? No, eso no que no es postre, viene a desayunar. Hola, ¿un *capuchino* y una cita conmigo? Mmmm…. Hola, no sabes lo que me pasó ayer, no conseguí volver a la casa y se nos quedó pendiente la conversación, ¿una cita? Porras, a ver…».

—¿… siempre?

—¡Dylan! —exclamó, al escuchar su voz.

—Hola, buenos días.

—Eso, sí, buenos días. —Quitó la sonrisa y miró a su lado, donde estaba Colin—. ¿Tú qué quieres?

—Buenos días a ti también —contestó Colin, sin molestarse en poner tono amable—. Pues mira, me gustaría que mi *latte* estuviera hoy bien, tal y como lo pido, si no es mucha molestia.

—Tranquilo. —Cogió un vaso y apuntó su nombre—. No los preparo yo, ahora solo me toca apuntar. Ahí te va, Collin.

—Es con una ele.

—Bueno, mejor de más que de menos, ¿no es lo que se suele decir? Oye, por cierto. —Cambio su tono de voz y su rostro, expresando toda la preocupación que pudo fingir—. ¿Te encuentras bien?

—Sí, ¿por qué?

—No sé, te noto algo en la cara. Como un tono verde…

—Pero qué dices, verde. —Se tocó las mejillas con nerviosismo—. Dylan, ¿tú me notas algo?

Su amigo le examinó por un lado y por el otro, encogiéndose de hombros.

—No sé, puede ser la luz.

—Joder. Sabía que tenía que haber ido al médico después de lo de ayer, ¡lo sabía! Algo me pasa fijo, no es normal ir tantas veces a… —Miró a Briana—. Bueno, eso, estar con el estómago revuelto.

—Vete a por tu *latte*, te sentará bien —le dijo ella con una sonrisa simpática.

Pasó su vaso por el mostrador y Colin se apartó tocándose la frente para comprobar si tenía fiebre.

—Pobre, sí que debería ir al médico —dijo Briana.

—Decía que se encontraba mejor. —Se encogió de hombros—. ¿Qué te pasó ayer? Pensaba que ibas a quitar el coche y volver.

—Es que no pude, no me dejaron los demás coches. La gente conduce fatal, de verdad, es increíble.

—Sí, eso debe de ser. —Sonrió—. Pensaba que a lo mejor te había molestado algo.

—No, no, de hecho quería hablar contigo.

—Ah, ¿sí? —Apoyó los codos en el mostrador y se inclinó hacia ella—. Te escucho.

—Esto… —Caray, sí que tenía los ojos bonitos—. Pensaba mi casa cita… o sea a tomar algo tú. Conmigo, claro.

—¿Has aprendido a hablar como Yoda?

Briana se rio y sacudió la cabeza para recomponerse.

—Ahora que vivo sola puedo tener visitas sin tener que molestar a nadie. ¿Te gustaría venir a tomar algo a mi casa?

—Claro, me encantaría. ¿Quedamos mañana por la noche?

—Genial, ¿a las ocho? ¿para cenar?

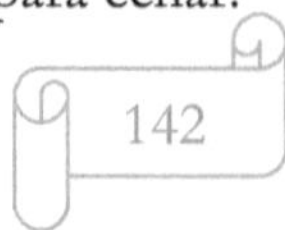

—Perfecto. Ah, y no tengo preferencias, puedes hacer lo que quieras.

—Intentaré sorprenderte.

—Pues hasta mañana, entonces. —Se apartó y se volvió a acercar—. Mi capuchino, se me olvidaba.

—Sí, sí.

Apuntó el nombre en un vaso y le cobró, confusa por lo que acababa de hacer. ¿En serio lo había invitado a cenar y le había dado a entender que iba a cocinar? ¿Estaba loca o qué? Tenía que llamar a Audrey, en cuanto tuviera una pausa lo hacía.

Audrey revisó su correo electrónico y pegó un bote en la silla al ver que el dueño de la mansión había respondido. Decidida a no dejar escapar la oportunidad, había enviado la oferta de los Clarkson nada más llegar a su piso. Y era evidente que los propietarios estaban deseando venderla, porque habían aceptado los siete novecientos al momento.

Descolgó el teléfono de su despacho y marcó cuatro números.

—¿Sí? —contestó Marlon.

—Acabo de enviarte un *mail* a tu correo —dijo ella.

Aguardó unos segundos mientras él lo abría, jugueteando con el cable del teléfono de manera nerviosa.

—Ven ahora mismo —ordenó su jefe.

La chica salió a toda prisa del despacho para entrar en el de Marlon, que releía el mensaje con los ojos abiertos como platos.

—¿Esto es en serio? ¿Aceptan la oferta? ¿Está casi vendida?

—Eso parece.

—Pero, ¿cuándo…?

—Me hicieron la oferta anoche, cuando todavía estaba allí… bueno, revisando que todo estuviera en orden. Así que, con las mismas, se la pasé al dueño.

—Cierra esto ya, Mitchell. Que no se enfríe.

Audrey regresó a su mesa para telefonear a la pareja de la oferta y les informó de que el propietario había aceptado. Por norma general, el tiempo entre que se aceptaba una oferta y el banco concedía el dinero eran los días más tensos, pero cuando se hablaba de una propiedad con un valor de ocho millones estaba claro que aquella pareja no tenía el menor problema económico. Colgó, satisfecha, y justo entonces sonó su móvil.

—Hola, Brie —dijo, al ver el número—. ¡Tía, que he vendido la casa!

—¿En serio, tan pronto? ¡Pero eso es genial! —chilló su amiga, entusiasmada.

—Sí que lo es. Bueno —Audrey bajó la voz de manera instintiva—, no es que me sienta muy orgullosa porque ha sido con malas artes, pero…

—Venga, hombre. Si hubieras dejado a Colin con sus oros y esos terribles jarrones apestando la casa, los clientes habrían muerto ciegos o asfixiados.

Audrey soltó una risita al oírla.

—Esto será un pellizco grande —murmuró—. Para celebrarlo me iré mañana de compras, a por unos zapatos nuevos.

Y algo de ropa interior, pero eso no veía necesario mencionarlo.

—¿Con brillantes?

—No sé. Por cierto, pronto haces hoy el descanso, ¿no?

—Me he escaqueado unos minutos porque estoy en crisis. He invitado a Dylan a cenar.

Briana parecía sorprendida de su propia osadía, detalle que hizo sonreír a Audrey. Desde luego, la joven estaba avanzando a pasos agigantados. No le extrañaba que su querida madre hubiera puesto el grito en el cielo.

—Así me gusta, Brie —la animó.

—Me hice un poco de lío, la verdad. Fue como una enorme sopa de letras en la que las palabras «cita», «cena», «casa» y «conmigo» danzaban ante mí sin que encontrara la manera de unirlas.

—Seguro que le pareció encantador que te pusieras nerviosa. Los tíos son así.

—Pero espera, que viene lo mejor… como soy así de lista, lo he invitado a cenar. En mi casa, como si supiera cocinar.

Huy, eso sí que era atrevido. Audrey no era muy diestra con los fogones, pero Briana mucho menos. Para ella, cocinar se reducía a llamar por teléfono desde el sofá con gesto lánguido para encargar comida de sus restaurantes preferidos. Y se sentía orgullosa cuando servía helado en un bol, como si fuera una gran cosa.

—Ni te preocupes por eso. Ningún chico va a cenar pensando en cenar, ya me entiendes… Les interesa más llevarte a la cama.

—Pero no puedo recibirlo con la mesa vacía —objetó Briana, no sin razón.

—«Cama» es la palabra clave.

—No, es una primera cita y no va a terminar en la cama, ¿vale? No soy tan lanzada.

—Bueno, ¿y qué te parece si encargas un *catering*?

Briana guardó silencio mientras hacía cálculos. Un *catering* de cualquier comida que a ella le gustara saldría caro, demasiado para su sueldo de veinte mil entre doce.

—No creo que pueda permitírmelo.

—Pide comida normal —sugirió Audrey y la oyó suspirar—. ¿Quieres que me ocupe yo?

—No, dije que iba a apañarme sola y lo haré. Igual esta tarde me animo a acercarme hasta el supermercado, allí tienen de todo, ¿no?

Audrey emitió un ruidito que lo mismo podía ser afirmativo que negativo. Solo de imaginarse a Briana empujando un carrito de la compra...

—Pero si no sabes cocinar —dijo.

—No puede ser tan complicado. Toda esa gente de clase media y baja lo hace a diario porque no puede ir a sitios caros. Compraré un libro de esos en los que solo hay que seguir las instrucciones, ¿qué puede salir mal?

Audrey recordaba varios intentos infructuosos que se habían saldado con un insoportable olor a quemado, pero cuando iba a responder su puerta se abrió de golpe para dar paso a un Colin furioso.

—¿Has vendido mi casa? ¿La has vendido? —vociferó.

—Luego te llamo —dijo Audrey, colgando para mirarlo—. Dios, Colin, vaya manera de entrar a mi despacho, ¿no sabes llamar?

Aquella provocación era gratuita e innecesaria, pero que le dieran. Tenía el rostro rojo y las venas del cuello a pleno rendimiento y Audrey sabía de sobra que estaba muy, muy cabreado. Dylan estaba tras él, como si hubiera intentado calmarlo sin éxito.

—¡Me voy a desayunar y cuando vuelvo me entero de que me has levantado la venta!

—Yo no te he levantado nada, gracias. —Ella hizo una mueca.

—¡Me has entendido perfectamente!

—Deja de gritar —pidió la chica, con voz tranquila—. A ver, me ocupé de la reunión ayer. Sabías que existía la posibilidad de que se vendiera.

—Y una mierda, llevo tratando de colocar esa piedra semanas y no había manera, estoy seguro de que algo has hecho. Te conozco, Audrey, no juegas limpio.

—Colin, en realidad... —intervino Dylan, tocándole el brazo.

Audrey se levantó de la silla y apoyó las manos sobre su mesa.

—¿Que yo no juego limpio? Mira, tardé una hora en arreglar la horrorosa decoración que habías encargado. Hasta el folleto era erróneo, Dylan te lo puede decir.

—¿Y eso qué importa? ¡Nadie lee los folletos! —protestó Colin, cada vez más furioso—. Eres una pésima compañera, no sabes trabajar en equipo, ¡me has robado la comisión!

Dylan estaba estupefacto mientras oía todas aquellas lindezas de boca de su amigo. Vaya, esa faceta de Colin no la conocía, pero no le gustaba nada. Sobre todo porque había estado presente la tarde anterior y reconocía que Audrey se lo había currado.

—Nadie te ha robado nada —siguió ella, sin perder tu tono sereno—. Solo tendrás que compartirla conmigo, eso es todo.

—¡Esa propiedad era mía!

—Pues la he vendido yo, ¿qué quieres que te diga? Lo siento muchísimo. —Y le dedicó una sonrisa que aún sulfuró más a su exnovio.

—Esto no se va a quedar así, Audrey, voy a ir a hablar con Marlon muy en serio sobre este tema. No creas que te vas a quedar con mi dinero.

Salió tan deprisa como había entrado, mientras Dylan se quedaba parado sin saber qué decir. Por un lado, quería disculparse por el comportamiento de su amigo: aunque comprendía que compartir una comisión tan jugosa debía de molestar, no le parecía justo que menospreciara la participación activa de la chica en esa venta.

Y, por supuesto, los gritos y la pérdida de papeles le sobraban también. Hasta entonces, Colin se había portado de manera educada, pero acababa de derribar esa imagen.

—Vaya, lo siento, Audrey —dijo.

—Tranquilo, no es culpa tuya. Colin tiene ese temperamento cuando las cosas no salen como quiere. —Ella le quitó importancia con un gesto.

—He tratado de decirle un par de veces que estuviste pendiente de todo, pero…

Iba a seguir cuando ambos escucharon gritos. Audrey rodeó la mesa para abrir la puerta, pues era obvio que provenían del despacho de Marlon. Se acercaron despacio justo en el instante en que se abría la puerta y aparecía el jefe, con cara de disgusto.

—Lo siento, pero no tienes razón —espetó—. Y no me gusta que hables así de Audrey, me veo obligado a recordarte que si esa casa se ha vendido y vas a cobrar algún dinero es gracias a ella, ya que tú estabas enfermo.

—Como si fuera culpa mía estar enfermo —protestó él.

—No es culpa de nadie, pero ha pasado y no hay marcha atrás. La reunión la organizaste tú, no se podía cancelar con tan poco tiempo, tuviste suerte de que tu compañera se ocupara de hacer tu trabajo y encima te quejas. Me decepcionas.

—Pero…

—No quiero oír hablar más sobre este tema. —Marlon le cerró la puerta en la cara.

Colin se quedó de pie, con los puños apretados. Entonces fue consciente de que Dylan y Audrey lo habían oído todo, aparte del resto de sus compañeros que escuchaban pegados a sus puertas, incluida la secretaria.

—Esto es una mierda —gruñó, aún sulfurado, mientras se pasaba la mano por el pelo.

—Cálmate, que te va a dar un infarto —dijo Audrey—. Tienes muy mal color. ¿Quieres un vaso de agua o algo?

Colin la miró con los ojos echando chispas, pero cuando procesó sus palabras empezó a palidecer aún más. Se apoyó la mano en el pecho y Dylan lo miró, preocupado.

—¿Estás bien?

—No sé, creo que me duele aquí. Y me falta aire.

Dylan no sabía qué hacer, así que le dio unas palmaditas en la espalda.

—¿Mejor?

—Quizás deberías ir al hospital —sugirió Audrey, fingiendo preocupación—. Si ayer estabas enfermo y hoy continúas encontrándote mal… Lo más seguro es que no sea nada, pero ya sabes.

—Sí, será mejor que vaya a ver a mi médico —decidió, aflojándose la corbata—. ¿Me puedes llevar, Dylan?

—Pues claro que sí, vamos.

Se despidió con la cabeza antes de salir tras de Colin, dejando a Audrey cruzada de brazos y muy satisfecha por cómo se desarrollaban los acontecimientos. Sí, lo que había hecho era una maldad pero, después de aguantar durante años la hipocondría de Colin, no sentía ningún remordimiento. No estaba enfermo y el asunto se saldaría con una hora de coche hasta el hospital, un análisis de sangre innecesario y un médico que, como siempre, sacudiría la cabeza mientras lo convencía de que no tenía nada.

—¿Sales a comer, Audrey? —preguntó la secretaria, cogiendo su bolso.

—No, voy a ver si termino el papeleo y tengo noticias del banco.

Esperó mientras contaba las veces que se abría y cerraba la puerta de la agencia. Marlon siempre era el último en salir y en cuanto lo oyó se escabulló en dirección al despacho de Colin. Se metió dentro, entornando la puerta por si tenía que salir a toda prisa y buscó por los cajones hasta que encontró su portátil.

Lo encendió, aguardó unos segundos y, en cuanto apareció el recuadro para poner la clave, tecleó «Adonis».

Y, ¡bingo!, el escritorio se abrió ante sus ojos. Qué idiota era Colin: cuando le había comentado a Briana que seguramente no habría cambiado la contraseña porque su cabeza era un espacio diáfano había sido una especie de broma, pero no. El Imbécil seguía manteniendo la misma con la que lo habían cazado siendo infiel.

Buscó hasta dar con la plantilla donde tenía anotadas sus reuniones de ventas y copió la información en un pendrive que llevaba en el bolsillo. Aquello valía oro, ahora podía sabotear las más importantes.

Siguió buscando aquí y allá por si veía algo que fuera de su interés hasta que recordó el correo electrónico y lo abrió. Con un solo vistazo se dio cuenta de que la lista de *mails* seguía estando llena de «amigas». Abrió uno al azar y encontró a una pelirroja recauchutada semidesnuda que le lanzaba un beso desde una terraza soleada.

Se apostaba la comisión ganada a que un noventa por ciento de los mails que tenía eran de ese tipo, e incluso había videos. Recordó a Kirby «la contorsionista», lo mal que se había sentido al descubrirlo, y lo lamentó por Terry. Ojalá pudiera decírselo, pero sería pasarse de la raya, seguro. Además, en ese tipo de casos el mensajero siempre recibía el palo.

Aun así, un montón de aquellos *mails* comprometedores fueron a parar directos al pendrive: una nunca sabía cuándo podía necesitar pruebas.

Apagó el portátil y buscó con la mirada por el despacho hasta localizar la bolsa del gimnasio de Colin. En sus prisas para ir al hospital la había dejado allí, lo que le venía de perlas.

Se arrodilló para abrirla y buscó hasta localizar el bote de champú. Una vez encontrado, sacó de su bolso un pequeño envase de crema depilatoria y lo vació dentro con una sonrisa perversa. El pobre Colin iba a perder un poco más de pelo. No creía que nadie lo notara demasiado, pero para él resultaría un golpe tremendo en el ego.

Estaba deseando ver su cara cuando tuviera que presentarse más calvo todavía. No lo podía negar, estaba disfrutando mucho de su venganza.

CAPITULO 11: ERASE UNA VEZ… UNA TARTA DESESTRUCTURADA Y UN DESATASCADOR DE TUBERIAS

Conversación de WhatsApp entre Audrey y Briana, audios:

BRIANA

Dios mío, Dios mío, Audrey, no voy a poder hacer la cena. ¿Te puedes creer que he encontrado las instrucciones de la vitrocerámica y el horno en un cajón y están en chino?

AUDREY

A ver, tranquilízate, que no son cohetes espaciales. Son todas iguales, verás que si lo lees con tranquilidad lo entenderás.

BRIANA

Que no, que no me has entendido. No digo que me suenen a chino. ¡Es que están en chino! He buscado en Internet, creo que me las apañaré… Esto es un estrés, Audrey, recuérdame que no lo haga nunca más. Y, si no te llamo en un par de horas, avisa a la policía. Voy a ir a un supermercado y temo perderme con tanto pasillo.

AUDREY

Suerte, cariño, verás que lo haces bien y lo dejas asombrado.

Briana escuchó el último mensaje y guardó el móvil, pensando que la primera asombrada sería ella si conseguía hacer algo comestible. Al menos tenía todo el día por delante y con los videos que había encontrado en Internet había conseguido encender y apagar tanto el horno como la vitrocerámica, lo cual ya era un avance.

El día anterior, al salir del trabajo, había entrado en una librería cercana para mirar libros de cocina y al final había salido con varios bajo el brazo. Nunca hubiera imaginado que existiera tanta variedad: que si cocina tradicional, recetas exóticas, postres para sorprender… Por no hablar de la televisión, que mientras revisaba los libros, ya en casa, se había puesto un canal de cocina por si acaso pero, más que ayudar, la variedad de cocineros la había confundido aún más. ¿Cómo saber cuál era el mejor, si todos tenían tantos programas? ¡Era peor que escoger entre diseñadores!

Tras quedarse dormida un par de veces con los libros encima, al levantarse había terminado de escribir el menú y lo que necesitaba comprar. En realidad, había preparado dos opciones de cada plato: entrante, principal y postre, para tener un plan B.

Esperaba no tener que recurrir a un C porque, de momento, no lo tenía…

Varias veces durante la noche y aquella mañana se había preguntado por qué se tomaba tantas molestias. Con Humpfrey nunca había hecho nada parecido, ni se le había pasado por la cabeza. Ni con él ni con ninguno de sus novios anteriores.

Pero Dylan no se parecía a ellos. No le hablaba como si fuera tonta y necesitara un diccionario, ni le hacía sentir que no sabía hacer nada. Ya cuando lo conoció, años antes, se había preguntado cómo podía ser amigo de Colin, puesto que no tenían nada en común y, desde luego, Dylan siempre le había caído bien. De hecho, recordaba haber tonteado con él alguna que otra vez. Pero ahora era diferente, ya no era solo «el amigo del novio de su amiga», cuando la miraba algo se removía en su interior. Y quería demostrarle que no era una inútil, que era capaz de hacer cosas como cocinar, por eso se estaba esforzando tanto.

Revisó la lista que había escrito con uno de sus bolígrafos de purpurina y guardó ambas cosas en el bolso, para ir tachando las cosas según las cogiera. Se subió en el coche y programó la dirección en el GPS, cruzando los dedos para no perderse. Porque solo le faltaba ponerse a dar vueltas a la manzana y no llegar nunca, que cuando se salía de su recorrido habitual siempre se acababa despistando en algún giro.

Por suerte, el camino hasta el supermercado no tenía muchas complicaciones y no tardó en llegar. Tuvo que dar unas cuantas vueltas en el aparcamiento hasta encontrar un sitio a su gusto, es decir, donde

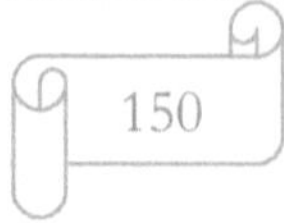

no tuviera que maniobrar para poder meter el coche, con espacio suficiente a los lados para poder abrir la puerta sin tocar otro vehículo y cerca de la entrada principal, que después no quería estar dando vueltas por no recordar dónde lo había aparcado.

Al dirigirse a la entrada se dio cuenta de que todo el mundo iba con carros de la compra.

«Porras —pensó—. ¿Y eso dónde se comprará? ¿Y cómo lo traen y lo llevan? ¡Si son enormes! Eso no me cabe en el maletero».

Pero, al acercarse a la puerta, vio que justo al lado había varias filas de carros metidos unos dentro de otros y que la gente los cogía o devolvía de allí. No estaba mal pensado, no. Ya más tranquila, se acercó a una de las filas y vio que tenían una ranura para monedas. Aquello no le hizo tanta gracia aunque, si se fiaba de lo que ponía en las pegatinas, se la devolverían después. Más valía, que su economía no estaba para andar regalando monedas así como así.

Sacó la lista y el bolígrafo y atravesó las puertas correderas… para quedarse quieta mirando la interminable fila de cajas y pasillos que se presentaba ante ella. ¿Cómo iba a encontrar algo? ¡Aquello era enorme! Si al menos hubiera una *personal shopper* como cuando iba a comprar ropa… Pero no, aunque existiera, no podría pagarla, así que se armó de valor y entró. Al levantar la vista comprobó que cada pasillo tenía un cartel indicando lo que había en él. Bueno, eso ayudaba, por lo menos para algunas cosas. Porque otras de las que había apuntado no estaba muy segura de lo que eran, se perdía con tanta especia y tipos de aceites. Al final decidió recorrer todos los pasillos e ir mirando las estanterías, de esa forma se aseguraba de no perderse nada.

Dos horas después, notó que su móvil vibraba y lo sacó. Era Audrey, así que le contestó mientras se quedaba quieta para no saltarse ninguna balda.

—¿Estás bien? —preguntó su amiga.

—Sí, sí, todo genial.

—¿Has acabado las compras?

—No, qué va, me quedan como cinco pasillos todavía. ¿Cómo es posible que haya tantos tipos de sal? Porque en la mayoría de las recetas pone «una pizca de sal». ¡Pero no de cuál! Y llego a la balda y me encuentro sal fina, sal gorda, sal del Himalaya… ¡del Himalaya! ¿Pero a quién se le ocurre ir ahí a coger sal? Sal en pirámide, sal con vino, sal…

—Ya, te he entendido. Pues no te acerques al azúcar y edulcorantes, que verás.

—¿Qué? Pues tengo que ir, para el postre. —Sacudió la cabeza—. ¿Por qué me meteré en estos líos?

—Venga, va, tranquila, que parece peor de lo que es.

—Ya veremos, ya. ¿Y tú qué haces?

—De momento nada, he remoloneado en la cama así que para cuando salga supongo que comeré algo por ahí y luego me iré de compras, a celebrar la comisión.

—Ay, qué envidia. A mí no me dan comisiones por trozos de tarta vendidos. —Abrió mucho los ojos—. Oye, ¿y si lo sugiero? Como mejora para los trabajadores. Así lo mismo venden más.

—No sé si…

—Se lo comentaré a mi padre. Te dejo, que se me echa el tiempo encima. Pásatelo bien por mí. Mándame alguna foto de lo que compres.

—Vale.

—O mejor no, no quiero morir de la envidia.

Audrey se echó a reír.

—Mándame tú fotos de esa maravillosa cena —le pidió.

—Claro. Besitos.

Audrey colgó el teléfono con una sonrisa divertida. No quería ni imaginar cómo lo estaba pasando su amiga en el supermercado, tenía que parecerle un lugar de ciencia ficción. A ver qué tal le salía la cena… porque si se guiaba por el dicho de que a un hombre se le ganaba por el estómago, entonces mucho se temía que con Dylan no tenía nada que hacer. Aunque, conociendo a Briana, seguro que tenía un plan B.

Terminó de arreglarse y fue a una cafetería cercana a su casa para comer algo ligero antes de su tarde de compras.

Unas horas después, Audrey salió cargada de bolsas de la cuarta tienda que visitaba en el centro. Ir de compras le encantaba, pero hacerlo sin Briana no tenía la misma gracia. Sí, además de aquellos maravillosos zapatos llenos de brillantes, también llevaba varios conjuntos de lencería preciosa para reponer los extraviados o rotos. Aun así, tenía claro que no había elegido aquella zona por casualidad. No había sido el subconsciente el que la había guiado por las proximidades del Mélisse, obviamente. Ni siquiera sabía bien por qué estaba por allí, no conocía los horarios del ruso. No estaba segura de atreverse a entrar y, si lo hacía, ¿qué iba a decir? Él se daría cuenta de que no era una coincidencia. ¿Quería que tuviera ese dato?

¿Desde cuándo dudaba tanto? Era una chica que siempre iba a por lo que quería, no entendía el motivo de aquella vacilación.

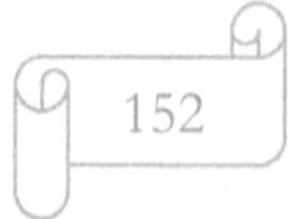

Entró en el restaurante y el joven que atendía la entrada y la zona de cobro la saludó con la cabeza de manera amable mientras le cedía el paso. Conseguir una mesa sin reserva un sábado por la noche era casi tan difícil como hablar con el presidente, pero nadie le preguntó nada.

Miró hacia la barra y sí, allí estaba, agitando dos cocteleras al mismo tiempo. Entonces se dio cuenta de que no era la mejor noche para que se pusieran a hablar, cuando más gente había. Alexei no se daba mucha prisa aunque, sorprendentemente, nadie protestaba. Se veía que estaban acostumbrados a esperar en todas partes, a veces en los sitios caros el estatus se demostraba de aquella peculiar manera.

Se sentó en una esquina, lanzando una mirada furtiva a su alrededor por si hubiera alguien que la conociera, pero en seguida olvidó ese tema al ver que él se acercaba con el ceño fruncido.

Genial. ¿Acaso se había perdido la clase de «no cabrear a un ruso»? Briana tenía razón, debería tener más cuidado. Muchos de ellos eran peligrosos y, en realidad, no sabía nada del chico. Seguro que tenía tatuajes. Y amistades poco recomendables, de las que vestían con capucha y se pasaban la vida subiendo tensiones con bolsitas llenas de polvo blanco. O…

—Hola —saludó, cuando llegó hasta su altura.

—Hola. *Chto vam nuzhno?*

—¿Qué?

—Que qué quieres.

—¿Qué quiero beber o qué quiero aquí, hoy, en el restaurante?

—Las dos. Explícame lo segundo mientras te preparo lo primero —contestó el chico.

Audrey depositó las bolsas sobre la barra, junto a ella.

—Cualquier cosa que no sea muy fuerte, he venido en coche —pidió.

Él asintió y empezó a hacer algo bajo la barra. Audrey no sabía qué, aunque le parecía que había elegido las botellas al azar… Estupendo, seguro que le preparaba otra arma de destrucción masiva como la del primer día. Se lo merecía: tontear con Alexei era como sentir una suave brisa atómica.

—Respecto a lo otro, he venido de compras. No sé por qué, pero parece que últimamente pierdo mucho la ropa interior.

—*Uzhe…* Bueno, en mi coche te dejaste algo. Lo encontré poco después. —La miró, levantando una ceja.

—¿Y cómo no me las has devuelto?

—Las tiré —dijo Alexei, con gesto despreocupado.

—¿Qué? ¿Por qué? —refunfuñó ella indignada—. ¡Eran de La Perla! ¿Tú sabes lo cara que es allí la ropa interior?

—Lo siento, pero un tío guardando ropa interior nunca sale bien parado. Si lo conserva queda como un fetichista, si lo devuelve parece que está buscando una excusa para volver a coincidir. Y como no se daba ninguno de los dos casos…

—Ah, ya veo —Audrey intentó encajar el «zasca» con dignidad.

—Sigues sin decirme qué haces aquí. Aquí en el restaurante.

Alexei colocó una copa frente a ella y se marchó hacia el otro extremo de la barra, donde se acababa de acomodar un hombre con pinta de abogado. Eso le daba algo de tiempo para pensar qué responder, aunque no mucho, aquel hombre solo quería un whiskey. Alexei comprobó que no había nadie esperando y regresó hacia allí.

—¿Y bien?

—Estaba por la zona y se me ocurrió venir a verte. En realidad, había pensado en invitarte a cenar. —Ya estaba, lo había dicho sin pensar. Y sin revolver las palabras al estilo Briana.

—*Bleati*… No eres capaz de decirme ni hola en público y ¿ahora quieres invitarme a cenar?

—Aquello me pilló desprevenida, no sabía cómo reaccionar.

—Bueno, dicen que conoces bien a la gente por cómo reacciona cuando la pillan sin avisar.

—Oye, tú…

—Espera.

Audrey observó frustrada cómo Alexei la dejaba de nuevo allí. Odiaba estar sentada sola en una barra, solo le parecía aceptable en bodas y celebraciones por el estilo, pero en un bar o restaurante tenía la sensación de ser una chica desesperada. Sin embargo, entonces se fijó en que un grupo de chicas que le recordó a sus propias amigas se había acercado a la barra.

Antes, las salidas de cena y copas las cinco juntas eran habituales. Ahora estaban distanciadas. Increíble lo que un hombre podía provocar.

Las chicas reían y hablaban en voz alta, se lo estaban pasando en grande y Audrey echó de menos aquella complicidad. Sabía que Briana no lo añoraba tanto porque siempre había sido un poco extraterrestre, pero ella sí. Envidiaba a aquellas chicas aunque, ahora que veía que no se cortaban en coquetear con Alexei, empezaban a caerle un poco gordas.

Cuando por fin lo dejaron libre, la rubia se había bebido de un trago su cóctel. Que no estaba tan cargado como había temido, por suerte.

—¿Quieres otra? —preguntó él, cuando regresó por tercera vez.

—No, mejor que no. Ya soborné hace poco a un policía, no quisiera tener que repetirlo.

Audrey no estaba acostumbrada a que le dijeran que no, se sentía dolida y sabía que se le notaba en el tono de voz. Si no quería seguir perdiendo la dignidad lo mejor que podía hacer era marcharse, pero su lado guerrero…

—Entonces, ¿no quieres que nos veamos?

—*Net*. Te lo dije muy claro la otra vez, yo no trabajo para ti.

—¿A qué te refieres?

—Mira. —Alexei se acercó a ella y bajó el tono—. Tú buscas a alguien con quien follar por las noches y al que ignorar en público. Me parece muy bien, pero yo no soy ningún desatascador de tuberías.

Dios mío. Audrey abrió los ojos como platos al oírlo. Desatascador de tuberías. Era tan… tan… trató de contener la risa sin éxito y él alzó una ceja, sorprendido de que se lo tomara así y no tratara de volver a pegarle con aquel mini bolso lleno de brillantes.

—¿Acabas de decir «desatascador de tuberías»? —repitió ella, aún sonriendo.

—Me has oído muy bien.

—Perdona, pero ha sido un comentario increíblemente barriobajero.

—Pues es lo que hay.

—Sobre ese tema, debo decir que no te he visto demasiado interesado por hablar en las ocasiones en las que nos hemos encontrado —comentó ella, empujando la copa vacía en su dirección.

—Eso no es lo mismo, es mi forma de ser. No soy muy hablador.

—Entonces a ti se te perdona y a mí no, ¿es eso?

Alexei frunció el ceño de nuevo.

—No me líes.

—De acuerdo. Te llaman. —Ella señaló con la cabeza el otro ex tremo de la barra—. Tráeme la cuenta cuando vuelvas.

Lo vio alejarse, aún divertida por la conversación. Bueno, no iba a aceptar su intento de cita, pero al menos se había reído, que bien le venía. Y casi mejor, de todos modos tenía claro que no eran compatibles a ningún nivel. Se quedaría en un simple intercambio sexual y listo, porque entre que él no tenía filtro y que ella tenía cierto estatus… Además, la ropa más elegante que él llevaba era el uniforme de trabajo, ¿qué futuro iban a tener partiendo de esa premisa? Y encima dudaba de que este le permitiera elegir su atuendo como había hecho con Colin, no era tan manejable. No, Alexei estaba en lo cierto al tomar la decisión por ambos. Sí, era una pena, ni siquiera había llegado a verlo sin la ropa, y no le hubiera importado meterlo en la cama unas cuantas veces más, pero… Aquello era lo correcto, lo mejor, lo más fácil, así que cuando volvió y deslizó la cuenta sobre la barra, Audrey se había recuperado. Parte de ser una chica fuerte implicaba aceptar aquel tipo de situaciones.

—Ya nos veremos —dijo, a modo de despedida mientras cogía el papel.

—*Do svidaniya* —contestó él, en tono neutral mientras empujaba las bolsas en su dirección para que no las olvidara.

Audrey se apresuró a cogerlas, solo le faltaba dejarse otra vez la ropa interior cerca de él, sobre todo visto que su reacción era tirarla.

Se encaminó hasta la entrada, donde aguardaba el joven que la había saludado al entrar, y le tendió la nota mientras abría el bolso.

Él miró la cuenta y cogió su tarjeta de crédito para hacer el pago.

—Gracias, señorita —dijo—. Tenga su tarjeta. Y quédese con esto, creo que es para usted. O al menos espero que no sea para mí— añadió, con una sonrisa.

Audrey recuperó la cuenta, sin entender de qué le hablaba, y entonces se fijó. Debajo del importe, escrito a mano: «Salgo a las doce».

Lo leyó dos veces y después alzó la mirada hacia la barra, pero Alexei volvía a estar ocupado con su trabajo. Guardó la nota con una sonrisa, olvidando todo aquello que acababa de pensar sobre lo inadecuado de tontear con alguien a quien había bautizado como suave brisa atómica. Al menos, aquello demostraba que el interés no era unilateral, ¿no?

Se tomaría algo en el local de al lado hasta que saliera. Lo de la cena no lo veía viable, porque a esas horas la mayoría de las cocinas no admitirían comandas, pero ya se le ocurriría algo. En su piso solo tenía ensalada y Coca-Cola, aunque tampoco es que la comida le interesara, la verdad.

Bueno, tenía un rato para decidir qué hacer. Por de pronto, una copa haría maravillas con aquel amago de nervios que se le acababa de instalar en el estómago.

Briana tiró el primer plato tras un par de experimentos con la sal y el azúcar que no habían resultado como esperaba, y empezó con otro. Ya tenía una ensalada preparada, aunque no había podido echar todas las frutas que venían en la receta porque no había encontrado papaya, que ni sabía qué forma tenía. Pero al menos algo comerían, porque aquel *risotto* no había quien se lo tragara. Echó pasta en una cazuela a hervir y cruzó los dedos. Mientras se cocía, se agachó para mirar el horno, donde había lo que esperaba que fuera una tarta de queso al estilo Nueva York... Aunque tenía aspecto de sopa o algo así, porque no cogía consistencia. El plan B era una tarta de galletas con chocolate, que se suponía que era como para niños. Visto que la de queso no tenía pinta de salir, se puso con ella. Media hora después, la tenía montada y la metió en la nevera, cruzando los dedos para que luego no se rompiera al sacarla del molde.

Y entonces fue cuando se dio cuenta de que olía raro...

—Ay, no, ¡el horno! —Corrió hacia él y vio la cazuela de la pasta—. ¡No, ¿qué ha pasado con el agua?

Apagó el horno y el fuego, angustiada. La cazuela estaba sin agua, con la pasta pegada en el fondo, y lo que quedaba de la presunta tarta de queso era algo negro e indescriptible. La tiró directamente a la basura sin sacarla del molde y miró a su alrededor. Aparte del desorden que tenía de cazuelas, platos y utensilios, no le quedaba mucha comida con la que intentar improvisar un plan C. Por no hablar de que eran casi las ocho y Dylan estaba a punto de llegar, no tenía más que media hora.

Miró por la ventana y vio luz en la cocina de la casa principal, así que salió corriendo y entró por la puerta de servicio, para encontrarse con la cocinera, que la miró como si fuera extraterrestre.

—¡Señorita Briana! ¿Le ocurre algo? —exclamó la señora—. ¿Ha perdido la llave?

—No, no, necesito algo... —Olfateó con interés—. ¿Qué es eso que huelo?

—Asado. Carne rellena de frutos secos y especiada.

—Genial. ¿Cuánto le falta?

—Una media hora.

—Perfecto. Me voy a mi casa, vuelvo en una hora o así a por ella.

—Pero su madre tiene invitados.

—Que coman otra cosa, ¿no tienes nada más? Es una emergencia.

—Supongo que puedo mirar en la nevera y...

—Seguro que encuentras algo, mi madre con una hoja de lechuga se conforma. ¡Gracias!

Salió de nuevo corriendo para regresar a su casa. El tiempo se le echaba encima, por lo que tuvo que darse una de las duchas más rápidas de su vida, lavarse el pelo a todo correr y dejárselo húmedo, que tampoco era mala idea, aunque ya no se llevara mucho el «efecto mojado».

Pero cuando estaba sacando las cosas para poner la mesa, tuvo que salir corriendo de nuevo porque se dio cuenta de que no tenía copas. Dejó los zapatos en la entrada y así, descalza, pudo atravesar el jardín con facilidad y coger un par de copas de cristal de bohemia del comedor de sus padres.

Sin aliento, las dejó sobre la mesa, estiró el mantel… y de nuevo se fue a la casa principal a coger una botella de vino de la bodega de su padre. Justo estaba poniéndola en el centro de la mesa cuando sonó el interfono, que la conectaba con seguridad, y fue a pulsarlo para hablar.

—Señorita Briana, tiene una visita.

—Gracias, que pase.

Fue a mirarse en el espejo para comprobar que su pelo estaba en su sitio y retocarse el maquillaje, notando entonces un pequeño nudo en el estómago. ¿Sería hambre? Que con tanta carrera la verdad era que le había entrado el apetito.

Pero no, al abrir la puerta y encontrarse a Dylan al otro lado, reconoció el sentimiento: era nerviosismo. Tragó saliva intentando calmarse, no fuera a liarse con las palabras como en la cafetería y lo acabara espantando.

—Hola —saludó él.

—Hola, bienvenido. —Se hizo a un lado—. Qué puntual.

—No me gusta llegar tarde a los sitios, aunque digan que es algo elegante. —Le entregó una botella de vino mientras pasaba al interior y se miró los pies—. ¿Me quito los zapatos?

—¿Los zapatos? —Miró la botella, pensando que se podría haber ahorrado una carrera—. ¿Por qué…? —Siguió la dirección de su mirada y se dio cuenta de que ella no los llevaba—. ¿… no los dejas aquí mismo? —improvisó—. Es que este suelo de madera es muy delicado, ya sabes.

—No pasa nada, más cómodo.

Se los quitó y los dejó a un lado. Siguió a Briana hasta el comedor, mirando a su alrededor. Se notaba que ella vivía allí, había unos cuantos detalles de adornos que solo podía haber puesto ella, como el unicornio de cristal sobre la chimenea.

—Parece que ya te has instalado del todo —comentó.

—Me falta alguna cosilla todavía pero bueno, está bien. —Dejó la botella y le miró—. ¿Quieres tomar algo antes de cenar?

Según lo dijo, se dio cuenta de que no tenía nada que ofrecer. Porras, como tuviera que ir otra vez a la casa principal al mueble bar de su padre… iba a quemar la cena antes siquiera de tomarla.

—No, estoy bien, gracias. ¿Te ayudo con algo? ¿Abro el vino?

—Claro. Un segundo.

No recordaba si tenía abridor pero, por suerte, encontró uno en el quinto cajón que abrió y se lo llevó. Mientras Dylan se encargaba de la botella, fue a buscar la ensalada y la dejó sobre la mesa.

—Tengo que sacar el segundo del horno —le explicó—. No tardo nada.

Cerró la puerta del comedor para que no viera que se marchaba y corrió hasta la casa principal. La cocinera estaba sacando el asado del horno.

—¿Está listo? —preguntó, nerviosa por tener a Dylan esperando.

—Sí, mejor lo coge con esas manoplas, no vaya a quemarse.

Briana se las puso y cogió la bandeja que la mujer le tendía. Pesaba más de lo que pensaba y esperaba que no se le cayera nada por el camino; además, la cocinera le había dejado encima un cuchillo que ni el de *Viernes 13*… Así que tuvo que volver despacio. Pero cuando por fin entró en el comedor, Dylan sonrió de una forma que le hizo olvidar todas las carreras y el estrés de aquella tarde.

—Huele genial —comentó él—. ¿Es una receta tuya?

—Esto… de la casa familiar, sí. —La dejó en el centro de la mesa y se sentó—. Espero que te guste.

—¿Quieres que lo sirva yo? Tengo experiencia, en casa siempre me toca trinchar el pavo en Acción de Gracias.

Briana enrojeció ligeramente al darse cuenta de que, como anfitriona, debería haberlo hecho ella. Pero Dylan se había puesto a ello, así que lo imitó para, al menos, repartir la ensalada. Ya con todo listo, se sentaron por fin y Dylan sirvió también el vino.

—¿Un brindis? —preguntó, acercando su copa a la de ella.

—Claro. ¿Por qué brindamos?

—¿Por la mejor anfitriona del mundo? —Chocó el cristal con el de ella—. Y porque sea la primera de muchas cenas.

Briana chocó su copa también y dio un pequeño trago con una sonrisa. Si solo hubieran comido de lo suyo estaba segura de que sería la primera y última, pero con aquel asado no lo espantaría, fijo. Mientras comían, Dylan se interesó por su trabajo en la cafetería, y aquello la pilló desprevenida. Humpfrey nunca le había preguntado nada, ni siquiera si estaba disponible para cenar: siempre daba por hecho que lo estaba y punto.

—Estoy mejor de lo que pensaba —contestó—. Al final me está gustando y todo.

—Eso es genial, no hay nada peor que trabajar en algo que no te gusta.

Hasta entonces, Briana había pensado que no había nada peor que el trabajo en sí mismo, pero no estaba mintiendo: ya ni siquiera le costaba madrugar.

—¿Y tú qué tal con el proyecto? —preguntó.

—Muy bien, pronto empezaremos la construcción. En la inmobiliaria están entusiasmados.

—Es mucho dinero. —Carraspeó, buscando la forma de preguntar sin ser maleducada—. Muchas… comisiones para los vendedores, ¿no?

—Sí. No sé cómo harán el reparto, Colin me ha comentado algo, pero eso no depende de mí.

Briana tomó un poco más de vino y lo miró, pensativa. Bueno, por ese lado no podía hacer nada por Audrey… Esperaba que su jefe fuera justo repartiendo. Le preguntó por las casas, aunque seguro que no se podría permitir ni la más barata, pero en fin, podía soñar, ¿no?

Cuando terminaron Dylan la ayudó a llevar los platos a la cocina y ella le indicó que esperara en la sala. Sacó la tarta de galletas y le dio la vuelta sobre la mesa, de forma que cayó como un bloque.

Cogió un cuchillo y notó que estaba dura. Demasiado, porque en la receta ponía que cogía consistencia, pero no la de una de piedra. La tocó y entonces se dio cuenta de que en lugar de en la nevera, la había metido en la puerta de al lado: el congelador. Así que tuvo que dar unos cuantos golpes y cortes fuertes para conseguir dividir algunos trozos. Los colocó como pudo en un par de platos, cogió tenedores y fue con ellos a la sala.

—Es tarta de galletas desestructurada —comentó, sentándose junto a Dylan—. Una receta innovadora que he encontrado en Internet.

—Tiene muy buena pinta.

La verdad era que parecía que alguien había intentado descuartizar la tarta, pero cuando la probó, estaba sorprendentemente buena.

Dylan había llevado hasta allí las copas y lo que quedaba de la botella de vino, así que al terminar el postre se quedaron sentados bebiendo un poco más. Él apoyó un brazo en el respaldo, mirándola, y Briana se acercó un poco.

—¿Has vuelto a saber algo de tu ex? —preguntó Dylan, de pronto.

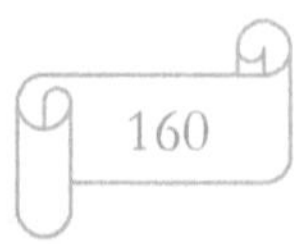

Briana le miró sorprendida. Ella pensando que estaba a punto de besarla y él le salía con aquello… ¿A qué venía eso?

—Solo a través de mi abogado, ¿por?

—Nada, quería asegurarme de que tengo el camino libre.

—¿El camino libre para qué?

—Para esto.

Y entonces sí, la besó. Pero no como ella esperaba, un beso corto o torpe como los de Humpfrey. Dylan se molestó en quitarle la copa y dejarla con la suya sobre la mesa antes de rozar una mejilla con los dedos y posar sus labios sobre los de ella, suave y dulcemente. Se acercó más, sin separarse, y la tocó con la punta de la lengua, lo que la hizo suspirar.

Briana apoyó las manos en sus hombros, sintiendo que se perdía en aquel beso. No tenía nada que ver con Humpfrey, era muchísimo mejor. O quizá era el chocolate de la tarta: se había pasado al echarlo y había leído que era afrodisíaco. Fuera lo que fuera, no quería que terminara, así que abrió los labios para corresponder al beso y se aproximó más a él, bajando las manos por sus hombros hasta la cintura para sacarle la camiseta. Pero entonces él dejó de besarla y apoyó su frente contra la de ella, cogiéndole las manos.

—¿Pasa algo? —preguntó Briana, confusa.

—No, pero… —La besó en la frente—. Llevo mucho tiempo soñando contigo y no quiero que por apresurarnos se estropee.

Le dio otro beso en los labios y se levantó, mirándola de una forma que le hizo estremecerse de anticipación.

—Te llamo mañana. —Volvió a acercarse para besarla, reacio a irse, pero convencido de que era lo mejor—. Duerme bien, preciosa.

Briana solo pudo mirarle embobada y, para cuando reaccionó, ya se había marchado. Se tocó los labios pensando en lo que había ocurrido… y en sus palabras. ¿Mucho tiempo soñando con ella? No pudo evitar sonreír como una tonta y así, con la imagen de Dylan en su mente, se fue a la cama.

A las doce en punto, Alexei salió por la puerta del pub. Miró a su alrededor, pero no había nadie y murmuró una maldición. Eso le pasaba por tonto, ¿quién le mandaba fiarse de la rubia y mandarle una nota?

Se abrochó la cazadora con gesto brusco pensando que la próxima vez que la viera se iría en dirección contraria cuando, al girar, la vio salir del pub de al lado.

—¿Y esa cara? —preguntó ella. Miró su reloj, por si acaso, pero no, era la hora que había dicho—. ¿Llevas mucho esperando?

—*Net*, acabo de salir.

Los dos se quedaron quietos, sin llegar a acortar la distancia que los separaba.

—¿Habías dicho algo de una cena? —preguntó Alexei, al fin.

—Sí, en mi casa. Pero hay dos problemas. Uno, que no tengo comida. Y dos, que no sé dónde podemos conseguir algo a estas horas.

—Por eso no te preocupes, tú conduce y yo te indico. Hay mil sitios abiertos, te llevaré a uno de mis favoritos. Podemos coger algo para llevar. No tienes ninguna manía rara, ¿no?

—Como de todo.

Nada más decirlo se arrepintió, porque por más que pensaba no se le ocurría ninguna comida rusa aparte del caviar. Y dudaba mucho que la cena fuera a consistir en eso. Pero ya no podía echarse atrás y Alexei estaba esperando, así que le hizo un gesto y lo llevó hasta su coche.

—¿Y el tuyo? —preguntó, señalándolo con la cabeza.

—Ya volveré mañana a por él.

Audrey se puso al volante y siguió sus indicaciones sin tener ni idea de a dónde se dirigían porque, aunque ella solía conducir, las casas que enseñaba estaban lejos de aquellos barrios.

Pero que muy lejos, pensó mientras se metía por una calle y Alexei le pedía que parara. Qué extraño que hubiera una diferencia tan grande de ambiente en tan pocos kilómetros: hacía unos minutos se encontraban en la mejor zona de restaurantes y ahora acababa de parar frente a un edificio ruinoso. En los bajos había alguna tienda o algo, porque vio unos ventanales y gente tanto dentro como fuera, pero no pudo distinguir qué comían.

—Vuelvo en dos minutos —dijo él, abriendo la puerta.

—¿Necesitas…? —Alexei la miró—. Quiero decir, invito yo.

Echó mano de su bolso, pero el chico ya había cerrado la puerta, así que lo volvió a dejar. Bueno, pues lo invitaría al desayuno… Un momento, ¿qué hacía pensando en el desayuno? No, eso no estaba en el plan. Cena, sexo y ya.

Alexei no tardó nada en regresar con una bolsa que olía a comida recién hecha pero que no conseguía identificar del todo. ¿Especias?

—Vamos —dijo él—. O, si quieres, comemos en el coche. Podemos ir a algún mirador…

—Ja, ja, no, gracias, ya he cumplido mi cupo de coches. Y no quiero mancharlo, que eso parece poco sano.

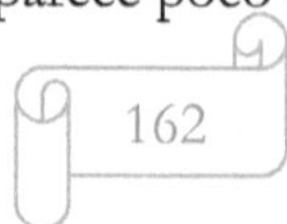

—Pues entonces vamos. No estamos tan lejos de tu casa, aunque lo parezca. Sigue un par de manzanas, gira a la derecha y al bajar la colina otra vez a la derecha. Y ya estamos en la carretera principal a Santa Mónica.

Audrey obedeció, no muy segura, pero él tenía razón porque en diez minutos habían llegado a su destino. Entraron por el garaje, lo que le evitó encontrarse con el portero que, aunque era discreto, bien podía hacer algún comentario. O, en lugar de él, encontrarse con algún vecino.

Subieron hasta su apartamento y Audrey abrió la puerta. Esperaba que hiciera algún comentario al entrar, pero Alexei se limitó a ir a la cocina y dejar la bolsa sobre la encimera de mármol blanco. Sacó un par de paquetes de comida envuelta en papel de cera y la miró.

—¿Todo esto te lo pagas con las comisiones de las casas que vendes? —preguntó.

—Claro. —Se acercó y tocó un paquete, insegura—. ¿Qué pensabas?

Alexei se encogió de hombros, pero Audrey lo adivinó por él: que vivía del cuento o de sus padres y que lo de las casas era un pasatiempo o algo parecido. En fin, siendo honesta tampoco le hacía ascos a los regalos de su padre, como el coche o el cuadro del salón, que valía casi tanto como su apartamento. Pero eso tampoco era importante.

—¿Qué es? —preguntó, en cambio, señalando la comida.

—Kebab.

Audrey puso cara de asco y lo apartó, pero Alexei se lo volvió a acercar.

—No me digas que nunca lo has comido.

—Sí, pero no de un puesto, que vete tú a saber qué lleva eso.

—Ahí está la gracia. Cuanto más cutre, mejor sabe.

—¿Eso es un refrán ruso?

Alexei la miró con esa mirada chispeante que ella había visto en otras ocasiones, y en lugar de contestar, dio la vuelta a la encimera.

—Aunque también podemos comer después.

Alargó los brazos para atraerla, pero Audrey le puso una mano en el pecho impidiendo que se acercara.

—Quieto ahí, que ya me conozco lo que viene y no pienso perder otras bragas ni utilizar ningún mobiliario de mi casa que no sea la cama.

Alexei terminó de cubrir la distancia que los separaba y cogió su cintura con las manos para besarla de aquella forma que le hacía perder la cabeza. Audrey le rodeó el cuello con los brazos y tiró de él hacia el salón… que estaba más cerca que el dormitorio. Le sacó la camiseta por la cabeza y lo empujó hacia el sofá. Él se quedó quieto, esperando, mirándola mientras se desvestía. Al darse cuenta de cómo la observaba, Audrey se demoró más de lo necesario. Sobre todo en la ropa interior, que por una vez la tenía controlada y entera. No pensaba perderla y la dejó junto al resto de la ropa.

Para cuando se acercó al sofá, notó que el chico estaba más que preparado por cómo se le abultaban los pantalones, así que no tardó en desabrochárselos y ponerse sobre él. Le pasó los dedos por los tatuajes que tenía en el pecho y los hombros, preguntándose si significarían algo. Alguno parecía una frase en cirílico, pero claro, no tenía ni la más remota idea de qué podía ser lo que ponía. Quizá si le preguntaba…

Pero Alexei subió una mano a su nuca para hacer que se inclinara y besarla, por lo que aquel pensamiento quedó relegado a otra parte de su mente. Se apoyó en sus hombros y bajó despacio, hasta que lo tuvo totalmente en su interior y entonces comenzó a moverse sobre él, tomando el control.

El chico bajó las manos hasta su cintura para sujetarla, pero dejando que ella marcara el ritmo, y Audrey probó a ir más despacio, más rápido… Estaba disfrutando de ser la que controlara la situación mientras Alexei la besaba en el cuello y el pecho. Hubiera seguido así durante un buen rato más, pero pronto su cuerpo empezó a reaccionar como si tuviera vida propia y no pudo controlarlo. Le cogió la cara entre las manos para besarlo con ardor mientras gemía y se estremecía, y al poco notó que a él le ocurría lo mismo.

Alexei le apartó un mechón de pelo de la cara y la miró con una sonrisa perezosa.

—¿Todo esto ha sido para evitar comer el *kebab*?

Ella se rio sin poder evitarlo. No, si al final iba a resultar que el ruso tenía sentido del humor y todo.

—Ha sido para abrir el apetito —le contestó.

—Pues ha funcionado.

Audrey estuvo a punto de contestar que con ella no, pero notó un pinchazo en el estómago y decidió que no podía estar tan malo. Seguro que al calentarlo en el microondas se freiría cualquier bacteria no deseada.

—Vuelvo en un segundo —comentó.

Se levantó y fue a su baño a coger una bata para taparse con ella, aunque cuando regresó se dio cuenta de que él no parecía tener el

mismo problema de pudor, porque solo se había subido los pantalones, sin llegar a atarlos. Si alguien le hubiera dicho que un tipo metiendo comida en un microondas le iba a resultar sexy no lo hubiera creído, pero Alexei tampoco era uno cualquiera.

Se sentó en la barra de la cocina mirando su espalda, donde también había unos cuantos tatuajes más. Tendría que hacer alguna búsqueda en Google, aunque no tenía claro qué palabras clave utilizar. ¿Tatuajes de la mafia rusa?

Alexei sacó el plato donde había colocado los *kebabs* y lo dejó frente a ella.

—¿Qué te pasa por la cabeza? —preguntó.

—¿Por qué?

—Me miras como si estuvieras pensando en algo.

—Sí, pensaba… que al final no hemos utilizado la cama —improvisó.

—Para eso todavía hay tiempo.

Y con esas palabras cogió su *kebab* y le dio un mordisco, mientras Audrey se daba cuenta de que se había tomado aquello como una invitación a dormir. Cogió su comida sin decir nada porque no le parecía mala idea. Ya estaba deseando arrancarle los pantalones, así que… Sí, aquella noche prometía.

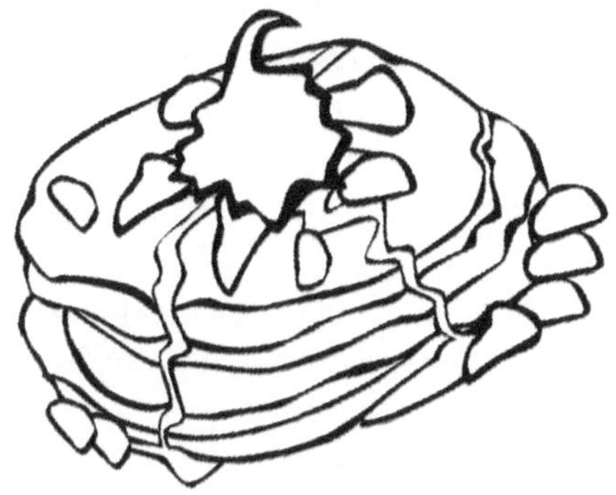

CAPITULO 12: ERASE UNA VEZ… EL SEGUNDO AGUJERO MAS GRANDE DEL MUNDO

Audios de WhatsApp, Briana:

Audrey, ¿qué hago si me he pasado de sal? ¿Echo azúcar para contrarrestar?

Como no me has contestado lo he intentado y no, por si no lo sabías, ¡queda peor! ¡A la porra mi primer plato del plan A! ¿Dónde te metes? ¿Sigues de compras?

Audrey abrió los ojos despacio, observando cómo la luz vespertina se colaba por entre las rendijas. Lo primero que le vino a la cabeza fue que se había quedado dormida, con lo cual llegaría tarde a trabajar… pero entonces vio que Alexei estaba junto a ella en la cama y recordó que era domingo.

Salió sin hacer ruido y fue al lavabo bostezando. Mientras se cepillaba los dientes, aprovechó para ordenar un poco su pelo revuelto y se miró en el espejo, constatando que su piel tenía muy buen color. A decir verdad, en general tenía un aspecto radiante a pesar de haberse pasado la mitad de la noche teniendo un sexo increíble.

¿Por qué no le había dicho al final que se marchara? Algún vecino podría verlos y no era la clase de compañía que solía llevar al lado. No era que el chico tuviera mala pinta, no como para que llamaran al guarda de seguridad, pero tampoco encajaba mucho por aquella zona.

No le había preguntado dónde vivía, no tenía claro que deseara conocer esa información, aunque sí quería saber cosas acerca de él. Pero aún debía decidir cuáles y cómo gestionar la manera de conseguirlas porque, como no era la persona más habladora del mundo, no estaba segura de que interrogarlo en plan policía fuera buena idea. Bueno, estaba segura de que no.

Abrió la puerta de su preciosa terraza y salió: como buena adicta al mar, y ya que vivía en primera línea de playa y poseía el enorme privilegio de poder contemplarlo a diario, había creado un espacio adecuado a la situación. Tenía bastante sitio, así que había encargado dos cómodos sofás de color claro y una mesa de diseño. Aquella había sido una de las mejores decisiones tomadas en cuanto a decoración, ya que pasaba allí fuera la mayor parte del tiempo que estaba en el piso. Incluso a menudo sacaba el portátil y trabajaba con la brisa del mar, por no hablar de las copas nocturnas. No renunciaría a ese rincón por nada del mundo, ni siquiera ante las protestas de su decorador, que decía que era «típico de una turista».

Se acomodó en su sofá estirando las piernas. Abrió su móvil y encargó el desayuno en una aplicación que tenía. Mientras esperaba, recordó a Briana y abrió el WhatsApp: ¡mierda! Su amiga le había escrito un par de veces, pero había estado demasiado ocupada como para prestar atención al móvil… Suspiró al ver que solo eran un par de preguntas sobre cocina. Al parecer, Briana también había estado entretenida durante su cita con Dylan y, si no le había vuelto a escribir, ¿significaba que en aquel mismo instante lo tenía en la cama?

Le mandó un mensaje preguntando cómo había ido todo y si quedaban para comer. En cuanto dejó el móvil llamaron a la puerta con el pedido que había hecho, así que fue a recogerlo y lo sacó a la terraza. Acababa de sentarse cuando Alexei apareció en la puerta, solo con los vaqueros puestos y frotándose los ojos.

—*Dobrii deni.* No me has despertado —comentó.

—Bueno, parecías cansado.

—*Uzhe*… Últimamente me llaman mucho, no sé. No me queda demasiado tiempo para dormir. —Se asomó, echando un vistazo—. Unas vistas impresionantes.

—Toma. —Audrey le tendió el vaso de café para ver si así se animaba a salir—. He pedido el desayuno, coge lo que quieras.

Alexei levantó una ceja, cogiendo el vaso de papel con café que ella le ofrecía mientras se dejaba caer en el otro sofá.

—¿Y todo esto? —preguntó.

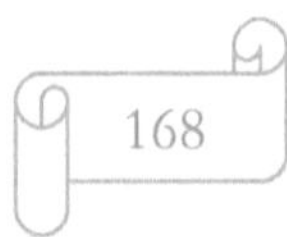

—Little Ruby. Haces el pedido y en menos de quince minutos lo tienes en casa. —Le alargó el móvil—. Es con esta aplicación.

—¿Pides el desayuno con una aplicación de móvil? —Alexei parecía estupefacto.

—Los domingos sí. Entre semana me apaño con la máquina que hay en la cocina.

Él movió la cabeza, sonriendo.

—Pides el desayuno por el móvil. Qué pija eres.

El tono era de broma, así que Audrey no se lo tomó a mal. Se ahorró matizar que jamás pedía cosas calóricas como había hecho ese día, no quería que pensara que era una pésima anfitriona, suficiente con que hubiera visto que solo tenía ensalada en la nevera.

—No está mal —comentó él, cogiendo una tortita.

La miró con la cuchara llena de nata y Audrey se movió un poco hacia atrás.

—Ni se te ocurra.

—¿El qué?

—Untarme con eso o algo parecido. No me van esas cosas, lo único que se consigue es acabar pegajoso y empalagado.

—Tranquila, que solo iba a echar en tu tortita. Pero no hay problema, me la como yo.

Antes de que pudiera añadir nada se la había echado en su plato, así que Audrey cogió mermelada para la suya.

—¿Trabajas hoy? —preguntó, a ver si así iniciaba una conversación que derivara en cosas personales.

—¿Conoces algún camarero que no trabaje los fines de semana?

—No es que conozca muchos, la verdad.

—Deja que te lo diga de otra manera, cuando te vas con tus amigas a comer o a hacer esa cosa absurda que es un desayuno pero mucho más tarde, ¿a que hay alguien sirviéndote?

Audrey sonrió. No podía evitarlo, en lugar de cabrearse por sus palabras, le hacía gracia.

—Brunch.

—¿*Chto*?

—Esa cosa absurda que es un desayuno pero mucho más tarde… se llama *brunch*.

—No entro hasta las seis. Hoy estoy en un *pub* de copas del centro.

Se acomodó en el sofá, estirándose mientras Audrey empezaba a ser consciente del enorme problema que tenía ante sus ojos. Por lo general, en las raras ocasiones en las que un tío lograba quedarse a dormir, al despertar era amablemente invitado a abandonar su casa lo antes posible. Y que ella estuviera pensando en que el ruso estaba guapo hasta despeinado y con cara de sueño no podía significar nada bueno.

—¿De dónde eres exactamente? —preguntó.

—De la ciudad con el segundo agujero más grande del mundo —respondió él.

—Lo siento, no estoy muy puesta en geografía rusa. Vas a tener que ser más específico.

—Mirni. —La miró de reojo, sonriendo al ver su expresión confusa—. Está en la República de Sajá. Una ciudad con una sola cosa destacable: una mina de diamantes a cielo abierto. Quinientos veinticinco metros de profundidad.

—¿Hablas en serio? —A Audrey le parecía que hablaba en chino.

—Pues claro que hablo en serio. De hecho, casi se ve más el agujero que la ciudad… aunque no funciona desde dos mil once.

—¿Y por qué te viniste aquí? ¿Qué edad tenías?

—Vaya, cuántas preguntas…

Audrey guardó silencio. No era su intención agobiarlo, pero la curiosidad podía con ella. Tampoco era que Alexei pareciera reacio a hablar de su vida, así que supuso que se debía a la falta de costumbre y quizá un poco a su carácter. Estaba claro que la gente que provenía de lugares fríos era menos comunicativa.

—Llevo aquí once años, me marché con diecisiete.

—¿Tenías familia?

—*Net*. Nací debajo de un puente y me encontraron berreando en un cubo de basura. Después, fui dando tumbos de orfanato en orfanato hasta que tuve edad suficiente para ir a un reformatorio. Ya sabes, tenía que hacer tiempo para empezar a ser delincuente en serio.

Audrey cerró la boca que había abierto al escuchar la primera frase, en cuanto notó su tono burlón.

—¡No me tomes el pelo!

—¿No era lo que querías oír? Venga, hombre, si el primer día que te traje a tu casa parecías un ciervo asustado. Estabas convencida de que te iba a secuestrar.

—Perdona. —Le pegó en el hombro—. No estoy acostumbrada a subirme en coches de desconocidos, ¿sabes?

—¿Y por qué te subiste?

—No lo sé. Tengo el radar de tíos un poco estropeado...

—Eso lo explica todo.

—¿Por qué no me cuentas algo de ti que sea verdad?

—¿Por qué?

—Dices que no quieres ser un desatascador de tuberías, ¿no? —Ella no logró evitar que le saliera una sonrisa al recordar la expresión.

Alexei se frotó la frente.

—*Bleati...* No sé cómo pude decir eso, lo siento. Fui un maleducado.

—No importa, me hizo gracia —respondió Audrey.

—¿Qué quieres saber? No soy muy hablador, pero intentaré despejar tu curiosidad —comentó él, dando un sorbo al café y encendiendo un cigarrillo sin preguntar si le molestaba que fumara.

—Pues, por ejemplo, por qué te marchaste de tu hogar.

—La vida allí no era fácil —explicó el chico—. Las temperaturas en invierno rondan los cuarenta grados bajo cero y los inviernos duran nueve meses, ¿tienes idea de lo que es que los neumáticos de tu coche se quiebren, o que el aceite y el agua se congelen? Son condiciones climáticas muy jodidas.

A Audrey le costaba imaginarlo, casi tanto como a Briana dividir su sueldo anual entre doce para conocer la ganancia mensual.

—No fue solo eso, claro —añadió Alexei—. Mi padre era jefe de planta en la mina.

—¿Jefe?

—No nací debajo de un puente, *net*. De hecho, no éramos una familia pobre para nada, vivíamos muy bien.

—¿Y entonces? —Ella tenía cara de no comprender nada.

—Entonces, en Mirni no había mucho más que hacer que acabar trabajando en la mina. Y cada vez que pensaba en ello... no sé, no era lo que quería para mí. No me apetecía imaginarme con cuarenta años echando la vista atrás y descubriendo que lo único que había hecho era pasarme la vida metido en ese agujero.

Desde luego, Audrey no esperaba escuchar algo semejante de la boca del ruso. De hecho, estaba bastante convencida de que no era capaz de articular una frase larga completa, pero al parecer estaba muy equivocada.

—Lo que pasa es que la mina cerró, pero claro... por aquella época no lo sabía. Todo el mundo acababa trabajando allí, era lo normal. No creas que reniego, si Mirni prosperó fue por esa mina. Pero, cuando me imaginaba mi vida, créeme, no era mi sueño manejar un motor a reacción para desenterrar kimberlita.

—¿Y tus padres? ¿Les pareció bien?

—*Net*, en absoluto. Mi padre me dijo que estaba loco. Que aquí no saldría adelante... Ya sabes, la típica escena de tragedia rusa con mi madre en plan pobre *babushka*, llorando y todo eso.

—¿Mantienes contacto con ellos?

—Claro que sí, cuando vieron que les enviaba fotos en la playa y que ya no estaba tan pálido cambiaron de opinión. Vienen una vez al año a visitarme y a veces voy yo, dependiendo del frío que haga. Mi padre tuvo que buscarse otro trabajo cuando cerraron la mina y entonces reconoció que marcharme tal vez había sido una buena idea.

—Tal vez —sonrió ella.

—Eso es, tal vez. Una gran cosa, tratándose de mi padre… Es muy ruso.

Audrey notó que estaba asintiendo a todo como si fuera boba y se dio un cachete mental. Joder, ¡no podía ser tan obvia! No quería que Alexei creyera que lo tenía todo hecho con ella ni mucho menos, aunque… al parecer así era. Aquella pequeña charla familiar había resultado tan efectiva como la primera vez que le había quitado la ropa interior. Y además sin apenas esfuerzo, todo lo hacía como si hablara del tiempo.

Sacudió la cabeza para alejar aquellos pensamientos.

—¿No encontraste nada mejor que ser camarero?

—Me gusta ser camarero.

—¿De verdad? —preguntó, incrédula.

—Es un buen trabajo. No madrugo, tengo copas gratis, un gran porcentaje de tías intenta ligar conmigo y me entero de muchos chismes gracias a las borracheras de la gente. Tú entre ellas, por si lo has olvidado.

—No me lo recuerdes, por favor —murmuró la rubia—. No me siento muy orgullosa de mi comportamiento aquella noche.

—Fuiste muy esnob, pero nada a lo que no esté acostumbrado.

—Resulta que tenía la absurda idea de que los camareros debían ser amables… —empezó Audrey, en tono de protesta.

—Como una niña pequeña enfurruñada —bromeó él—. Una niña mona y pija, enfadada porque su ex se casaba con otra.

De pronto, esa noche parecía muy lejana. Audrey recordaba el sentimiento de disgusto ante la boda de Colin, aunque no exactamente por él. El asunto seguía escociendo, pero ahora tenía claro que era por Terry y siempre había sido por ella. Colin estaba en el nivel más bajo en el que podía estar un exnovio.

—¿En cuántos sitios trabajas? —quiso saber.

—En el Mélisse y en los eventos a los que mi empresa me manda, además de ese pub del centro, ahí voy tres o cuatro veces por semana. Y un par de cosillas más.

—¿Qué cosillas?

—No necesitas saber todo sobre mí, *krasivoya*. —Álexei le guiñó un ojo mientras se levantaba del sofá—. ¿Te molesta si me ducho antes de irme?

Audrey negó con la cabeza, aún pensando en esas «cosillas». Ahí estaba, el defecto. Le había contado todo hasta llegar a la parte que no le quería contar, eso solo podía ser porque seguramente no era legal. Quizá no fuera nada muy malo, como drogas. A lo mejor traficaba con vodka o alguna cosa así, si es que eso era ilegal, que no estaba segura.

Lo vio marcharse hacia el interior del piso y se mordió el labio, pensativa. ¿Qué iba a hacer? Le gustaba el ruso, vale. Hasta ahí, nada nuevo bajo el sol. Pero, ¿hasta dónde quería llegar? ¿Estaba preparada para salir con alguien así o la simple idea era absurda? La reacción de Colin cuando los había visto charlando en las escaleras tan solo era el tráiler de una película que tendría que ver muchas veces. O quizá no, Colin era bastante gilipollas en esos temas, pero estaba segura de que sus amigas no lo serían tanto. Si Briana había sido capaz de hacerse a la idea, todo era posible. Aunque sus padres se quedarían estupefactos. No era su estilo meterse demasiado en su vida y sus decisiones, pero seguro que algo tendrían que opinar.

Escuchó que el móvil vibraba, así que lo cogió para ver un mensaje de Briana que contestaba al suyo:

> Genial, sí, que me tienes que contar todo lo que compraste ayer y yo mi cena con Dylan.

Audrey se dijo que había hecho algo más que comprar, pero ya se lo contaría en la comida. En realidad, tenía mucho que contarle, porque con toda la discusión con Colin y una cosa y otra, se le había olvidado decirle lo ocurrido en la casa después de la jornada de puertas abiertas. Seguro que su amiga iba a flipar.

Le envió otro mensaje de vuelta con la hora para quedar y el sitio, y al poco le llegó la confirmación.

Abandonó la terraza para ir hasta su cuarto, donde escuchó el agua de la ducha correr. Se acercó hasta la mampara y dio un par de golpecitos en el cristal, tratando de autoconvencerse de que aquellos tatuajes no la excitaban nada. Alexei asomó la cabeza.

—Si el tío que me lava el coche se entera de que estoy usando un gel de baño con olor a flor de azahar... —comentó.

—¿Qué?

—*Nichego*, cosas mías. ¿Qué pasa?

—¿Crees que antes de irte podrías dejar por ahí anotado tu número de teléfono? Ya sabes, solo por si acaso.

—A lo mejor.

—¿A lo mejor?

—¿Por qué no entras aquí conmigo y lo discutimos?

Tiró de su muñeca y Audrey se dejó llevar, consciente de que llevaba ropa encima que iba a terminar empapada. Qué importaba, mejor dejar los escrúpulos fuera de la ducha, ¿no? Ya pensaría más a fondo en el tema después, a ser posible junto a Briana y un buen surtido de tartas llenas de calorías que la ayudaran a aclararse. Pero el azúcar sería más tarde, en ese momento tenía otro deseo urgente que satisfacer.

Después de una más que interesante ducha, se vistieron y Audrey llevó a Alexei hasta el pub para que recogiera su coche.

—Dame tu móvil —pidió él, extendiendo la mano.

—¿Mi móvil?

—No te lo voy a robar, desconfiada. Desbloquéalo y dámelo.

—No pensaba que me lo fueras a robar.

Lo sacó de su bolso, lo desbloqueó y se lo pasó, preguntándose si en el fondo de su mente no había pensado eso mismo durante una milésima de segundo. Que era un móvil de mil dólares más la carcasa de platino…

—Ya nos veremos.

Alexei le devolvió el móvil a la vez que se acercaba para darle un beso que la dejó sin aliento, antes de salir del coche y meterse en el suyo.

Audrey miró la pantalla y sonrió al ver que había grabado su número, a nombre de «Sexo ruso». De paso, también vio que tenía un mensaje de Briana preguntándole dónde se metía. Se dio cuenta de que llegaba tarde y dejó él móvil. Al menos ahora tenía cómo contactar con él sin tener que buscar «encuentros casuales».

Dejó el coche en un aparcamiento cercano al restaurante donde había quedado con Briana y entró apresurada, buscándola con la mirada.

—¡Aquí!

Briana le estaba haciendo gestos desde una de las mesas junto a la ventana y Audrey fue a sentarse con ella.

—Perdona, me he retrasado sin querer —se disculpó.

—¿Te has levantado muy tarde?

—Algo así.

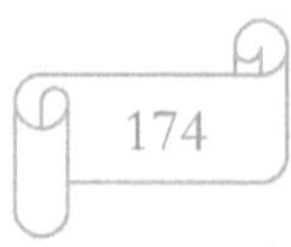

El camarero se acercó para preguntar qué iban a beber y pidieron una botella de vino espumoso.

—¿Y tú? —preguntó Audrey, con tono intrigante—. ¿Has trasnochado mucho?

—Tampoco tanto, Dylan se fue pronto.

—No me digas.

A ver si al final la cena había sido un desastre, Briana había envenenado al pobre chico y la cosa había terminado mal. Pero no parecía ser eso, porque Briana sonreía. Y, ahora que se fijaba, esa sonrisa tonta no se la había visto en mucho tiempo. Al ver que no hablaba y tenía la mirada como perdida, le dio un empujoncito en el hombro para que reaccionara.

—Pero, chica, ¡cuéntame! —la urgió.

—Bueno, lo que es la cena, cena… no me salió como yo quería. Pero lo solucioné bien, fui a casa de mis padres y me llevé lo que estaban preparando en la cocina, así que por ese lado no hubo problema. Se quedó asombrado de lo bien que cocino.

—Más bien la cocinera de tu madre.

—Eso es un detalle sin importancia. —Hizo un gesto con la mano—. El caso es que luego estuvimos tomando una copa de vino en el sofá y hablando y… bueno, me besó.

Audrey esperó, pero Briana solo suspiró. Levantó las cejas de forma interrogativa, animándola a seguir.

—¿Te besó y…?

—Me besó y se fue. Me dijo que llevaba tanto tiempo soñando conmigo que no quería estropearlo por apresurar las cosas. ¿Te lo puedes creer?

Pues no, no se lo podía creer. ¿Dylan se había limitado a besarla? Y encima le soltaba aquella frase. A ver si era que todavía quedaban caballeros en el mundo y por fin Briana había encontrado el que se merecía. Porque, si se paraba a pensarlo, no le pegaba que Dylan le hubiera soltado el rollo para quedar bien, siempre le había parecido un chico muy dulce y, desde que había vuelto, aquella impresión se había visto reforzada. Así que en realidad sí, se lo creía.

—Y por tu cara veo que besa muy bien.

—De muerte. Comparado con Humpfrey… —Movió la cabeza—. O con cualquier otro. No sé, Audrey, ha sido diferente, en lugar de querer apartarme, solo quería tirarme encima de él.

—Eso es muy buena señal.

De nuevo se acercó el camarero y le dijeron lo que iban a comer. Retiró la cartas y Audrey chocó su copa con la de su amiga.

—Me alegro por ti.

—Y yo por mí.

Briana rio y bebieron un trago. Audrey era sincera: sabía que las experiencias anteriores de Briana nunca habían sido del todo buenas. No había sentido aquella chispa por nadie y para Briana salir con un chico se había convertido en una especie de trámite, como cuando empezó con Humpfrey. Si hubiera visto otra cosa en casa quizá hubiera sido diferente pero claro, con su madre todo el día metiéndole en la cabeza que lo importante no era el corazón, sino la cartera… Menos mal que por fin había reaccionado. Solo esperaba que le fuera bien con Dylan, la veía tan ilusionada que no quería que le acabaran rompiendo el corazón.

—¿… vestidos? —le estaba preguntando su amiga.

—¿Qué?

—Digo que si compraste vestidos, zapatos… Ya que yo no puedo, cuéntamelo para luego pedírtelo prestado.

—Ah, eso, sí, espera. —Sacó su móvil y se lo pasó—. He sacado algunas fotos.

—Ay, qué envidia me das. —Empezó a mirar las fotos—. Me encantan esos zapatos de brillantes. Irán genial con el vestido negro que te compraste el mes pasado. Ah, oye, ¿tienes aquí grabado el teléfono de tu empresa? Como nunca te llamo ahí no lo tengo, pero así me lo copio por si necesito llamar a Dylan.

—Sí, está en la S de «Sede central» y… ¡espera!

Se dio cuenta en el momento exacto en que su amiga encontró el otro teléfono que estaba en la misma maldita letra.

Briana miró la pantalla y elevó la vista hacia ella. Volvió a mirar la pantalla y de nuevo a ella. Dio la vuelta al teléfono y le mostró lo que Audrey ya sabía que había encontrado.

—¿Me quieres explicar, por favor, qué es esto? —preguntó Briana—. ¿«Sexo ruso»? ¿Es un número de sexo telefónico con rusos o qué?

—No, no, qué va. —Le arrebató el teléfono—. Nada de eso.

—A ver, entiendo que se te fundieran los plomos en el coche con el camarero aquel, pero chica, de ahí a llamar para que te hablen en ruso y ponerte a tono…

—¡Que no es eso! —Bajó la voz al ver que la gente de las mesas de al lado las miraban—. Es el teléfono del ruso, de Alexei. Me lo ha grabado esta mañana.

—¿Que te lo ha grabado esta mañana? ¿Por qué tenía él tu móvil? ¿Le has visto en una cafetería? Madre mía, pues sí que trabaja el chico.

—Es que al final ayer… después de las compras fui al Mélisse, donde estaba trabajando, y… bueno, pues me lo llevé a casa y se ha quedado a dormir. Aunque dormir, lo que se dice dormir en el sentido estricto de la palabra, poco, la verdad.

—No, ya, ya me imagino. —Sacudió la cabeza—. No, mejor no me lo imagino. Pero si pensaba que no querías volver a verlo, que lo del coche había sido solo un impulso sexual.

—Es que hay otra cosa que no te he contado. No porque te lo estuviera ocultando, me lie con lo de la casa y se me pasó. ¿Te acuerdas de que estaba trabajando de camarero también el día de las puertas abiertas?

—Ajá.

—Pues tuvimos un… llamémoslo «encuentro» sobre la encimera de la cocina.

Briana movió la cabeza con lentitud de un lado a otro.

—Me acabas de dejar flipada —dijo, al fin.

—Ya, la primera asombrada soy yo.

—¿Silestone?

—¿Qué? —¿Así se llamaba esa postura? A ver si ahora su amiga iba a estar mejor informada que ella—. ¿Silesqué?

—Que si la encimera era de Silestone.

—Ah, eso. —Puso los ojos en blanco. Claro, la marca de encimeras—. No, era mármol. ¿Por qué?

—Porque lo mejor para cualquier tipo de bacteria es la Silestone, así que, aunque pudiera pagármela, ya no quiero esa casa.

El camarero les llevó los platos, mientras Audrey asimilaba aquella información y terminaba sonriendo.

—Eres la bomba —le dijo.

—No, si ya… una bomba de purpurina. En fin, entonces, ¿qué? ¿Estáis saliendo?

—No, qué va.

—Pero anoche durmió en tu casa.

—Sí.

—¿Cenasteis?

—También.

—Entonces eso fue una cita.

Audrey inclinó la cabeza, pensando, y acabó negando.

—No, cenamos en mi casa.

—¿Qué más da dónde? Si se sale con un chico y se cena, es una cita. Y además tienes su teléfono y te lo grabó él mismo, así que aunque no te llame lo puedes hacer tú. Si eso no es salir, defínemelo tú.

Y pinchó su ensalada mientras Audrey se la quedaba mirando, anonadada. ¿Salir? ¿Quién había dicho nada de eso? Alexei no, desde luego, y ella tampoco. A ver si tenía que llamarle para ver qué era lo que tenían, porque ella creía que era solo sexo, pero si el chico pensaba mínimamente como Briana, podía tener otra cosa en mente. Aunque no le parecía que fuera de los que se ataban a la primera de cambio… No, dudaba que compartiera el punto de vista de Briana.

Con lo contenta que había ido ella a comer y ahora no podía quitarse al ruso de la cabeza. Lo que le recordó otra cosa.

—Oye, ¿te acuerdas de esa peli que vimos de mafia rusa el año pasado? —preguntó.

—Vagamente, me aburrí como una ostra. ¿Por? —Abrió mucho los ojos—. Ay, madre, no me digas que tiene tatuajes.

—Pues sí, y un montón, además.

—¿Y se parecían a los de la peli?

—No lo sé. ¿Qué hago, lo busco?

—Hombre, claro. Eso hay que investigarlo. Nos comemos un par de tartas de postre en Magnolia y miramos allí, que tienen wifi gratis.

Y así, en cuanto terminaron de comer, se fueron a su pastelería favorita y con unos cafés especiales y las ansiadas tartas, se pusieron a buscar en Internet tatuajes rusos. Encontraron alguno que se suponía pertenecía a la mafia, pero Audrey no reconoció ninguno de los que Alexei llevaba. Aunque en alguna de las páginas avisaban de que iban cambiando con los años, por lo que tampoco se quedó tranquila.

—En fin, tendré que fijarme mejor la próxima vez —suspiró, dejando el móvil.

—Bueno, tranquila, seguro que no es de la mafia. —Carraspeó, esperando que hubiera sonado como si se lo creyera de verdad—. Oye, ¿qué hago esta semana? ¿Laxante otra vez?

—Mmm. No, mejor no repetirnos. ¿Tienes ahí el cuaderno?

—Por supuesto. —Lo sacó de su bolso, dejando un rastro de punitos brillantes, y lo abrió—. A ver, tenemos cosas para ponerle nervioso, algunas que saben mal, otras para dormirse…

—Eso, mira, un relajante muscular.

—¿Y cuánto le echo?

—No sé, eso lo pondrá en la caja. Mira cuánto hace falta para un adulto de unos noventa kilos. Que no le deje noqueado, pero sí atontado.

—Vale, pues apuntado. —Escribió en el cuaderno—. Genial, nuestro plan avanza.

Se guardó el cuaderno con una sonrisa maliciosa y siguió comiendo su tarta tan tranquila, como si no acabaran de planear drogar a una persona.

Más tarde, cuando salían de la cafetería, Briana le dio un codazo a Audrey y le señaló el bote de las propinas.

—Deja algo —le pidió.

—¿Cómo?

La miró como si fuera extraterrestre, era la primera vez que su amiga decía algo sobre dejar propina de forma voluntaria.

—A ver, yo no me lo puedo permitir, pero las propinas son casi mejor que el sueldo, así que deja tú por mí, anda. Por solidaridad.

«Solidaridad», «propina»… Audrey abrió la cartera y sacó unos billetes para meter en el bote, pensando que le habían cambiado a su amiga. O, más bien, que por fin estaba aprendiendo el valor del dinero, porque en el pasado Briana jamás habría dejado ni una moneda.

Se despidieron en el aparcamiento y se fueron cada una a su casa.

Briana se preparó un chocolate caliente con nubes pequeñas y se acomodó en el sofá, dispuesta a tragarse unos cuantos programas de esos de vestidos de novia que tanto enganchaban. Les tocaba ir a probarse los de damas de honor en breve, así que buscó algunos sobre esa temática para ver qué le esperaba. Justo estaba viendo uno en el que se ponían unos diseños horrorosos que más parecían sacos que otra cosa, cuando llamaron a su puerta.

Se levantó y fue a abrir, extrañada, porque los de seguridad no le habían avisado de ninguna visita.

—¡Papá! —exclamó, sorprendida, al verlo.

—Hola, ¿puedo pasar? Necesito hablar contigo.

—Claro. —Se hizo a un lado—. ¿Quieres tomar algo? Acabo de prepararme un chocolate.

—Bueno, en realidad…

—Siéntate, te llevo uno.

Se fue a la cocina y le preparó uno como el suyo. Salió con la taza entre las manos y se la entregó con una sonrisa.

—Te he echado mini nubes, verás qué bueno. —Se sentó a su lado, sin ver la cara de circunstancias que ponía él—. Venga, pruébalo.

El hombre lo acercó despacio a su boca, por si acaso, pero se sorprendió al notar que estaba bueno. Más que bueno, en realidad.

—He cogido una de las recetas de la cafetería y le he añadido alguna cosa que me gusta. Estoy haciendo experimentos, ¿sabes? Para enseñarle a Sally, a ver si mete alguno en plan «especial de la semana».

—Ah, qué bien, cariño. —Dio otro sorbo—. Me parece muy bien. En realidad, venía a hablarte de una cosa que me ha dicho Sally.

Aquello la sorprendió porque, que ella supiera, lo estaba haciendo bien. Menos con Colin, que le hacía las bebidas como le daba la gana, pero bueno, ese era tema aparte. A ver si era que Sally se había quejado sobre ella o algo.

—Hemos tenido la reunión mensual de empleados —explicó su padre—. Y, aunque en general no tiene queja sobre ti, me ha comentado que, a veces, cuando vas a limpiar las mesas, insistes a la gente para que pida más cosas.

—Ah, eso. Pues claro.

—¿Lo haces?

—A ver, papá, que hay gente que se sienta, coge un café y se está cuatro horas. ¡Así no ganamos nada! Además, he pensado una solución.

—¿Una solución?

—Se conectan con sus portátiles a los enchufes que hay en la mesa central. Los quitamos y listo.

—¿Quitar los enchufes? La gente los usa mucho y… —Se quedó pensativo unos segundos—. Claro. Los usan, pero no consumen.

—Eso es.

—No es mala idea. Lo pensaré, quizá haya otra solución como que se desconecte el wifi al cabo de cierto tiempo o algo parecido, pero me alegro mucho, hija. —Le rodeó los hombros con el brazo y la atrajo hacia sí—. Estoy muy orgulloso de ver que progresas y te preocupas por el negocio.

Briana le devolvió el abrazo, sorprendida. Era la primera vez que su padre le hablaba de esa manera, y si encima tenía en cuenta sus ideas… era un momento importante para ella.

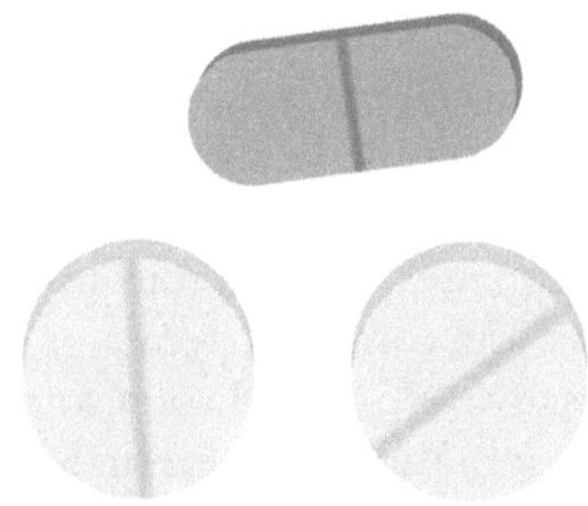

CAPITULO 13: ERASE UNA VEZ… EL BELLO DURMIENTE Y UNOS SALMONES CAMINO AL HORNO

Conversación de WhatsApp entre Audrey y Briana, audios:

BRIANA

Listo. Seguro que en un rato está de lo más relajado, que me he liado con las dosis y creo que al final le he dado un poquito. O un poco. Bueno, no sé cuánto. Luego me dices cómo ha funcionado.

AUDREY

Después de la hora del café tenemos una reunión con Marlon. No estaba apuntada, ha sido espontánea, pero incluso mejor, ya verás.

BRIANA

Oye, recuerda que esta tarde tenemos que ir a probarnos los dichosos vestidos de dama de honor. Dios, me entra urticaria solo de pensarlo... Encima he tenido que pedir permiso a Sally y miedo me da lo que vayamos a probarnos, ambas sabemos que el gusto de Terry deja mucho que desear y no solo en hombres.

AUDREY

No me lo recuerdes, por favor. Te llamo después.

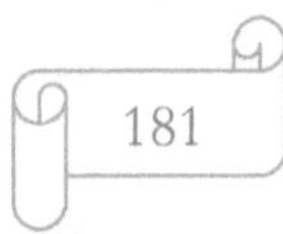

Si Audrey había escogido la mañana del lunes para que el café de Colin estuviese ligeramente contaminado no era por casualidad. Tener la agenda de su exnovio había resultado de lo más útil a la hora de programar ese tipo de detalles. Porque, ya puestos a drogarlo, mejor si coincidía con alguna visita importante, ¿no? Era muy probable que le diera un colapso si le levantaba otra comisión, pero…

Audrey se recostó en su silla, pensativa. No, robarle otra comisión no estaba bien, suficiente con la anterior. Tampoco necesitaba el dinero.

Tenía que sacar una copia de todo el expediente de la mansión vendida, así que cogió el dossier y fue hasta la fotocopiadora, decidida a armarse de paciencia ante la lentitud de aquel trasto. La secretaria también estaba allí y se acercó a charlar con ella.

—¿Qué tal el fin de semana? ¿Has descansado?

—Lo justo para poder estar en pie hoy —respondió ella, empezando a coger folios según la máquina los expulsaba.

—¿Estará recuperado del todo Colin? Esta mañana parecía preocupado, y su bolsa del gimnasio seguía en el despacho.

—Pues…

Audrey iba a responder justo cuando vio entrar al susodicho, sujetando el vaso de café en las manos. Dylan cerró tras él y ella meneó la cabeza, pensando en por qué tenían que ir juntos a todas partes. ¿Qué tenían en común aquellos dos, por Dios? No pegaban ni con cola, ¿cómo podían haber sido amigos en algún momento de sus vidas? Sí, Colin había cambiado —a peor—, pero aun así sus caracteres eran opuestos en todo.

—Hola, chicas —saludó el primero, acercándose—. ¿Qué hacéis, cotilleando?

—No hace falta que te acerques a hablarnos siempre que nos veas —contestó Audrey, cogiendo las últimas fotocopias.

—Caballero que es uno. —Se terminó el café y arrojó el vaso a la papelera.

—¿Ya estás recuperado? —Audrey simuló cierto interés.

—Se ha pasado el fin de semana en el hospital —comentó Dylan, antes de que Colin pudiera responder—. Le han realizado un chequeo completo y esta semana recibirá los resultados, aunque según su médico no parece tener motivos de preocupación.

—Mira qué bien —contestó Audrey, dándole una palmadita—. No pasa nada, ¿ves? Cualquiera puede tener una… indigestión.

Dylan soltó una risita que se evaporó a toda velocidad cuando Colin se giró hacia él con el ceño fruncido.

—Sí, pero no está de más revisarse por si acaso —dijo, en tono serio.

—Por supuesto que no —se apresuró a decir Dylan.

—Hoy me encuentro genial. —Colin contuvo un bostezo.

—Pues parece que has dormido poco —se burló Audrey—. No pasa nada, yo estoy igual. Es lo que tiene el fin de semana, hay que desmelenarse.

—He dormido como un bebé y estoy deseando volver al gimnasio, aunque no sé. Tengo una visita por la tarde, igual hasta la noche no puedo.

Audrey sacudió la cabeza por segunda vez, metiendo el montón de fotocopias en un archivador de cartón.

—¿Por qué crees que me importa tu itinerario? Ah, reunión en quince minutos, Marlon me acaba de enviar un correo.

Regresó a su despacho para poner nombre y fecha en el archivador y poder dejarlo en el armario con el resto. Revisó su agenda mientras aguardaba el momento de ir a la reunión, constatando que tenía una semana movidita en lo que a visitas se refería. Y la prueba de vestidos de esa tarde le apetecía tanto como ir al dentista, la verdad, pero no veía el modo de librarse de ella. Solo esperaba que no saliera tan mal como la última comida que habían compartido.

Se levantó para reunirse con Marlon, que como siempre ya se encontraba allí trabajando con su ordenador. Le hizo un gesto para que se sentara a su lado.

—El tema de la constructora está al caer. Calculo que esta misma semana haremos una reunión para repartir las viviendas en venta.

—¿Cuántos tramos?

—Tres. Tranquila, estarás entre ellos.

Audrey ocupó su asiento sin decir nada. No solo esperaba estar entre los tres que se ocuparían de vender esas nuevas construcciones, sino que estaba convencida de que debería ser designada para vender las más caras. Había demostrado ser buena, sus ventas lo dejaban claro, pero nunca se sabía… Marlon la apoyaba bastante, pero tampoco olvidaba que era mujer y las mujeres siempre lo tenían todo más complicado que los hombres, sobre todo siendo la única de su agencia.

Minutos después llegaron los demás, entre ellos Colin, frotándose los ojos. Ocupó el sitio y al momento apoyó la cara en su mano mientras Audrey lo observaba de reojo. La ronda de información sobre el estado de las ventas comenzó con Finn, que siempre daba más explicaciones de las necesarias. Ese detalle ayudó bastante a aumentar el sopor de Colin, que hacía verdaderos esfuerzos por no cerrar los ojos.

Dylan le dio un codazo sutil para que se espabilara y él se semi incorporó, mirando alrededor confuso.

—¿Te aburrimos, Colin? —preguntó Marlon, frotándose el puente de la nariz mientras se quitaba las gafas.

—¿Qué? No, es que…

—Supongo que has tenido un fin de semana entretenido. No trabajando, claro, últimamente te veo un poco estancado. Ahora nos lo cuentas, que le toca a Leo.

Colin parpadeó, volviendo a apoyarse en el brazo. Tenía un sueño terrible y no entendía por qué, había descansado bastante durante el fin de semana… Además de estar en una reunión donde debía permanecer despierto, que el jefe estaba en lo cierto y sus ventas se estaban resintiendo. Tenía que pagar la dichosa boda y…

—¡Colin!

El golpe en la mesa lo sobresaltó durante un segundo. ¿Qué necesidad había de gritar de ese modo? Tan solo había cerrado un poco los ojos, nada más.

—De verdad que lo siento, no entiendo qué me pasa… —Trató de excusarse, aunque hasta hablar parecía costarle.

—A lo mejor es que estabas incubando algo y aún no te has recuperado —comentó Audrey, la viva imagen de la inocencia personificada.

—Colin —llamó el jefe, alzando la voz para que lo mirara.

—Intentaré prestar atención, lo prometo —farfulló Colin, para acto seguido dejar caer la cabeza encima de la mesa.

—¡Esto es increíble! —siguió Marlon, irritado—. Creo que no soy un jefe demasiado exigente, pero al menos me gusta que estéis despiertos cuando estamos en una reunión. —Escuchó varias risitas contenidas—. Eso, eso, me alegro de que os haga tanta puta gracia.

El murmulló cesó mientras Colin entrecerraba los ojos otra vez.

—No sé por qué estoy tan cansado…

—Me da igual la excusa, no tiene justificación alguna —bufó Marlon—. Vete a casa, por hoy has hecho suficiente.

Colin gruñó algo que pretendía ser una disculpa, aunque apenas se le entendió. Audrey hacía uso de todo su autocontrol para no echarse a reír a carcajadas, Marlon tenía tal expresión de enfado que no le parecía prudente.

—Ya le ayudamos —dijo, carraspeando mientras cruzaba una mirada con Dylan.

—Ah, sí, sí —asintió él, levantándose a toda prisa.

Entre los dos cogieron a Colin y lo sacaron de la sala de reunión antes de que Marlon se enfadara aún más. Dylan fue al despacho de su amigo para recoger el maletín y la bolsa del gimnasio, y después lo llevaron como pudieron hasta el coche de Dylan.

—Con cuidado —berreó Colin, a medio camino.

—Por Dios, ¿se puede saber qué te pasa? ¿Es que te han recetado alguna medicación de esas que producen sueño? Porque, de ser así, no deberías haber venido en coche.

—Y yo que sé… No recuerdo haber tomado nada…

—Será mejor que no hables —dijo Audrey en tono autoritario—. Parece que pesas más con la boca abierta.

Acomodarlo en el asiento trasero no fue sencillo pero, diez minutos después, Dylan y Audrey se apoyaban en la puerta resoplando.

—Sí que se machaca en el gimnasio, sí —suspiró él, pasándose la mano por el pelo—. Al menos debe de pesar noventa kilos.

—¿Tú no vas con él? —Él la miró—. No sé, pensé que igual eso era algo que compartías con Colin, porque en el resto no parecéis tener nada en común.

—¿No?

—La verdad, no. Eres un chico agradable y educado —respondió Audrey, echando un vistazo a su exnovio, que se revolvía en el asiento trasero sin el menor pudor tratando de encontrar postura.

—¿Sabes? No entiendo cómo dos personas que han estado juntas unos años terminan por llevarse tan mal. Pareces detestar a Colin y él tampoco es que hable maravillas de ti precisamente, dice que eres…

—¿… neurótica y celosa? —terminó ella, suspicaz.

—Es neurótica —oyeron decir a Colin—. Y celosa. Por cuatro fotos de nada.

Dylan lo miró por encima del hombro, pero su amigo tenía los ojos cerrados, de modo que volvió a darse la vuelta.

—Siendo sincero, tengo que decirte que no he visto signos de neurosis. Me pareces bastante normal. —El chico sonrió.

—No te creas todo lo que dice ese, es muy fanfarrón. A lo mejor cuando tú lo conocías no tanto, pero ha cambiado mucho, ¿no lo has notado?

—Ni caso, Dylan. No soy yo quien ha cambiado —protestó Colin, con un tono de voz muy similar al de una persona ebria. Dio unos golpecitos en el cristal—. Ella se ha vuelto muy… dura.

—Cállate —le ordenó la joven.

—Puede que no sea la misma persona exacta —Dylan bajó el tono de voz para que su amigo no siguiera interfiriendo en la conversación con extrañas frases inconexas—. Pero supongo que es lo normal, ¿no? Cumplimos años, evolucionamos.

—Algunos a peor —acabó la rubia, pensativa—. A lo mejor estás en lo cierto, no sé. Pero sois una extraña pareja.

—No lo digas muy alto —sonrió Dylan.

—En fin, da igual. ¿Cómo te va con Briana? Me contó que fuiste a cenar a su casa.

—¿Y te dijo algo más?

—Solo que fuiste encantador. Yo me alegro por ella, el tipo con el que salía era un auténtico cretino que no la valoraba —comentó Audrey.

Se quedó callada mientras Dylan entrecerraba los ojos, sopesando la situación. Audrey no parecía que fuera a añadir nada más, pero tampoco era tonto.

—¿Ahora es cuando viene la advertencia? —preguntó—. Ya sabes, esa parte donde me avisas de que no quieres ver sufrir a tu mejor amiga y que si le hago daño me cortarás las pelotas y me las pondrás de corbata, o algo así.

Audrey sonrió.

—Yo nunca haría eso.

—Pero contratarías a alguien que lo hiciera por ti, ¿a que sí? —bromeó el chico, para después suspirar—. Bueno, deja que te cuente un secreto… Si tienes que preocuparte por el corazón de alguien aquí, que sea por el mío.

Aguardó por si ella quería añadir algo más, pero al ver que Audrey no decía nada dio un golpecito al coche con una sonrisa.

—Será mejor que me lleve al Bello Durmiente. Saluda a Briana de mi parte esta tarde, sé que tenéis una prueba de no sé qué.

—No podías haberlo definido mejor, a saber qué nos espera. ¿Estarás en la reunión de tu constructora?

—Sí, claro, soy su representante aquí.

—Estupendo, allí nos veremos entonces. —Audrey se apartó del coche para que pudiera entrar y le hizo un gesto de despedida—. Suerte al arrastrar a ese besugo a la cama.

—Ja, ja. Muy graciosa. Si mañana tengo que quedarme en el sofá con una contractura me acordaré de esto —bromeó Dylan, antes de arrancar.

Audrey se quedó observando cómo el coche se alejaba. Definitivamente, no comprendía qué unía a aquellos dos hombres, no podían tener menos cosas en común. Pero al menos estaba segura en un noventa por ciento de que Dylan era un buen tipo y que no había peligro de que rompiera el corazón de Briana, y con eso le bastaba.

Hablando de Briana… Había quedado con ella después de comer para ir juntas a la prueba de marras y aún tenía unas cuantas cosas que hacer en la oficina, así que subió de nuevo para terminar. Al menos la mañana transcurriría tranquila sin Colin alrededor dando el coñazo, pensó con malicia.

Terminó de arreglar todos los papeles de la venta del día anterior, comió algo rápido en la cafetería del edificio y dejó preparadas las visitas para el día siguiente antes de bajar a la calle, donde había quedado con Briana.

Escuchó unos pitidos y la localizó en la otra acera, así que cruzó con cuidado de no pasar por delante de ningún coche y se metió en el de su amiga.

—¿Qué haces en este lado? —le preguntó—. Para ir a la prueba es mejor en la otra dirección.

—Ya, díselo a las señales, que están mal puestas. Por lo menos he llegado a tu calle, que esto de conducir por el centro es peor que el laberinto de la peli de David Bowie. —Miró a ambos lados—. ¿Aquí puedo girar?

Pero antes de que Audrey le pudiera contestar que no, la chica había movido el volante, atravesado todos los carriles que estaban vacíos al estar los semáforos cerrados y se había colocado en el otro lado en la dirección correcta.

Briana volvió a mirar a todos lados.

—Perfecto, no me ha visto nadie.

Audrey carraspeó y señaló una de las cámaras de la calle.

—Huy… —Briana sonrió y saludó—. Bueno, si me ponen multa, al menos que salgamos guapas en las fotos, ¿has sonreído?

—Sí, claro, en eso estaba pensando.

—¿Qué tal ha funcionado el relajante?

—Muy bien. —Se echó a reír—. Creo que te has pasado un poco, pero no importa. Se lo ha tenido que llevar Dylan porque no se tenía en pie.

—Pobre. —Sonrió—. No, qué va, no me da ninguna pena.

—A veces me das miedo. Eres todo purpurina y de pronto te sale esa vena a lo Maléfica…

—Tranquila, no usaré mis poderes de brillantina contra ti.

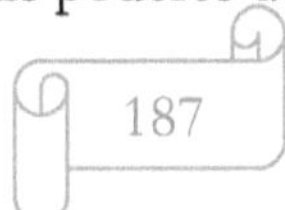

—Anda, venga, tira que no llegamos.

—No me lo recuerdes, que acabo de comer. —Enfiló el coche por la carretera—. ¿A quién se le ocurre poner una prueba de vestidos después de la hora de comida? ¡Todo nos va a quedar mal! No sé en qué está pensando Terry, de verdad.

—En nada, ese es el problema, que no piensa.

Y no se refería solo a los vestidos, claro. Porque mucho hablar en la última comida después de la prueba del vestido y, al final, no habían vuelto a llamarlas para comer. Parecía que solo importaba que estuvieran juntas si había algo de la boda de por medio, la amistad estaba en un segundo plano. A ese paso, se imaginaba lo que pasaría cuando se casara y Colin terminara de controlarla del todo, como ya parecía estar haciendo. Solo se verían cuando hubiera algún compromiso social, seguro.

—Porras, me he pasado la tienda —oyó que decía Briana.

—Espera, para un poco que miro a ver… —Sacó su móvil y buscó un mapa con rapidez—. Sigue un par de calles, que hay un aparcamiento.

Le fue dando indicaciones hasta llegar allí y dejaron el coche dentro. Tuvieron que acelerar el paso porque llegaban unos minutos tarde y, tal y como estaba el patio, solo faltaba que discutieran con ellas por eso. Pero, cuando llegaron a la puerta, solo vieron a Chloe y a Scarlett, esperando.

—Vaya, llegáis justo —dijo Chloe.

—No como la novia, que llega tarde —replicó Audrey, sin poder evitarlo.

—Estará ensayando para el día de la boda —comentó Briana, con tono ligero.

Se había dado cuenta de que Audrey no estaba de muy buen humor y, aunque a ella tampoco le apetecía mucho estar ahí, mejor intentar relajar el ambiente, porque se notaba la tensión flotando en el aire.

—¿Alguna idea de cómo son los vestidos? —preguntó.

—Nada, Terry no nos ha dicho nada, y eso que ayer comimos juntas —contestó Chloe, con lo que se ganó un codazo de Scarlett—. Ay, ¿por qué…? —Miró Briana y a Audrey—. Ah, bueno, eso, ya sabéis, una casualidad, nos encontramos en un restaurante.

—Claro, es lo que tiene quedar en un sitio a una hora —replicó Audrey—. Que luego se coincide.

Hizo el gesto de las comillas con los dedos al decir la última palabra. Chloe y Scarlett se miraron, incómodas, pero por suerte llegó Terry justo en aquel momento y cortó aquel silencio entre las chicas.

—Hola —saludó, con una enorme sonrisa—. ¿Entramos? Siento el retraso, pero Colin se ha puesto enfermo y Dylan lo ha traído a casa.

—¿Enfermo? —repitió Chloe, con tono de preocupación—. ¿Está bien?

—Sí, solo cansado. Como una gripe de esas que te pilla en los músculos o algo así. Con una siesta seguro que se mejora.

Briana y Audrey intercambiaron una sonrisa mientras las seguían al interior.

La tienda estaba especializada en vestidos de dama de honor, bailes y fiestas de alto copete, lo que se notaba en el tipo de decoración y en las propias empleadas, que parecían estar en un cóctel. La asignada a Terry las acompañó hasta una sala privada donde había un sillón que la novia ocupó.

—Ahora mismo te traemos una copa de champán —dijo la chica, toda sonrisas—. Y vosotras, venid conmigo que tenemos vuestros preciosos vestidos preparados. —Les guiñó un ojo de forma cómplice—. Va a ser una sorpresa, os vais a cambiar en unos vestuarios sin espejos, así cuando salgáis os veréis a la vez que os ve la novia. ¡Es muy emocionante!

¿Emocionante? Terrorífico, más bien, pensaba Audrey mientras la seguía junto con las demás hacia el vestuario sin espejos. Seguro que habían tenido más de un disgusto con alguna dama de honor negándose a salir tras ponerse a saber qué vestido y se habían inventado aquello de la sorpresa. Era como decir que una casa tenía «encanto» e «historia» para explicar las goteras del techo.

Los cambiadores estaban uno junto al otro y Audrey y Briana entraron a la vez. Las dos se quedaron mirando el vestido que colgaba de una percha en la pared.

—¿Color salmón? —exclamaron al unísono.

Audrey asomó la cabeza por la cortina de su vestuario mientras Briana hacía lo propio.

—¿Está loca? —inquirió Briana—. Si estamos pálidas, pareceremos unas muertas, y si estamos morenas, un salmón al horno.

—¡Y encima en tafetán! Se nos va a marcar hasta el ombligo.

—¿Algún problema, chicas? —preguntó la chica—. Os recuerdo que la novia está esperando.

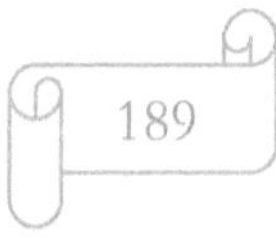

Audrey puso los ojos en blanco y regresó al interior del vestidor. Y dale con esa palabra, «novia», parecía que daba carta blanca para todo. Como si por ser «novia» se le volviera delicado el corazón o algo y no se le pudiera llevar la contraria. Pero, en fin, ya estaba escuchando que salían Chloe y Scarlett, así que se puso el vestido con rapidez y salió, maldiciendo para sí. Porque si algo odiaba eran los escotes palabra de honor, le daba la sensación de que se caía el vestido y se pasaba el rato subiéndolo. Por cómo tiraba Briana del suyo hacia arriba, supo que le pasaba lo mismo.

—Vaya, Briana, se nota que trabajas en una cafetería —comentó Scarlett, pasando las manos por su vestido.

—¿Perdona?

—¿Picas mucho entre horas?

Briana parpadeó y se miró, comprobando que el vestido se le marcaba por todas partes. Vale, sí que había notado que algunos pantalones le quedaban más justos, pero no le había dado importancia. Porque era cierto que picaba más entre horas… y después de horas, ¿qué culpa tenía ella de que la normativa dijera que la comida había que tirarla después de un tiempo expuesta? Pues muchas veces se comía las sobras, que así no tenía que comprar cena.

—Pena que a ti te quede como un saco —intervino Audrey—. Con tan pocas curvas es lo que tiene.

—Pues tú…

—¿Qué tal si me acompañáis fuera? —interrumpió la asistente—. Terry está esperando. Va a quedar encantada.

¿Encantada? Audrey no sabía si a ella le quedaba bien del todo, pero vamos, lo que era al resto… Ni a Scarlett ni a Chloe les quedaba bien de largo, en la parte de arriba les sobraba bastante… A Briana se le ajustaba por todas partes, porque ahora que se fijaba, sí que había engordado un poco. Pero le quedaba bien, porque rellenaba las zonas que antes tenía escasas. El tafetán era complicado, aunque nada que una buena ropa interior antimarcas no pudiera arreglar.

Al ver que no hacía más que mirarse por detrás y por delante, se acercó a ella mientras las demás salían con la chica.

—Tranquila, que te queda bien —le dijo—. Es envidia.

—O venganza, que anda que no se lo he dicho yo veces cuando se pone alguna cosa que le sienta mal.

—O ese corte de pelo a lo loro. —Las dos se rieron—. Vamos, que nos tendrán que medir y ajustar.

Alcanzaron a las demás y salieron a la sala donde las esperaba Terry, que aplaudió entusiasmada al verlas.

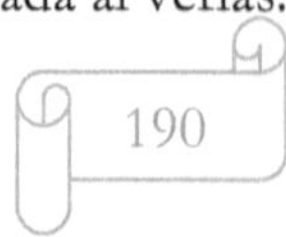

—Ay, pero qué guapas estáis. ¡Me encanta!

—Es un color perfecto —corroboró la asistente, poniéndose a su lado—. Ah, aquí viene la modista. Así podrá hacer los ajustes. Chicas, poneos en fila.

—Esto parece el ejército —susurró Audrey, sacándole una risita a Briana.

Se colocaron de espaldas a Terry, según les indicó la modista que había entrado, y entonces pudieron verse en un enorme espejo que había delante.

—Parecemos salmones camino del horno —susurró Briana.

Audrey ser rio y al momento dejó de hacerlo, soltando un quejido al notar un pinchazo en el costado.

—Perdón —dijo la modista—. No se mueva, señorita. —Miró a Terry—. ¿Cómo lo quiere?

Terry se acercó, todo entusiasmo, y empezó a dar indicaciones para cada una: subir un poco una falda, ajustar el pecho, estrechar la cintura… Tras unos cuantos pinchazos a todas y cada una de ellas (no hubo discriminación de ningún tipo), Terry se dio por satisfecha y la modista se fue.

—¿Ya nos los podemos quitar? —preguntó Audrey, con una sonrisa congelada en la cara—. No es que no me guste, pero prefiero que no se arrugue mucho. Ya sabes, el tafetán es tan delicado.

—Tranquila, no te preocupes que aquí lo planchan. Ahora traen los sombreros, para que os veáis con el conjunto completo.

Dio un par de palmaditas de emoción que Chloe y Scarlett imitaron, mientras Briana y Audrey se limitaban a asentir intentando no mostrar temor. ¿Sombreros? ¿Desde cuándo se llevaban sombreros en una boda en Santa Mónica, en verano?

—Esto va a ser peor de lo que imaginábamos —susurró Audrey.

—Y mira que tenemos imaginación —contestó Briana, en el mismo tono—. A lo mejor llevan algún brillo…

Había murmurado la última frase con tono de esperanza, pero se le borró al momento: acababa de entrar una chica que traía unas cosas verdes de plumas y les daba una a cada una.

—Pues nada —siguió Briana susurrando—. Salmón al horno con lechuga de acompañamiento. Ya solo nos falta la salsa tártara.

—Y de complemento estos bolsitos en blanco roto a juego con el vestido de la novia, para que podáis llevar el móvil y lo que necesitéis —explicó la chica.

—Y ya tenemos la salsa —murmuró Audrey, cogiéndolo.

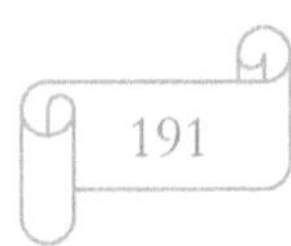

—¿A que es una idea genial? —preguntó Terry, mientras las asistentes les colocaba los sombreritos—. Luego podéis usarlos tras la boda, así no se desperdicia nada.

—Y los vestidos van con todo —añadió la chica.

—Están geniales —corroboró Scarlett, mientras Chloe afirmaba con la cabeza —. Me encantan las plumas.

—Sí. —Audrey sopló una que no hacía más que caerle sobre los ojos—. Es lo más cómodo que me he puesto en la vida.

—Ay, que faltan los zapatos. —Terry se golpeó la frente—. Rápido, que venga la modista porque los dobladillos habrá que ajustarlos de nuevo. ¡Qué despiste!

—Es cierto, perdón, ahora mismo.

La chica se fue corriendo y Terry recolocó el sombrero de Audrey.

—Os van a encantar. Van a juego.

—¿A juego de qué?

Audrey cerró la boca al momento, al escucharse, porque le había salido demasiado brusco. Pero es que… a ver cómo eran, que cualquiera de los tres colores que llevaba encima le daban miedo.

—Pues lo lógico sería combinarlos con el bolso —contestó Terry, pasando por alto el tono—. Pero he querido ser original.

Entonces entraron de nuevo la modista y la chica, llevando los zapatos en las manos.

—¡A juego del sombrero! —exclamó Briana, intentando sonar sorprendida y no horrorizada.

—¿A que soy original? —aplaudió Terry.

Ninguna dijo nada, esperando mientras les daban el número que les correspondía de aquellos zapatos verdes con adornos de plumas. Al menos estaban acostumbradas a andar con tacón, porque tenían ocho centímetros.

La modista volvió a su tarea de coger dobladillos y pinchar unas cuantas pantorrillas, mientras Audrey se inclinaba hacia Briana para poder susurrarle.

—Ya tengo disfraz de Halloween para el año que viene.

—¿Loro?

—Cómo me conoces.

Se echaron a reír, pero al ver la cara seria de Terry se callaron y Briana le sonrió como si fuera la dama de honor más feliz del mundo.

—Va a ser una boda muy colorida —dijo—. Una pena que no hayas puesto purpurina, pero no importa.

—Me encanta que te guste. —Le dio un abrazo—. Aprecio mucho vuestra opinión y me alegro de que todo esté mejor entre nosotras.

—Claro —contestó Audrey con tono helado—. Está todo genial, como la seda.

—O como el tafetán —bromeó Terry, abrazándola también—. Va a ser el día más feliz de mi vida.

Se fue a abrazar a Chloe y Scarlett mientras Briana y Audrey se miraban de nuevo, ambas pensando que quizá ese día lo fuera, pero que el resto… Era imposible que Colin la hiciera feliz, conociéndolo no tardaría ni un mes en amargarle la vida como había hecho con Audrey.

CAPITULO 14: ERASE UNA VEZ… LA PURPURINA COMESTIBLE Y EL ABRAZO INESPERADO

Audios de WhatsApp, Audrey:

¡Estoy a punto de implosionar, Brie! Sé que estás trabajando, pero ojalá pudiéramos hablar, porque me va a dar un ictus. ¡Ese cabronazo de Colin! No me puedo creer lo que acaba de pasar, en serio…

Oye, que no te preocupes por mí. Más tarde te llamo y te cuento todo, aunque después de hoy creo que Dylan ha dejado de caerme bien.

Audrey depositó el móvil en el bolso mientras Marlon pasaba las carpetas por la mesa de la cafetería. Habían quedado a las diez para el reparto de viviendas mientras se tomaban el primer café del día, pero en ese momento Audrey tenía ganas de arrojárselo en la cabeza a un noventa por ciento de los presentes.

Con tono neutral, su jefe había anunciado que las casas de mayor valor (las de más de diez millones, con la correspondiente comisión del quince por ciento) serían para Colin. A ella le tocaban las siguientes en la lista, las que valían entre cinco y diez, dejándole tan solo el diez por ciento, mientras que Finn se haría cargo de las restantes, con las que ganaría el cinco.

Aquello no solo era insultante, sino una bofetada en toda regla. Y aún era peor teniendo que ver la cara de estúpido orgullo que se le había puesto a Colin.

Ni siquiera contemplar el escarnio sufrido en su cabeza pudo consolarla. Él se había puesto un gorro para disimular, pero en las zonas donde no le cubría se podían apreciar tales trasquilones que parecía que le habían afeitado seis monos ciegos. Pero justo cuando iba a hacer una broma al respecto, Marlon había soltado su bomba y la ausencia de pelo de Colin había pasado a segundo plano.

—La constructora y Dylan son vitales en este proyecto —explicó el hombre—. No hubiéramos firmado el acuerdo de no ser por la vinculación que existe con Colin, y el propio arquitecto lo respalda, con lo cual cerramos así el reparto de viviendas y comisiones.

Dylan se revolvió en su silla, incómodo. Aquello no era exactamente la verdad, la constructora y él habían llegado hasta Sotheby's de la mano de Colin, sí, y él le había ofrecido su apoyo al llegar, pero tampoco es que lo respaldara de forma ciega. De hecho, no estaba muy convencido de que Colin mereciera quedarse con las mejores casas, por lo que había visto no era el más eficaz del equipo.

Observó a Audrey, cuya mirada parecía capaz de agriar los cafés de todos los presentes. Comprendía su enfado. De hecho, empezaba a sentirse fatal.

—¿Algo más? —preguntó la chica, interrumpiendo sus pensamientos.

Audrey estaba agitada, pero por nada del mundo iba a permitir que ninguno de aquellos hombres la viera llorar, aunque fuera el resultado de la más grande de las injusticias. No se lo podía creer. ¿De qué servía dejarse los cuernos trabajando, si aquel era el resultado? ¿Si la relegaban al segundo puesto solo porque un vendedor peor que ella había hecho el contacto adecuado?

El hecho de conocer a un arquitecto no debería tener que ver con llevarse las mejores comisiones y no comprendía cómo Marlon tragaba con eso. Nunca le había parecido el tipo de jefe que toleraba las injusticias. ¿Y Dylan, recomendando a su mejor amigo? Parecía que se había confundido al considerarlo buen tío, en realidad era igual que Colin y ahora al fin entendía por qué eran amigos. Se guardaban las espaldas mutuamente, aunque no estuviera bien.

—Me marcho —dijo, incorporándose con expresión inmutable—. Tengo trabajo por hacer.

—Mitchell… —empezó Marlon, que la conocía bien.

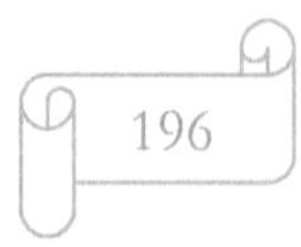

—Vamos, vamos, Audrey, un poco de deportividad —comentó Colin—. Era lógico que me lo concedieran a mí, tampoco entiendo por qué te sorprendes tanto. ¿Acaso no lo esperabas?

Ella cruzó una mirada con Marlon y tuvo que morderse la lengua con todas sus fuerzas. Pues menos mal que sus últimas ventas habían sido un fracaso y se dormía en la oficina, si hasta haciendo aquellas cosas le concedían las mejores viviendas no veía la forma de competir con él.

—Vendrás a la entrega de regalos, ¿no? —preguntó Colin, mirando a la chica.

Ella lo vio allí, repantigando en la silla, con tal sonrisa de satisfacción en el rostro que tuvo que hacer un verdadero esfuerzo por no darle con la carpeta en plena cara. La sola idea le producía un inmenso placer, pero no podía hacerlo, Colin era capaz de denunciarla por agresión.

—Sí, allí estaré —contestó. Hizo un gesto señalando su cabeza—. Ah, espero que eso, lo que sea que te pase en la cabeza, se solucione. Bueno, cuando uno empieza a quedarse calvo lo mejor es asumirlo… a menos que sea sarna o algo por el estilo.

«Bien jugado», pensó Dylan al ver cómo la sonrisa de Colin desaparecía. Era un comentario muy cruel, pero esa despedida después de lo ocurrido era una jugada magistral.

Audrey se marchó hasta su coche sin mirar atrás, todavía con el nudo en la garganta. Empezó a pelearse con la puerta, así que cogió aire para intentar calmarse. Destrozar su vehículo no haría desaparecer lo sucedido, por mucho que fuera genial para canalizar la ira.

—Mitchell, espera.

Marlon la alcanzó y se aproximó hasta el coche, poniéndose a su altura.

—Mira, siento mucho lo que ha pasado.

—Y una mierda lo sientes.

—¿Qué? ¿Cómo puedes decir eso? Sabes que si dependiera de mí estarías por delante de Colin, eso ni lo dudes —explicó él—. Pero tengo las manos atadas en este tema. No solo depende de lo que yo diga, hay una constructora metida en el proyecto y la mala suerte es que el arquitecto sea amigo de otro vendedor. Fueron las condiciones que…

—No quiero seguir hablando de esto. Mañana nos vemos en la oficina —replicó ella, metiéndose en el coche y cerrando la puerta.

—Pero, Mitchell… —intentó Marlon.

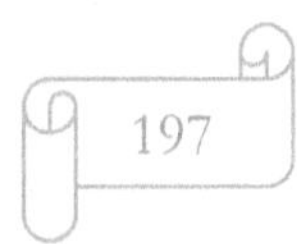

Desistió al ver cómo la joven simulaba no escucharlo y se giró para regresar a la mesa con los demás.

Audrey esperó hasta que Marlon estuvo lejos y paró el motor. Consultó el reloj: las once y media. Cualquier persona normal estaría en su horario de trabajo, pero había muchas posibilidades de que Alexei no. Bueno, quizá estuviera con sus «cosillas». Como desconocía a qué se refería no tenía modo de saber si podía interrumpirle.

Y el muy cabrón no la había llamado desde el domingo.

Sacó el móvil, buscó el número y le dio a llamar. Tal vez no fuera la mejor idea del mundo, porque estaba furiosa, alterada, indignada y enrabietada, y un camarero cuya especialidad era sacarla de sus casillas no era lo que necesitaba. O puede que sí, que justamente fuera el mejor momento para desahogar toda esa ira practicando sexo.

—*Alio?* —escuchó al otro lado de la línea.

—Soy yo, Audrey —contestó ella—. ¿Puedo ir a verte?

—¿Ahora? —preguntó Alexei sorprendido.

—Sí, ahora. A menos que estés ocupado en otra cosa.

No supo si había detectado algo extraño en su voz, pero enseguida contestó:

—Apunta la dirección.

Audrey metió los datos en el navegador y cortó la llamada sin añadir nada más. Todos los tíos eran iguales, qué importaba si los despertabas o interrumpías: ante la perspectiva de un polvo lo dejaban todo aparcado. Se desvió por donde el GPS le indicaba, temiendo acabar en un barrio de mala muerte del cual tal vez regresara sin bolso ni joyas, aunque cuando llegó al final del trayecto se llevó una sorpresa. No era una zona lujosa como la suya, pero estaba muy lejos de ser un mal sitio. Tendría que explicarle a Briana que si se tenían los suficientes trabajos uno podía independizarse, si no le molestaba hacerlo en barrios de clase media.

Fue hasta el último piso y llamó a la puerta. Segundos después, Alexei le abrió y se apartó a un lado para que pudiera entrar. Al parecer, pasearse sin camiseta llevando solo pantalones era algo habitual, solo esperaba que no tuviera compañeros de piso.

—¿Es un mal momento? —preguntó.

—*Net*, tranquila. Me he levantado hace poco, anoche tenía el último turno y salí tarde. ¿Qué quieres tomar?

Audrey no contestó, limitándose a mirar a su alrededor. Pues el piso era bonito. Al estilo comedido, claro, como todos los de clase media. Le faltaban cosas para su gusto, como la barra de bar o un buen *jacuzzi*, pero tenía buen tamaño y la luz natural era genial. Y tampoco estaba tan desordenado como había supuesto.

—¿Quieres verlo? —le preguntó él, al ver cómo examinaba todo.

La rubia se encogió de hombros, pero cuando Alexei le hizo un gesto dándole a entender que podía echar un vistazo, dejó su chaqueta colgada en el perchero de la entrada y se movió hacia el interior. Sí, el piso tenía una luz maravillosa. La decoración era austera y no había nada de diseño, pero eso era lo de menos. La cocina parecía amplia y se veía que no tenía apenas uso, el salón era el típico que encontrabas en el piso de un soltero: un buen par de sofás y una televisión, y obviando la mesa de comedor y las sillas.

Decidió dejar de pensar como una agente inmobiliaria y cogió la cerveza que le ofrecía él. Odiaba la cerveza y no veía cómo podía nadie beber aquello a las once y media de la mañana, pero estaba muy cabreada y le dio un trago de todas formas. Él no contaba, después de ver la forma en que bebía vodka aquello resultaba una nimiedad.

—¿Tres habitaciones? —preguntó, un poco por inercia.

—¿Estás usando tu tono de agente inmobiliaria?

—Sí, pero es por costumbre.

Abrió una puerta y al momento supo que aquel era el cuarto de Alexei. Había ciertos detalles personales sobre una cómoda, como fotos, pero no quiso ser demasiado cotilla y cerró. No le gustaba violar la intimidad de los demás, o al menos no muy pronto.

El siguiente cuarto parecía no estar ocupado por nadie, a pesar de tener cama y armario.

—Cuando me vine a vivir aquí tenía compañero de piso —comentó el ruso—. Pero hace más de un año que se marchó, así que ahora tengo cuarto de invitados. Ese es el baño.

Audrey miró la última puerta que había, pero antes de que pudiera abrirla Alexei la cogió por el brazo.

—Es mejor que no entres ahí, está todo lleno de cajas y trastos, y muy desordenado. —El chico tiró de ella de regreso a la cocina.

Audrey se dejó llevar, no muy convencida de la explicación. Depositó la botella sobre la mesa y lo miró.

—Es un piso bonito. Me esperaba otra cosa —dijo, sentándose en una silla.

—¿Va todo bien? —Alexei se sentó justo al lado.

—¿Por qué? ¿Porque he venido a verte?

—Pensaba que a estas horas estabas en el trabajo. Y pareces disgustada.

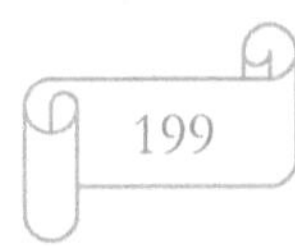

Audrey hizo ademán de acercarse a él. Necesitaba contacto y estar entre sus brazos podía hacer que se olvidara de la sensación desagradable que llevaba encima desde la reunión. Pero Alexei la detuvo en el acto, haciendo que retrocediera hasta la silla y dejándola confundida. ¿Qué pasaba allí, cuál era el problema? ¿Otra vez iba a empezar con el tema del desatascador de tuberías?

—Cuéntame —le pidió.

Exactamente lo mismo que le había dicho la noche que se habían conocido, aunque entonces tenían la barra del bar entre ellos.

—No tiene importancia —trató de minimizar el asunto, pero solo el hecho de verbalizarlo hacía que regresara la impotencia. Y de la mano, obedientes, venían las ganas de llorar y la rabia.

—Sí, me doy cuenta. ¿Qué ha pasado?

Audrey abrió la boca, sin saber qué iba a salir de ella.

—Lo que pasa es que estoy hasta los ovarios de que me pasen por encima. ¿Sabes que soy la única mujer de mi agencia? También soy la que factura más ventas, ¿te crees que sirve de algo a la hora de premiar?

—Es evidente que no. ¿De qué va esto?

—Estamos en una fusión entre Sotheby's y una constructora de viviendas de lujo. Y siempre se hace un reparto de mejor a peor, los mejores vendedores se quedan con las casas más caras y con los porcentajes más altos —explicó, apretando los labios.

Alexei asintió con lentitud.

—Y se lo han dado a otro —terminó.

—Al gilipollas de mi exnovio, sí, ¡y no lo entiendo! No tiene sentido, ¡si es un inútil! No sabe hacer nada solo, sus decoraciones son espantosas y ni siquiera escribe bien los folletos con la información de las casas que vende. Pero como su mejor amigo es el arquitecto de la construcción, mi jefe dice que tiene las manos atadas.

—O sea, que es un enchufado.

—Al final eso es lo de menos, lo malo es que siempre se sale con la suya y no es justo. No se merece que le den las mejores ventas.

—Audrey, solo es dinero. No lo necesitas.

—¡No es solo dinero! —objetó ella, tratando de controlar la rabia en su voz—. Es mi trabajo, mi esfuerzo, mis horas. Se lo he dado todo a esa puta agencia, todo el tiempo que podía haber estado en la playa, con mi familia o de viaje, lo que sea… y no sirve de nada. He llegado hasta ahí a base de trabajar, trabajar y trabajar. Y esto…

Se calló, sin saber si había hablado de más. Las lágrimas, contenidas desde la mañana, emergieron de nuevo con más fuerza que nunca.

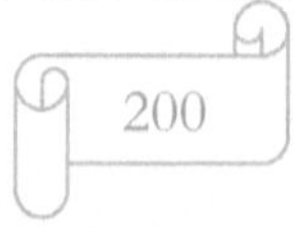

Pero qué importaba, a esas alturas él debía de creer que estaba desequilibrada, verla llorar no podía empeorar la situación.

—No es justo —murmuró, avergonzada por ser incapaz de controlarse.

Él le apartó las lágrimas con los pulgares con lentitud.

—Tienes razón, no es justo. ¿Qué vas a hacer? —preguntó.

—No lo sé.

—Si te pusieras en lo peor, ¿qué sería?

Audrey se mordió el labio. Interesante pregunta. ¿Debía agachar la cabeza y tragarse aquella puñalada que le habían metido? Si lo hacía se sentiría fatal, lo sabía. No podría evitar pensar que no merecía la pena preocuparse tanto por el trabajo, si aquella era la recompensa. Le gustaba lo que hacía, pero esa actitud haría que terminara por odiarlo.

Por otro lado, si dejaba Sotheby's tendría diez trabajos como aquel en el tiempo que tardaba en chasquear los dedos. Lo sabía porque recibía ofertas de manera habitual. Nunca las había considerado por lealtad hacia Marlon, pero ahora que parecía que la lealtad iba solo en una dirección, puede que tuviera que planteárselo. ¿Iba a dejar que la tratara así, o su dignidad estaba por encima? El dinero, además, no era problema.

—Podría largarme —dijo.

—No tendrás ningún problema en encontrar otra agencia, y menos con tu experiencia. Tampoco es que te vayas a quedar en la calle ni nada por el estilo.

—Es que me duele que Marlon me haya hecho esto, debe de haberle resultado difícil...

—Mira, créeme, si tu jefe hubiera querido darte esas ventas, lo habría hecho. Por algo es el jefe, y lo de que la constructora le haya impuesto a otro vendedor no cuela. Él es quien manda y ambos lo sabemos, así funciona.

Audrey asintió, sin encontrar nada con lo que refutar su observación. Tenía razón y no le quedaba otro remedio que aceptarlo: Marlon podía haberse negado y punto, la constructora quizá habría protestado un poco, pero al final se habría llegado a un consenso. Pero ella había dado por sentado que era su vendedora preferida cuando no era cierto y, si a pesar de sus logros no era su vendedora preferida, eso solo le dejaba una opción.

Una opción tan clara que lamentó no haberla visto antes, cuando el nombre de Colin había sido colocado sobre la mesa por encima del suyo. Tenía que haber presentado su dimisión en ese mismo instante.

—Gracias por ayudarme a aclarar conceptos —murmuró.

Alargó las manos hacia él por segunda vez con intención de desabrocharle los pantalones, pero Alexei la sujetó por las muñecas.

—Deja eso —pidió.

—¿Qué pasa, no te gusta el sexo por la mañana o qué?

—No me gusta el sexo por despecho.

—A mí sí.

—*Idi siuda* —dijo el ruso, tirando de su brazo hacia él.

Audrey suspiró al ver que al fin le permitía acercarse, aunque en seguida se dio cuenta de que no iba a ser del modo en que ella quería. Sí, la había sentado encima de sus piernas, pero cuando la rodeó con los brazos tuvo claro que aquello no iba de sexo. Era un abrazo, uno de esos que llegaban hasta el plexo solar, de los que curaban todos los males, y entonces se dio cuenta de que Alexei tenía razón: necesitaba mucho más eso que una sesión de cama. Lo escuchó decir un par de palabras en ruso y, a pesar de no tener ni idea de qué significaban, tuvo claro que eran palabras de consuelo. Eso la desarmó por completo. ¿Qué estaba pasando allí? ¿Los traficantes o mafiosos se comportaban así? Le daba la sensación de que no.

Vale, cabía la posibilidad de que Alexei no fuera un delincuente ruso, sino solo… ruso. Podía ignorar esas «cosillas» y la puerta que no le había dejado abrir, alguna explicación tendría. Porque, desde luego, si era un delincuente era de lo más considerado.

—Gracias —murmuró, cuando la liberó del abrazo. Y lo dijo con sinceridad.

—De nada. Esto lo hacemos mucho los rusos, ¿sabes? —bromeó el chico con una sonrisa—. Aunque suele ser después de un par de botellas de vodka, pero bueno. ¿Quieres quedarte a comer? Soy un desastre y solo sé cocinar *varénikis*, pero me salen bien.

—Vale. —Audrey no sintió fuerzas para bromear al respecto—. ¿No tienes que trabajar?

—Claro que sí. La dura vida del plebeyo. —Le guiñó un ojo—. Pero no entro hasta las siete, recuerda que estoy en el último turno.

Ella asintió con una sonrisa leve. Si se dedicaba a cocinar solo vestido con los pantalones, como si le servía naranjas fritas, le daba lo mismo.

La suave brisa atómica se le había ido de las manos por completo, pero era tarde para frenarlo.

Briana escuchó los mensajes de Audrey durante la pausa y al momento la llamó, pero su amiga no cogió. ¿Qué habría hecho Dylan para que ya no le cayera bien? Audrey le había dicho que aquella mañana tenían la reunión del reparto de las casas que había diseñado él, ¿sería por eso?

Marcó de nuevo por si acaso, pero nada, Audrey debía de estar ocupada con algo porque no le cogía el teléfono. Quizá estuviera en alguna visita o reunida otra vez… Lo intentaría cuando acabara el turno, a ver si se enteraba de lo que había pasado.

Guardó el móvil en su bolso y salió de nuevo a la cafetería. Cogió un par de pedidos y entonces vio que Dylan entraba por la puerta. Ya había estado aquella mañana, como siempre, aunque esa vez sin Colin, había pedido el café para llevar. Pensaba que estaba de nuevo solo hasta que vio al innombrable entrar detrás. ¿Qué demonios llevaba en la cabeza? ¿Un gorro? A ver si se estaba volviendo más tonto de lo normal, porque un gorro en Los Ángeles y en aquella época del año, muy normal no era.

Pero al verlo acercarse se dio cuenta de por qué lo llevaba. Aunque le tapaba casi toda la cabeza, lo poco que se veía no tenía buen aspecto: parecía que se le habían caído mechones enteros aquí y allá. ¿La crema depilatoria en el bote de champú? Hubiera matado por haber sido testigo de ese momento.

—Un *latte* —pidió Colin—. Y no me eches ni sirope ni azúcar ni nada, que últimamente parece que están demasiado dulces.

—Claro. —Apuntó en un vaso marcando la casilla de leche de almendras, que sabía que él odiaba, y lo pasó—. A lo mejor es eso lo que te pasa.

—¿El qué? —La miró alarmado.

—El azúcar es muy malo para la salud. He oído que hasta hace que el pelo se caiga más.

—¿Qué? —Se tocó la cabeza, alarmado—. ¿En serio?

Briana se encogió de hombros. Su compañera llamó a Colin, que se fue al lado de las entregas sin parar de tocarse el gorro con gesto de preocupación.

Dylan avanzó hasta la caja y Briana no pudo evitar mirarle con gesto de desconfianza.

—Vaya, te lo ha contado —suspiró él.

—No, no me lo ha contado. No todo, pero que me digas eso significa que hay algo que contar. Así que tú me dirás.

—Yo no he tenido nada que ver con el reparto.

—¡Así que es eso! —Se dio cuenta de que Sally la miró desde una mesa que estaba limpiando y bajó la voz—. Es eso, ¿no? Las casas. ¿Se lo ha llevado todo tu amiguito?

—Más o menos. —Briana se cruzó de brazos—. Vale, sí, Marlon le ha dado a Colin las más caras y el mayor porcentaje.

—Qué vergüenza.

—Pero, escúchame, de verdad que no tengo nada que ver. Nuestras empresas han empezado a trabajar juntas porque nos conocemos, eso es cierto, y Colin sí que me pidió tener preferencia en las ventas. Pero yo ahí ni pincho ni corto, eso es entre los jefazos.

—Pero saben que es tu amigo.

—Claro.

—¿Y no te han preguntado sobre los otros vendedores?

—Te juro que no. Si lo hubieran hecho, les habría hablado de Audrey. He visto cómo trabaja, sé que es buena. Si fue capaz de vender esa casa en un día, por Dios… —Briana seguía mirándole con aquel gesto que le daba a entender que no le creía—. Escucha, ¿por qué no quedamos y hablamos tranquilamente?

—¿Es una especie de maniobra oculta para que tengamos otra cita?

—No, no es una maniobra oculta, te lo estoy pidiendo directamente. —Aquello la hizo sonreír un poco, lo que le animó—. Ven a cenar mañana a mi casa, ¿te parece?

Sacó una tarjeta de visita y la deslizó por la barra hasta ella. Briana siguió con los brazos cruzados unos segundos más, pero al final la cogió y se la guardó en el bolsillo del pantalón.

—¿A las ocho? —preguntó él.

—No te prometo nada. Pero por si al final voy, no hagas nada muy grasiento.

—Hecho.

Dio un paso atrás sonriendo, pero Briana le hizo un gesto con la mano para que se detuviera.

—Oye, quieto ahí —ordenó.

—¿Qué? ¿Se me ha olvidado algo?

—Claro, pedir. A ver si te crees que vas a estar aquí ocupando mi tiempo sin consumir, que así no ganamos nada, chico.

—Perdón. —Volvió a avanzar y sacó unos billetes—. Otro capuchino, pero no me eches nata que ya he tenido mi ración esta mañana.

—Vale.

Briana apuntó, pasó el vaso y le cobró, todo ello procurando no sonreírle porque quería seguir enfadada con él, por si acaso era un traidor como Colin, aunque no lo consiguió del todo. ¿Por qué tenía que sonar tan sincero y parecer tan buen chico?

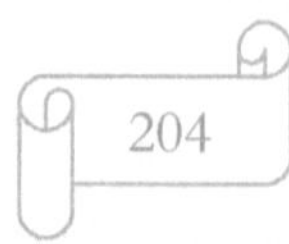

Bueno, iría a cenar con él y a ver qué explicaciones le daba. Total, como llevaría el coche se podía marchar cuando quisiera, así que no había problema.

—¿Para cuándo la boda? —preguntó Sally, sobresaltándola.

—¿Qué? —La miró, preguntándose cuándo había llegado a su lado porque no se había dado cuenta—. ¿Qué boda? ¿La de Terry?

—¿Quién es Terry?

—Una amiga que va a casarse con el ex de mi mejor amiga, por lo que el rollo entre todas las amigas está un poco desamigado y…

—Madre mía, qué trabalenguas. No, me refería a ti y al chico mono. Que le sale el capuchino por las orejas, al pobre. No hay día que falte.

—Ah, Dylan.

—Vaya, así que no ando descaminada.

—¿Qué? No, no, boda no, solo hemos tenido una cita. Resulta que es amigo del ex de mi amiga con lo que es un poco complicado todo.

—No, si ya me ha quedado claro. —Movió la cabeza—. En fin, sea como sea todo ese rollo de amigos y examigos, yo que tú no me lo pensaba mucho, que el chaval está para comérselo.

—¿Pero tú no estabas casada?

—Que haya pedido no significa que no pueda mirar el menú. Y hablando de eso, vete para la cocina, que tu padre quiere que conozcas bien todo el funcionamiento de la cafetería y todavía no has hecho ni un sándwich. Así que a partir de ahora vas a ir un rato todos los días.

—Ay, no, Sally, que la cocina se me da fatal.

—¿En serio? —La miró sorprendida—. ¿Pero tú has cocinado alguna vez?

—Este fin de semana. ¿Tú sabías que si echas azúcar porque algo te ha quedado salado no se arregla? ¡No lo entiendo! Si lo contrario a salado es…

—… soso, no dulce —terminó Sally por ella—. La próxima vez le echas más agua y ya está. Venga, que te están esperando.

Briana asimiló aquella información para futuros platos, pensando que la próxima vez la llamaría a ella en lugar de a Audrey, seguro que sabía más. O mejor aún, al cocinero. Ya que iba a aprender con él, ¿quién mejor? Tendría que pedirle el teléfono, seguro que no le importaba que lo añadiera a su WhatsApp.

Se metió en la cocina y allí estaba Mick, que le mostró una gran sonrisa.

—Vaya, por fin te veo en mi terreno —le dijo. Señaló a un armario—. Coge un gorro de ahí y un libro de recetas, que vamos a hacer unos cuantos sándwiches. Hay que rellenar el mostrador.

Briana se fue al armario y cogió un gorro de entre los que había dentro. Se miró el reflejo en el cristal de la puerta intentando colocárselo de la mejor forma posible, hasta que el hombre fue y se lo encasquetó sin más miramientos.

—Con que quede el pelo dentro, vale —le dijo.

—Y si veo, mejor, ¿no?

Mick se puso frente a ella y le levantó un poco la parte delantera, que le había bajado hasta los ojos. Le metió el pelo por dentro y asintió, satisfecho.

—Así estás bien. —Cogió uno de los cuadernos y se lo entregó—. Te lo llevas a casa, para que te vayas familiarizando.

Briana lo miró y casi tuvo un síncope. Aquello era mucho más complicado que los cafés y bebidas, ¿cómo era posible que hubiera tantos tipos de sándwiches? Por no hablar de las tartas y *cupcakes*, que eran casi la mitad del libro. Aunque vistos así eran de bonitos…

—Oye, Mick, ¿por qué no hacemos estos tan monos? —Señaló una foto—. Es más divertido que sándwiches, ¿no?

—Lo dulce se consume más por la mañana, se hacen temprano. Y si se acaban, hacemos después de comer para las meriendas. Ahora toca lo salado.

—¿Y por qué no hay con el *frosting* de más colores? No veo con virutas de colores ni de purpurina comestible.

—¿Purpurina comestible?

—Sí, ¿no has probado nunca? Quedan monísimos y están ricos.

—Ya. —Agitó la cabeza—. Bueno, esos son los que hay en el catálogo oficial. Para hacer otros hay que hablar con el jefe, lleva todo un proceso.

Briana tomó nota mental para hablar con su padre. Que lo que había en el catálogo estaba todo muy bueno, sí, pero se limitaba a eso. Y una minitarta de unicornio o un *cupcake* brillante de vez en cuando no hacía mal a nadie y seguro que atraía a más clientes.

Mick estaba hablándole sobre el sándwich que estaba haciendo, así que se acercó para poder ver mejor y tomar notas sobre el cuaderno. Así se pasó un par de horas, hasta que Sally la llamó para volver al mostrador y pronto acabó su turno.

En cuanto salió por la puerta cogió su móvil y vio que tenía un mensaje de Audrey diciéndole que la llamara en cuanto saliera, cosa que hizo de camino al coche.

—Audrey, ¿dónde te metes? —preguntó, cuando cogió su amiga.

—En casa de Alexei…

—¿Qué? ¿Cómo? ¿Pero todo el día?

—No, esta mañana, un rato. He salido muy cabreada de la maldita reunión y no sé, me apetecía llamarle. Me ha hecho sentir muy bien, la verdad.

—Ya, ya sé que el sexo es genial con él, no hace falta que me lo repitas cada vez.

—Me refería en general, listilla. No sé, ha sido otra cosa. Como si…

—¿Como si fuera tu novio y te consolara?

—Algo así. Pero sin ser mi novio, que no estamos saliendo.

—Sí, eso me dices todo el rato. Pero bueno, cuéntame qué ha pasado. Porque Colin y Dylan han estado en la cafetería y Dylan ha insinuado algo. Colin bastante tenía con ocultar su pelo… —Se echó a reír—. Se me ha ocurrido decirle que era del azúcar que comía, casi le da algo.

—¿En serio? Qué mala eres. —Se rio también—. Bueno, pues no sé qué te habrá contado el amiguísimo, pero vamos, el resumen es que el imbécil se queda con lo mejor. Mira, a partir de ahora no voy a decir su nombre. Se va a quedar así: el Imbécil, con mayúscula.

—Sí, eso dijo. Pero ha comentado que no era culpa suya y me ha invitado a cenar.

—¿Y vas a ir?

—A ver qué me cuenta. Si no voy, no sabré si miente, ¿no?

—No, en eso tienes razón. ¿Cuándo?

—Mañana por la noche. Ya te llamaré cuando sepa más detalles del tejemaneje. ¿Qué hago con Colin? ¿Le vuelvo a echar relajante muscular?

—No, no nos repitamos. Otra cosa, que me tiene contenta. Mira, algo que le haga lo contrario, para que esté bien despierto.

—Vale, le meto café bien cargado y algo que lo espabile. Va a estar corriendo de un lado al otro de la oficina.

—Qué mala eres, mi villanita.

—Lo que sea por ti, villana de mi corazón.

Le tiró un beso y se despidieron. Pues sí, ya que eran unas villanas, que se notara.

CAPITULO 15: ERASE UNA VEZ… ESA CABRONA LLAMADA CULPABILIDAD Y LA NOCHE DE LOS FUEGOS ARTIFICIALES

Conversación de WhatsApp entre Audrey y Briana, audios:

BRIANA

¿Qué tal estás? ¿Has pensado lo que vas a hacer con esos cabrones? Yo ya he preparado una mezcla de cafés para Colin que va a flipar. Ya verás, irá dando botes por la oficina.

AUDREY

Mejor, no te preocupes, ya lo tengo claro. ¿Sigue en pie tu cena con el amigo traidor?

BRIANA

Vamos a dejar entre comillas lo de traidor, anda, te prometo contarte todo lo que averigüe.

AUDREY

Lo sé, lo sé, hablamos esta noche.

Audrey había madrugado para acudir a la oficina. Trabajó de forma eficaz durante casi una hora antes de que apareciera la secretaria, momento en el cual asomó la cabeza para desearle buenos días y perder cinco minutos con ella en la máquina de café. Finn, Daniel y Leo llegaron algo después, acercándose hacia donde estaban charlando las dos chicas.

—Hola —saludó Leo, dando a la tecla para sacarse un café—. Ya nos ha contado Finn lo del reparto. Se veía venir, Mitchell, pero sigue sin ser justo. ¿Cómo lo llevas?

—*Comme ci comme ça* —contestó ella, con una mueca—. No debería sorprenderme, seguimos viviendo en un patriarcado de mierda donde lo que hace un hombre vale más, aunque sea peor.

Los tres se miraron mientras parpadeaban.

—Pensaba que estarías más afectada —comentó Finn—. Ayer te vi jodida.

—Eso fue ayer. No te preocupes, estoy bien.

—¿Seguro? —preguntó Daniel, que no se dejaba engañar por aquella serenidad.

—Para cada acción hay una reacción.

Acababa de arrojar el vaso de café a la papelera cuando la puerta se abrió, dando paso a Colin y Dylan, que venían charlando. Audrey observó con satisfacción que el primero había optado por raparse la cabeza y, aunque no le quedaba mal, sabía de sobra que a Colin no le gustaba ese look. Y menos tan cerca de la boda.

—Buenos días a todos —saludó, reuniéndose con el grupo—. Hace un día precioso, ¿no os parece?

—Maravilloso —asintió Finn, sarcástico—. Bueno, me voy a mi despacho que tengo cosas que organizar. Luego os veo.

Daniel y Leo se excusaron igual de rápido, incómodos por el ambiente que se respiraba en la oficina. Dylan hizo un gesto a su amigo para imitar a los demás y empezar a trabajar, pero Colin no parecía estar por la labor. Era obvio que disfrutaba de su victoria y tenía intención de restregársela a Audrey todo lo posible.

—¿Ya se te ha pasado el cabreo? —preguntó.

—Sí. ¿Qué te ha pasado en la cabeza? ¿El médico recomienda ese peinado para acabar con la sarna?

—Qué graciosa. No es nada de eso, no saben el motivo, a lo mejor es estrés.

—Sí, seguro. No te me acerques mucho, no me gustaría que me lo pegaras —dijo ella, pasando por su lado.

Colin frunció el ceño, pero cogió aire y al momento sonrió.

—Voy a pasarlo por alto porque sé que estás furiosa.

—Colin, deberíamos… —empezó Dylan, decidido a interrumpir aquella escena innecesaria.

Él se soltó de su brazo.

—Tú no la conoces como yo. Aunque esté serena, sé que por dentro está deseando arrancarme la cabeza.

Pues no andaba muy equivocado, el Imbécil. Audrey estaba a punto de advertirle que no se le acercara por si acaso, cuando al fin apareció Marlon.

Le lanzó una especie de mirada de disculpa antes de encerrarse en su despacho, así que Audrey se despidió de los chicos con la cabeza y fue al suyo a sacar un sobre del bolso. Después volvió sobre sus pasos, haciendo que los dos la miraran al pasar, y tocó en la puerta del jefe.

—¿Sí? —preguntó este, desde el interior.

—Soy Audrey.

—Pasa —invitó Marlon.

Ella cerró la puerta y se acercó hasta la mesa, pero sin sentarse. Marlon solo había tenido tiempo de depositar su maletín en el suelo y quitarse el abrigo, pero se sentó y le hizo un gesto para que lo imitara.

—No, gracias. Estoy bien de pie. —Le alargó el sobre.

—¿Qué es esto?

—Mi dimisión.

—¿Qué? —Marlon lo soltó como si quemara—. No puedes estar hablando en serio, joder, ¿me presentas tu dimisión solo por lo de ayer?

Audrey asintió sin dudar ni un segundo.

—Lo de ayer no fue «solo». Deja que te aclare una cosa, ayer le entregaste la matrícula de honor al alumno que llevaba todo el curso sacando cincos. No estoy dispuesta a seguir trabajando en un sitio donde no se valora mi esfuerzo.

Él se pasó la mano por la frente, con expresión de agobio.

—Mitchell, siéntate y hablemos de esto. Tienes que entender…

—No vuelvas a contarme lo de las manos atadas, porque no me sirve —interrumpió la joven—. Y no vamos a hablar de nada. Cuando se toma una decisión, hay que aceptar las consecuencias.

—Pero…

—No te preocupes por mí, no tardaré en encontrar otra agencia. De cualquier forma, y dado que yo sí hago bien las cosas, te aviso con quince días de antelación para que tengas tiempo de buscar un sustituto. Estoy cerrando visitas y atando cabos sueltos para dejarlo todo hecho antes de irme.

Marlon negaba con la cabeza.

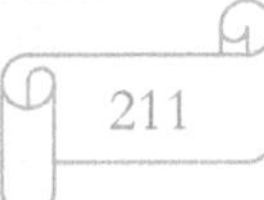

—Esto no es lo que quiero —masculló.

—Lo siento. —Audrey se encogió de hombros—. Pero oye, míralo por el lado positivo, todavía te queda tu vendedor estrella, ¿no?

Salió sin añadir más y cerró tras de sí. Se apoyó en la puerta con una sonrisa: aunque seguía enfadada, de alguna manera lo que acababa de hacer también la había liberado. Por Dios, agencias inmobiliarias había a montones y no iba a permitir que nadie la ninguneara de ese modo. Y si tenía que abrir la suya propia, pues lo haría, punto. ¿Para qué estaba el dinero, más que para ese tipo de situaciones?

Regresó a su despacho para continuar trabajando, por nada del mundo iba a irse dejando las cosas a medias. Una hora después, el rumor de su dimisión se había extendido como la pólvora y no tardaron en llegar los primeros golpes en la puerta.

—¡Pasa! —Vio a Colin asomar la cabeza—. ¿Otra vez tú? ¿Qué coño quieres?

—Ah, pero, ¿se puede elegir?

—Ja, ja, ja. Vaya un chiste elaborado, ¿cuánto has necesitado para pensarlo?

—¿Es verdad que has presentado tu dimisión? —quiso saber Dylan, que estaba a su lado.

Claro, la primera excursión a por el café. Audrey se dijo que Colin debería incrementar su productividad, porque ser el vendedor estrella acarreaba mucha responsabilidad, igual que los superhéroes.

—Las noticias vuelan —murmuró.

Marlon se lo habría comentado a la secretaria y no hacía falta más. Aquello era como sintonizar la radio.

—Entonces es verdad —dijo Colin, y para sorpresa de Audrey, no parecía muy complacido—. Qué mal perder tienes, Audrey, en serio. ¿No puedes simplemente aceptar que eres peor?

—Bueno, ya lo veremos. A partir de ahora, todo el peso de las ventas va a recaer sobre ti, así que espero que gestiones bien la presión. —Le sonrió.

—Cometes un error.

—Al menos dejaremos de vernos, siempre hay que mirar el lado bueno. Cerrad al salir, tengo mucho que hacer antes de largarme.

Dylan cerró la puerta para seguir a Colin, aún sin entender por qué este no parecía feliz. Aquel tema se le escapaba, su amigo siempre hablaba fatal de su exnovia, pero en esos momentos parecía furioso.

—Es como una niña con una rabieta —refunfuñó.

—Eso es discutible, pero no entiendo por qué te molesta. Deberías estar feliz por perderla de vista al fin, ¿no? —preguntó, mientras salían a esperar el ascensor.

—¿Bromeas? —Colin se metió dentro y esperó a que las puertas se cerraran.

—No, no bromeo en absoluto. Te pasas los días hablando mal de ella y diciendo que es una chiflada, ¿y ahora…?

—Déjalo, no lo entenderías.

El ascensor se abrió, así que Dylan siguió a su amigo, tan confuso como hacía cinco minutos y con remordimientos por lo sucedido con Audrey. No había esperado que la chica presentara la dimisión, aunque lo comprendía. Seguro que él habría hecho lo mismo de estar en su situación.

Audrey colgó el teléfono después de llamar a todos los clientes con los que tenía visitas pendientes e informarles de la nueva situación. Les recomendó conseguir otro agente inmobiliario o que se lo comunicaran si habían tomado alguna decisión, para dejarlo cerrado. No quería dejarse nada, así que abrió su correo para asegurarse de que estaba todo al día con los bancos, cuando tocaron en la puerta.

—¿Qué quieres ahora? —soltó, irritada.

—¿Audrey? —Terry asomó la cabeza, inquisitiva—. Perdona, ¿te molesto?

—No, no, tranquila. Creía que eras otra persona. —Le hizo una seña para que entrara— Qué sorpresa, ¿qué estás haciendo aquí?

Terry fue a sentarse en la silla que había para los clientes, apoyando el bolso encima de la mesa.

—He venido a ver a Colin, pero me acaban de decir que se ha marchado a la cafetería, así que he pensado saludarte y esperar hasta que regrese.

—Oh, bien. Sí, claro, puedes esperar aquí.

Miró a la chica, constatando que no tenía un aspecto demasiado radiante a pesar de llevar un montón de maquillaje encima.

—¿Quieres que vaya a por café?

—No, me he tomado uno justo antes de venir. No te interrumpo, ¿verdad?

Audrey negó con la cabeza, cerrando la pantalla para girarse hacia su amiga.

—Colin me ha contado lo de ayer, ¿qué tal lo llevas? Con lo competitiva que eres seguro que no te está resultando fácil.

—¿Competitiva yo? Prefiero la palabra tenaz.

Terry sonrió al oírla.

—Calla, que aún recuerdo cuando estábamos en la universidad. No se podía montar nada sin que quisieras ganar —dijo, con una risita.

—Bah, aquello eran cosas de crías —respondió Audrey, quitándole importancia con un gesto.

—No me alegro de que Colin haya conseguido ese porcentaje por encima de ti, pero no miento si digo que ya era hora de que nos pasara algo bueno —suspiró la morena.

Audrey apoyó los codos en la mesa y se inclinó hacia ella.

—¿Qué quieres decir?

—Es que no sé… últimamente parece que todo nos sale mal. Colin no da una en el trabajo, eso lo sabes tú mejor que yo, pero entre que Marlon le riñe por quedarse dormido y que no vende nada, es una mierda. Y la boda no se paga sola, porque como insistió en que todo fuera lo mejor y lo más caro, imagina.

Como si Audrey no lo conociera. No le costaba adivinar el nivel de ostentación del que harían gala en la dichosa boda, todavía recordaba los manteles dorados y los jarrones llenos de flores de la visita de puertas abiertas.

Pero Terry parecía afligida de verdad, así que se incorporó para rodear la mesa y ponerse a su lado.

—Y no es solo eso —siguió la chica—. Tampoco parece estar bien de salud, no tiene más que molestias. La semana pasada una diarrea fuerte, hace un par de días se le empezó a caer el pelo en la ducha del gimnasio. Y eso del sueño, que me he estado informando y puede ser narcolepsia. Se está volviendo loco, piensa que tiene cáncer.

Audrey notó un pellizco, pero no tuvo que girarse para ver quién se lo había propinado. Era esa hija de puta llamada culpabilidad.

—Seguro que no es nada grave, mujer —dijo, intentando animarla.

—Puede, pero ya lo conoces y, por más que su médico le dice que sus analíticas salen bien, no se lo cree. Se pasa las horas buscando en Google para ver si los síntomas coinciden con alguna enfermedad, y claro, coinciden con muchas.

Mierda, mierda y más mierda.

—No quiero amargarte con mis problemas —dijo Terry, alzando la vista—. Solo quería pasarme a charlar contigo, que al final por un motivo u otro nos vemos poco.

—Sí, ya…

—Lamento lo del otro día, teníamos que haberos avisado de la comida para poder estar las cinco —se disculpó Terry.

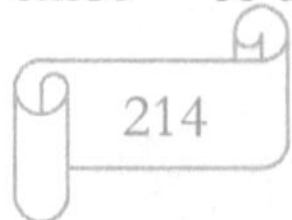

—No importa.

—Sí importa. No tiene sentido echaros la bronca porque hacemos pocas cosas juntas y luego organizar planes sin avisar.

En eso tenía razón, pero oír a Terry pedir perdón solo hacía que Audrey se sintiera cada vez peor. Toda la culpa de su malestar la tenían ellas, ni más ni menos. Y contemplar el rostro angustiado y sin alegría de su amiga… No, eso no podía seguir. Tenían que parar y dejar a Colin en paz, aunque fuera a salirse con la suya.

Le apretó el brazo, sin entender cómo había permitido que la broma hubiera llegado tan lejos, y Terry puso la mano sobre la suya.

—No me odias, ¿verdad?

—¿Por qué iba a odiarte? —preguntó Audrey, sorprendida.

—Por salir con Colin y no respetar que fuera tu exnovio.

—Eso es agua pasada, Terry, de verdad. Todos somos libres para salir con quien queramos.

—Pero las buenas amigas no lo hacen.

—Son cosas que pasan, a veces te fijas en quien menos esperas… —y se calló, dándose cuenta de que acababa de decir una verdad como un templo que podía aplicarse a ella misma.

Sonrió para quitar importancia a la situación y relajar a Terry.

—Ahora solo tienes que pensar en tu día, eso es todo.

—No sabes el alivio que siento al oírte decirlo. —Terry correspondió a su sonrisa—. Lo cierto es que os echamos de menos, a las dos. ¿Crees que podríamos intentar que todo volviera a ser como antes? Pero de verdad, de corazón.

Audrey asintió. Porque no había marcha atrás, Terry se iba a casar y nada de lo que hicieran podía cambiar eso, no valía la pena perder tiempo en intentar demostrar nada. Solo podían aceptarlo y rezar por que la chica fuera feliz, o apoyarla en el caso de que no lo fuera.

—Gracias, Audrey. De verdad. —Se frotó los ojos unos segundos, como si hubiera estado a punto de echarse a llorar, aunque Audrey conocía bien su lado *drama queen*.

—No tienes que darlas. ¿A qué hora es la entrega de regalos y dónde?

—En Mélisse, como siempre. A partir de las seis de la tarde.

¿No habría otro restaurante en toda Santa Mónica? Audrey se mordió el labio, indecisa, pero antes de que pudiera hablar, Terry consultó su reloj.

— ¿Habrá vuelto Colin?

—Ve a ver. Y estate tranquila, seguro que no tiene nada y es solo otro ataque hipocondríaco de los suyos.

—Me pone enferma —resopló Terry, y al momento pareció sentirse culpable—. No debería haber dicho eso.

—Te comprendo mejor de lo que crees. —Audrey le dio unas palmaditas de consuelo mientras la acompañaba hasta la puerta—. Nos vemos en la entrega de regalos.

—Gracias por escucharme. Me alegro de que hayamos hablado. —Terry le dedicó una sonrisa dulce antes de salir.

Audrey miró al techo, controlando un suspiro. Más le valía hablar con Briana para abortar el plan maquiavélico. Aunque solo quisieran perjudicar a Colin, Terry había resultado ser un daño colateral. Y eso no podía ser. Tendría que hablar con Briana para explicarle toda la conversación y que no le echara nada más a Colin, aunque aquel día era demasiado tarde, como pudo comprobar unos minutos después, al verlo pasar a toda velocidad por delante de su puerta en una dirección y, al poco, en la contraria.

Se asomó y vio a Dylan en medio del pasillo, observando a su amigo, que estaba hablando con Terry a unos metros y parecía muy nervioso.

—¿Todo bien? —preguntó, con una punzada de culpabilidad.

—Creo que Colin se ha tomado un par de Red Bulls antes de venir a la oficina —contestó Dylan, moviendo la cabeza—. No me lo ha dicho, solo que había dormido mal, así que…

—Sí, esto… ejem —carraspeó—. Vuelvo a lo mío.

—Espera. —Audrey lo miró—. Siento todo esto.

—Si no es culpa tuya, ¿por qué te disculpas? —Él parpadeó, sin saber qué contestar—. Pues eso. Vete a prepararle una tila, no sea que le dé un ataque.

Y con esas palabras se encerró en su despacho. Que vale, que quizá Briana tenía razón y no era como Colin, pero mientras siguiera siendo su amigo… Todo se pegaba, no podía ser tan inocente como parecía.

Dylan se quedó unos segundos delante de la puerta e incluso levantó la mano para llamar con los nudillos, pero al final no lo hizo. En el estado de cabreo en el que Audrey se encontraba, estaba seguro de que daba igual lo que dijera: no le creería. Vio que Terry estaba ayudando a Colin a quitarse la corbata y se acercó, preocupado.

—¿Te encuentras bien? —preguntó.

—No sé, tengo el corazón a mil —contestó él, mientras Terry empezaba a abanicarlo.

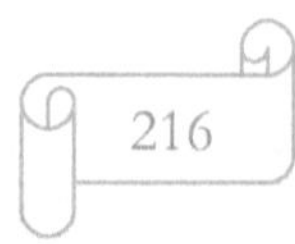

—Demasiadas emociones, te lo tomas todo muy a pecho. —Le cogió de un brazo para llevarlo hasta su despacho—. Quédate ahí sentado que voy a prepararte una tila.

A ver si al final iba a estar enfermo de verdad porque, aunque los médicos no le encontraban nada, le pasaban cosas muy raras. ¿Sería el estrés de la boda? No había estado en ninguna con tanta celebración, la verdad, seguro que organizar todo aquello minaba la salud de cualquiera.

Le preparó la tila, se la llevó y lo dejó solo con Terry. Tenía que ir a la zona de construcción a revisar el comienzo de las obras y presentar un informe a la central, por lo que estuvo ocupado el resto del día intercambiando informes y mensajes, alguno más interesante que el resto, ya que le hablaban de Colin. Para cuando se dio cuenta, apenas le quedaba tiempo para ir a su casa y preparar la cena a Briana.

Había buscado unas cuantas recetas y comprado los ingredientes el día anterior, porque la verdad era que no se le daba muy bien la cocina y quería quedar bien con ella.

Se puso manos a la obra (o la masa) pero, media hora después, solo había conseguido quemar unas chuletas casi hasta su descomposición y aliñar una ensalada tanto, que más bien parecía una sopa con lechuga. Así que, viendo que el tiempo se le echaba encima, sacó su móvil y utilizó una de sus aplicaciones favoritas para pedir comida japonesa. Era lo más ligero que se le ocurría, pero esperaba que le gustara a Briana.

Ya eran casi las ocho, así que se dio una ducha y preparó la mesa justo a tiempo de que llegara el pedido.

Briana se retrasaba, algo que había comprobado que solía hacer en las fiestas, pero que en aquel momento le empezó a poner nervioso. ¿Y si al final se echaba atrás? No es que le hubiera dado un «sí» rotundo, la verdad. Quizá estuviera aún más enfadada porque Audrey había dimitido. ¿Cómo podía hacer para convencer a las dos de que no había tenido nada que ver? Y Colin no ayudaba, con esa actitud de superioridad que tenía.

Revisó su móvil, pero no había ningún mensaje de Briana. Miró la mesa de forma crítica, preguntándose si tendría que haber puesto algún jarrón o algo para dar un toque más elegante, porque los platos ni siquiera tenían un dibujo decente. Aunque, visto que parecía que le había dado plantón, ya daba igual.

Estaba dudando entre cenar solo, en plan triste y abandonado, o tirar la comida y salir aunque fuera al McDonald's, donde al menos habría gente, cuando llamaron a la puerta. Fue a abrir sin poder evitar

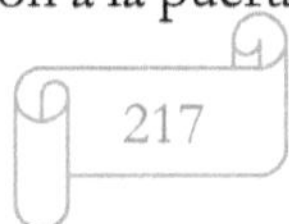

que se formara una sonrisa en su cara y, al ver a Briana, no pudo mostrarse enfadado porque hubiera llegado tarde. La chica tenía las mejillas sonrosadas y cara de agobio, como si hubiera estado corriendo.

—Sé que es tarde —se apresuró a decir ella—. Pero, que sepas que esta calle se llama igual que otras tres en Los Ángeles y he dado más vueltas que Willy Fogg.

—Phineas.

—¿Qué?

—Phineas Fogg. Willy era solo en los dibujos animados.

—¿Daba la vuelta al mundo también?

—Sí.

—Pues entonces me vale. —Entró y le dio una botella—. Toma, la he cogido de la bodega de mi padre, de la zona de los buenos.

Dylan miró la etiqueta y la sujetó con más fuerza, temiendo que se le cayera al suelo. No era muy entendido en vinos, pero sí lo suficiente para saber que aquella costaba entre tres y cinco mil dólares, que había visto a Colin pedirla en una cena de trabajo. A cargo de la empresa, por supuesto.

—Ponte cómoda, voy a abrirla.

Fue a buscar un sacacorchos mientras Briana se quitaba la chaqueta, la dejaba en un perchero con el bolso y se dirigía al salón comedor, examinando el apartamento con la mirada. No era una experta como Audrey, desde luego, pero sí sabía que aquella zona no era barata y desde luego no tenía nada de pequeño. Había varias puertas que tenían que ser habitaciones y baños y, además, tanto el salón como la cocina tenían un buen tamaño. Seguro que ganaba más que veinte mil entre doce.

Al pensarlo, se dio cuenta de que era la primera vez que se preguntaba cuánto ganaría y de que, en realidad, no le preocupaba. Nunca le había pasado eso, Humpfrey se había jactado de su dinero muchas veces y lo mismo había ocurrido con sus novios o citas anteriores. Claro que antes ella también lo preguntaba y se preocupaba mucho de no acercarse a nadie que no tuviera un buen coche y una casa lujosa.

Al ver acercarse a Dylan con un par de copas llenas, se preguntó si él estaría pensando lo mismo. Sabía dónde trabaja, dónde vivía… pero quizá pensaba que seguía recibiendo manutención de su padre y por eso aún quería salir con ella. Al fin y al cabo, igual que ella se había guiado por el dinero, todos sus ex también.

—Gano veinte mil entre doce —dijo, de pronto—. Más propinas.

Dylan se quedó parado con las copas en la mano, la miró un par de segundos y terminó de acercarse para entregarle una.

—Vale —contestó, pensativo—. Yo tengo una base de cien más comisiones. Entre doce, también.

—¿No te importa?

—¿El qué? ¿Que ganes unos mil seiscientos al mes?

—Qué rápido calculas.

—Soy arquitecto, trabajo con números. —Se encogió de hombros—. ¿Cuál es el problema?

—No, ninguno, si tú no lo tienes, yo tampoco. —Miró la mesa—. ¿Comida japonesa? ¡No me lo puedo creer! Es mi favorita, ¿cómo lo sabías? Y es superdifícil de hacer, no tenía ni idea de que supieras cocinar.

—Ah, eso… Bueno, en realidad no he sido yo, he tenido problemas logísticos y he tenido que pedir. La verdad es que soy un inútil en la cocina, no como tú.

Briana dio un trago a su copa para ocultar su expresión. Ahora sí que no podía decirle que no había cocinado ella, ¿no? ¿O sí, para que viera que era sincera? Qué lío… Nada, lo mejor era no dispersarse, que podía ser un traidor.

Levantó la vista y vio unos cuantos marcos con fotos sobre una balda encima de la televisión. Se acercó con curiosidad y le miró, frunciendo el ceño.

—¿Ese eres tú? —Señaló una foto en la que estaba vestido de jugador de fútbol americano—. Pero si tú estabas…

Se calló de pronto, al darse cuenta de lo que iba a decir. Lo último que pretendía era molestarle. Pero es que cuando lo había conocido unos años antes, Dylan no tenía aquel aspecto saludable ni deportista, ni el de ahora, con aquel vientre plano y aquellos bíceps que marcaban sus camisas. Como mínimo, todo eso había estado oculto bajo veinte o treinta kilos de grasa.

Miró las demás fotos, encontrando una en la que estaba con Colin. Eran más jóvenes, como en la foto del fútbol, y sonreían cada uno con un brazo en los hombros del otro.

—Son de la universidad —explicó Dylan, poniéndose a su lado—. Allí nos conocimos. Yo era el *quarterback* del equipo, fui con una beca de deporte. Y él era… él, ya sabes, un tío popular. Coincidimos en la residencia, en la habitación, y fue imposible no hacernos amigos.

—Ya veo, ya.

La siguiente foto era de la graduación, ambos con la toga y los birretes, pero Dylan ya tenía el sobrepeso con el que ella lo había conocido.

El chico se acercó y cogió la foto en la que estaba con el equipo de fútbol, mirándola con nostalgia.

—El tiempo pasa muy rápido, ¿verdad? —comentó—. Aquellos años… fueron los mejores, cuando jugaba y todo me iba genial. Porque era bueno, ¿sabes? Un día fueron unos ojeadores y les gusté, me pusieron un contrato increíble delante de las narices para los Steelers de Pittsburgh.

—¿Y qué pasó? ¿No querías jugar?

—Lo quería, más que nada en esta vida. —Dejó la foto con un suspiro—. Me lesioné al día siguiente, antes de firmar. Una mala caída, el resto de jugadores encima… —Flexionó la pierna inconscientemente—. Me pulvericé la rodilla y se acabó. Todos mis sueños, todos mis planes, todo mi futuro… —Chasqueó los dedos—. Se desvanecieron así.

—Vaya. —Le frotó un brazo de forma compasiva—. Lo siento mucho.

—Por eso cogí peso. Dejé el entrenamiento, la dieta de deportista… todo me daba igual. ¿Para qué cuidarme? Ya no tenía el fútbol ni, por extensión, a mis compañeros. Poco a poco fueron desapareciendo, me dejaron de lado porque tenían cosas más importantes que hacer que aguantar a un fracasado.

—No eres un fracasado.

—No, pero eso no lo sabía entonces. Y solo Colin permaneció a mi lado. Me animó a seguir estudiando, gracias a él terminé la carrera. Si no me hubiera apoyado… —Se encogió de hombros—. Quién sabe, pero seguro que habría dejado la carrera a medias. No estaría donde estoy hoy.

—Por eso sois amigos —murmuró ella, más para sí que para él.

—Sí, aunque me marché a otra ciudad y hemos estado separados un tiempo, al final la amistad se mantiene. Los amigos son como la familia que escogemos, ¿no crees? Como tú con Audrey.

Sí, Briana lo entendía. Pero lo que Dylan no sabía era lo que había ocurrido en aquellos años, cómo había cambiado Colin y no precisamente a mejor. Como sus amigas Chloe y Scarlett: en el instituto eran todas uña y carne, pero con los años se habían ido distanciando. A veces ocurría sin que una se diera cuenta, como en su grupo. Otras, por un traslado, como en el caso de Dylan. Pero ella no creía en absoluto que Colin pensara lo mismo de él. Lo consideraba su amigo, probablemente, pero estaba segura de que también le había dado más coba por las casas. Era el interés lo que movía a Colin, no la amistad.

—Aunque no es igual que antes —siguió Dylan—. Todo este tema de las casas, la guerra esa que tiene con Audrey… No lo entiendo. Debería estar feliz por su boda, emocionado. No sé, yo lo estaría si fuera a casarme con la mujer de mi vida. —La miró—. Pero él parece más interesado en las comisiones que va a sacar. Todavía no sé muy bien qué ha pasado, pero me he enterado de que llamó a mi oficina central. Algo sobre el reparto, mi papel en el trato… Tengo que enterarme bien.

Aquello sí podía explicar lo sucedido porque Colin era capaz de cualquier cosa. Lo sentía por Dylan, tras la historia que le había contado entendía que lo considerara su amigo, pero tarde o temprano acabaría haciéndole daño, como a todo el mundo. Porque para Colin lo único importante era Colin. Y Dylan no se parecía en nada a él.

Dejó la copa de vino apoyada junto a las fotos y se acercó a él, elevando la vista para poder mirarlo a los ojos.

—¿Puedes agacharte un poco? —pidió. Dylan la miró extrañado—. Quiero darte un beso, pero ni con estos tacones llego, así que…

Antes de que terminara de hablar, él ya se había inclinado para besarla. Briana le rodeó el cuello con los brazos para atraerlo, entreabriendo los labios con un suspiro. No, no había soñado lo ocurrido en su casa ni lo que había sentido. Enredó los dedos en su pelo mientras Dylan la elevaba en el aire sin dejar de besarla.

—¿Pasamos al postre? —sugirió Briana contra sus labios.

Dylan no se hizo de rogar y volvió a besarla mientras la llevaba hasta su habitación. La dejó con cuidado sobre la cama y se apartó un poco para quitarse la camiseta.

Briana le pasó los dedos por el pecho, delineando sus músculos, y bajó hasta el pantalón para desabrochárselo. Dylan volvió a besarla mientras le abría la blusa y la acariciaba por encima del sujetador.

Briana notó que su piel se erizaba y le bajó el pantalón. Entonces todo se volvió un lío de manos y de ropa y, antes de darse cuenta, estaban los dos desnudos. Briana conocía aquella parte: excitación, deseo de tener al otro cerca, pero de pronto todo se volvía rápido y terminaba antes de darse cuenta. Por eso no le entusiasmaba demasiado el sexo. Lo besó pasando las manos por su espalda, pero entonces todo cambió. Porque Dylan estaba besando su cuello, bajando despacio hasta su pecho para coger un pezón entre los labios y darle un par de lametones que la hicieron estremecer. Aquello era excitante, mucho, y no tenía pinta de terminar rápido porque el chico se estaba tomando su tiempo para acariciar cada centímetro de su cuerpo. Notó su mano subiendo por una de sus piernas hasta llegar al interior de los muslos y estuvo a punto de pegar un bote.

—¿Estás bien? —preguntó Dylan, mirándola.

Briana lo besó como respuesta, moviéndose para acercarse más y que continuara tocándola. Empezó a notar calor por todo el cuerpo, la piel sensible a su roce y, por más que se pegaba a él, no parecía tener suficiente. Cuando pensaba que no podría aguantar más, sintió como si su cuerpo explotara en mil pedacitos, pero no pudo analizarlo ni recuperarse porque entonces Dylan se colocó entre sus piernas y entró en ella mientras la besaba profundamente.

Vaya, ahora sí lo entendía. Aquello de lo que Audrey siempre hablaba. Elevó las caderas siguiendo sus movimientos, dejándose llevar, notando sus caricias y besos por todas partes mientras le hacía perder la conciencia de nuevo.

Dylan se quedó tumbado sobre ella, ambos envueltos en un abrazo que unía todas y cada una de las partes de su cuerpo. La besó en el cuello, pensando que todo lo que había imaginado aquellos años no se había acercado ni remotamente a la realidad.

Efectivamente, se había enamorado de ella cuando la había conocido. Y aunque se había intentado convencer de que era platónico, que la realidad se impondría y vería que todo era una ilusión, desde que había vuelto a verla todo le había llevado hasta ese momento.

Hasta ese instante perfecto.

Briana giró la cabeza para mirarlo, con las mejillas sonrosadas y una sonrisa que le derritió el corazón.

La besó con dulzura para evitar decir algo que la pudiera asustar: tal y como le había dicho, quería ir despacio para no estropearlo. Así que, por el momento, decirle cómo se sentía quizá fuera demasiado. Ya tendría tiempo, porque ahora que la besaba y ella le acariciaba el cuello, tenía otras cosas más interesantes que hacer.

CAPITULO 16: ERASE UNA VEZ... LA ENTREGA DE REGALOS HORTERAS

Conversación de WhatsApp entre Audrey y Briana, audios:

BRIANA

Ay, Audrey, ¡por fin te entiendo! Nada de pimpampúm, ha estado genial. Pena que tengamos la tontería esa de los regalos porque, si no, me quedaba aquí en la cama todo el día. ¡Y no durmiendo! Ja, ja, ja.

AUDREY

Bueno, me alegro de que, aunque sea un traidor al menos haga algo bien, porque me imagino que con el pimpampúm ese no te refieres a un plato especial. ¿Cómo vas a ir a la fiesta?

BRIANA

Me ha dicho Dylan que me llevaba, no sé si porque no se fía de que me pierda o qué. ¿Te pasamos a recoger?

AUDREY

No, deja, así tengo mi coche para poder escapar. Nos vemos allí.

Audrey se miró en el espejo de la entrada, girando sobre sí misma para comprobar que el vestido estaba perfecto. No podía haber escogido un modelito mejor que aquel Armani negro, y los zapatos de brillantes añadían un toque de lo más sofisticado al conjunto. La invitación para la entrega de regalos sugería atuendo informal, pero visto el nivel que estaban exhibiendo los novios, prefería pecar por exceso que por defecto.

Como Briana había decidido ir con Dylan, se encontraría con ella en la fiesta. Al final no era mala idea coger su coche, así no tendría que depender de nadie a la hora de volver. Incluso, si se agobiaba, como veía que iba a ocurrir, podría hacer una bomba de humo.

Los novios habían abierto una lista de bodas *online* para que todos pudieran comprar allí y la propia empresa se encargaba de transportar los regalos hasta el restaurante. Audrey y Briana habían escogido juntas, mirando arriba y abajo hasta dar con lo más hortera de la lista: una enorme ponchera con forma de cisne, más ocho vasos a juego que simulaban a las crías. Esperpéntico, a Audrey no se le ocurría a qué persona podría gustarle aquella cosa… Además, ¿para qué la necesitaban? ¿Una ponchera? ¡Por Dios, si aquello no estaba de moda desde los años de instituto!

Se asomó al comedor, debidamente adecentado para ese tipo de celebración. No estaban las mesas habituales, sino que habían instalado un catering en el fondo del comedor y el resto era un espacio útil para colocar los regalos.

Por lo menos la barra no se podía mover y eso le garantizaba que Alexei andaría por allí, aunque al mirar no lo vio.

Scarlett y Chloe se encontraban en una esquina del salón, junto a las mesas de comida, hablando entre ellas. No le apetecía acercarse, pero entonces la segunda la vio y agitó la mano para saludar.

«Y la tortura empieza», se dijo la rubia mientras se encaminaba hacia las chicas. Las dos iban muy arregladas, pero observó con satisfacción que no llegaban a su nivel.

—Vaya, qué guapa —comentó Chloe con una sonrisa—. ¡Muy elegante!

—En la invitación ponía «informal» —añadió Scarlett, bebiendo un sorbo de agua, lo único disponible en las mesas.

—Sí, ya os veo a vosotras, qué informales habéis venido.

—¿Y tu siamesa? ¿Llega tarde?

—Ajá. No como la tuya, que es capaz de todo por tenerte contenta.

—Chicas, por favor. —Chloe se interpuso entre ellas—. ¿Queréis dejarlo ya? Al final le vais a acabar amargando la boda a Terry. No creo que sea tan complicado tratar de llevarse bien y dejar los sarcasmos, ¿no?

Las dos miraron hacia otro lado, ambas pensando que lo mejor sería mantenerse alejadas durante la velada y así seguro que no había problemas. Scarlett nunca había sido la simpatía personificada, pero últimamente estaba insoportable.

—No entiendo por qué aún no hay nadie en la barra, si es que bebiendo agua no se puede estar —refunfuñó la chica, depositando el vaso de malas maneras—. Voy a preguntarle a Terry a ver qué demonios pasa.

Se marchó, dejándolas solas. Chloe dudó un segundo antes de murmurar una disculpa y salir corriendo tras ella, lo que no preocupó en exceso a Audrey. Casi mejor estar sola que aguantar a aquellas dos. Lo malo era que Scarlett tenía razón en quejarse por la falta de camareros. Ella, en concreto, quería al suyo, al que no había vuelto a ver desde que había estado en su casa. Sí, era verdad que al día siguiente la había llamado —¡milagro!— para saber cómo llevaba el tema del trabajo pero, después de eso, silencio. El ruso era parco en palabras y, al parecer, también en llamadas. Así era imposible dilucidar qué había entre ellos.

Se acababa de apoyar en un extremo de la barra cuando lo vio aparecer abrochándose el chaleco negro de forma apresurada. Audrey echó un ojo a su alrededor, pero era relativamente temprano, aún no había mucha gente y la que había parecía más interesada en mirar los paquetes envueltos y en revolotear por las mesas de comida.

Él hizo algo similar: estudiar el comedor y cerciorarse de que nadie estaba esperando en la barra con mala cara. Una vez hecho esto, se acercó hasta ella.

—Llegas tarde —comentó Audrey.

—*Privet* a ti también. Tenía unas cosillas que hacer —se excusó él.

Otra vez «las cosillas».

—Pues una de mis amigas estaba despotricando. Creo que ha ido a quejarse y todo.

Alexei soltó una sarta de improperios en ruso. Dijera lo que dijera sonaba mal, así que Audrey no le dio importancia. Aunque empezaba a conocerlo un poco y a distinguir matices cuando decía palabras en su idioma.

—Esta gente es la hostia —soltó él, como si no se percatara de con quién estaba hablando—. Son las siete de la tarde, ¿no pueden esperar un poco antes de emborracharse? —Entonces la miró, siendo consciente de su presencia—. *Izvini*. ¿Cómo lo llevas?

—¿Te refieres a la agencia? —Él asintió, escuchando mientras preparaba lo que iba a necesitar—. Lo del cambio de aires ha sido una idea genial, aunque mi jefe anda por ahí con cara de pena todo el día.

—No me extraña, si el tipo de las entradas es su mejor opción. Seguro que lo arregla.

—Pues tiene doce días, ni uno más.

Se fijó en que Alexei miraba el comedor con cara de estar harto, y eso que no hacía ni cinco minutos que había entrado.

—¿Cuántas celebraciones más quedan? —preguntó de pronto, acercándose a ella más de lo estrictamente necesario—. Son tus amigos, debes de saberlo.

Qué pena que estuviera la barra entre ellos. Con gusto Audrey hubiera mandado a la porra la fiesta de marras y se hubiera largado con él, que tenía esa mirada atómica…

—La despedida de solteros, el ensayo de boda y la boda.

—Demasiado —murmuró Alexei, sacudiendo la cabeza—. Bien para mi empresa, que me pondrá las dos bodas: la ensayada y la otra. Pero todo lo demás… No entiendo por qué es necesario montar este follón para recoger regalos. ¿No se supone que hacen una lista online? ¿Por qué no se los mandan directamente a su casa?

—Buena pregunta.

—¿Qué les has regalado? —El chico alzó la ceja.

—Una autentica preciosidad. —Audrey sacó su móvil y le enseñó una foto.

—*Bog*… ¿Qué demonios es eso?

—Una ponchera en forma de cisne. —Ella sonrió.

—¿No había nada más espantoso en la lista?

Audrey iba a responder cuando vio que Terry y Colin aparecían por el lado izquierdo del comedor, acompañados de sus amigas. Terry se quedó parada momentáneamente al verlos, pero después se acercó con paso vacilante y una mueca incómoda.

—Hola —saludó, besando a Audrey en la mejilla—. Perdón, es que Scarlett me ha dicho que todavía no había nadie en la barra y quería asegurarme de que el personal estaba a tiempo.

Alexei se tomó un momento mientras pensaba qué responder. En teoría, lo mejor era estarse callado, discutir con aquella gente no solía terminar bien y no necesitaba que pusieran una queja en su empresa. Qué bien le venía ser ruso en esas circunstancias: podía fingir que no entendía lo que sucedía y eso solía poner tan incómodo al interlocutor que al final terminaba por desaparecer. Estaba valorando qué decir cuando escuchó a Audrey.

—Lo he mandado a buscar hielo —comentó, como si nada.

Los dos la miraron.

—¿Tú lo has mandado a por hielo? —preguntó Terry, anonadada.

—Lo siento, pero no bebo nada que no esté muy frío.

—Es que es un poco pronto para eso, Audrey. Pero bueno, no importa. —Su amiga meneó la cabeza, relajándose—. Tú solo intenta… En fin, ya sabes, no ser muy borde con el personal. No quisiera que abandonaran su puesto porque alguien que no somos nosotros les da órdenes.

—Todo irá bien. —Audrey le dio una palmadita en el hombro—. Siempre que haya hielo, claro —añadió, mirando a Alexei.

Este le lanzó una mirada que Audrey no fue capaz de descifrar del todo, pero que parecía una especie de «ya te daré yo a ti hielo». El chico asintió sin pronunciar palabra, su recurso favorito, siendo consciente de que se había librado de la bronca.

—¿Te vienes con nosotros? —preguntó Terry.

A Audrey no se le ocurría nada peor que reunirse con aquel grupo, pero por suerte vio entrar a Briana acompañada de Dylan y se sintió como la princesa retenida en el castillo cuando aparecía el príncipe: salvada por la campana.

—Sí, ahora enseguida —dijo con una sonrisa—. Voy a saludar a Briana primero.

Terry se marchó después de lanzar a Alexei una mirada de disculpa. Audrey la imitó, por si acaso. No estaba segura de que él no fuera a soltarle a saber qué. Ya se acercaría en otro momento a la barra para ver si podían verse a la salida.

Fue hasta donde su amiga, que se estaba quitando la chaqueta. Briana estaba resplandeciente, pero no era por el vestido, aunque sin desmerecer la pieza de ropa. Supuso que era por Dylan, no le había dado muchos detalles en el mensaje de WhatsApp excepto lo esencial, y estaba deseando conocerlos. Que sí, que era un traidor, pero si hacía feliz a su amiga tendría que aceptarlo.

—¡Audrey, madre mía, estás guapísima! —exclamó Briana, con una sonrisa gigante.

—Tú también. Dylan —saludó, aún un poco reacia a mostrarse amistosa.

—Hola, Audrey. Has llegado pronto.

—¿Nuestro regalo está aquí? —quiso saber Briana, y cuando la rubia lo señaló empezó a dar saltitos—. ¡Genial, genial! Qué cara se le va a quedar cuando lo vea, verás.

Dylan alzó una ceja, pero al momento sonrió.

—Voy a por la cámara —dijo—. Ya sabéis que, como padrino y amigo de Colin, me toca grabar uno de esos videos estúpidos donde todos les mandáis vuestros buenos deseos a los novios. Y tendré que montarlo también.

—¿Eso aún está de moda? —quiso saber Briana.

—Parece que sí, los dos lo han pedido expresamente como recuerdo. —El chico sacudió la cabeza y besó a Briana en los labios—. En un rato nos vemos.

Desapareció con una sonrisa mientras las dos se apartaban con discreción del resto.

—Bueno, ¿no tienes nada que contarme? —preguntó Audrey—. ¡Porque parece que tengas una percha en la boca!

—Tengo para escribir un libro. Erótico, para más señas. Es que ha estado taaan bien…

Su expresión se volvió soñadora y Audrey le dio un empujoncito para que se bajara de la nube en la que parecía estar.

—Me alegro por ti —le dijo—. Pero, aparte de lo obvio, ¿habéis hecho algo más?

—Anoche pidió comida japonesa y cenamos en la cama. ¿No te parece superromántico?

—No sé yo, que luego hay arroz por todas partes y…

—Y esta mañana también me ha traído el desayuno a la cama. ¿Sabes lo mejor? Que me dijo que iba a cocinar, no le salió bien y me lo contó. Eso demuestra que es sincero, ¿no? ¿Crees que debería decirle que yo tampoco cociné la noche que vino a mi casa? No quiero que piense que soy una mentirosa.

—No veo que sea una gran mentira, no te preocupes. Se lo dices la próxima vez que vaya a tu casa y punto. Porque veo que habrá próximas veces.

—Sí, porque nosotros estamos saliendo. —La miró significativamente—. No como otras.

—Ya, bueno, ejem, no me disperses. Que yo lo que quería saber era si habíais hecho otras cosas como hablar. Lo de comer lo suponía.

—Eso también. —Le contó las fotos que había visto y lo que Dylan le había contado sobre su amistad con Colin—. No creo que sea un traidor. A no ser que me haya mentido, pero no creo. ¿No?

La miró con la duda reflejada en su rostro. A Audrey casi le hubiera gustado decirle que era un mentiroso como su amigo, pero la verdad era que no lo pensaba. Y menos tras escuchar aquella historia: pegaba con el Dylan que había conocido años atrás y el de ese momento. También con ella se había comportado de forma honesta y

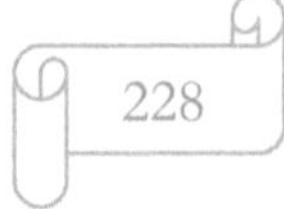

sincera, hasta cuando había ido a la casa enviado por Colin. Podía haber intentado boicotearla o meterse en el medio, pero no lo había hecho, más bien todo lo contrario. Y, por encima de todo, trataba bien a Briana.

Con un suspiro, movió la cabeza de forma negativa.

—No creo, no.

—Menos mal. —Su rostro volvió a iluminarse—. No quiero un «Colin 2», gracias. —Frunció el ceño—. Lo malo es que son amigos… No ve lo imbécil que es. ¿Y si tenemos que quedar con él algún día? ¿Te imaginas? ¿En plan doble cita, con él y Terry?

—Bueno, lo malo de que se case con Terry es que, si queremos conservar a nuestra amiga, tendremos que aguantarle. Además, tenía que hablar contigo sobre ella… —Se mordió el labio con gesto arrepentido—. Brie, tenemos que dejar el plan maquiavélico.

—¿Qué? ¿Por qué? Si ahora ya le tengo cogido el truco a las pastillas. Y está todo superbonito apuntado en el cuaderno, con un sello de purpurina en cada acción que hemos hecho. Nos quedan unas pocas hasta la boda.

Puso morritos de pena, pero Audrey no se dejó convencer por su mirada del gatito de Shrek.

—Es por Terry. Colin me la sopla, pero la pobre está preocupada por él. Piensa que le pasa algo malo.

—Sí, en el cerebro, que no tiene neuronas. O mejor en la entrepierna, que es donde le va toda la sangre.

—Da igual lo que hagamos, se van a casar. ¿Quieres que Terry sufra por que le hagamos unas putadas a Colin?

Briana suspiró, fastidiada. Ya se había acostumbrado a modificarle los cafés a Colin todas las mañanas. Seguro que, si ahora se los hacía bien, se quejaría porque estaban poco dulces, que todos los días le echaba azúcar de más aparte de lo que le tocara, para fastidiar.

—Está bien, está bien, qué remedio. Mira que solo por esos vestidos salmón merecería una venganza ella también, pero bueno, ya se nos ocurrirá algo en el futuro.

—Briana, que te veo lanzada en la carrera maquiavélica y lo tuyo son los unicornios.

—Ja, ja, qué graciosa. Pues verás si me caso y visto a mis damas de honor de morado y purpurina, qué gracia les va a hacer.

—Pues teniendo en cuenta que, llegado el caso, yo esperaba ser una de ellas… mucha gracia no.

—No, mujer, tú serías la madrina o primera dama de honor o algo así. Vestido especial, por supuesto.

Audrey la miró con cariño. Si es que no podía pedir una amiga mejor, ¿quién más pensaría en otra persona además de sí misma en su propia boda?

—Vaya, si es la pequeña Briana —exclamó una mujer, acercándose del brazo de un hombre—. ¿Cómo estás?

—Señor y señora Dahl, qué sorpresa —se giró hacia Audrey para que no la oyeran—. Amigos de mis padres, ella trabajó con mi madre.

—Por todo lo que se ha hecho en la cara, me lo imaginaba.

—Cuánto tiempo sin verte —siguió la mujer.

—Creo que desde su cuarenta y cinco cumpleaños —contestó Briana.

—Qué graciosa eres, hija, si fueron treinta y cinco.

Y entonces habría tenido a su hija, de la edad de Briana, con diez años…

El hombre empezó a preguntarle sobre su «fascinante» trabajo en la cafetería mientras se la llevaban hacia los canapés, lo que la salvó de hacer algún comentario.

Con Briana secuestrada por aquel matrimonio, Audrey se quedó sola. Era un buen momento para ir al lavabo a ver qué tal estaba su maquillaje, pero antes de que pudiera hacerlo, Chloe se aproximó con una sonrisa y se enganchó a su brazo como si de un koala se tratara.

—¿Te diviertes?

—No mucho —contestó la rubia, sonriendo también—. Pero qué importa.

—Audrey, hazme un favor. —Chloe la mantuvo sujeta—. Conoces al camarero, ¿verdad? Te he visto hablando con él alguna vez.

—Ehhh...

—No disimules, al menos en la fiesta de compromiso sí.

—Para pedir copas tengo que recurrir al lenguaje verbal, cierto es.

—¿Podrías presentármelo?

Audrey la miró, sorprendida.

—¿Presentártelo? —repitió, como si fuera estúpida.

—Sí, eso he dicho.

—¿Para qué?

—Joder, qué pregunta. Para qué va a ser, por si tengo suerte y me lo ligo. —Chloe se giró hacia la barra, sin percatarse de la cara que ponía su amiga—. Nada complicado, solo nos acercamos hasta allí y tú dices algo como… «Oh, oh, ja, ja, vaya fiesta, ¿conoces a mi amiga Chloe?»

La rubia procesó sus palabras.

—«Oh, oh, ja, ja, vaya fiesta, ¿conoces a mi amiga Chloe?» —repitió, para ver si Chloe se daba cuenta de lo increíblemente absurda que sonaba aquella frase.

Pero ella no pareció captar el tono, porque asintió.

—Eso es, así perfecto. Luego desapareces, claro, que si te quedas ahí no creo que se fije en mí.

Y, por supuesto, Audrey no quería que se fijara en ella. Tampoco que Chloe lo intentara siquiera, pero ¿cómo escapar de aquella situación? No se veía yendo hasta la barra a soltar semejante sandez. Ya imaginaba la expresión de Alexei, y lo peor era que le daba pie a que le tomara el pelo, lo veía venir.

—¡Audrey, al fin! —Dylan se materializó ante ella, portando la cámara—. Perfecto, chicas, me alegro de pillaros a las dos juntas. ¿Unas palabras para Terry y Colin?

—Ah, genial —respondió Chloe, liberándola—. Mira, vete empezando con Audrey, que yo voy a tomarme algo primero.

—Oye, Chloe… —empezó Audrey, tratando de sujetarla por el brazo.

Pero su amiga se le escurrió cual pez, culebreando entre la gente para encaminarse hasta su objetivo ante la mirada incendiaria de Audrey. ¿Para qué le pedía ayuda, si al final no parecía hacerle falta?

Oyó un carraspeo y se giró hacia Dylan, que retrocedió ligeramente al ver su mirada.

—¿Preparada? —preguntó, alzando la cámara para enfocarla—. Espera, hay demasiada gente y follón, vamos a acercarnos a esa ventana que se escuchará mejor.

Audrey no tuvo más remedio que obedecer, siguiéndolo hasta la zona escogida. Tenía mejor luz y el ruido llegaba amortiguado: lo mejor que tenían, porque conseguir silencio en una fiesta era misión imposible.

—Bien, perfecto. Adelante. —La enfocó.

—¿Ya? —Audrey parpadeó—. Vale, vale… pues… os deseo mucha felicidad a los dos.

Dylan bajó la cámara.

—¿Podrías fingir un poco de entusiasmo? No sé, prueba a decir algo más personalizado, que Terry es una de tus mejores amigas —comentó.

Ella soltó y cogió aire varias veces mientras le daba vueltas a la cabeza. No le apetecía hacer aquello. No le apetecía nada. Y ver a su amiga sentada en la barra charlando tranquilamente con Alexei no ayudaba a que estuviera relajada y feliz pronunciando un discurso

hipócrita. No podía soltar lo que en realidad quería decir, a Colin no le deseaba nada bueno, pero… a Terry sí. A pesar de su error.

Cogió aire, miró a la cámara y se obligó a sonreír.

—Terry, en fin, ¡llegó el momento! Todas sabemos lo mucho que esperabas poder celebrar tu boda, parece que fue ayer cuando nos saltábamos las clases para comer palomitas y mirar revistas de novias. Recuerdo que hasta doblabas las páginas de los vestidos que más te gustaban. Quién nos iba a decir que tú serías la primera…

Su cabeza viajó hacia atrás en el tiempo, ese tiempo en el que no había mayores preocupaciones que las clases y las discotecas, los chicos y los zapatos, los exámenes y los brillos de labios. Ese tiempo en el que estaban unidas, no distanciadas.

Hizo el esfuerzo por regresar allí, a las tardes de cine y chocolate, a los veranos de playa y fiestas en la arena. Todas se habían consolado las unas a las otras por desplantes amorosos, se habían sujetado el pelo cuando las copas se habían ido de las manos y se habían abrazado, celebrando la amistad.

—Ya sé que últimamente no hemos pasado tanto tiempo juntas como antes, pero de verdad, te deseo todo lo mejor, Terry. Sabes que soy tu amiga y estaré aquí siempre que me necesites, para cualquier cosa.

Ojalá estuviera Briana en ese momento, pero lo difícil había pasado. Se estaba pensando si añadir alguna cosa más cuando apareció Colin.

—Ah, estáis aquí —dijo a modo de saludo.

Los botones de la camisa desabrochados indicaban que se había tomado un buen montón de copas. Parecía exaltado, como si acabara de terminar una maratón de baile, aunque Colin era reacio a moverse en la pista. «A lo mejor es de tanto abrir regalos», se dijo ella, observando como Dylan bajaba la cámara por la presencia de su amigo.

—No deberías ver esto antes de tiempo —le regañó el chico—. Si no, luego no habrá sorpresa.

—Amigo mío. —Colin la pasó el brazo por los hombros—. ¡Cuánto me alegro de que seas mi padrino! Eres el mejor amigo que podría tener y quiero celebrarlo. ¿Qué tal si traes unas copas y brindamos los tres?

—Está bien —accedió Dylan, dejando la cámara apoyada en la mesa.

Lanzó una mirada de disculpa a Audrey, que se cruzó de brazos. No tenía la menor gana de quedarse sola con Colin para escuchar sus desvaríos… y Chloe continuaba en la barra con los codos apoyados, como si pensara tirarse allí el resto de la velada hablando con «su» camarero.

—¿Ahora te follas al camarero?

Audrey apartó la vista para girarse al momento hacia Colin, consciente de que había seguido su mirada hacia la barra.

—No te importa —respondió.

—Eso no es un no —observó él.

—¿No te quedan regalos por abrir? —preguntó la chica, rezando por que Dylan regresara con el champán o incluso que Briana apareciera por sorpresa.

—No me lo puedo creer. ¿No quieres follar conmigo, pero con ese tío ruso sí?

—Pero, ¿qué dices? Te casas en una semana, Colin. Tampoco me acostaría contigo aunque no lo hicieras, cuando uno rompe con su pareja lo normal es no seguir teniendo relaciones. Pero no sé por qué me molesto en explicarte todo esto, si es lo lógico.

Él se pasó la mano por el pelo en un acto reflejo.

—Mi matrimonio va a ser un coñazo y ambos lo sabemos —manifestó, con tanta firmeza que dejó a Audrey descolocada.

La joven abrió la boca, sorprendida, pero Colin negó con la cabeza.

—Ni te molestes en negarlo. Por favor, ¡es Terry! Es la tía más sosa del mundo.

—Bueno, tú la elegiste, ¿no? No te parecería tan sosa —se quejó Audrey, irritada.

—No es más que un intercambio, nena. Lo que necesito en casa es una mujer que no me dé la lata y no discuta conmigo por cualquier cosa… ya sabes, una que no se asome a mi ordenador.

Audrey negó con la cabeza al oír sus palabras, sin poder creer lo que escuchaba. ¡Qué cínico era, joder!

—Estás borracho, no deberías hablar así de ella.

—Un poco borracho sí estoy, pero es la verdad. Todos aprendemos de los errores: en mi caso, supe que tener una novia guapa y espabilada no era lo mejor, al menos para que fuera la oficial. Decidí que la siguiente sería normalita y así, además, estaría agradecida de que alguien como yo se fijara en ella. Con la suerte que tiene de tenerme, sé que jamás me echará de casa. ¿Dónde va a encontrar otro tío guapo y con éxito? Y a mí alguien tiene que hacerme la cena.

—Eres un imbécil.

Colin acortó el espacio entre ellos un par de milímetros, haciendo que Audrey retrocediera de forma instintiva hasta chocar contra la

pared. De no haber estado el comedor lleno de gente le habría pegado un empujón épico, pero claro, no podía. No iba a montar el *show* delante de todo el mundo.

—Me mandaste a la puta calle sin más, Audrey. Eso molesta un poquito, ¿sabes? ¿Qué pasa con mis sentimientos?

—Eso cuéntaselo a tus mil novias por Internet, que los dos sabemos cuál fue el motivo de la ruptura, aunque tú hayas contado otra cosa.

—Tuve que dar mi versión, obvio. Tampoco me esforcé demasiado, creo que tus amigas estaban deseando creerme.

Sí, ahí le tenía que dar la razón. Pero ya no tenía remedio y, de cualquier forma, eso no justificaba la charla que estaban teniendo.

—Has bebido. ¿Por qué no te vas a buscar a Dylan y os vais fuera a tomar el aire? Para algo es tu padrino.

—Bla, bla, bla. Dylan me importa una mierda, solo lo llamé porque vi una oportunidad de oro con el tema de las casas. Apenas si me interesaba su vida, mantenía contacto porque él me llamaba, es un poco pesado. Hasta que leí un reportaje donde se hablaba de su carrera como arquitecto y sus proyectos en California.

—No puedo creer lo que oigo.

—Pues deberías comprenderme. Tú y yo somos personas que van a por lo que quieren sin importar los obstáculos que haya en el camino. Yo no quiero a Terry, no soporto a sus padres ni a sus amigas, no me interesa nada de lo que me cuenta, pero… me aporta imagen de seriedad de cara a la galería. Aunque tendré que tirármela de vez en cuando, claro.

—Estás invadiendo mi espacio personal —murmuró Audrey, incómoda.

¿Cómo se atrevía a hacer aquello allí, con tantos espectadores? Si Terry los veía… Bueno, solo le faltaba que encima la acusara de echarle los trastos a su futuro marido. Y si alguien podía dar la vuelta a la situación, ese era Colin, sin duda.

—Antes te gustaba que hiciera esto. Y lo echo de menos, créeme.

—Si piensas que me voy a convertir en tu amante, estás loco. —Ella le dio un pequeño empujón, suficiente para alejarlo—. Seguro que tienes otras tías dispuestas a satisfacerte. Pero no deberías casarte si no quieres a Terry, ella desde luego se merece a alguien mucho mejor que tú.

—¡Vaya! ¿Cuándo te has vuelto humana, Audrey? Estoy sorprendido.

—Yo también. Sabía que eras un cerdo, pero no pensaba que tanto.

Colin se echó a reír al escucharla.

—Te lo tomas todo muy en serio, nena. Las cosas podrían ser fáciles y divertidas, pero…

—No te cases con ella, Colin. —Él alzó una ceja—. Le vas a arruinar la vida.

—Soy lo mejor que le ha pasado a esa chicanita —dijo, en tono fanfarrón.

Audrey trató de ignorar la denominación despectiva hacia su amiga y que la estuviera llamando «nena» como si aún hubiera algo entre ellos. La conversación le estaba revolviendo el estómago. Terry era muy frágil en el terreno afectivo, si descubría toda la mierda que ocultaba su reluciente novio, estaba segura de que se hundiría en un pozo del cual sería difícil sacarla. Incluso aunque nunca llegara a descubrir sus infidelidades, la forma de tratarla acabaría con ella lentamente. Alguien como su amiga necesitaba amor y confianza para ganarle la batalla a la inseguridad, no el tipo de matrimonio que Colin iba a darle.

Y no podía hacer nada.

—Aquí están —interrumpió Dylan, que venía haciendo equilibrios con las tres copas de champán.

—Genial, eres un gran amigo —dijo Colin, cogiendo la suya.

Le dio un trago guiñándole un ojo a Audrey, que dio un paso atrás moviendo la cabeza.

—Perdonad, creo que me están llamando.

Tenía ganas de vomitar o de darle un puñetazo, o quizá mejor las dos cosas juntas, pero mejor se alejaba antes de liarla porque, al fin y al cabo, seguía en la puñetera fiesta de regalos y Terry no se merecía que lo estropeara. Sobre todo conociendo a Colin y sabiendo que, como siempre, ante sus amigas era su palabra contra la de él.

Necesitaba un trago y hablar con Alexei, que siempre se las apañaba para hacerle sentir mejor. Pero al ir hacia la barra vio que Chloe seguía allí, con aquella estúpida sonrisa. Aunque a Alexei no se le veía por ninguna parte…

—¿Has decidido intentarlo por tu cuenta? —preguntó, sentándose en un taburete a su lado.

—Ya ves. Aunque no es muy hablador, la verdad. Al menos en nuestro idioma, porque dice cosas que no entiendo.

—Es ruso, ¿qué esperabas?

—Pues ya que viene a trabajar aquí, al menos podría molestarse en aprender.

—Hablando de trabajar, ¿dónde está ahora?

—Ha venido un tipo y le ha dicho no sé qué de unos paquetes, ha dejado al otro camarero al cargo.

Audrey frunció el ceño. ¿Paquetes? Entre eso y los asuntillos… ¿Tendría un trabajo paralelo a los de barman? Tanto misterio empezaba a mosquearla.

Alexei regresó en aquel momento a la barra y se acercó a ellas sin cambiar el gesto.

—Oh, oh, ja, ja, vaya fiesta, ¿conoces a mi amiga Chloe? —dijo Audrey, con una sonrisa burlona.

—Ay, Audrey, qué graciosa eres —dijo Chloe, enrojeciendo—. Ya me he presentado antes.

—Sí, ya nos conocemos todos —contestó él, preguntándose a qué habría venido aquella frase. Sobre todo, con ese tonito—. ¿Vodka?

—Mezclado con algo, sí, gracias.

Alexei se alejó para prepararlo y Chloe la miró de arriba abajo.

—¿Qué pasa? —preguntó Audrey, molesta.

—Nada, creo que no te había oído decir gracias en años. O, no sé, nunca.

—No exageres, anda.

Alexei dejó un vaso frente a ella y entonces se paró la música. Colin y Terry se pusieron junto a la mesa de los regalos y Chloe se bajó de su taburete.

—Voy corriendo, quiero estar cerca cuando abran el mío. ¿Vienes?

—Desde aquí veo bien.

—Te veo luego, Alexis.

—Alexei.

Pero Chloe ya se alejaba. El camarero retiró el vaso de la chica con un gesto de desagrado.

—Vaya forma de ligar que tienen tus amigas —comentó.

—Quería que la ayudara, me hizo memorizar esa frase.

—*Uzhe…* muy raro. Pero lo anterior tampoco creas que ha sido la emoción de mi vida.

—¿Qué te ha contado?

—Todas las tiendas que ha recorrido para encontrar ese vestido que llevaba.

Oyeron unos aplausos y miraron hacia los regalos. Acababan de sacar una enorme televisión plana y Terry leía un sobre, algo acerca de un fin de semana en un *spa*.

—La lista de regalos vale más que mi sueldo de un año —comentó Alexei.

—O de dos. —Lo miró—. Bueno, dependiendo de lo que ganes, claro.

—No me va mal.

Y dale, que no había manera de sacarle nada sobre sus trabajos. ¿Se podía ser más hermético?

—¿Me llevas luego a casa? —preguntó Alexei—. No he traído el coche, he tenido un problemilla.

—¿Con el coche? ¿O en general?

Alexei la miró preguntándose a qué se refería con aquello, pero Audrey no le dio más pistas.

—Vale, te llevo. Que conste que me deberás una muy gorda porque pensaba marcharme ya, pero bueno, podré aguantar aquí sentada hasta que acabes.

—Ya se me ocurrirá la forma de compensarte, *krasivoya*.

La perspectiva de acabar la noche mejor de lo que había empezado la ayudaría a tragar todo aquel pastelón que se desarrollaba ante sus ojos. Porque, cuando sacaron la ponchera cisne, todo fueron exclamaciones de aprobación y, cuando enseñaron los vasos, de «qué monada». A ver quién se atrevía luego a beber de ahí…

CAPITULO 17: ERASE UNA VEZ… EL TEQUILA, LA INCONSCIENCIA Y LA PERDIDA DE DIGNIDAD

Conversación de WhatsApp entre Audrey y Briana, audios:

BRIANA

Audrey, ¿has pensado qué te vas a poner mañana para la despedida con las chicas? Yo voy a tener que comprarme algo, que la mayor parte de mi ropa me queda un poquito ajustada. ¿Dónde puedo ir que no tenga que dejar un riñón como pago?

AUDREY

Ni idea. ¿Y si miras en Google?

BRIANA

Madre mía, sí, voy a tener que buscar. Ahora ya sé qué es peor que una camarera con un sueldo absurdo, y es aumentar una talla gracias a las tartas del trabajo. En fin, ¿te apetece lo de mañana?

AUDREY

Tanto como una charla sobre el deshielo de los polos, pero es lo que hay. ¿Quieres que te acompañe por la mañana, a ver si encontramos algo que te guste?

BRIANA

SÍ, POR FAVOR. ¿Qué estás haciendo ahora?

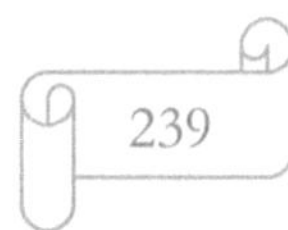

AUDREY
BEBER.

Audrey miró el montón de caritas sonrientes que le enviaba su amiga y depositó el móvil en el sofá. Seguro que Briana creía que le estaba tomando el pelo, pero no, ya iba por el tercer margarita. Y además eran caseros, con lo cual solo recordaba haber echado en la batidora un montón de tequila y un pellizco de limón. ¡Toma arma de destrucción masiva! Era lo que tenía estar liada con un camarero experto en cócteles, que al menos aprendías algo.

Había tenido la feliz ocurrencia al recordar la despedida de soltera que les aguardaba al día siguiente. Otra aburrida y tediosa noche oyendo hablar de boda, boda y boda… Para el caso, podía colisionar un meteorito, la misma emoción le producía. Pero no podía faltar, había prometido a Terry intentar un acercamiento. Ese había sido su pensamiento durante la primera copa, pero después se acordó de Alexei y necesitó una segunda.

¿Por qué no la llamaba? Qué desastre. No le importaba dar el primer paso, pero es que era la tercera vez que daba el primer paso y empezaba a pensar que estaba perdiendo el tiempo, que el chico no estaba interesado en ella excepto para los momentos de cama. Aunque era amable cuando estaban juntos... Así que se sentía perdida y no le gustaba en absoluto esa sensación, la de no tener el control. En el pasado había manejado a sus otros novios a su antojo, a este no veía cómo.

Se bebió el segundo margarita refunfuñando. Era viernes: si tuvieran una relación normal podrían estar haciendo algo. Bueno, no, que seguro que Alexei estaba trabajando.

Pero salía a las doce, ¿y si iba a buscarlo?

No, mala idea, pésima. A lo mejor no le hacía gracia, o lo pillaba con otra chica. ¿Y si las tácticas de Chloe habían salido bien y se lo había ligado? Chloe no era la sirena de los mares en cuanto a belleza, pero tenía simpatía. Y resultaba accesible, no distante.

Audrey se había levantado a por su tercera copa (aquello era todo tequila con un gajo de limón posado en el canto del vaso) y se la bebió a sorbos ininterrumpidos mientras buscaba un canal interesante para ver.

Apagó la televisión y cogió el móvil para entretenerse, pero cinco segundos después volvió a dejarlo. Estuvo así diez minutos, después veinte, y después, otros diez.

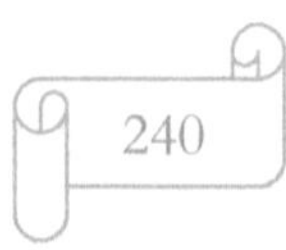

A las doce, medio borracha y descontenta, decidió que Alexei ya habría salido de trabajar y que era una buena idea hacerle una visita. Su dignidad llamó a la puerta con suavidad para recordarle que mejor se quedaba en el sofá, pero la inconsciencia le pasó por encima sin el menor remordimiento. Más tarde podría echarle la culpa al tequila: «Fue él, señoría, yo no quería resultar desesperada».

Cogió el coche, rezando por no encontrarse a la policía, y condujo hasta su piso. La semana anterior había estado en varias ocasiones y la verdad era que se encontraba muy cómoda allí, a pesar de la escasez de lujos. Siempre tenía *varénikis* y cerveza y sus sábanas olían a una mezcla de canela y almizcle. Y quería estar allí dentro, a ser posible, entre sus brazos.

Sacudió la cabeza, culpando al exceso de alcohol de que tuviera aquellos pensamientos tan ñoños. ¡Si ella odiaba la cerveza! Además, Alexei fumaba un montón.

Aparcó sin mirar la zona y fue directa hasta su bloque, donde aprovechó que un vecino entraba para seguirlo. En el ascensor decidió evitar el contacto visual, por si acaso se le notaba que había bebido un poco, pero él no le prestó mayor atención. Claro, allí no existía portero que controlara entradas y salidas, qué tonta.

La invadió la incertidumbre cuando estaba delante de la puerta, pero qué demonios. Había hecho el viaje y no pensaba irse sin salir de dudas, así que llamó al timbre una, dos, tres y cuatro veces hasta que escuchó pasos y al fin se abrió la puerta.

Allí estaba su ruso, tan ligero de ropa como siempre. Ese detalle la desconcentró un poco, pero se recuperó en seguida.

—Audrey —saludó él, con cara de sorpresa—. Son más de las doce y media, ¿qué haces aquí?

—¿Te estás tirando a mi amiga Chloe?

—¿Qué?

—¿Te estás tirando a mi amiga Chloe?

—¿Estás borracha?

—No. Bueno, me he tomado tres margaritas, pero suaves. Mis tres margaritas serían como uno solo de los tuyos.

«Cállate, Audrey, te lo suplico. Te estás poniendo en ridículo».

Audrey ignoró la vocecilla de la dignidad, que en algún lugar de su cerebro permanecía aplastada bajo la inconsciencia.

—¿Quieres entrar? —Él se apartó.

—No sé.

—*Pozhaluysta*, entra. —Alexei la cogió por el brazo y la metió en el interior de su apartamento para cerrar después.

—No sé qué has dicho. Ya que estamos, te diré que nunca entiendo las cosas que dices en ruso. No hablo ruso, ¿lo sabías?

Alexei se cruzó de brazos, escudriñándola. Audrey escuchó gritos y supo que era su dignidad, que aún trataba de sacarla del lío en el que se había metido.

Al cuerno, ya estaba allí, no podía empeorar más.

—¿Te estás tirando a mi amiga Chloe?

—Tres veces la misma pregunta. Veo que has venido con una idea fija —replicó el chico, con un gesto difícil de definir.

—Y tú estás evitando responder.

—¿Quién es tu amiga Chloe?

—Ah. La chica que estaba en la entrega de regalos, a la que parecía que se le habían pegado los codos a la barra. La de las mil tiendas y su vestido.

Alexei puso cara de estar haciendo memoria y entonces asintió.

—*Bog*, ¿de verdad esa era tu amiga? Pensaba que era la hermanita pequeña de alguien, que se había perdido… —bromeó.

Audrey controló las ganas de reírse, no debía. Que había ido allí con intención de tener una charla seria, joder.

—La chica que parecía un Crestado Chino, sea lo que sea eso —añadió él, aún pensativo.

—¿Te la estás tirando?

—*Net*. ¿Esa era tu inquietud, que me estuviera acostando con tu amiga?

—No, mi inquietud es que te estés acostando con muchas otras tías.

Un momento. ¿Quién había dado permiso a su lengua para soltar aquello? ¡Ah, ya! ¡Debía de haber sido el tequila, claro! Cogidito de la mano de la inconsciencia, que entre los dos no habían dejado ni los huesos de su amada dignidad.

Nunca más prepararía margaritas, lo tenía claro.

—Es el tequila. El tequila está hablando en mi nombre —se excusó.

—Entonces, ¿el tequila está celoso?

—El tequila se pregunta por qué nunca me llamas.

—Vaya, pues sí que tiene dudas el tequila… —Y se permitió el lujo de sonreír de forma burlona.

Audrey notó que se ponía furiosa y ruborizada al mismo tiempo. ¡Aquel no era momento de tomarle el pelo! Como si no lo conociera: estaba disfrutando de la conversación y seguro que más adelante se la recordaría con todo lujo de detalles.

—¿El tequila quiere alguna cosa? ¿Más tequila, tal vez?

—Solo quiero saber si te gusta otra chica o lo nuestro va hacia alguna parte —soltó ella, sin vaselina.

Bueno, ya estaba, lo había dicho. Le gustaba que Alexei fuera ingenioso, pero ir hasta su puerta tenía un motivo y pensaba dejarlo solucionado.

—Muy bien… *net* y *net* —contestó el chico.

¿Cómo podía ser que pudiera hacerle sentir alivio y tristeza con una sola palabra?

—¿Eso significa que no sientes nada por mí? —murmuró.

—Yo no he dicho eso.

—¿Entonces, por qué *net*? —preguntó.

—Podría darte mil razones, Audrey, pero la más importante es la obvia. Estamos en extremos opuestos.

Ella se quedó sin voz. No sabía qué decir, porque sí, había ido hasta allí queriendo obtener una respuesta, pero en ese momento tuvo claro que no estaba preparada para la que acababa de recibir. Era un lujo encontrar un tío sincero, pero tampoco hacía falta que fuera brutalmente sincero, ¿no?

—¿Puedes decirme qué te gusta de mí? —preguntó Alexei, cazándola desprevenida.

—Hay… hay cosas —Audrey hizo un leve intento de defenderse.

—No es verdad —la interrumpió él, manteniendo el tono sereno—. No te gustan mis tatuajes, ni mi forma de vestir. No te gusta mi trabajo. Ni siquiera eres capaz de hablar conmigo en público o delante de tus amigas.

Audrey abrió la boca para protestar, ¡si en todas las fiestas se acercaba a charlar con él en la barra!

—Y no me digas que en las fiestas lo haces, porque acercarse a la barra a pedir copas no cuenta.

—Es complicado cambiar el chip, pero…

—*Net*. Es complicado para ti que yo sea un simple camarero, no lo disfraces. Eso cuando no estás convencida de que soy un mafioso ruso o un traficante de drogas.

Audrey volvió a sentir que se ruborizaba. Al parecer, el tequila se había subido a la cabina de control de las expresiones faciales y estaba haciendo de las suyas.

—Durante el tiempo que hemos estado juntos has pensado que te iba a secuestrar, robar y a saber qué más. Me encantaría saber qué crees que tengo en ese cuarto donde no te dejo entrar.

Ella miró en esa dirección automáticamente. Se le habían pasado un montón de disparates por la cabeza, cierto, pero parecía que la sobriedad estaba regresando con lentitud a su cabeza, porque logró no decir ninguna cosa relacionada con drogas o armas.

—Pero es verdad que no me dejas entrar.

—Te expliqué el motivo, que estaba desorganizado y lleno de cajas, pero por supuesto no te lo crees. ¿Por qué no vas a mirar y sales de dudas?

La chica miró hacia la puerta y después otra vez a él. ¿Sería una trampa, o de verdad le dejaba echar el vistazo que llevaba semanas deseando?

Su cerebro le avisó de que no cayera. Si lo hacía, no habría más *varénikis*. Se acabarían las sabanas con olor a canela y almizcle, los abrazos de consuelo en momentos difíciles, los besos que le hacían perder el sentido. Lo sabía: si abría esa puerta, dejaría claro que no confiaba en él. Y confiaba, pero aun así…

Fue directa hasta allí y abrió, encendiendo la luz. Recorrió la habitación durante unos segundos, constatando que no había gente secuestrada, ni armas, ni drogas. Solo había un montón de paquetes apilados en una esquina, un escritorio con dos ordenadores, varios archivadores, miles de papeles, un teléfono y unos auriculares. ¿Qué puñetas era aquello?

Se giró hacia Alexei, que estaba apoyado en el dintel de la puerta observándola con toda la atención del mundo.

—¿Qué es todo esto?

—Mi empresa. O más bien, la que estoy intentando sacar a flote.

Audrey permaneció muda porque no creía haber entendido bien. ¿Acababa de decir empresa, o se le estaba yendo la cabeza?

—Mira, a lo mejor esto que te voy a decir te sorprende, pero cuando vine aquí me molesté en ir a universidad. Estudié gestión de empresas. ¿Sorprendida? —explicó él.

Más que sorprendida, la rubia estaba pasmada. ¿Por qué era tan, tan, tan idiota? Esa era una pregunta mucho mejor.

—Ser camarero no está mal, pero uno se llega a cansar de agitar botellas en el aire, la verdad, así que llevo como un año con esto. ¿Te intrigan los paquetes? Bueno, pues es una agencia de transporte. ¿Te intrigan esas «cosillas»? Tengo cinco trabajadores, por eso a veces tengo «cosillas» que hacer. Llevo la gestión desde aquí, esa es la explicación de que trabaje tanto y duerma tan poco. ¿Contenta? No hago nada ilegal.

Ella sintió una punzada en la boca del estómago. No recordaba haberse sentido tan estúpida nunca, ahora que estaba sobria del todo no comprendía cómo había podido ir allí de esa forma.

Lo miró a los ojos, consciente de que descubrir el misterio tras la puerta había estropeado cualquier posibilidad. Y la culpa era suya, podía haber sincera y decirle todo lo bueno que tenía, no quedarse callada como un pasmarote mientras confirmaba sus reticencias.

—Lo siento —susurró—. Lo he estropeado, ¿verdad?

Alexei se encogió de hombros y ella sintió que se quedaba helada. ¿Cómo podía haberse torcido tanto la noche? Había ido allí porque tenía claro que estaba loca por él, y en lugar de encaminarlo hacia una relación, acababa de dinamitar cualquier posibilidad.

—¿Hay posibilidad de arreglo?

—No me interesa tu mundo, Audrey —contestó Alexei—. Ya sé que la gente rica cree que todo gira alrededor de su ombligo y os pensáis que el resto de mortales quieren pertenecer a ese ombligo, pero no, no es así. No podemos estar más lejos el uno del otro, así que no creo que hubiera funcionado.

La rubia analizó sus palabras despacio. «No creo que hubiera funcionado» no era lo mismo que decir que no sentía nada por ella.

Quería preguntárselo. Ser valiente para saber si todo habían sido imaginaciones suyas o en algún momento habían conectado. Pero después del repaso que le había dado el ruso no se atrevía. Bastante mal había ido la conversación para encima empeorarla más. Y además el chico estaba siendo muy, muy claro: puede que me gustes, pero no va a salir bien. ¿Tenía razón? Ya no lo veía imposible como aquella vez que lo había ignorado en el Mélisse. Ojalá pudiera dar marcha atrás y borrar ese momento. Porque ese día, con esa actitud, había dejado claro a Alexei lo que esperaba de él. Y ahora no podía echarle la culpa de que no la tomara en serio para una relación.

Derrotada, se recompuso como pudo.

—Supongo que tienes razón —admitió.

Alexei no dijo nada, limitándose a mirarla con una mezcla de decepción y simpatía. Audrey supuso que de alguna manera comprendía también sus sentimientos.

—En unos días es el ensayo —acertó a decir, obligándose a retroceder hacia la puerta para no lanzarse en sus brazos, que era lo que de verdad deseaba.

—Allí estaré. Y con traje, que la empresa nos obliga.

La chica notaba que Alexei quería aligerar el ambiente, pero se sentía fatal y no tenía ganas de aligerar nada. En absoluto, pensaba mantener su humor fúnebre durante un buen rato.

—Ya nos veremos —musitó como despedida, antes de salir.

Salió a la calle y miró alrededor, buscando el coche porque no se había molestado en memorizar el sitio donde había aparcado. Mientras, la dignidad y la inconsciencia iban detrás, recogiendo con lentitud todos los pedacitos que acababan de romperse.

Audrey supo que no estaba de humor desde el instante en que se despertó por la mañana, pero no le quedaba más remedio que tragárselo. Logró ponerse una sonrisa para ir a abrir la puerta a Briana cuando esta llamó al timbre de su apartamento, aunque el sonido clavándose en su cerebro le recordó la otra consecuencia de la noche pasada: una horrible resaca.

—¡Hola! —saludó su amiga, entrando—. ¿Lista para ir de compras?

—Más o menos.

—¿Qué te pasa? —Escudriñó su rostro con el ceño fruncido—. ¿Y esas ojeras? ¿Has pasado la noche fuera?

—Qué va, he dormido aquí solita. Imagino que tú no, por esa cara radiante que traes.

—Ha venido a casa Dylan. Ahí lo he dejado, durmiendo. Está más mono cuando duerme…

Audrey miró al techo y cogió su bolso.

—Vámonos, que ya estás con los ojitos esos, soñadores, y te descentras.

—Vale, pero a ti te pasa algo y me lo vas a contar.

Se cruzó de brazos colocándose delante de la puerta. Audrey suspiró y se dejó caer en el brazo del sofá, notando de pronto una opresión en el pecho y los ojos extrañamente humedecidos. Debía de estar peor de lo que pensaba, porque en menos de dos segundos tenía a Briana arrodillada frente a ella con cara de preocupación.

—¿Qué ha pasado?

—Lo he estropeado todo, Brie.

—¿Con qué? ¿En la oficina? Les diste unos días y es su problema si no ven lo buena que eres, te irá mejor sin ellos.

—Qué va, no es eso. Me refiero a Alexei. Ayer… Bueno, es que no sé ni cómo explicarte lo que pasó, ¡ni yo lo entiendo!

—Pues empieza por el principio.

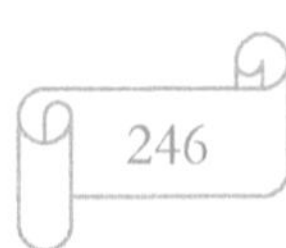

—Estaba en casa, tan tranquila, y me puse un margarita. Bueno, unos cuantos, y empecé a pensar. Odio cuando el alcohol te hace pensar, ¿no se supone que uno bebe para olvidar?

—Los efectos secundarios, que se llaman.

—Será eso. —Suspiró—. Total, que me puse a pensar que nunca me llama, que no salimos a ningún lado, que… Yo qué sé, cosas así. Después de tres margaritas, me pareció una idea genial ir a verlo para pedirle explicaciones sobre nuestra relación.

—Ay, madre… —murmuró Briana, sentándose a su lado.

—Porque él no se porta como si esto fuera una relación, sino solo sexo.

—Venga ya. Un tío que te sienta en sus rodillas para abrazarte porque has tenido un mal día no es solo sexo y lo sabes tan bien como yo. Algo más hay.

—Es igual, sea lo que sea no se lo toma en serio. Pero de eso tengo yo la culpa. —Briana la miró sin comprender—. ¿Cómo va a tomarme en serio? La primera vez me acosté con él y lo traté como si me hubiera ofrecido un servicio sexual. Y después me lo encuentro en el restaurante y ni siquiera lo miro.

Briana torció el morro, dándose cuenta de que su amiga llevaba razón.

—Es normal que no haya querido implicarse demasiado —comentó, a pesar de que sabía que eso no era lo que Audrey quería escuchar—. Pero un poco sí, ¿no?

—Eso no es suficiente.

—A mí me parecía que estabais saliendo, lo sabes. Pero bueno, no importa, ¿qué justificación te ha dado él?

—Que no tenemos nada en común, que estamos en puntos extremos.

—¿Porque es camarero y de clase obrera? —Audrey se encogió de hombros—. Bueno, ¿y cuál es el problema? Yo también lo soy y me sigues queriendo, ¿no?

Audrey la miró con atención.

—Es una pena que no estuvieras allí. Recuérdame que te lleve a la próxima ruptura para hacer los alegatos— dijo, sonriendo con tristeza.

—¿Y qué le has contestado a eso?

—¡Es que no le puedo quitar la razón! —protestó Audrey—. Yo misma puse las distancias, ahora no puedo decirle que eso no es cierto. Lo peor es que me he dado cuenta de lo mucho que me gustaba cuando era demasiado tarde.

—A ver, nunca es demasiado tarde para nada. Excepto para detener la boda de Terry y Colin. —Briana le dio unas palmaditas en la mano—. Seguro que si se lo dices y eres sincera con él…

—¿Sincera? Yo no le he mentido en ningún momento.

—Pero tampoco creo que le hayas dicho la verdad sobre lo que sentías o lo que te gustaba de él. Estabas demasiado ocupada pensando en si pertenecía a la mafia.

—Sí, una idea que me diste tú, gracias. Y que encima ha sido el detonante. ¿Te acuerdas de la maldita habitación en la que no me dejaba entrar?

—Ajá.

—Bueno, pues es porque está montando un negocio de mensajería y lo lleva desde allí.

—Nada ilegal, entonces.

—No, nada ilegal.

—Vaya. Casi habría preferido que hubiera algo, así tendrías excusa para no querer volver con él. Porque veo que quieres volver con él, a pesar de que sea un camarero y eso.

—No me importa que sea camarero.

—¿Y se lo has dicho? —Audrey negó con la cabeza, triste—. Mira tú, hace unos meses ni nos lo habríamos planteado. Me refiero a que ahora yo misma estoy a su nivel y despreciar a alguien por ese tema… no está bien. Supongo que trabajar de camarera me ha proporcionado otra visión de la vida, no sé.

Audrey se cruzó de brazos, con el ceño fruncido.

—¿Quién eres tú y qué has hecho con mi amiga?

—Las prioridades cambian. —Briana sonrió antes de besarla en la mejilla—. Mira, vas a verle en el ensayo, ¿no? Puedes intentar hablar con él. Disculparte, ser sincera… Podemos pensar qué hacer.

—¿Otro de tus trucos maquiavélicos?

—Luego lo apunto en la agenda. —Le guiñó un ojo—. ¿Vamos de compras? No hay nada que un buen vestido no arregle. En mi caso, un vestido de rebajas, pero para ti vamos a pillar el mejor.

—A mí no me hace falta un vestido para esta noche…

—Que sí, saca tu lado frívolo, que lo tienes ahí aparcado y hoy necesita salir.

Audrey se puso de pie con una sonrisa. Un vestido no le iba a quitar aquel dolor sordo en el pecho, pero al menos la distraería un buen rato, y eso sí le hacía falta. La idea de Briana tampoco le parecía tan mal. Iba a verlo en unos días, pues no le costaba nada restregarle por la cara lo que se estaba perdiendo.

Dejando a un lado la tristeza que amenazaba con asomar de nuevo, salió con Briana del apartamento y se fueron de tiendas, como tantas veces habían hecho. Cierto que alguna de las tiendas que visitaron no estaban al nivel que acostumbraban, pero Briana encontró un vestido ideal y ella acabó con dos: uno nuevo para aquella noche y otro para el ensayo de la boda que esperaba que dejara a Alexei sin palabras. Aunque en realidad, si se quedaba sin palabras no iba a notar la diferencia, pero…

Tumbado en la cama del dormitorio de Briana, Dylan miró los emoticonos de besos que ella le enviaba esbozando una sonrisa. Habían intercambiado unos cuantos audios en los que Briana le informaba de lo contenta que estaba de que hubiera vestidos baratos y que sentaran bien, como si aquello nunca le hubiera pasado por la mente. Como probablemente era, si lo pensaba bien.

Cuando habían empezado a salir no había entendido aquella manía de enviar audios cuando se podían enviar mensajes de texto, pero Briana le había dicho, muy digna, que probara a teclear en una pantalla táctil con uñas de porcelana, a ver si lo conseguía, y ahí le había dado la razón sin discutir: no era algo que pensara probar en un futuro próximo. Se la podía imaginar perfectamente intentando escribir un mensaje con las uñas que solía llevar, aunque últimamente las llevaba más cortas para poder trabajar con comodidad. La Briana que había conocido unos años atrás seguro que ni se habría planteado hacer ese pequeño cambio, pero el trabajo la estaba haciendo madurar. Había detalles como ese, la forma en que hablaba de su sueldo, de lo que costaba realmente el dinero, que la diferenciaban de aquella chica. Aunque su personalidad, la chispa que lo había atraído siempre, seguía ahí. O, como lo llamaría ella, su «purpurina» interior. Solo tenía que mirar alrededor para ver que en aquello no había cambiado ni un ápice y eso hacía que siguiera tan enamorado de ella como el primer día.

Le envió un par de emoticonos también y dejó el móvil al ver lo tarde que era. Se había quedado durmiendo en la cama de Briana toda la mañana, cogiendo fuerzas para la despedida de soltero de Colin de aquella noche. No le gustaba mucho trasnochar ni estaba acostumbrado a acostarse tarde, así que había pensado que durmiendo todo lo posible se le haría más soportable. Como padrino, Colin le había dejado al cargo de organizar su despedida. Había pensado que sería algo fácil: invitar a sus amigos, ir a un bar y punto. Pero no, de todos sus compañeros de la oficina solo dos habían confirmado que asistirían, lo cual le mosqueaba un poco. Que uno o dos fallaran era normal, pero ¿la mayoría? Tampoco nadie del gimnasio había querido ir. Parecía que Colin no tenía tantos amigos como parecía, suponía que se había preocupado más del trabajo y de estar con Terry que de conservar las amistades. En fin, esperaba que, aunque fueran pocos, se lo pasaran bien.

Fue a la cocina y abrió la nevera de Briana. No tenía muchas cosas, pero lo suficiente como para hacerse un sándwich. Después de comerlo se fue a la ducha. El día anterior ya había supuesto que desde allí se iría directamente a la despedida, así que había llevado ropa para cambiarse.

Justo al salir por la puerta vio uno de los rosales que había junto a la entrada y pensó que le dejaría una rosa encima de la cama a Briana. Seguro que le gustaría el detalle y cogió una roja.

La colocó sobre la almohada y decidió acompañarla con una nota. Pero en ninguna de las dos mesitas situadas a ambos lados de la cama había nada donde escribir, así que abrió uno de los cajones.

Al momento vio que era el que Briana solía utilizar: estaba lleno de purpurina por todas partes. No le extrañó, si hasta tenía un bote de colonia con aquello e iba dejando rastro por todas partes. Movió un par de cajitas y vio que debajo había lo que parecía un cuaderno, cubierto por la brillantina, por supuesto.

Lo sacó y al darle la vuelta se quedó mirando las letras en tonos rosas que tenía en la cubierta.

«Plan maquiavélico».

Le entró la risa, porque en aquella decoración no había nada más opuesto a esas palabras. Por no hablar de que Briana no tenía un pelo maquiavélico en todo su cuerpo.

Supuso que sería uno de esos cuadernos con mensajes aleatorios sin más y lo abrió para coger una hoja.

Pero su sorpresa fue inmensa cuando se encontró con que tenía varias páginas escritas, con algo que parecía una lista y algunos párrafos. Durante un segundo pensó que podría ser su diario, pero cuando iba a cerrarlo le pareció leer algo sobre drogas y volvió a abrirlo. A Briana no le pegaba en absoluto tomar nada, pero la curiosidad pudo con él.

Sin embargo, lo que leyó era lo que menos se hubiera imaginado: un plan maquiavélico de verdad.

Se sentó en la cama mientras pasaba la página, incrédulo. Aquello no podía ser verdad, ¿un plan para arruinar la boda? ¿Drogar a Colin? ¡Si hasta le habían echado crema depilatoria en un bote de champú!

Normal que su amigo perdiera el pelo, no estaba enfermo, nunca lo había estado. Habían sido ellas todo el rato, las dos amigas del alma.

Volvió a leer todo, asimilando cada frase y notando cómo su corazón se rompía en mil pedazos al leer «Utilizar a Dylan».

Era increíble cómo había caído en sus brazos, cómo le había engañado todo el tiempo. Ella y Audrey, que al final no era tan profesional como había pensado, si se dedicaba a hacer este tipo de cosas cuando alguien la molestaba. ¿Cómo eran capaces de destrozar una relación así? ¿Solo porque Colin era el ex de Audrey? ¿No eran capaces de aceptar que se fuera a casar con una de sus amigas? Le parecía increíble que no pensaran en Terry, en lo mal que aquellas tonterías se lo habían hecho pasar. Porque la había visto preocupada por la salud de Colin. Al igual que él, que también lo había achacado todo al estrés.

Sacó unas cuantas fotos de las páginas, pero como no estaba seguro de que se vieran bien, acabó cogiendo el cuaderno y salió con él bajo el brazo. Al agarrar el volante se dio cuenta de que tenía restos de purpurina en las manos, pero era lo que menos le importaba.

Colin tenía que ver aquello.

Colin se miró en el espejo por quinta vez. No entendía lo que le pasaba con el pelo porque, después de raparselo, tenía la impresión de que le estaba creciendo sin calvas por ningún lado. Parecía que había sido algo puntual, aunque ya era tarde para que le creciera para la boda. Pero al menos todo parecía volver a la normalidad y eso ya era algo. Que bastante le estaba costando el puñetero especialista capilar.

En fin, seguro que al final todo había sido el estrés de la maldita boda. Menos mal que quedaba poco y que esa noche era su despedida, lo único bueno de todo aquello: alcohol, chicas, desenfreno... No tenía ni idea de lo que Dylan le habría organizado, pero le había dicho que no se cortara en nada así que iba preparado: billetes sueltos para meter en el tanga de las bailarinas, un par de bolsitas de coca... Preveía una noche memorable.

Oyó que su móvil sonaba solo una vez, la llamada perdida con la que Dylan le avisaba de que estaba esperándole, así que se echó colonia de la que anunciaban que hacía caer a las mujeres a sus pies (probablemente, con la cantidad que llevaba, lo lograría fijo) y bajó a la calle.

El Mustang de Dylan estaba aparcado frente a su portal y se subió, frotándose las manos con expectación al sentarse.

—Listo para la acción —le dijo.

—Lee esto.

Le lanzó la libreta al regazo. Colin la cogió y se echó a reír al ver la portada.

—¿Purpurina? ¿En serio? Tienes que dejar a Briana, se te están pegando demasiadas cosas. —Se miró las manos—. Como la mierda esta, que se queda en todas partes.

—¿Quieres leerlo de una vez?

—Chico, qué susceptible estás. Ni que tu «plan maquiavélico» sea tan complicado, que esto es una despedida de soltero, no ciencia aeroespacial.

—No es mi plan.

Colin abrió el cuaderno preguntándose a qué venía aquella seriedad. Visto el cuaderno, había pensado que sería alguna broma y que dentro estaría el itinerario de la noche o algo parecido, pero al abrirlo vio una letra que no reconoció y pronto su expresión cambió.

Tuvo que leer las páginas dos veces para interiorizar lo que allí ponía.

—Hija de la gran puta —murmuró—. ¿Te das cuenta de lo que pone aquí? Por poco me echan el día que estaba como drogado. Bueno, «como» no, ¡que lo estaba!

—Lo sé, ¿por qué te crees que lo he traído?

—Esto tiene que ser denunciable.

—No lo sé.

—Voy a hablar con mi abogado. —Sacó su móvil—. No, mejor. Voy a llamar a Terry.

—¿Ahora?

—Están en su despedida de soltera, que sepa qué clase de amigas tiene. —Sacó unas cuantas fotos y se las envió—. Se les va a joder el chollo.

Le mandó unos cuantos mensajes y esperó hasta comprobar que los había leído.

—Vamos, me ha dicho dónde están —dijo, haciendo un gesto hacia la carretera—. Es la hora de la venganza.

Dylan llevó el coche a la carretera con gesto sombrío. Con lo bien que había empezado el día… No quería ver a Briana, no podía ni mirarla a la cara después de lo que había leído, pero también necesitaba hacerlo.

Enfrentarla, acabar con eso. Y apartarla de su vida para siempre. No podía estar con una persona tan falsa, capaz de hacer ese tipo de cosas. Porque, si se paraba a pensarlo, ¿cómo podía volver a tomar un café o una comida servida por ella? ¿Cómo podía estar seguro de que no le había drogado también o echado a saber qué otras cosas?

CAPITULO 18:
ERASE UNA VEZ… UNA NOCHE DE CHICAS CON FINAL INESPERADO

Audio de WhatsApp de Briana a Dylan:

He encontrado un vestido chulísimo, estoy que no me lo creo. Pásatelo bien esta noche, te echaré de menos.

—No sé por dónde saldrán estos —comentó Briana, mientras conducía hacia el sitio donde habían quedado con las chicas.

—¿No se van a Las Vegas o algo así?

—Qué va, salen por aquí también. —Miró de reojo su móvil, pero no tenía ninguna lucecita de aviso indicando que Dylan había contestado a su mensaje—. No son tantos, estará Dylan y un par de compañeros de trabajo.

—No le sobran amigos, no —Audrey sacudió la cabeza con una mueca, sin dejar de mirar su reflejo en el espejo para revisar que el maquillaje había cubierto sus ojeras—. Ojalá se aburra como una ostra.

Briana la miró de reojo. No estaba segura de que su maniobra de distracción matutina hubiera funcionado. Había imaginado que Alexei le gustaba más de lo que había admitido delante de ella, pero que sus sospechas se hubieran confirmado justo por la ruptura no era plato de buen gusto. Y aunque Audrey no había vuelto a sacar el tema, ni durante la comida ni cuando se preparaban, notaba que su amiga no estaba animada.

—¿Estás mejor? —preguntó.

—Claro. —La miró con una sonrisa—. Hoy es noche de chicas, vamos a pasarlo bien.

Y de verdad era lo que quería: una noche como las que solían tener cuando eran más jóvenes, con sus amigas, bebiendo y charlando de sus cosas.

La despedida de soltera empezaba en el club Britannia, uno de los locales de moda en Santa Mónica Boulevard. La idea era tomarse unas copas allí, después ir a cenar a algún sitio sin demasiadas complicaciones y continuar la fiesta donde surgiera. Dado que Terry no era en absoluto amiga de espectáculos eróticos ni de las típicas horteradas que se hacían en las despedidas, ninguna había querido preparar nada que requiriese la presencia de un hombre en tanga.

—Solo una noche de amigas divirtiéndose —habían sido las palabras de Chloe, y no hubo protestas por ningún lado.

Terry y las chicas estaban sentadas en una mesa y las saludaron al verlas, haciendo gestos con las manos.

—¡Hola, chicas! —exclamó Chloe—. Genial, llegáis justo a tiempo, acabamos de pedir una ronda de chupitos.

Ambas se sentaron tras intercambiar los besos de rigor. Terry estaba resplandeciente, el único detalle que la diferenciaba de las demás era una corona en la cabeza, lo máximo que les había permitido ponerle.

Apareció un camarero con una botella y cinco vasitos que rellenó mientras ellas los cogían para brindar.

—¡Por Terry y su boda! —exclamó Briana, emocionada.

—Tú, deja la botella —le soltó Audrey al chico cuando este se giró.

Al ver aquellas caras felices, todas sus buenas intenciones se vinieron abajo y se dio cuenta de que necesitaría algo más que un par de cócteles para soportar tanta sonrisa y los inevitables comentarios sobre la inminente boda.

Qué demonios, tendría que estar en su piso llorando como una magdalena, no allí, aparentando buena cara y ganas de juerga…

—¿Qué? No, no —intervino Terry—. Ahora miraremos la carta para ver qué cócteles pedimos, aquí tienen una lista estupenda llena de sabores exóticos y…

—Deja la botella —insistió Audrey, quitándosela de las manos para posarla junto a ella.

El joven se encogió de hombros y deslizó la carta de cócteles en la mesa mientras las chicas intercambiaban una mirada.

—Audrey, ¿qué haces? Queremos salir de este local derechas —comentó Scarlett—. Es la primera parada, no creo que…

—Tú no te preocupes por mí, que no te pega —la interrumpió ella—. Id pensando qué vamos a pedir —añadió, sirviéndose otro chupito.

Briana la observó de reojo, pero no hizo ningún comentario.

—Vale, ¿qué es un *Bahama Mama*? —preguntó Chloe, girando la carta.

—Ron, piña, naranja y hielo picado. —Audrey se bebió el tercer chupito—. Sí, vamos a pedir eso, me parece una idea genial.

Mientras esperaban la primera ronda de cócteles, Scarlett rellenó los vasos de todas para volver a brindar.

—Oye, Briana, me han llegado rumores de que estás saliendo con el amigo de Colin —comentó Terry, con una amplia sonrisa—. ¿Te imaginas que acabas casada con él más adelante? Seríamos casi como familia, ¿no?

—El chico es muy mono —observó Chloe—. ¡Quién iba a decirlo!

—Scarlett, ¿cuándo piensas presentarnos a tu nueva novia? —pregunto Briana, mientras el camarero repartía las copas. Mejor no comentar que pasaba de tener una doble cita o lo que fuera que Terry tuviera en mente—. Que no sabemos ni qué cara tiene.

—Pues aún es un poco pronto, solo llevamos un par de meses, pero si os apetece conocerla quedamos un día…

Audrey se bebió su cóctel de un trago mientras las escuchaba parlotear. Lo cierto era que no estaban tan alejadas de cuando salían de juerga en la universidad y bebían sin control contándose sus cosas. En ese instante parecía que el tiempo no hubiera transcurrido, todas estaban relajadas y contentas. Todas menos ella, claro.

—¿Dónde trabaja?

—En Max Mara, es encargada de tienda.

—Guay, seguro que te regala mucha ropa, ¡eso es suerte! —dijo Briana entusiasmada, dando palmaditas.

—Oye, Audrey, ¿es verdad que has presentado tu dimisión? —Terry le lanzó una mirada de preocupación—. Colin me lo ha contado, ¿por lo del reparto?

—No me apetece hablar del tema —respondió ella, rellenando su vasito.

—¿Quieres ir más despacio? —Briana le cogió la botella con suavidad—. A este paso estarás borracha en diez minutos.

—Eso intento, Brie, eso intento.

—No me digas que nuestra pequeña Audrey no ha conseguido lo que quería en el trabajo —dijo Scarlett, sacudiendo la cabeza con una sonrisa—. Claro, no estás acostumbrada…

Audrey le dedicó una mueca, pero decidió usar sus esfuerzos en llamar al camarero, no fuera que se le disipara el efecto del alcohol. Este se hacía de rogar también. Malditos camareros, todos eran iguales.

Hizo un intento de reengancharse a la conversación.

—¿Y dónde vamos a cenar? —quiso saber Briana—. Espero que tengan ensaladas, porque no puedo permitirme engordar ni un gramo más si quiero que me sirva el vestido de dama de honor.

El camarero regresó con otra ronda, que depositó en la mesa con una sonrisa.

—Tráeme un Mai Thai —dijo Audrey, agarrándole del brazo.

—¿En la próxima ronda?

—No, ahora, en los cinco segundos que voy a tardar en beberme esto.

—¿Y no es mejor esperar a que pidan sus amigas otra vez?

—Es que mis amigas no beben en la misma proporción que yo —explicó ella, y para demostrarlo, se tragó el cóctel de golpe—. ¿Ves? Hagamos una cosa, por cada copa que pidan ellas, a mí me traes dos, ¿entendido? Corre, espabila.

El chico se marchó después de mirarla como si estuviera loca y, cuando Audrey decidió devolver su atención a la mesa, descubrió que no era el único.

—No sabía que tenías un problema con el alcohol —comentó Scarlett.

—Bueno, tú eres una petarda y nadie te dice nada…

—Chicas —cortó Terry, en tono pacificador—. Habíamos quedado en que esta noche sería como en los viejos tiempos, por favor. Audrey, Scarlett no es una petarda, es que ha tenido una época difícil.

—Oh, ¿en serio? —dijo esta con sarcasmo.

—Y Scarlett, si Audrey quiere beber que beba, al fin y al cabo, esto es una despedida de soltera. Es una de las pocas ocasiones en las que alguien puede desmadrarse sin que esté mal visto.

—Brindo por eso. —Audrey alzó su vaso de chupito y se lo bebió.

A esas alturas, Briana estaba convencida de que su amiga no estaba tan bien como había creído, pero no sabía cómo podía hablar con ella delante de las demás. Pensaba que haber hablado y la mañana de compras habían servido para algo, pero ahora veía que no había sido suficiente.

Aparecieron nuevas copas y Audrey empezó a perder el hilo de las conversaciones, solo le llegaban retazos aquí y allá.

—… es un lugar genial para ir de viaje de novios, me muero de la envidia.

—Mi madre piensa igual.

—… en serio, no ligo nada últimamente. Creo que mi himen se está regenerando.

—No, gambas no, me sientan fatal. Pero la piña me gusta.

—¿Tú crees que he acertado con el peinado, o se me verá demasiado seria?

De pronto, Audrey no pudo soportarlo más. El ruido, la gente, las charlas banales que le llegaban, la música estruendosa. No estaba de humor para fiestas. ¿Cuánto tiempo llevaban allí, horas?

Apoyó la frente en la mesa y dejó que la melena le tapara la cara mientras sus amigas enmudecían, estupefactas al ver que se agitaba como si estuviera…

—¿Está llorando? —susurró Scarlett, con los ojos como platos.

Al momento todas se levantaron de golpe para juntar las sillas lo máximo posible y reducir la distancia, maniobra aprendida desde la universidad y muy valiosa en los momentos de desengaño amoroso.

—Toma, bebe agua. —Terry le acercó un vaso.

—Pobrecita. —Chloe empezó a frotarle la espalda—. ¿Es por el trabajo? —Ella negó—. ¿Es por un tío? —Vio como asentía—. ¡Por un tío!

—¿Qué tío? —preguntó Terry desorientada—. ¿Estás saliendo con alguien? ¿Por qué no sabíamos nada sobre esto?

—No estábamos saliendo —corrigió ella, alzando la cabeza.

Briana suspiró, mordiéndose el labio. Le dolía ver así a Audrey, normalmente su amiga mantenía sus emociones bajo control y desde lo de Colin no la había visto tan mal. Sacó un pañuelo de papel para corregir el rímel que había empezado a desplazarse rostro abajo y se quedó callada, sabiendo que no podía decir nada sobre Alexei delante de las demás.

—Pero… ¿quién es? —quiso saber Chloe—. ¿Es guapo? ¿Lo conocemos?

Audrey negó con la cabeza. Ni loca pensaba revelar la identidad del ruso, no quería que sus amigas le soltaran cualquier barbaridad.

—¿Era una relación seria? —preguntó Terry y la escuchó murmurar algo—. ¿Qué?

—Era una brisa suave —repitió Audrey—. Atómica.

—¿Y eso qué puñetas significa? —preguntó Scarlett, sin entender nada.

—Es una relación que empieza sin que te enteres, como una brisa, y que de repente te deja machacada, como una bomba atómica.

Todas se quedaron sin saber qué decir a aquella observación, aunque lo cierto era que la metáfora era perfecta.

—¿Y qué ha pasado? —preguntó Chloe—. ¿Te ha dejado? ¡Cabrón!

—Esto es memorable —comentó Scarlett—. ¡Audrey Mitchell no consiguiendo a un tío! No creí que mis ojos llegaran a ver esto, ¿quieres decirnos quién es para que vayamos a arrojarle cubos de basura al coche?

Audrey soltó una risita sin poder evitarlo. Dado que todas habían sufrido por amor cuando eran adolescentes y universitarias, más de una vez habían puesto en práctica aquella nauseabunda (pero efectiva) idea. La basura orgánica aseguraba un terrible olor durante semanas al chico en cuestión. Podían plantarlas, pero no olvidarlas.

—Qué cojones. —Scarlett se acercó a ella y le rodeó los hombros con el brazo—. Aún recuerdo lo mal que estuve cuando Lana me dejó. Si hay un tío tan imbécil como para pasar de ti, alégrate de que lo haya hecho.

—No, él no tiene la culpa —se apresuró a aclarar Audrey, temiendo que Scarlett cumpliera su amenaza.

—Ellos siempre tienen la culpa y punto. ¿Por qué te crees que salgo con chicas?

Chloe la abrazó con tanta fuerza que Audrey temió por sus costillas.

—No sabe lo que se pierde. Eres la mejor.

—Eso —añadió Terry, frotándole la espalda por el otro lado—. Además, nos tienes a nosotras para desahogarte y lo que necesites. Podemos comer helado.

—Ir de copas o al cine —dijo Chloe.

—Yo te invito a todos los cafés que quieras en WaFFle CoFFe. —Briana la besó en la mejilla.

Audrey se sintió reconfortada a pesar de saber que era una estupidez. Parecía que hubieran vuelto a los dieciocho, y cuánto las había echado de menos… A esas chicas que ahora hacían piña a su alrededor para consolarla, y no a las extrañas en las que se habían convertido. Aquello la animó más de lo que había esperado. Al final, sí que la amistad se mantenía, a pesar de lo ocurrido. Y aquella era la noche de Terry, no podía estropeársela porque ella hubiera tenido una no relación o lo que hubiera sido la «suave brisa atómica».

—Muchas gracias, chicas.

—Vamos a arreglarte el maquillaje —dijo Briana, incorporándose—. Volvemos en un minuto y seguimos con la despedida, que es la última celebración de Terry como mujer soltera.

Audrey se dejó llevar hasta el cuarto de baño y Briana comenzó a arreglarle el maquillaje.

—¿Por qué no me has dicho que te gustaba mucho más de lo normal? —preguntó, pasándole una esponjita para limpiarle el rostro—. Es algo más profundo, ¿no?

Ella se encogió de hombros.

—Qué pena que no venga a la cafetería. Le echaría algo en el café, lo que me dijeras.

—Lo sé, lo sé. —La abrazó—. Aunque en este caso, la culpa no se la puedo echar a él, por desgracia. De todas formas, creo que voy a hacer caso de tu plan y dejarle con un palmo de narices el día del ensayo. Muchas gracias por apoyarme, Brie.

—Genial. Y ya sabes que para eso estamos. Además, gracias a tu numerito todo vuelve a ser como antes entre nosotras, ellas también te apoyan. ¿Podemos aprovechar el resto de la noche sin que haya más lágrimas?

—Lo intentaré.

—Y ni una copa más —advirtió Briana.

—Joder. No sé si me gustaba más la anterior Briana que esta... —refunfuñó Audrey, mientras la seguía de regreso a la mesa.

Pero al llegar allí, descubrieron que tenían otro problema más complicado que elegir el siguiente cóctel. Terry sujetaba su teléfono entre las manos y tenía la mirada desorbitada, como si alguien le estuviera mostrando un video terrorífico.

—Youtube es el demonio —comentó Briana, al verla—. Debería tener control de videos escabrosos. ¿Y qué hay de la gente que te los envía? Es como... «Anda, mira, un video de un perro muerto, ¡lo compartiré!». De verdad, ¿eh?

Audrey la escuchaba a medias. Scarlett y Chloe tenían la misma expresión horrorizada que su otra amiga y, cuando las vieron llegar, ese gesto mutó a uno de enfado.

—Ha pasado algo —susurró a Briana—. Nos miran mal a nosotras.

—Es imposible.

—Pues algo gordo nos viene encima.

—Hemos abortado el plan, no tienen manera de sospechar nada —dijo Briana, en voz baja.

Y aunque ninguna tenía ganas de conocer el motivo de esas caras, finalmente llegaron hasta la mesa donde el resto de sus amigas permanecían de brazos cruzados y con el ceño fruncido. Chloe lo combinaba con incredulidad, Scarlett con hostilidad y Terry... Terry lograba estar furiosa y al mismo tiempo a punto de llorar.

—¿Qué es esto, chicas? —Y les enseñó el móvil sin más preámbulos.

La imagen era pequeña, pero Audrey no necesitaba ampliar nada ya que desde lejos apreciaba lo que era: fotos de la libreta de purpurina de Briana, con el «plan maquiavélico» bien claro, escrito en la cubierta en letras rosas brillantes.

Joder, joder... No había manera de disfrazar aquello. ¿Cómo habían sido tan tontas para dejarlo por escrito? ¿Y cómo lo habían conseguido ellas?

—¡Estoy esperando! —protestó Terry—. ¿Una especie de plan para desbaratar mi boda? Pero, ¿cómo habéis sido capaces?

—¿De dónde has sacado eso? —quiso saber Briana, aunque en el mismo momento en que lo dijo se dio cuenta de que la única posibilidad era Dylan.

¿Había estado registrando sus cosas? ¿Qué pasaba con la violación de la intimidad? Y además, molestándose en sacar fotos para enviarlas aquí y allá sin siquiera preguntarle antes por el tema. Hubiera podido explicárselo, o al menos intentarlo.

—Así que no estaba enfermo —repuso Scarlett, mientas revisaba la lista—. Solo eráis vosotras drogándolo. Me parece que hasta se podría denunciar.

—Por Dios, no era nada grave —protestó Audrey—. Mi padre es médico, sabemos la cantidad para no pasarnos.

Aunque en alguna ocasión habían calculado un poco a voleo, pero estaba claro que no era el momento de puntualizaciones de ese tipo.

—Oh, eso me tranquiliza. Sois unas zorras, pero calculáis bien las medidas.

—Podemos explicarlo —empezó Briana, vacilante.

—¿De verdad? —preguntó Terry—. Porque no sé cómo. Lo del pelo... ¡pensábamos que tenía cáncer, joder! Lo de boicotearle las ventas. ¿Cómo has podido caer tan bajo, Audrey? No necesitabas hacer eso para sobresalir, ya lo haces normalmente. ¿No tenías suficiente con tus logros que tenías que robar los suyos?

La rubia negó con la cabeza. ¿Cómo explicarlo? Ni siquiera tenía fuerzas para intentarlo, sobre todo sabiendo que caería en saco roto, como en el pasado.

—Yo…

—Es por él, ¿verdad? Sigues sin superarlo. ¿Estás estropeando mi boda por envidia?

—Oye, oye, para el carro —cortó Audrey—. Es por Colin, sí, pero no por lo que tú crees. Es porque es una persona detestable y no, no quiero que te cases con él. Sé que va a hacerte daño.

Scarlett soltó un bufido sarcástico.

—Así que Terry debería darte las gracias por querer estropear el día más importante de su vida, ¿es eso?

—No estoy hablando contigo. —Audrey la fulminó con la mirada—. Deja de poner esa mirada ofendida, esto no te afecta a ti.

—¿Cómo que no? ¡Terry es amiga mía, mi mejor amiga! Cualquier cosa que le haga daño a ella me lo hace a mí porque así funciona la amistad. ¿Sabes lo que es, Audrey? No, porque tu idea de ser amiga es hacer esto, ¿no? —Volvió a enseñar el móvil.

Audrey decidió ignorarla. No podía batallar con dos frentes abiertos y la persona que más le preocupaba en aquel momento era Terry, así que se concentró en ella.

—Por favor, hazme caso. No te cases.

Terry negaba con la cabeza, las lágrimas ya una realidad.

—No me lo puedo creer —farfulló—. No esperaba esto de vosotras. Sé que los últimos meses hemos estado distanciadas, pero pensaba… creía que aún éramos amigas.

—Lo somos —intervino Briana desesperada—. ¡Por eso hemos hecho esto!

—Y yo contándote mis preocupaciones —siguió Terry, sin apartar los ojos de Audrey como si Briana no hubiera hablado—. Te abrí mi corazón y tú me animaste como si nada, ¡qué idiota fui creyendo que eras sincera!

—¡Lo era!

—¿Cómo serlo, si todas esas inquietudes las estabas provocando tú? —espetó Terry—. Seguro que por dentro te divertías mucho, ¿no? ¿Qué te he hecho yo para merecer esto?

—Tú nada, pero Colin…

—¡Por Dios! ¿Cuándo vas a aceptarlo? ¡Te dejó! Fíjate que hubo momentos en los que dudaba, no creía todas esas cosas que me contaba, pero mira por dónde… al final tenía razón. Eres maniática y celosa.

—No te quiere —le soltó Audrey, sin poder morderse la lengua.

Terry retrocedió como si alguien la hubiera abofeteado.

—Porque te quiere a ti, ¿no? —comentó Chloe, con sorna.

—Colin solo quiere a una persona y se llama Colin. Odio decirte esto, créeme que no me gusta hacerlo, pero es la verdad.

—Para, ¡para! —exclamó Terry—. ¿No has tenido suficiente con estropear la despedida? ¿Con estos meses que hemos pasado gracias a vuestras artimañas? ¿No te has puesto en evidencia suficiente, Audrey? Para ya, por favor. Esto es patético.

Briana abrió la boca para hablar, pero en aquel momento vieron cómo Colin se abría camino entre los grupos de gente que charlaba con las copas en la mano. Tras él iba Dylan, y su cara no era amistosa precisamente.

¿Encima se enfadaba después de registrar sus cajones y hacer fotos a objetos de su propiedad? Que sí, que comprendía que sus amigas estuvieran furiosas aunque hubieran abortado la misión, pero no comprendía por qué Dylan también…

Y de pronto, recordó unas líneas donde hablaba de utilizarlo como nexo hacia Colin. Enrojeció, bajando la mirada y regañándose mentalmente. ¿Por qué no había borrado aquello con un pegote de brillantina?

—Habíamos abortado el plan —se atrevió a decir con voz débil, una vez los chicos estuvieron a su altura.

—Oh, vaya, qué generoso por vuestra parte, Briana —dijo Scarlett con sarcasmo—. ¿Os entraron remordimientos o qué?

—¡Esto es denunciable! —protestó Colin, blandiendo la libreta ante ellas—. Podría hablar con mi abogado esta misma noche si quisiera.

Briana se imaginó a un juez examinando aquella libreta en un tribunal, pasmada. ¿Lo archivarían como prueba de la acusación? En las películas siempre pasaba eso…

A lo mejor terminaban en la cárcel, vestidas con esos horribles monos naranjas acartonados y sin televisión por cable. Su sueldo de veinte mil entre doce le iba a parecer maravilloso al lado de aquello… y Dylan no iría a visitarla, estaba claro.

—Terry, si pudiéramos hablar a solas te lo explicaría —insistió Audrey.

—Olvídate. —Colin tiró la libreta sobre la mesa, lanzando purpurina por todas partes, y rodeó a su novia con el brazo en un gesto protector—. Ya nos has demostrado a todos la clase de persona que eres, Audrey.

Ella le lanzó una mirada envenenada. Reconocía el triunfo en sus ojos, no era la primera vez que lo veía. ¿Se iba a salir otra vez con la suya?

Cuando pasaran los años, Terry llegaría a descubrir al gilipollas con el que se había casado. Pero para entonces sería tarde.

—Casi lo consigues, pero no has podido, ¿verdad? —siguió él—. Hace falta mucho más que una lunática para romper una pareja sólida como la nuestra.

Apretó la mano de Terry con cariño y ella respondió al gesto.

—Por favor, Terry. —Audrey la miró a los ojos—. Confía en mí, por favor.

—¿Cómo pretendes que confíe en ti? —La morena retrocedió—. Con esto me has demostrado que no eres mi amiga. Ninguna lo sois.

—¿Y qué vamos a hacer al respecto? —preguntó Colin—. ¿Denunciamos?

Terry guardó silencio durante unos segundos. Audrey no tenía claro que aquello pudiera llevarse a cabo, pero no consideró que fuera un buen momento para decirlo. Mejor cerraba el pico, ya que todos sus intentos no servían para nada.

—No, creo que lo mejor es olvidar esto lo antes posible —contestó ella al final.

—Eres demasiado buena —masculló Scarlett, cogiendo su chaqueta.

—Terry… —Briana puso mirada suplicante.

—Hacedme un favor, eso sí. No vengáis a la boda, no quiero veros.

Las dos se miraron, y después a Terry.

—¿Lo dices en serio?

—Nunca he hablado más en serio —respondió la morena con firmeza—. Os retiro la invitación y ya no somos amigas. A partir de ahora os quedáis solas, con vuestras historias y vuestras libretas de purpurina, que no quiero saber nada de ninguna.

Dicho esto, se dio la vuelta para salir del local, seguida de un Colin que les lanzó una última mirada de triunfo, satisfecho de haberse salido con la suya. No había tenido su noche de desenfreno con drogas y sexo, pero aquello era incluso mejor. Habría pagado por ver a Audrey así de derrotada y, mira por dónde, ella solita lo había hecho.

—Sois lo peor —añadió Scarlett, de malas maneras, antes de alejarse también.

Audrey intentó hacer contacto visual con Chloe.

—Chloe…

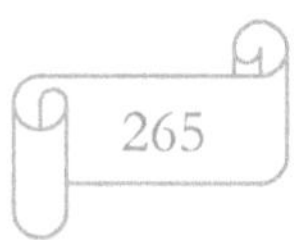

—Devolved los vestidos de dama de honor, si no os importa —dijo esta—. Ya no los vais a necesitar.

También ella abandonó la reunión, dejando solo a un Dylan cuyo rostro no tenía nada de comprensivo. Estaba cruzado de brazos, con toda su atención puesta en Briana. Audrey suspiró, frotándose la frente con cara derrotada.

—Os dejo solos —murmuró—. Estaré en la barra.

No se quedó a esperar el menor comentario, convencida de que si Dylan tenía algo que decirle no sería agradable. Estaba claro que aquel fin de semana podía borrarlo del mapa, entre una cosa y otra, era el peor que recordaba en años… Se sentó en un taburete desde donde podía ver a la pareja, no quería intervenir en su conversación para no estropearlo aún más, si es que eso era posible. Pero tampoco quería alejarse demasiado por si Briana la necesitaba. Hizo un gesto al camarero y le pidió uno de aquellos cócteles de la carta al azar. Craso error, porque cuando se lo llevó se dio cuenta de que llevaba vodka.

Genial. Como si le hiciera falta un recordatorio del día anterior.

A unos metros, Dylan seguía en la misma postura, inmóvil, esperando a que Briana dijera algo.

—No es lo que parece… —empezó ella.

—¿No es una libreta donde habéis escrito un plan, maquiavélico para más señas, con el fin de joder a Colin?

—Bueno, vale, ¡sí! Es lo que parece. Pero es que él no es buena persona, Dylan.

—¿Por qué? ¿Porque dejó a Audrey y a ella le cabrea que ahora se case con vuestra amiga?

—La engañó. —Él resopló—. Fue así, y lo hará con Terry. Seguro que a ti también te está utilizando para poder vender las casas que diseñaste y…

—¿Utilizarme? ¿Como tú has hecho, quieres decir?

—No, no, no ha sido así.

—Ahí lo pone. —Cogió la libreta, buscó la línea y se la enseñó—. ¿O ahora no sé leer? Porque, tonto soy, pero no tanto.

Briana cogió la libreta y la cerró, no necesitaba ver lo que ponía porque sabía que no había defensa posible.

—Tú me gustas —susurró.

—Como te gustan los unicornios rosas. —Sacudió la cabeza—. No puedo creer que haya sido tan estúpido.

—Dylan…

—Tenía que haberlo supuesto. Cuando nos conocimos ni me mirabas dos veces. Sí, hablabas conmigo y eras amable, pero nada más.

—Siempre me has caído bien, eso no…

—Pero antes tenía veinte kilos más y ahora no. Ahora no te importaba utilizarme porque quedaba bien en las fotos, ¿verdad? Que, al fin y al cabo, es lo que te interesa. Quédate con tus purpurinas, tu mundo de la gominola y tus bolígrafos de pompones, seguro que eso te hace feliz porque no hay nada real en ello, todo es superficial. Mira que pensaba que no eras así, que había algo bueno en el fondo, que merecías la pena. Que empezaras a trabajar me hizo pensar que sí, por cómo te lo tomabas, pero supongo que todo es parte de tu «plan maquiavélico», porque la cafetería está, qué casualidad, enfrente de la empresa. Y me imagino que no será un trabajo para siempre, tu padre enseguida te sacará del pozo de la clase trabajadora porque lo tendrás camelado también.

—No es…

Intentó acercarse, pero Dylan retrocedió la misma distancia poniendo las manos delante de él para que se detuviera.

—No hay nada que puedas decir, Briana. Tú sola te has retratado, con tu propia letra.

Se dio media vuelta y se marchó del bar sin mirar atrás. Briana se quedó quieta. Su corazón le decía que fuera tras él, pero no encontraba las palabras que podía decirle para que la perdonara. Porque tal y como él había dicho, todo estaba escrito y, además, por ella. No importaba que hubieran decidido cancelarlo, lo hecho, hecho estaba. Si solo pudiera ver a Colin como realmente era… Pero el muy cabrón tenía a todos bien engañados.

Se acercó con paso lento a la barra y se sentó junto a Audrey, que le había pedido un cóctel.

—Mal, ¿no? —preguntó su amiga, pasándole un dedo por una mejilla para secarle una lágrima.

—Esto es horrible. —Dejó la libreta sobre la barra—. No esto, que nos quedó bien mono, al fin y al cabo. —Dio un sorbo e hizo un gesto—. ¿Vodka?

—Sí, hija, lo ruso me persigue.

—De perdidas al río. —Se tomó el vaso de un trago y le hizo un gesto al camarero para que le preparara otro—. Es increíble. Con todo esto de la cafetería y tal, pensaba que yo era como la Cenicienta, pero no, resulta que soy como la hermanastra mala. Por villana, no por fea, no mezclemos conceptos.

—No, si está claro. Somos las villanas del cuento. Todos los piensan. No tendríamos que haber hecho ese ridículo plan.

—Ya, visto ahora, claro que no. —Cogió el nuevo cóctel y chocó la copa con la de Audrey—. ¿Qué vamos a hacer, Audrey?

—No lo sé. —Ambas bebieron un sorbo—. Colin se descubrirá tarde o temprano.

—Pero pueden pasar años. —Movió la cabeza, con los ojos llenos de lágrimas—. No sé qué hacer para recuperar a Dylan, no veo la forma de que me escuche.

—Quizá si le das unos días se calme.

—Lo dudo, va a ser la boda y es el padrino. Ahora es más amigo de Colin que nunca. No volverá conmigo ni echándole doble de nata gratis en su capuchino todos los días.

Apoyó la frente en un brazo sobre la barra y se echó a llorar. Le dolía tanto que Dylan pensara que solo le había utilizado… Seguro que pensaba que todo el tiempo había sido así, cuando ella solo había pensado en él como enlace a Colin. Ni siquiera recordaba eso cuando salía con él, le gustaba de verdad. Como nunca nadie antes, estaba…

Levantó la cabeza y miró a Audrey con los ojos abiertos como platos.

—Estoy enamorada de él —dijo, como si no se lo creyera.

—Ya. —Le dio unas palmaditas—. Eso lo sabía desde que empezaste a poner esos ojitos, pero está bien que te des cuenta justo ahora.

—Pues es horrible estar enamorada. —Se pasó las manos por la cara—. Que alguien me explique dónde están las nubes rosas y los corazoncitos volando por el aire.

—En el papel de la pared de tu antigua habitación. —Le acercó el vaso—. Vamos a emborracharnos, ya pensaremos mañana un plan.

—No maquiavélico. —Miró el cuaderno—. Puedo pegarle unas letras, N y O. Quedaría chulo.

Cualquier cosa que la distrajera de aquella opresión en el pecho, de aquel dolor por lo mal que había salido todo y lo sola que se sentía al saber que había perdido a Dylan, el único chico que la había tratado bien en toda su vida y que merecía la pena.

—Por las villanas —dijo Audrey.

—Que siempre pierden en los cuentos y se nos había olvidado ese detalle.

Chocaron sus copas de nuevo y bebieron, terminándolas. Y siguieron pidiendo hasta que perdieron la cuenta.

CAPITULO 19:
ERASE UNA VEZ… LAS VILLANAS *VERSUS* EL BUEN CHICO

Conversación de WhatsApp entre Audrey y Briana, audios:

BRIANA

¿Alguna de las chicas te coge el teléfono? Lo he intentado varias veces, pero nada. He dejado un par de mensajes en el contestador, pero no sé por qué imagino que nadie va a responder.

AUDREY

No, qué va. Ni responden a los mensajes tampoco. ¿Sabes algo de Dylan?

Mensaje de texto de Briana:
No ☹.

Audrey dejó el móvil sobre su mesa y se tragó una pastilla con un sorbo de agua. La cabeza le dolía, pero era la respuesta lógica después de pasarse varios días encadenando borrachera tras borrachera. Tras el fin de semana, Briana y ella se habían reunido todos los días después del trabajo para intentar comunicarse con sus amigas mientras se tomaban unas copas y claro… con veintisiete las resacas duraban más que con diecisiete. No sabía ni cómo había conseguido ponerse en pie esa mañana de jueves: de no ser porque tenía dignidad, no habría ido al trabajo. Total, para lo que le quedaba…

Y encima soportando las miradas de Colin y Dylan: el primero disfrutando claramente de todo lo ocurrido y el segundo, muy ofendido. Estaba siendo una semana de pesadilla.

Al menos no iban a denunciar a nadie. Briana podría haber tenido problemas de verdad por echar sustancias no autorizadas en los cafés de un cliente. Pero, gracias a Terry, eso no había ocurrido.

Al recordar que no iban a estar en la boda se deprimió todavía más. Ese viernes era la cena de ensayo, pero claro, no eran bienvenidas. No verían a su amiga en el día más feliz de su vida, día que habían estado a punto de estropear.

Bueno, era culpa suya y tendrían que asumirlo. Vio cómo la luz parpadeaba en el teléfono del trabajo y lo cogió antes de que sonara.

—Mitchell —respondió.

—Ven un momento a mi despacho—ordenó Marlon.

Y colgó sin esperar respuesta. Audrey se levantó como una sonámbula para ir hasta allí. ¿Qué pasaba ahora? ¿Le habría contado Colin algo sobre lo sucedido?

Se relajó al recordar que lo mismo daba, no podían despedirla porque había tomado la decisión de marcharse ella. Así que llamó a la puerta por educación y entró sin esperar, al igual que había hecho él con la llamada.

—¿Sí?

—Siéntate, por favor —pidió Marlon.

Por primera vez desde que trabajaba allí, su jefe apartó la vista del ordenador y de su trabajo y la miró de forma directa, así que Audrey obedeció.

—He hablado con la constructora —informó.

Ella se quedó pasmada.

—Llevo unos días negociando con ellos y al final me he salido con la mía. Han pasado por el aro, así que he readjudicado las viviendas y porcentajes.

—¿Qué?

—No quiero perderte, Mitchell. Eres mi mejor vendedora. —Marlon parecía incómodo al tener que sostenerle la mirada—. Así que coge esto y regresa a tu despacho para volver al trabajo lo antes posible.

Deslizó por la mesa la carta de dimisión presentada por ella la semana anterior. Audrey la cogió como si estuviera soñando.

—Ahora llamaré a Colin para decírselo —dijo y la observó, impaciente—. Vamos, Mitchell, puedes volver a lo tuyo. No tengo todo el día.

—Vale.

La chica se levantó, aún aturdida por aquel inesperado giro de los acontecimientos. Salió cerrando la puerta y se quedó quieta con la carta entre las manos.

Lo había conseguido, una rendición en toda regla por parte de Marlon, una capitulación total. Entonces, ¿por qué no se sentía feliz ni satisfecha?

No era porque Colin fuera a quedarse con otro porcentaje más bajo, él era un canalla y no merecía ni eso. Se trataba de Marlon y de cómo había hecho las cosas. No había premiado su esfuerzo hasta recibir un ultimátum, y ni siquiera entonces parecía contento con su decisión, estaba claro que el motivo era que no deseaba perderla.

Podría haber dicho: «Es lo justo, Mitchell, y debí hacerlo así desde el principio».

Podría haber dicho: «Te lo mereces, por trabajar tan duro todos estos años».

Pero no, sus palabras habían sido: «Eres mi mejor vendedora».

No lo necesitaba, ni a él ni a su estúpida agencia inmobiliaria. Audrey cogió aire, volvió a tocar en la puerta y entró.

—¿Has olvidado algo? —preguntó Marlon sorprendido.

—Mi respuesta es no.

—¿Qué? —Ahora era él quien tenía cara de pasmado.

—Que me voy igualmente. —Volvió a dejar la carta sobre su escritorio.

—¡Pero si te he conseguido el porcentaje! —protestó Marlon—. ¿No era lo que querías?

—No. Era lo que merecía —replicó Audrey—. Y que me lo concedas ahora, tarde y mal, no me sirve. Si de verdad fuera tan importante en tu equipo lo habrías hecho a la primera, no después de una dimisión.

—Mitchell, joder…

—No pienso estar siempre a la expectativa de si serás justo o no. Sinceramente, no lo necesito.

—Pero, entonces, ¿te marchas?

—Exacto. Y ahora mismo, para más señas. —Audrey le dedicó una sonrisa—. Te deseo mucha suerte, de corazón.

Salió, aún con la expresión incrédula de su jefe en la cabeza, y permaneció pensativa unos segundos. Tenía múltiples ofertas para trabajar, pero también podía establecerse por su cuenta, ¿no? Trabajar para ella misma era lo mejor y siempre podía contratar personal cuando empezara a crecer. Mujeres, muchas mujeres que pudieran

demostrar su potencial, porque del potencial de los hombres estaba harta. Ellos tenían siempre todas las oportunidades en bandeja, así que se fijaría en otro tipo de cualidades.

—Hombre —escuchó la voz de Colin tras ella—. Si es mi pequeña serpiente venenosa. ¿Cómo lo llevas?

Audrey se dio la vuelta a la velocidad del rayo, para encontrarlo junto a la máquina del café. Claro, ahora no se atrevía a regresar al WaFFle CoFFee, el muy cobarde. Miró por encima de su hombro, pero no se veía a Dylan por ninguna parte.

—Ahora que me marcho para no volver, mejor —contestó.

Colin miró hacia ambos lados, como para constatar que no había nadie a la vista, y se aproximó a ella con una sonrisa.

—Tengo que decirte una cosa —susurró—. Que eres un mal bicho lo sabía, no es nada nuevo, pero no puedo evitarlo, estas cosas me ponen cachondo.

Audrey se alejó con una mueca. ¿Es que no iba a cambiar nunca? ¿Desde cuándo se había vuelto tan pervertido?

—Vale, vale, sé que estás furiosa y muy enfadada porque tu plan de reventarme la boda no ha salido bien. Y hasta puedo comprenderlo. —Se encogió de hombros—. Aun así, mi oferta de vernos sigue en pie. Cuando se te pase el cabreo y eso, no soy rencoroso… sobre todo si me he salido con la mía.

Oyeron un carraspeo y Colin retrocedió un par de pasos al momento. Dylan acababa de salir de su despacho y estaba mirando hacia ellos.

—¿Todo bien, Colin? —preguntó.

—Sí, genial. Audrey se marcha hoy de manera definitiva y, como no le guardo rencor, le estoy deseando buena suerte —dijo, con una sonrisa.

—Oh. —La cara de Dylan dejaba claro que no comprendía aquel comportamiento tan generoso.

—Que te vaya bien, nena. Ya nos veremos por ahí.

Audrey se encerró en su despacho echando chispas. ¡Hijo de puta! Pero, ¿cómo podía ser tan bastardo?

Abrió los cajones, arrojando bolígrafos, una taza, dos libretas y el resto de cosas como si estrellara platos contra el suelo. Se sentía tan seguro, el muy gilipollas, que no se cortaba en decir cualquier cosa que le apeteciera. Menos mal que Dylan había puesto cara rara, porque empezaba a pensar que se estaba volviendo loca.

Rebuscó en el cajón por si quedaba algo y entonces apareció un *pendrive*. Lo sujetó entre los dedos, mirándolo con cuidado como si manipulara una bomba, y se dejó caer en la silla.

Durante unos segundos permaneció pensativa, pero entonces recordó la expresión de triunfo que le había dedicado Colin en el pub después de encontrar la libreta con el plan. Y la que acababa de lanzarle, acompañada de otra de sus nauseabundas proposiciones. Encendió el portátil y metió el *pendrive* para descargar todos los mensajes que había grabado hacía semanas. Sabía que Terry no utilizaba mucho el ordenador, pero tarde o temprano abriría el correo y entonces tendría las pruebas que necesitaba. Nunca sabría lo que él pensaba de ella de verdad, de su familia y amigas, del matrimonio por fachada que tenía en mente, pero si sabría de sus infidelidades.

Porque ella las tenía todas, cada una con su fecha y hora. Aquel «Adonis» tan estúpido como para no cambiar la contraseña de su ordenador tendría que dar muchas explicaciones, casi tantas como ligues poseía. Y si Terry se daba cuenta más pronto que tarde, mejor.

Adjuntó todos y cada uno de los *mails* en un mensaje y le dio a enviar después de introducir la dirección de correo de su amiga. Una vez hecho, cerró el portátil, lo metió en la caja de cartón con el resto de sus pertenencias y salió para decir adiós a sus compañeros y a la secretaria.

Una vez en el aparcamiento, con la caja de cartón guardada en el maletero de su coche, se sintió liberada en lo referido al trabajo. A la mierda Sotheby's, ella merecía algo mejor.

Salió a la carretera y pasó por delante del WaFFle CoFFee. Normalmente no iba a ver a Briana durante sus horas de trabajo, pero tenía ganas de contarle lo que había ocurrido, así que giró en la siguiente calle y dejó el coche en un aparcamiento público.

Al entrar en la cafetería, vio que Briana estaba limpiando una mesa y se dirigió hacia allí para sentarse.

—Huy, ¡qué sorpresa! —exclamó su amiga.

—Tengo una cosa que contarte.

—Vale. Un segundo que hago una cosa: hablo con Sally para cogerme la pausa y vuelvo.

Audrey la observó mientras se acercaba a una de las mesas que había junto a la ventana y que tenía cómodos sillones en lugar de sillas. En dos de ellos había una pareja japonesa sentada, con toda la pinta de ser turistas, que dormían como troncos.

Briana dejó caer la bandeja que llevaba sobre la mesa, lo cual provocó un estruendo que hizo que la pareja se despertara, sobresaltada.

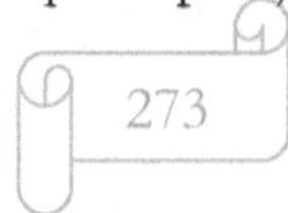

—Gracias por visitarnos —dijo ella, con una encantadora sonrisa—. He visto que han terminado sus cafés, pueden pedir uno nuevo cuando quieran. Estoy segura de que están deseando mantenerse despiertos para seguir visitando nuestra maravillosa ciudad.

Recogió los vasos que habían utilizado, limpió la mesa y les entregó la carta de los cafés, todo ello sin perder la sonrisa. Después llevó todo tras la barra y le pidió a Sally tener sus quince minutos de pausa para poder ir a la mesa con Audrey. Preparó un par de cafés y los llevó.

—Vaya, qué sutil eres —dijo Audrey, cuando la tuvo sentada frente a ella.

—¿Con qué? Ah, la pareja esa. —Se encogió de hombros—. Ya ves. ¿Te puedes creer que son los terceros esta semana? Flipo con los turistas. En fin, ¿qué me cuentas?

—He dejado Sotheby's. —Briana abrió mucho los ojos, sorprendida—. Marlon me ha ofrecido el porcentaje de Colin, pero ¿sabes qué? Que le den, no lo quiero. Que se lo coma con patatas, me lo voy a montar por mi cuenta y le haré la competencia en el mercado. —Briana seguía mirándola y se revolvió en la silla, incómoda—. ¿Qué? ¿Te parece mala idea?

—Al contrario. —La abrazó—. Me parece una idea genial. No los necesitas, que se jodan. ¿No querían tanto a Colin? Pues todo para ellos.

—Buscaré una oficina y pienso contratar solo mujeres. Estoy harta de machitos.

—Mejor todavía. Les picará más. —Removió su café con gesto triste—. Dylan no se ha pasado ni un solo día en toda la semana. Ni siquiera cuando yo no estaba, me lo ha confirmado Sally.

—Lo siento mucho. —Le apretó una mano—. Es muy buen chico, seguro que abrirá los ojos.

—Ya, se lo quedará alguna otra, que puede pasar tiempo y Colin lo tiene bien engañado. —Suspiró—. También echo de menos a las chicas, ¿sabes? Ya sé que no era como antes, pero… estaban ahí. Siempre lo han estado.

—Lo sé, me pasa lo mismo. —Dio un sorbo a su café—. He hecho una cosa.

—¿Qué has hecho? ¿No habíamos dejado el plan?

—Sí, pero no puedo quedarme tan tranquila mientras Terry se casa con ese cabrón sin saber la verdad. Así que he cogido todos los correos de sus ligues, con fotos y todo, y se los he enviado.

—Vaya. —Se quedó pensativa unos segundos—. Terry no suele mirar su correo, quizá no los vea antes de la boda.

—Lo he pensado también, pero no sé qué más podemos hacer.

—Si solo nos escuchara alguna de ellas…

—¿Quieres que hagamos un último intento? Podemos ir a hablar con Scarlett y Chloe, a ver si nos escuchan. Terry fijo que no, pero ellas…

—No perdemos nada por intentarlo, estamos fuera de la boda y nos han retirado su amistad, ¿qué más pueden hacer?

—Pues en eso tienes razón.

—Vamos en mi pausa de la comida. Le digo a Sally que me tomo algo más de tiempo y luego lo recupero, no creo que me ponga pegas. —Terminó su café y se levantó—. Si quieres otro vete a pedir… que no quiero que me acusen de favoritismo y ya sabes, ocupar una mesa sin consumir, como que no.

Le guiñó un ojo y regresó a su puesto detrás de la barra.

En las oficinas, Dylan fue a la sala de descanso y se sacó un café de la máquina que había allí. Le dio un sorbo y puso gesto de asco. Echaba de menos su capuchino de todas las mañanas, pero no había vuelto al WaFFle CoFFee ni pensaba hacerlo. Tendría que buscar otra cafetería.

Regresó a su despacho y dejó el vaso de plástico a un lado de la mesa, sin ninguna gana de terminárselo. Al final iba a acabar aborreciendo el café, lo veía venir.

—¡Estupendas noticias!

Dylan pegó un bote en el asiento al escuchar la voz de Colin, que se metió sin más miramientos en su despacho.

—¿Cómo es el dicho? ¿El que lo pierde se jode y el que lo encuentra se hace rico?

Dylan apartó el café justo a tiempo al ver que Colin tiraba unas hojas encima de la mesa sin mirar si había algo debajo y se sentaba frente a él con gesto triunfal.

—No sé a qué te refieres —replicó—. ¿El que lo encuentra se lo queda?

—Lo que sea. Como Audrey se ha ido, adivina quién se queda con todo.

—¿Te lo ha dado Marlon?

—Alguna cosilla ha repartido, pero la mayoría para mí. —Señaló los papeles—. De esta me compro el Lamborghini. Y el Porche. Y un viaje a Tailandia o a Cuba, ¿dónde se supone que hay mejores tías? No, ¿sabes qué? A los dos sitios.

—Colin…

—Claro que tendré que decirle a Terry que viajo por negocios. Y que no vea la cuenta bancaria, esa es otra. Voy a tener que hacerme una nueva.

—Espero que estés bromeando.

Colin puso los ojos en blanco.

—Claro, claro, es la emoción —le contestó—. Pero, bueno, a celebrarlo sí que me acompañarás, ¿no?

—¿Cuando vuelvas del viaje de novios?

—No, me refería a esta noche.

—Colin, tienes la cena de ensayo mañana. Te casas en dos días, ¿no deberías descansar?

—¿Te he dicho alguna vez que eres un poco muermo?

—No me apetece salir, eso es todo. Me alegro por ti, de verdad, pero no tengo ganas de celebraciones. Quiero decir, sí de tu boda, pero nada más.

—Pues todavía me debes la despedida, que con lo que pasó al final no hicimos nada.

—No me lo recuerdes, gracias.

Colin frunció el ceño, consciente por fin del tono de su amigo, y se inclinó sobre la mesa para acercarse más a él.

—¿Y esa cara? —preguntó, extrañado—. No me jodas que es por la «señorita purpurina».

—¿Tú qué crees?

Colin se echó a reír, pero al ver que su amigo seguía con la misma expresión, se dio cuenta de que hablaba en serio.

—No me jodas, Dylan. Como Briana hay fulanas a patadas, solo tienes que darte una vuelta por Rodeo Drive. Está lleno de niñas ricas, tontas y deseosas de liarse con un tío con pasta. Y tú no eres pobre, precisamente. Por no hablar de que ya no estás hecho un tonel, no tienes ni que esforzarte.

Dylan lo miró fijamente, preguntándose si bromeaba para animarlo, pero no: Colin parecía hablar muy en serio.

—Seguro que Terry tiene alguna otra amiga sin neuronas que te convenga. —Sacó su móvil—. ¿Quieres que le pregunte? ¿Cómo la quieres? ¿Pechugona, para compensar lo que le faltaba a «la unicornios»?

Dylan se levantó, mosqueado del todo. Si lo que pretendía Colin era animarlo, desde luego no lo estaba logrando, aparte de que no le

gustaba en absoluto la forma en la que se estaba refiriendo a Briana en particular y a las mujeres en general.

—Tengo que irme —le dijo.

—Entonces, ¿esta noche nada?

Dylan negó con la cabeza, cogió su chaqueta y salió del despacho. Colin recogió sus papeles sin entender a qué venía el irse de aquella manera, como si estuviera ofendido. Vio el café sin tocar y lo cogió para darle un trago.

—El que lo encuentra se lo queda —murmuró, sonriendo.

Pilló un par de bolígrafos, ya que estaba, y regresó a su despacho.

Dylan dio una vuelta por la urbanización en construcción antes de ir a su apartamento. Le gustaba ver cómo lo que él había creado, sobre un papel primero y en el ordenador después, iba cobrando forma. Cierto que tenía modelos en tres dimensiones, maquetas y simulaciones digitales, pero no era lo mismo.

Había pensado que quizá se le despejaría un poco la mente de todo lo que había sucedido, pero no ocurrió así. Mientras conducía, las imágenes de la maldita libreta volvían a su mente, así como su última conversación con Briana. Le parecía increíble cómo se había dejado engañar por su aspecto inocente, cómo no se le había pasado por la imaginación todo lo que Audrey y ella estaban haciendo.

Pero encima Colin, con su actitud, tampoco estaba ayudando. Parecía un pavo real pavoneándose por toda la oficina. No se le veía dolido en lo más mínimo, ni siquiera molesto: solo feliz de ver que las habían pillado. Aquellos días le había preguntado por Terry y él solo le decía que bien, pero Dylan estaba seguro de que algo afectada tenía que estar. Al fin y al cabo, eran sus amigas las que la habían traicionado.

Había momentos, como la conversación que acababan de tener, en los que le parecía estar hablando con otra persona. Colin siempre había presumido de sus conquistas, eso no era nuevo. Él había sido igual en la universidad, hasta que tuvo el accidente y todo cambió, incluida su visión de la vida. Pero parecía que Colin había continuado por el mismo camino o que había cambiado, sí, pero no a mejor.

Esperaba que al final todo fueran bravuconadas y que el matrimonio lo asentara. Terry era una buena chica y, cuando había hablado con ella, le había quedado claro que quería una familia y ser feliz con Colin. Así que quizá todo ese pavoneo y la actitud engreída eran su forma de despedirse de la soltería.

Pasó por delante de su casa favorita, la que había señalado a su jefe como la que pensaba quedarse en preferencia, y paró delante de

la verja. No quedaba mucho para terminarla y, hasta unos días atrás, estaba deseando que acabaran para poder mudarse allí. Hasta había fantaseado con que Briana se mudara con él.

Movió la cabeza, pensando que en aquellos momentos ya no tenía tanta prisa por irse allí, pero ella se coló de nuevo en su mente. La echaba de menos, más de lo que había esperado después de lo que había ocurrido… pero no podía evitarlo. De nuevo, repasó en su mente aquel fatídico día en el que había encontrado el cuaderno. Si al menos le hubiera dado alguna explicación con algo de lógica…

Entonces se dio cuenta de que en realidad había estado tan dolido y furioso que no la había dejado hablar. No se le ocurría nada para justificar lo que habían hecho ella y Audrey, pero tampoco quería quedarse con la duda.

Echó otro vistazo a la casa y volvió a la carretera principal, de regreso a la ciudad. Aparcó en su sitio designado en el edificio de la inmobiliaria, pero no subió hasta su oficina, sino que salió a la calle y cruzó hasta la cafetería.

El lugar estaba lleno de gente, pero vio que Audrey estaba en una esquina sentada en una de las mesas. Supuso que habría ido allí después de renunciar para contárselo a Briana. Vio que ella se le quedaba mirando, como sin saber si saludarlo o no, y él hizo un gesto con la cabeza que podía significar cualquier cosa.

Justo entonces, vio que Briana salía de detrás del mostrador con un trapo en la mano y se interpuso en su camino.

—Hola —saludó.

Ella se lo quedó mirando unos segundos, con una expresión extraña.

—¿Dylan? —preguntó Briana, después de cerrar y abrir los ojos.

—¿Podemos hablar?

—Estoy trabajando. —Miró hacia el mostrador, donde estaba Sally—. No sé si me dejarán…

Su jefa había escuchado parte de la historia (exceptuando la parte de las pastillas, por supuesto) y le hizo gestos para que se fuera con él. Pero Briana no estaba muy convencida de querer hablar con Dylan, no fuera a echarle más cosas en cara. Ya había tenido suficiente.

Miró a Audrey, pero su amiga no fue de mucha ayuda porque tenía la misma cara de extrañeza que ella.

—Serán cinco minutos —añadió Dylan.

—Está bien. Vamos dentro.

Se dirigió hasta la zona designada a los trabajadores, donde estaban las taquillas para dejar sus cosas.

—Aquí podemos… —Se giró, casi chocándose con él, por lo que retrocedió un paso carraspeando—. Hablar. —Se cruzó de brazos de forma defensiva—. ¿Has venido a decirme lo maquiavélica que soy?

—Eso lo pusiste tú en un cuaderno, no yo. Pero no, solo quiero… que me aclares algunas cosas.

—No queríamos hacer sufrir a Terry —se apresuró a explicar ella—. En cuanto supimos que lo estaba pasando mal, dejamos el plan. Te lo juro, fueron solo unas pocas veces y nada que fuera irreversible o grave.

—Lo sé. —Levantó una mano para que no siguiera—. No quiero entrar en el tema de Colin. No estoy de acuerdo con nada de lo que hicisteis, eso desde luego. Casi acabáis con su relación, con su trabajo…

—No nos salió muy bien, que se quedó con los porcentajes y… —Dylan levantó una ceja—. Perdón.

Quería mostrarse arrepentida, pero no podía porque lo único que sentía era que todo aquello les hubiera afectado a ellos. A Colin, como si se lo tragaba la tierra. Pero claro, si decía algo así no era un argumento muy a su favor, así que se quedó callada, esperando.

—Quiero que me expliques mi parte —pidió Dylan, muy serio.

—¿Tu parte?

—Sí. Cuánto fue verdad y cuánto mentira. Cuando me ofrecí a llevarte a casa, por ejemplo. O cuando me invitaste a cenar. ¿Era todo para conseguir información sobre Colin? Sé que tú sabías que me gustabas. Lo tenías que saber, ya desde que nos conocimos, pero entonces me tratabas con… —Ladeó la cabeza—. ¿Condescendencia? Quiero decir, eras amable, hablabas conmigo, pero no te fijabas en mí. No me mirabas.

—Sí que te miraba.

—Pero no me veías a mí, solo veías al amigo gordo de Colin.

Briana enrojeció, porque no podía negárselo: así había sido años atrás. Se mordió un labio, insegura.

—Y divertido… —murmuró.

—¿Qué?

—También me parecías divertido. Siempre me hacías reír. Eso no era fingido.

—¿Y ahora?

—Hablé contigo por Colin, sí. Pero nada más. Solo quería saber sus horarios, algo así. Pero no por eso me subí contigo al coche, ni mucho menos te invité a mi casa a cenar. —Bajó la mirada—. Me gustabas de verdad.

—¿Gustaba? —Se acercó a ella—. ¿En pasado?

—No, ahora también. —Levantó la vista con rapidez, con los ojos humedecidos—. De verdad, no te miento. Me he enamorado de ti.

Dylan parpadeó, sorprendido. Aquello sí que no lo había esperado y, por la cara que tenía ella, supuso que Briana tampoco tenía planeado soltárselo así.

—Lo siento —se disculpó ella, ahogando un sollozo—. No sé cómo hacer que me creas, no soy la villana que parece según ese cuaderno. Si ni siquiera mato las arañas, y mira que son asquerosas, les abro la ventana para que salgan al jardín.

Dylan no pudo evitar sonreír al oírla porque eso era cierto: se lo había visto hacer. Terminó de cubrir la distancia que los separaba y cogió su rostro entre sus manos para mirarla a los ojos. A su pesar, la creía. No sabía si era su propio corazón intentando engañarse para hacer lo que quería realmente, que era besarla, pero le daba igual.

Le pasó los pulgares por los párpados inferiores, secando las lágrimas que estaban a punto de salir, y se inclinó para besarla de forma lenta y dulce. Briana se quedó quieta un par de segundos, preguntándose a qué venía eso, si la perdonaba o qué, pero por si acaso se arrepentía no lo pensó mucho y enredó las manos en su pelo para responder al beso.

Dylan la abrazó, juntando sus cuerpos, y pasó a su cuello con un suspiro.

—Te quiero, Briana —le dijo.

Ella se quedó sin respiración, esperando un «pero» a continuación. Sin embargo, no lo hubo.

—¿Entonces…? —empezó—. ¿Me crees?

—Sí.

—¿Y Colin?

Dylan la miró y le colocó un mechón de pelo rebelde detrás de la oreja.

—Es mi amigo, Briana. No sé cómo compaginaré lo nuestro con él, pero… no puedo dejarte escapar, te quiero demasiado.

—Yo también. —Empezó a besarlo y de pronto se apartó, mirándolo asustada—. Ay, no.

—¿Qué?

—Es que te he mentido en otra cosa…

—Briana…

—No sé cocinar.

—¿Qué? —La miró, divertido, pero ella parecía verdaderamente mortificada—. ¿No me hiciste tú la cena?

—La ensalada y el postre… Lo otro lo cogí de la cocina de mis padres.

Dylan la besó para tranquilizarla.

—Si esa es tu gran mentira… podemos superarlo.

Briana suspiró aliviada. Se puso de puntillas para darle otro beso, pero justo entonces se abrió la puerta y entró Dawn.

—Huy, perdón —dijo, al verlos—. Ya vengo luego.

Se marchó cerrando tras ella y Dylan le dio a Briana un beso en la punta de la nariz.

—Será mejor que vuelvas al trabajo —le dijo.

—Entonces, ¿volvemos a salir?

—Claro que sí. —Suspiró—. Mañana es la cena de ensayo y pasado la boda, así que no podremos vernos mucho… Buscaré un rato para venir, aunque sea a tomar café. Pero una vez haya pasado todo este jaleo, seguiremos donde lo dejamos.

Briana sonrió, aliviada, y salieron de la mano a la cafetería. Se despidieron con un beso y ella se quedó en la puerta hasta que lo vio alejarse.

—Vaya, le has dejado irse sin consumir —dijo Audrey, apareciendo a su lado—. Debes de quererlo más que a mí.

—Tonta. —Le dio un manotazo en el hombro—. Se ha ido rápido, no me ha dado tiempo.

—Pero todo bien, por lo que veo.

—Creo que sí. No sé cómo llevaremos el tema de Colin, pero… —La miró, con los ojos brillantes de felicidad—. Me ha dicho que me quiere.

—¿En serio?

—Y yo a él. Fue al revés, en realidad, pero da igual. Lo importante es que me cree, sabe que no lo he utilizado, así que… eso es bueno, ¿no?

—Claro que sí.

Le dio un abrazo cariñoso, feliz por ella, porque se merecía estar con él. Solo esperaba que Colin no lo estropeara metiéndose en su relación.

Contento por cómo había resultado todo, Dylan regresó a su coche para ir a su casa. No sabía cómo se las apañaría para que su amistad con Colin no afectara a aquello, sobre todo cuando estuviera casado con Terry, que seguramente querría tener citas dobles. Pero lo pensaría más adelante, lo importante era que estaba de nuevo con Briana y que ella le quería. Algo que jamás había imaginado que fuera a ocurrir.

También estaba seguro de que aquello no le haría gracia a Colin, después de lo que le habían hecho. Tendría que buscar la forma de equilibrar su relación de pareja con su amistad. Lo cual le recordó que aún tenía pendiente una cosa de la boda.

Con ese pensamiento en la cabeza, una vez en su apartamento se puso ropa cómoda y cogió la cámara que había utilizado en la fiesta de entrega de regalos. Todavía tenía que terminar de montar el video para la boda y en toda la semana no había estado de humor para hacerlo, porque sabía que se encontraría con los mensajes de felicitaciones para los novios de Audrey y Briana. Mensajes que, ahora lo sabía, solo estaban llenos de deseos falsos e hipocresía. Sobre todo, en el caso de Audrey.

Conectó la cámara a su ordenador portátil y se sentó para empezar a descargar los videos. Fue guardando en una carpeta los que iba encontrando, hasta que llegó al de Briana. En lugar de borrarlo, lo guardó en otra, quizá con el tiempo podría enseñárselo a Terry...

Después siguió revisando los videos. Alguno era demasiado largo, así que tendría que cortarlos porque, si no, le iba a salir una película de dos horas. Pero estaba seguro de que a los novios les iba a gustar.

Entonces llegó al video de Audrey. Estuvo a punto de borrarlo, pero un impulso le hizo dar a la tecla para visionarlo. No recordaba bien lo que había dicho, solo que no había estado muy dispuesta a hablar, pero tenía curiosidad. Después, lo borraría.

Briana había llegado a un acuerdo con Sally para recuperar el tiempo que tardara de más en la hora de su comida. Dejó el delantal y salió para reunirse con Audrey, que seguía en la mesa con unos cuantos vasos vacíos.

—Menos mal —dijo esta, al verla—. Si tengo que tomar otro café, *smoothie* o galleta, exploto.

—Te daré un vale por cliente habitual. ¿Dónde vamos primero?

—Pues no sé qué decirte. —Se levantó y le enseñó la pantalla de su móvil—. Mira, he intentado hablar con Scarlett y Chloe y me han bloqueado.

—¿Qué? Voy a mirar.

Briana sacó su móvil y comprobó el WhatsApp. Efectivamente, no podía enviar mensajes a ninguna de ellas. También habían dejado de seguirlas en Instagram, Twitter… e incluso estaban bloqueadas en Facebook.

—Dios mío. —Briana movía la cabeza, sin poder creerlo—. ¡Ostracismo virtual! Esto es demasiado, ¡es como si no existiéramos para ellas!

—A ver si en persona conseguimos algo.

Visto lo visto, no estaba para nada convencida. Una cosa era no contestar llamadas, pero bloquearlas… ya era lo último.

Primero se dirigieron a la casa de Chloe. Cuando llamaron al timbre de la puerta de acceso, la persona de servicio les pidió los nombres. Estuvieron tentadas de mentir, pero uno, sabían que había una cámara apuntándolas, y dos, a unas desconocidas no les abrirían la puerta. Al cabo de un par de minutos, les contestaron que no podían pasar y que, si insistían, enviarían al personal de seguridad, así que lo dejaron por imposible y decidieron probar con Scarlett.

En este caso se presentaron en su trabajo, pero les ocurrió lo mismo porque no pudieron ni pasar del control de recepción.

—¿Qué hacemos ahora? —preguntó Audrey, derrotada, apoyándose en el volante de su coche.

—¡Plan M!

—¿Qué plan es ese?

—M, de Max Mara. Buscamos a la novia de Scarlett y que le dé el recado.

—Pero si no sabemos cómo se llama ni qué Max Mara es.

—No creo que sea el *outlet*, así que será el de Santa Mónica Boulevard.

—¿Y nos presentamos así, sin más?

—Sin más no, le decimos quiénes somos. —Le dio un par de golpecitos en el brazo—. Venga, tira, que a este paso me toca hacer dos turnos extra en la cafetería para cubrir estas horas.

Audrey veía que aquel plan hacía aguas por todas partes, pero tampoco les quedaban más ideas, así que condujo hasta la tienda.

Una vez en Max Mara, Briana se dirigió con resolución al mostrador de pago y preguntó por la encargada de tienda.

—¿Hay algún problema? —preguntó la chica que estaba atendiendo.

—No, no es para poner ninguna queja, tranquila. Aunque he visto unos cuantos suéteres según pasaba que estaban desordenados en la entrada y… —Audrey le pegó un codazo—. Es un tema personal.

La chica miró hacia la zona que indicaba y después desapareció detrás de una puerta. Poco después, apareció otra vestida con un traje elegante y que se acercó a ellas con una sonrisa profesional.

—Hola, soy la encargada de tienda, Sharon —se presentó—. ¿En qué puedo ayudarlas?

—¿Eres la novia de Scarlett?

Ella parpadeó sorprendida y Audrey se adelantó un poco.

—Perdona —dijo—. Sabemos que es un poco extraño que nos presentemos así. Somos amigas de Scarlett.

—¿Le ha pasado algo?

—No, no, qué va. Somos Briana y Audrey.

La cara de la chica cambió. Alargó la mano y cogió el teléfono.

—Sé quiénes sois, por desgracia. Si no salís de mi tienda inmediatamente, avisaré a seguridad.

—No, no es necesario —siguió Audrey—. Tú solo dile una cosa, ¿vale?

—No pienso darle ningún recado vuestro. Bastante daño habéis hecho ya, ¿no os parece?

—Que le diga a Terry que mire su correo. —La chica empezó a marcar un número—. Ya nos vamos. Pero díselo, por favor.

Audrey cogió a Briana del brazo y salieron de la tienda justo cuando un hombre trajeado se acercaba hacia ellas.

—Lo que nos faltaba, tener antecedentes por molestar en una tienda —murmuró Briana.

Notó que su móvil vibraba en su bolso y lo sacó, pensando que sería Sally para decirle que era hora de volver a la tienda. Al ver quién era, sonrió sin poder evitarlo.

—¿Qué pasa? —preguntó Audrey, al ver su cara.

—Es un mensaje de Dylan.

—Me lo imaginaba, esa cara de estar en la inopia o en Babia o como se diga, solo la pones cuando se trata de él.

Briana le sacó la lengua. Pulsó la pantalla y abrió el mensaje de texto.

Ven mañana a la cena de ensayo.

Briana se lo enseñó a Audrey, extrañada. Pero antes de que pudieran decir nada, el móvil volvió a vibrar:

Trae a Audrey.

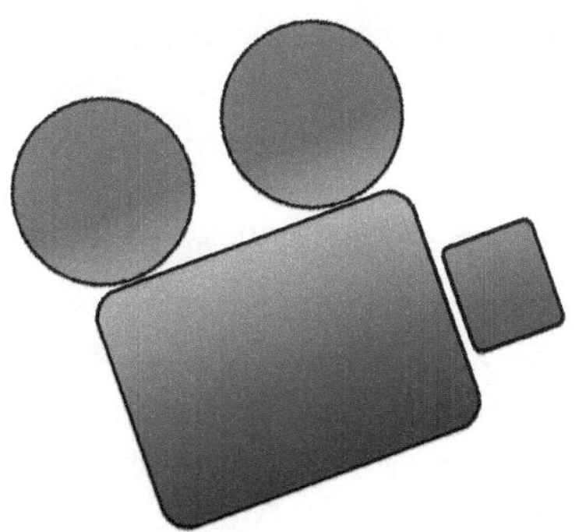

CAPITULO 20: ERASE UNA VEZ... EL ENSAYO DE BODA Y LA SORPRESA INESPERADA

Audio de WhatsApp, Empresa Draco:

Por favor, os recuerdo a todos que es un evento de mucho dinero. Os quiero impecables hoy, aunque sea el ensayo. Y nada de pasar de la corbata, sé que no os gusta a ninguno, pero ha sido una exigencia de los novios.

Alexei se guardó el móvil en el bolsillo y miró a su alrededor, buscando la dichosa corbata que había arrojado por ahí al entrar. Su jefa estaba de los nervios con aquel contrato o, más bien, deseando que terminara, y estaba totalmente de acuerdo. Qué ganas tenía de perder de vista a toda esa gente …

Había ido con tiempo para tener todo listo porque, aunque en teoría en las bodas la gente empezaba a beber después del banquete, el ensayo tenía lugar por la tarde-noche y no era exacto a la celebración oficial. El restaurante no ofrecía el menú completo, sino una especie de aperitivos que simulaban la comida y a la gente, cuando no tenía comida le daba por beber. Y aunque tenía otro camarero con él, un chico de unos diecisiete años llamado Sully que parecía simpático, el pobre no se enteraba de nada y ni siquiera distinguía el whisky del coñac. Iba a tener que estar pendiente todo el tiempo, pero al menos así se distraería de aquella pantomima que le venía encima, que ya imaginaba todas las ridiculeces que sus ojos iban a tener que contemplar.

—Toma. —Sully le arrojó la corbata, mirándole de reojo—. ¿Voy a buscar hielo?

—Buena idea. —Le hizo un gesto con la cabeza, afirmando.

El chico se marchó a toda prisa. Alexei inspeccionó la corbata, no muy convencido de cómo se abrochaba aquella cosa. No recordaba haber usado una nunca, excepto en un par de bodas hacía mil años, y tampoco comprendía por qué tenía que llevarla siendo un simple camarero. ¿Cómo iba a trabajar con eso en el cuello?

Empezó a ver gente entrar al comedor, así que se miró en el reflejo de la barra con cierto alivio al ver que era de broche y no de nudo. No tenía muy claro que hubiera sabido hacer ese nudo.

—¡Hola, Alexis! —escuchó tras él.

—Alexei —respondió de manera automática, girándose hacia la voz cantarina que provenía de detrás de la barra.

Allí estaba la chica bautizada como «Crestado Chino», metida en un modelito que hacía daño a la vista. Esperaba que no hubiera hecho un recorrido tan largo como el anterior para encontrar aquella cosa, porque le daban ganas de arrancarse los ojos ante la combinación de tonos chillones y plumas.

—Si quieres te ayudo con la corbata. —La chica se ofreció, pareciendo olvidar que apenas medía metro y medio y que le iba a resultar complicado hacer algo semejante.

—*Net*, ya está —replicó Alexei y por suerte la corbata se cerró con un chasquido.

Eso sí, menudo suplicio. Estaba deseando quitársela, igual que aquel traje que lo tenía encorsetado. Chloe no parecía ser de la misma opinión, lo miraba de arriba abajo como si fuera un caramelo.

—¿Ya se sirven bebidas?

—Seguro. —Le hizo un gesto a Sully, que regresaba con una bolsa de hielo cargada en el hombro—. Este es mi ayudante, tiene que practicar. Todo tuyo.

Sully pareció aterrado, casi tanto como Chloe, que se apresuró a negar.

—No, mejor que practique con otra persona si eso, que soy una de las damas de honor y no me puedo permitir una indigestión. —Sonrió, apoyando los codos sobre la barra—. Enseguida empezará todo, he venido un poco antes para charlar contigo.

—Ah… *khorosho*. Qué suerte tengo.

Chloe no pareció captar la ironía, porque pidió un *gin tonic* y comenzó a parlotear mientras él le daba la espalda. Preparó la bebida con gestos mecánicos y se la puso delante.

—Eres ruso, ¿verdad? —preguntó Chloe, cogiendo el vaso—. Me lo dijo Audrey.

Pronunció su nombre como si se le quedara atascado en la garganta, sensación que él compartía, aunque por distintos motivos. Se sentía un poco culpable por la última conversación que habían tenido… Había sido duro con ella, pero es que no la entendía. No sabía qué quería de él. O más bien sí lo sabía, hasta esa noche en que había aparecido en su puerta para echarle en cara que no se tomara en serio la relación.

Aún no había salido del estado de estupefacción al oírla decir eso. Pero, al menos durante unos minutos, la Audrey arrogante se había evaporado y tuvo claro que le había dado un revés con sus palabras. Pero es que todo no podía ser… ignorarlo en público y después dormir en su cama; contarle sus problemas y llorar delante de él, o ponerse celosa de otras chicas. Esas cosas no se hacían cuando solo compartías sexo, ¡todo el mundo lo sabía!

La culpa era suya, por enredarse con una de aquellas niñas ricas que iban saltando de capricho en capricho. Y cuando no conseguían el que querían, se enfurruñaban. Ya estaba mayor para esos jueguecitos, no tenía tiempo ni humor para tonterías.

—Me gusta el caviar ruso —Chloe lo sacó de sus pensamientos.

Alexei la miró, alzando la ceja.

«Ahora veremos si te gusta el caviar», se dijo.

Se inclinó hacia ella, apoyándose en la barra y Chloe imitó su gesto, emocionada ante un posible acercamiento.

—¿Sabías que el caviar lo descubrieron los negociantes rusos para Europa? —dijo—. De hecho, la palabra «caviar» tiene origen ruso. El esturión beluga es el más caro y valioso que hay, es de color gris oscuro y sabe un poco a nuez. No se suele conservar cerca de otros productos porque es muy delicado y se impregnaría de cualquier olor fuerte. Mira, es este.

Le sacó un bote que había bajo la barra, de entre todos los que había guardados para preparar aperitivos.

—¿En serio? —Ella observó el tarro, pasmada.

—Ajá. Y este otro es de esturión ruso, mucho más vulgar y con olor a pescado. No es tan suave como el otro. —Alexei sacó otro bote idéntico.

—Parecen iguales —contestó Chloe.

—Por último, está el caviar de esturión, que también se llama estrellado. El sabor es bueno, pero los granos son pequeños y es el más corriente. Para la chusma, ya me entiendes.

Puso un tercer bote frente a ella, también igual. Se cruzó de brazos mientras la chica los examinaba con cara de asombro, aunque no tanto como el que sentía él porque aún siguiera sentada allí con el rollo que le estaba metiendo.

—¿En serio hay diferencia?

—Pues claro, ¿no ves que los granos tienen distinto tamaño?

—Ahora que lo dices…. —murmuró ella, forzando la vista—. Sí, tienes razón. Se nota la diferencia entre unos y otros.

Lo miró, desconcertada, sin tener claro si sonreía porque le tomaba el pelo o porque estaba interesado en ella, pero antes de que pudiera decir nada las luces del comedor se encendieron.

—Oh, va a empezar el ensayo —dijo—. Tengo que ir a ocupar mi lugar. Luego vuelvo y seguimos hablando, ¿vale?

—Te esperaré impaciente —contestó él, cruzándose de brazos para observar el despliegue que tenía lugar ante sus ojos.

Sully se colocó a su lado, adoptando exactamente la misma posición y con cara de asombro ante la manera en que el personal repartía detalles por las mesas.

—¿Qué es eso que hay junto a los platos? —preguntó.

—No tengo ni idea.

—Parecen barras de labios con brillantes pegados.

—No me extrañaría. Esta gente es tan pija que igual escriben con eso en lugar de utilizar un bolígrafo. —Vio que una invitada quitaba lo que había creído que era la barra y que, en realidad, era un capuchón—. Vaya, ¡si es un bolígrafo!

La mujer que organizaba todo anunció la llegada al comedor de los novios, acompañados de música clásica.

—Qué horterada —musitó Sully, y Alexei tuvo que darle la razón.

Los invitados comenzaban a ocupar sus sitios en las mesas, todos vestidos con el modelito que llevarían al día siguiente. Las mesas eran un batiburrillo de flores y jarrones en oro y plata, con al menos ocho cubiertos en cada servilleta.

—Servilletas dobladas en forma de cisne— observó Alexei, inmutable.

—Las copas también tienen forma de cisne.

—¿Qué le pasa a esta gente con los cisnes?

—Lo de las damas de honor no tiene nombre —añadió Sully, divertido.

Alexei también le tenía que dar la razón en eso. Al ver a las dos juntas aún era peor que lo que había visto de Chloe tras la barra, parecían un sorbete de pomelo con una rodaja de lima encima. Mira que había visto vestidos horteras, pero aquellos superaban cualquier expectativa.

—¿No se supone que deberían vestirse así mañana?

—La jefa me ha dicho que es como nosotros con las corbatas. Quieren que el fotógrafo y el del video hagan pruebas hoy. Si alguien no pega, mañana le harán cambiarse de ropa.

—Me tomas el pelo.

—*Net.* Solo espero que no nos hagan cambiar la corbata por pajarita, eso sería todavía peor.

Sully lo miró aterrado. Si así parecían pingüinos, con una pajarita no quería ni pensarlo. Aquella gente estaba chalada.

—Excepto las damas de honor, claro —siguió explicando Alexei—. A esas las van a tener igual mañana, imagino que les pondrán focos de colores para disimular si no quedan bien, ya no las pueden cambiar.

Y hablando de damas de honor, ¿dónde estaban las dos que faltaban? Le extrañaba que no hubieran acudido, pertenecían al grupo de amigas de la novia. Podía preguntárselo a Chloe, pero prefería tragarse un pulpo vivo a mantener otra charla con ella.

La cuestión es que no estaban a la vista, pero pronto dejó de pensar en ese tema al ver a la gente acomodarse en las mesas.

—Y ahora, los discursos —anunció la organizadora—. Primero los amigos cercanos, según la lista. El padrino y, por último, el novio. Estos no son los definitivos, claro, pero tenemos que hacernos una idea del tiempo.

Alexei desconectó cuando comenzó esa parte. Se puso a frotar vasos, a dejar listas las rodajas de limón y naranja y a revisar que tenía todas las botellas que necesitaba. Los discursos fueron largos y aburridos, igual que ver una telenovela después de comer: como no podían decir las palabras finales para dejar el factor sorpresa para el día siguiente, la mayoría se había llevado un periódico y leía hasta rellenar el tiempo asignado. Alexei tuvo que hacer un esfuerzo sobrehumano por no ponerse a bostezar.

—Y ahora, soltaremos a las palomas.

Aquella frase lo devolvió a la realidad al momento. ¿Palomas?

Se giró a toda velocidad para ver cómo los invitados se acercaban a los ventanales del comedor. Los camareros los abrieron, dejando que la brisa se colara desde los jardines del lugar hasta el interior,

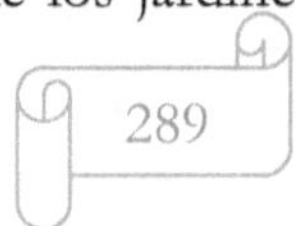

trayendo un fuerte olor a lavanda que llegaba hasta donde estaba él. Y que no los mató de puro milagro.

—¿Qué es esa peste? —protestó Sully.

—El novio, seguro. Tiene un rollo raro con las flores.

—¿Ha dicho algo de palomas?

Pero Alexei no contestó, porque en aquel momento se acercaron los novios con un par de bolsas entre las manos. Dios, esperaba que no tuvieran a los pobres bichos allí metidos, ¿a quién se le había ocurrido semejante idea? ¡Soltar palomas en un restaurante!

Suspiró al ver que lo que sacaban eran bolas de poliespán, mientras la organizadora se reía a carcajadas.

—Tranquilos todos, las palomas de verdad serán mañana. Esto, como todo, es solo para poder ensayar.

Los novios se pusieron a arrojar bolas por la ventana, ambos sonriendo como si aquello no fuera una completa absurdez. Alexei se daba cuenta de que llevaba un rato sin cambiar de cara, pero es que todo le parecía de lo más ridículo. Las bolas de poliespán volvían a entrar dentro del salón, al ser mecidas por la brisa, y se le pegaban al novio en la cara y el traje.

Contuvo una carcajada al verlo jurar y sacudirse la ropa, ahora llena de bolitas blancas. No quería ni pensar lo que podía ocurrir al día siguiente. ¿A nadie se le había ocurrido pensar que las palomas también podían volar hacia dentro del salón en lugar de hacia fuera? Y, ahora que miraba mejor al novio, ¿qué le pasaba en la cabeza, que parecía que le había crecido? ¿Había perdido todo el pelo de golpe?

La novia intentaba tranquilizarlo mientras la organizadora cerraba las ventanas resoplando, y al final entre las dos lograron sacudirle las bolas para que se quedara calmado.

—Pasemos al baile de apertura —dijo la organizadora, a toda prisa.

Como no podía ser de otro modo, empezó a sonar «El lago de los cisnes», y Alexei se convenció de que uno de los dos tenía un trauma con aquel animal. Porque entre la ponchera, los vasos, las servilletas y el baile nupcial…

Le pegó un codazo a Sully, que dormitaba apoyado sobre la barra, y este se enderezó, bostezando sin el menor disimulo. Luego volvió a recorrer el comedor para cerciorarse de que Audrey no estaba allí. Había esperado verla y ahora no sabía si el hecho de que no estuviera le molestaba o no. Igual que no quería ponerse a pensar por qué no paraba de buscarla entre la gente.

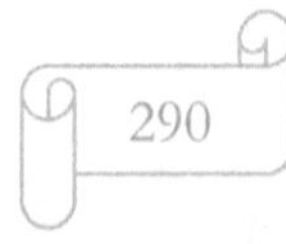

El baile llegó a su fin y al momento empezó a caer confeti de colores del techo. Los invitados parecieron entusiasmados, a pesar de que los papelitos se les pegaban en el pelo y la ropa, y se metían en los platos de comida y en las copas.

Que sí, que el confeti quedaba muy bien, pero para un camarero era una pesadilla lidiar después con esa mierda. Era la última vez que accedía a trabajar en una boda, el mismo lunes se lo diría a su jefa y…

Sus pensamientos se detuvieron con brusquedad al ver entrar a Audrey con su amiga Briana. Su corazón se detuvo un segundo, hasta que se dio cuenta de que algo raro había, porque ninguna vestía de fiesta: iban bien, como siempre, aunque no lo suficiente para una celebración. Y, desde luego, sin los vestidos de dama de honor, lo que era una bendición.

Pasaron junto a él y Audrey le dedicó una mirada y un saludo. Vaya, estaba de suerte, la reina se dignaba a saludarlo en público. Briana imitó su gesto y ahí se sorprendió del todo, porque la chica no se había acercado a menos de un metro de él ni una sola vez. Ni le había dirigido la palabra nunca. Valoró si responder algo, pero ellas ya se habían alejado.

Las dos se sentaron en una mesa al fondo, donde no había nadie. Alexei vio como la novia y las damas de honor miraban en su dirección, cambiando las expresiones de su rostro. No parecían nada contentas de verlas allí. Incluso, parecían sorprendidas.

Vaya, la tarde comenzaba a ponerse emocionante, ¿qué diablos ocurría allí?

—*Bleati…* —murmuró, al ver los ceños fruncidos de las damas de honor.

Y el novio. El capullo también parecía furioso, como si la presencia de las dos chicas lo desestabilizara.

—Es hora del video —anunció la jovial organizadora de bodas—. Y para este detalle tan bonito, la pareja ha escogido al mejor amigo de universidad de Colin, Dylan. Hoy nos va a poner un resumen, mañana tendremos el video completo. ¿Todo listo, Dylan?

El chico afirmó. Pasó junto a la mesa de Briana y le guiñó un ojo, además de rozarle la mano con la suya como quien no quiere la cosa.

Entregó un *pendrive* al encargado de la música y toda la parafernalia digital. Bajaron las luces y encendieron un proyector mientras Dylan le indicaba qué video poner. Desde la mesa presidencial, Colin hizo un gesto levantando el pulgar y Dylan se lo devolvió, aunque a Alexei le pareció que la expresión del chico era sardónica, no de camaradería.

Y entonces empezó el video.

Sin sonido de fondo, ni música añadida. Solo la imagen de Audrey ocupaba la pantalla. La chica hablaba a la cámara con una sonrisa en el rostro, y cualquiera que la conociera bien sabía que era auténtica:

Terry, en fin, ¡llegó el momento! Todas sabemos lo mucho que esperabas poder celebrar tu boda, parece que fue ayer cuando nos saltábamos las clases para comer palomitas y mirar revistas de novias. Recuerdo que hasta doblabas las páginas de los que más te gustaban. Quién nos iba a decir que tú serías la primera.»

Terry la miró y se movió en la silla, algo incómoda. Aquellos recuerdos eran buenos, reales, ojalá no hubiera cambiado todo tanto. Le parecía increíble lo rápido y bruscamente que se habían estropeado las cosas. ¿Cómo podía haberle hecho algo así su amiga? Ella no sería capaz.

Sabes que soy tu amiga y estaré aquí siempre que me necesites, para cualquier cosa.

Entonces Colin llegó a la imagen y Terry le apretó la mano, pensando que él iba a añadir algo al mensaje.

Audrey fue consciente en ese mismo momento de lo que iban a ver. Comprendió de golpe por qué Dylan las había hecho ir y pensó: «Dios mío».

La cámara se movió, mientras Dylan decía algo de que no debía de estar su amigo por allí. Las imágenes fueron confusas unos segundos, hasta que la imagen quedó quieta de nuevo, enfocando a Colin de frente y Audrey a un lado, mientras Dylan se alejaba.

Terry notó que Colin se tensaba y se inclinaba hacia delante, atento a las imágenes. Se preguntó qué ocurría, hasta que escuchó la voz de Colin en el video: «¿Ahora te follas al camarero?».

Automáticamente, todas las miradas se dirigieron hacia Audrey y después a la barra, donde Sully levantó los brazos agitándolos de forma negativa.

—¡No sé de qué camarero habla, pero no soy yo!

No me lo puedo creer. ¿No quieres follar conmigo, pero con ese tío ruso sí?

Y entonces sí, todos miraron a Alexei, que se quedó patidifuso, con una coctelera a medio agitar en la mano. No solo por lo que estaba escuchando, sino porque Audrey no se movió del sitio al volverse el centro de atención. Al contrario, permaneció quieta e incluso lo miró con una sonrisa. Aquello había pasado de película surrealista a ciencia ficción.

Pero la cosa continuaba.

Mi matrimonio va a ser un coñazo y ambos lo sabemos. Todos aprendemos de los errores, en mi caso supe que tener una novia guapa y espabilada no era lo mejor, al menos para que fuera la oficial. Decidí que la siguiente sería normalita, así además estaría agradecida de que alguien como yo se fijara en ella. Con la suerte que tiene de tenerme sé que jamás me echará de casa, ¿dónde va a encontrar otro tío guapo y con éxito? Y a mí alguien tiene que hacerme la cena.

Colin se levantó, pálido, pero Terry tiró de su mano para que no se alejara.

—¿Qué es esto? —preguntó, sin poder creer lo que estaba viendo—. ¿Es una broma de mal gusto?

—Joder, ¡no sabía que me estaban grabando!

—¿Qué? —Se soltó de su mano—. ¿Pensabas que sería tu criada o algo así?

—¿Cómo cojones se apaga eso? —Colin elevó la voz—. ¡Dylan, apágalo! ¡Ahora mismo!

—Me mandaste a la puta calle sin más, Audrey. Eso molesta un poquito, ¿sabes? ¿Qué pasa con mis sentimientos?
—Eso cuéntaselo a tus mil novias por Internet, que los dos sabemos cuál fue el motivo de la ruptura, aunque tú hayas contado otra cosa.

Terry se llevó la mano a la boca, ahogando un grito. Aquello no podía ser. ¿Todo lo que Colin le había dicho era mentira? ¿Y Audrey, sincera? No podía ser, ¿novias por Internet? ¿Encima en plural? Audrey siempre había mantenido que la había engañado, como mucho Terry había estado dispuesta a creer en un desliz… algo no demasiado grave, pero ¿novias, con -s?

—Has bebido. ¿Por qué no te vas a buscar a Dylan y os vais fuera a tomar el aire? Para algo es tu padrino.
—Bla, bla, bla. Dylan me importa una mierda, solo lo llamé porque vi una oportunidad de oro con el tema de las casas. Apenas si me interesaba su vida, mantenía contacto porque él me llamaba, es un poco pesado. Hasta que leí un reportaje donde se hablaba de su carrera como arquitecto y sus proyectos en California.

Ahí Colin miró a Dylan y por fin comprendió por qué su padrino de boda había puesto aquel video. Estaba claro que había sido un accidente, que no lo había grabado adrede, y él se había despachado bien a gusto con todos. Joder, ¿cómo lo arreglaba? Había bebido, pero no tanto como parecer completamente borracho y poder achacarlo al alcohol.

—Yo no quiero a Terry, no soporto a sus padres ni a sus amigas, no me interesa nada de lo que me cuenta pero... me aporta imagen de seriedad de cara a la galería. Aunque tendré que tirármela de vez en cuando, claro.
—No deberías casarte si no quieres a Terry, desde luego ella se merece a alguien mucho mejor que tú.

La madre de Terry cayó sobre su silla y su padre corrió a abanicarla, mientras Terry no daba crédito a lo que estaba oyendo. Era como ver una mala película de terror y que ella fuera la protagonista.

—Terry, escucha —empezó Colin—. Esto está sacado de contexto.

—Soy lo mejor que le ha pasado a esa chicanita.

Terry lo empujó, harta después de todo lo que había oído.

—¿Chicanita? —repitió, entre dientes. Estaba tan furiosa que ni siquiera fue consciente de que el video se paraba y se encendían las luces—. ¿Chi-ca-ni-ta?

—Es un apodo cariñoso...

—Nunca me has dicho eso de forma cariñosa. De ninguna forma, ya que estamos. —Volvió a empujarlo—. ¿Quiénes son esas novias?

—Inventos de Audrey, lo sabes. Te lo he explicado miles de veces, no ha superado nuestra ruptura y por eso hace estas cosas.

—¿Que ella hace cosas? —Señaló la pantalla—. Ahí tú le decías que se acostara contigo, no al revés.

—El contexto...

—¡Ni contexto ni pollas!

Se oyó una exclamación general de sorpresa en todo el salón. Terry no decía tacos, al menos nunca delante de su familia o de invitados como los de su boda, de alto copete, pero aquella situación la superaba.

—Terry, mira, si hablamos a solas seguro que... —siguió Colin, intentando por todos los medios salir de allí con ella.

—No, lo de hablar a solas no vale, Colin. Quiero que todos lo oigan, quiero que me expliques todo eso que está tan fuera de contexto. ¿No soportas a mi familia, ni a mis amigas?

—Bueno, ya sabes… Je, je, cosas que se dicen, no tiene importancia.

—¿Y Dylan? ¡Se supone que es tu mejor amigo! ¡Nuestro padrino de boda! ¿Y solo lo estás utilizando para conseguir ventas?

—No, a ver, no es así exactamente, es casualidad que su empresa y la mía hayan hecho negocios.

—¿Pero tú te estás oyendo? —Terry lo empujó por tercera vez, haciéndole caer sobre una silla, y lo señaló con el dedo desde arriba—. Eres repugnante. No puedo creer esto, ¡no puedo creerlo! —Hizo un gesto que abarcaba todo el salón—. Yo te quería, y pensaba que tú también a mí, ¿cómo has podido engañarme así? —Movió la cabeza—. ¿Cómo has podido engañarnos a todos de esta forma?

Cogió una de las botellas de champán abiertas que había sobre la mesa y se acercó a él. Colin levantó las manos de forma defensiva.

—¡No me des con eso, me vas a matar! —Terry empezó a derramarlo sobre su cabeza—. ¿Estás loca? ¡Que son quinientos pavos la botella!

—Ah, sí, claro, no te preocupes. Le diré a la empresa que lo organiza que te pase la cuenta de todo, no pienso dejar que mis padres gasten un solo dólar más.

—Pero Terry… —Se sacudió para intentar librarse del champán que caía por su cabeza y empapaba su ropa—. Tienes que escucharme, si me quieres lo harás.

Consiguió cogerle una mano y la miró con su mejor cara de arrepentimiento, como si la quisiera de verdad, aquella mirada con la que conseguía siempre todo lo que quería.

Terry tragó saliva, sintiendo que su voluntad flaqueaba unos segundos. Era todo tan increíble, todo lo que salía en aquel video…

—Es una manipulación —siguió insistiendo Colin.

Ella apartó la mano, moviendo la cabeza. Cierto que había estado en shock desde que comenzara el video, pero estaba segura de que no había ningún corte en él. Y, aunque lo hubiera, dudaba que todo comenzara con una frase del tipo «voy a soltar burradas, pero todo es mentira». Además, Dylan no se había aproximado en ningún momento. Ahora que lo miraba, permanecía en la mesa donde estaban Audrey y Briana, y se había sentado junto a esta. Tenían las manos juntas y no parecía para nada enfadado con ella, sino todo lo contrario. Aquello demostraba que él también creía en el video y no en Colin.

—¡Acuérdate de la libreta! —Colin alzó la voz, para que todos lo oyeran—. Mira lo que nos han hecho, esa puñetera libreta con su plan maquiavélico para acabar con nuestra relación. ¡Seguro que es parte de esto! Tenían una lista entera de cosas. —Como todo el mundo lo miraba, aprovechó para ver si así se distraían del video—. Sí, como lo oís: me echaron relajantes musculares en el café, laxantes, ¡hasta crema depilatoria para el pelo! ¡No me estoy quedando calvo, fueron ellas! —Las señaló, ignorando algunas risitas—. Tenían una lista completa de putadas.

Pero Terry ya no lo escuchaba. Aquello era demasiado.

—Necesito estar sola —dijo.

Se dio media vuelta y echó a correr. Colin intentó alcanzarla, pero al pasar junto a la barra, ella gritó:

—¡Barra libre! ¡Bebidas gratis para todos!

Y de pronto todos los invitados corrieron hacia allí en modo avalancha, casi tirándolo al suelo, por lo que no pudo alcanzarla.

—¡No, no! —Agitó los brazos, asustado al pensar en la factura que le iba a llegar—. ¡Quietos! ¡No bebáis!

Pero la gente no le hacía caso, más bien lo ignoraron e incluso lo empujaron para llegar hasta la barra, así que se apartó y corrió a buscar a la organizadora de la boda, la única que podía parar aquello.

Terry ya estaba saliendo por una de las puertas laterales pero, justo antes de que lo hiciera, Scarlett la alcanzó, sin aliento. La detuvo cogiéndola de un brazo.

—Ahora no, Scarlett —dijo Terry, casi sollozando.

—Mira tu correo electrónico.

—¿Qué? —Movió la cabeza, confusa—. ¿Por qué?

—Audrey y Briana fueron a Max Mara y hablaron con mi novia. Parece que Audrey te ha enviado algo… No te lo he dicho antes porque no quería que te molestaras, era tu cena de ensayo… pero quizá necesites verlo.

Terry miró por encima de ella hacia la mesa de sus dos amigas, cruzó una mirada con Audrey y afirmó con la cabeza. Temía ver lo que fuera que le había enviado pero, después de aquel video, necesitaba saber la verdad. Le dio un corto abrazo a Scarlett y siguió corriendo, antes de que nadie de su familia ni Colin pudieran alcanzarla.

CAPITULO 21: ERASE UNA VEZ… UNA LISTA DE COSAS BUENAS Y LAS HEROINAS DEL CUENTO

Mensaje de audio de WhatsApp, Theodore, padre de Briana:

Cuando acabes esa cena de ensayo pásate por casa, quiero hablar contigo en mi despacho sobre tu rendimiento en la cafetería.

Briana escuchó el mensaje que le había enviado su padre y se lo enseñó a Dylan y a Audrey, preocupada.

—A ver si me va a reñir por los turistas… —musitó.

—¿Qué turistas? —preguntó Dylan.

—Los que van a la cafetería a descansar, se duermen y Briana les ofrece amablemente otro café, bandejazo sonoro incluido —explicó Audrey.

—¡Somos una cafetería, no un lugar de reposo! Para eso que se vayan al parque. O a un hotel, ¿no?

—Tranquila, seguro que no es para echarte la bronca. —Dylan le dio un beso en la mejilla—. Lo haces genial.

Briana no las tenía todas consigo, no sabía si habría incumplido alguna norma pero, en fin, tendría que hablar con su padre para averiguarlo.

—Hay que coger al toro por los cuernos —le dijo Audrey—. Como yo en la inmobiliaria.

—Lo sé. ¿Vas a hacerlo también con Alexei?

—¿El qué?

—Coger al toro por los cuernos. Algo tendrás que hacer, digo yo, el hombre tiene que estar flipando con todo esto. ¡Que encima sale en el video! Solo de pasada, pero sale, todos le han mirado.

Con todo el caos que se había organizado, Briana y ella habían estado atentas sobre todo a Terry, y apenas si había vuelto a mirar hacia la barra. Ahora que el ambiente empezaba a tranquilizarse, Audrey decidió que sí, que era momento de ir a hablar con Alexei. Ahora o nunca, Briana tenía razón e iba a tener que hacer algo para arreglar el problema. Se levantó con resolución y se alejó mientras la pareja levantaba los pulgares para darle ánimos.

Pero, cuando se acercó hasta la barra, allí solo quedaba aquel crío que no parecía tener más de quince años.

—Oye. —Audrey le hizo una señal, y él dejó de limpiar para acercarse—. ¿Dónde está Alexei?

—Se ha ido hace unos veinte minutos.

—¿Así, sin más?

—Con el lío que se ha montado, nuestra jefa ha llamado para decir que recogiéramos y nos largáramos, ya que el novio se ha negado a pagar la barra libre.

—¿Y te ha dejado aquí?

—Pues sí. —La expresión de Sully dejaba claro que no estaba muy contento por aquello—. No sé, ha dicho que estaba harto de espectáculos americanos y que me vendría muy bien cerrar solo porque así iría aprendiendo.

—¿De verdad?

—Sí. En realidad, ha dicho más cosas, pero no las he entendido.

No era el único, bien lo sabía ella. Pues le tocaba volver a su casa, eso si no se había marchado por ahí, al fin y al cabo, era viernes. Saco el móvil para mandarle un mensaje a ver dónde estaba, pero después lo pensó mejor: si le avisaba, igual encontraba alguna excusa para evitarla. Y no iba a permitirlo, primero tendría que escucharla y después podría tomar su decisión (y evitarla, si procedía).

Y hablando de escuchar, no había pensado en nada, pero tenía el trayecto en coche para ensayar un discurso. Que seguro resultaría patético, porque Audrey no recordaba que le hubiera pasado algo parecido en su vida. Por norma general, era ella la que recibía las atenciones y los intentos de conquista, aquello ponía su mundo del revés. Desde el principio, Alexei había puesto su mundo del revés.

Se encaminó hacia la salida resuelta, sin pensar en nada más y a paso ligero, pero de pronto se vio detenida por una Chloe que pareció surgir de la nada.

—¡Audrey! —exclamó, haciendo que se detuviera tan en seco que por poco se estamparon la una contra la otra—. Chica, qué prisas. ¿Se quema algo?

—No. ¿Qué quieres?

—Solo decirte que lo siento mucho.

—Disculpas aceptadas.

Audrey hizo el intento de reanudar su camino, pero Chloe no estaba dispuesta a dejarla marchar tan pronto, al menos no sin lanzarle un buen montón de congoja y culpabilidad.

—No sé cómo llegamos a confiar en las palabras de ese cretino —siguió—. Somos amigas desde hace mil años, deberíamos haberos concedido el beneficio de la duda.

—Tranquila, lo entiendo. No pasa nada, lo importante es que la verdad haya salido a la luz a tiempo y que Terry no se case con él.

—Sí, lo sé, pero ya sabes… lo de bloquearos en las redes sociales fue una canallada y quiero disculparme. —Chloe puso cara de pena.

—Hiciste lo que creías correcto. Es normal, pensabas que os habíamos traicionado.

Audrey deseaba que la chica dejara de disculparse. Primero, porque sabía que habían hecho lo que ellas consideraban mejor para Terry y, segundo, porque estaba desperdiciando un montón de minutos y sentía que cada uno que pasaba la alejaba cada vez más de su objetivo.

—¿Tienes prisa? —volvió a preguntar Chloe, al ver su inquietud.

—Mira, Chloe. —Audrey le puso la mano en el hombro y habló con firmeza—. Te quiero mucho y te perdono, pero la verdad es que tengo que ir a hablar con Alexei.

La morena puso cara de sorpresa.

—Entonces, ¿es verdad que te estabas acostando con él?

—¿Te parece mal?

—Claro que me parece mal, zorra, ¡era lo que yo intentaba conseguir! —replicó Chloe con una risita mientras le pegaba en el hombro—. Podías haberme avisado, que he estado haciendo el ridículo ahí poniéndome «en modo coqueteo». ¿Te gusta? ¿Por qué no nos contaste nada?

Audrey sacudió la cabeza.

—Lo siento, es que no sé… No me apetecía hablar de ello.

—Como si te viera… «En el capítulo especial de hoy: Audrey Mitchell se digna a mirar a un camarero». —Ahora el tono de la joven era burlón y se convirtió en una carcajada al ver la expresión ofendida de Audrey—. No pongas esa cara, que tú eres así y lo sabes.

—Ja, ja. ¿Algo más?

—Bueno, si de verdad te gusta lo dejaré marchar. —Chloe se encogió de hombros—. No creas, que estábamos conectando… Antes se ha mostrado muy interesado en explicarme cosas de su cultura, del caviar, en concreto. Pero, por una amiga, lo que sea.

—Gracias, Chloe —respondió Audrey con una sonrisa sincera.

—De nada. —Su amiga la abrazó y después revisó que su pelo estuviera bien—. Vale, puedes ir a hablar con él. Y no te lo pienses tanto… ¡demasiado mono para estar soltero mucho tiempo!

Audrey empezó a fruncir el ceño, pero al ver el rostro de la joven tuvo que limitarse a interiorizarlo. Esa clase de presión no era lo que le hacía falta en aquel momento, que lo tenía todo en contra… Reanudó la marcha hacia la salida, pero cuando estaba a punto de salir sintió que alguien la agarraba del brazo y se revolvió, frustrada.

—¿Y ahora qué? —protestó.

—Soy yo, tranquila. —Briana entró en su campo visual—. ¿Te marchas? Scarlett te estaba buscando para disculparse, creo.

—Pues que lo haga mañana. No le vendrá mal pasarse unas horas sintiendo remordimientos.

—¡No seas mala! — Briana se echó a reír, y bajó la voz—. Por cierto, después de ese video Dylan está arrepentido y muy dispuesto a complacerme, ¿crees que debería aprovechar la situación?

—Sin dudar. Suerte con tu padre, también.

—Ya te contaré.

—Luego te mando un audio, o dos. —La besó en la mejilla antes de salir.

Se alegraba de que Dylan hubiera querido escuchar a Briana antes de ver el video, eso decía mucho sobre la clase de persona que era. Incluso estando enfadado y furioso tenía buena pasta, Briana estaba en las mejores manos posibles.

Logró salir sin que Scarlett la encontrara y cogió el coche. Sintió un *déjà vu* al aparcar en una zona similar a la de la noche de los tequilas y solo esperaba que no terminara igual de mal que aquella en su momento. Pero lo tenía claro, sabía que estaba en su mano, solo debía encontrar el modo de convencerlo y borrar los meses en los que no había sabido comportarse.

Con las interrupciones de Chloe y Briana, Audrey cayó en la cuenta de que no había pensado en qué iba a decir. Y ahora se encontraba allí, a dos segundos de volver a llamar a la puerta, y con el precedente de soltar lo primero que se le ocurría bajo la influencia del tequila.

Solo tenía que pensar, no era difícil. Ya estaba: hacer una lista. Eso, hacer una lista siempre funcionaba, en todas las ocasiones: en el supermercado, antes de un viaje, como propósitos de año nuevo, al hacer un inventario, al criticar a alguien… las listas eran sus amigas. Podía hacerlo, seguro.

Llamó a la puerta esperando no haber hecho el viaje en balde, pero entonces escuchó pasos y sintió una mezcla de alivio y aprensión. ¿Y si volvía a decirle adiós acompañado de alguna palabra de las suyas? ¿Por qué puñetas no había dedicado el viaje en coche a ensayar algo con sentido? En ese momento, la idea de la lista le parecía de lo más ridícula.

Cuando él le abrió la puerta, aún vestido con el traje del ensayo, quiso desaparecer. Se sentía como las actrices de teatro segundos antes de pisar el escenario: por un lado quería hacerlo, pero por otro solo deseaba salir corriendo.

—No me estarás acosando, ¿verdad? —preguntó Alexei, repitiendo esa frase que había dicho en broma hacía meses. Y, aunque no sonreía, ella percibió un matiz de burla en el saludo.

—Me gustan tus tatuajes —dijo Audrey sin pensar, aún en el rellano.

Muy bien, al parecer se decantaba por la lista.

—¿*Chto*?

—Tus tatuajes. Me gustan. —La chica suspiró, porque aquello era muy difícil, y tampoco es que estar parada en la puerta ayudara, pero prefería soltar la lista de golpe, antes de empezar a sentirse incómoda.

—¿Has bebido otra vez?

Audrey cogió aire. No le gustaba pedir disculpas y su lado orgulloso se resistía con uñas y dientes. Sin embargo, la opción de no volver a ver a Alexei todavía le gustaba menos, así que negó para dejar constancia de que estaba sobria y carraspeó.

—Tú dijiste que no me gustaban, pero no sé de dónde sacaste esa idea. Y no es lo único —interrumpió, al ver que él abría la boca para replicar—. Me gusta tu ropa, aunque tengo que decir que con ese traje estás genial… Pero tu ropa te define y, la verdad, creo que no podría imaginarte vestido de otro modo.

Alexei cerró la boca, limitándose a mirarla con los ojos entrecerrados, como si no terminara de creer lo que oía.

—Me gusta tu apartamento, aunque parezca una tontería, y que tus sábanas huelan a canela. Y me gusta que trabajes tanto, porque eso significa que tienes ambiciones y no te da miedo esforzarte para conseguirlas. Me gusta cómo encajamos en la cama, aunque seas un

poco mandón, y que adivines cuándo necesito sexo y cuándo un abrazo. Me gusta que no seas muy hablador… Eres un tío de pocas palabras, pero dices las adecuadas. Así que ya ves, hay muchas cosas que me gustan de ti, pero es importante no estar hasta arriba de tequila para poder decirlas.

Alexei tardó unos segundos en reaccionar.

—Vaya, eso son muchas cosas —comentó, alzando una ceja—. ¿Has hecho una lista o algo parecido?

Ella lo miró con los ojos abiertos de par en par. ¡Si la lista era mental! ¿Cómo podía saberlo?

—*Net*, lo digo porque al parecer os gusta mucho hacer listas, ¿no?

Entonces Audrey entendió que se refería al tema de la libreta y el plan maquiavélico, que con sus nervios había olvidado que Alexei se encontraba presente en la proyección del video «amistoso». Dios mío, seguro que le diría algo malo al respecto, y entonces todo lo bueno que acababa de decir ella caería en el limbo, y no tendría otro remedio que marcharse cabizbaja a buscar su coche durante horas porque esa noche tampoco se había fijado al aparcar.

Alexei se apartó de la puerta cuando estaba a punto de echar a correr.

—*Zohodite*, pasa —dijo—. Mis vecinos no necesitan este tipo de entretenimiento.

Audrey obedeció, pero no se movió del *hall*, por si acaso. Alexei iba hacia el interior pero, al ver que no se movía, se paró para mirarla.

—¿Te vas a quedar ahí? —preguntó.

—Mejor tener la salida cerca.

—Como quieras.

Se quitó la corbata y empezó a desabrocharse la camisa.

—¿Eso es todo? —Audrey evitó mirar su pecho, mientras él tiraba la prenda a un lado—. ¿No vas a decir nada?

—Lo estoy pensando.

—Pero, ¿qué tienes que pensar? —Alexei se desató el pantalón—. Oye, si vas a desnudarte así, sin más…

—Así sin más, no. Luego te desnudaré a ti.

—Mira, si crees que he venido solo a por algo de sexo, estás muy equivocado. —Levantó el dedo para enfatizar sus palabras, pero él ya se estaba quitando el pantalón—. ¿Me estás escuchando?

—Sí. —Se acercó a ella y la arrinconó contra la puerta—. Estaba intentando ordenar mis pensamientos, porque después de esa lista que has hecho, al menos te mereces una parecida, ¿no crees?

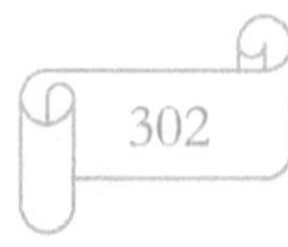

—Ah. —Eso la aturdió, aunque que él estuviera tan cerca tampoco ayudaba—. Entonces, ¿te gusto para algo más que el sexo?

—Eso está en la lista, claro. —Le apartó el pelo del cuello y la besó justo debajo de la oreja, uno de sus puntos sensibles—. Me gusta cómo te apasionas por tu trabajo. Que no te dejes avasallar por esos tipos. Me gusta que hayas sido capaz de ver lo imbécil que era ese Colin y lo alejaras de tu vida. Lo del plan maquiavélico que ha contado también me ha gustado, no creas, me ha hecho gracia. Yo le he echado alcohol del malo en sus combinados por fastidiar, así que…

—¿En serio?

—Ajá. —Le quitó la blusa y bajó las manos por sus costados—. Me gusta que hablaras así de mí en el video, como si no te importara que nos estuviéramos acostando.

—Es que no me importa. O sea, me da igual lo que piensen.

—Y eso me gusta también. —Acercó sus labios a los de ella hasta rozarlos—. Me gusta que te comieras el *kebab*, no hay nada más sexy que una mujer comiendo sin hacerle ascos a algo, odio que pidáis solo lechuga.

Audrey notaba que sus piernas comenzaban a volverse de gelatina y subió los brazos a su cuello, tanto para sostenerse como para abrazarlo. Le encantaba tocarle, sentir su piel caliente bajo los dedos, cómo se erizaba ante su contacto.

—Me encanta que estemos saliendo —terminó él, antes de besarla.

Audrey estuvo a punto de soltar su «no estamos saliendo» por costumbre, pero en lugar de eso entreabrió los labios y le tocó la lengua con la suya.

Sí, aquello no era algo casual, por fin podía admitir ante sí misma, ante él y ante el mundo, que estaban saliendo. Aunque no en ese momento, ya se dejarían ver otro día, porque Alexei la estaba cogiendo en brazos y se dirigía a su dormitorio, así que imaginaba que esa noche no saldrían de allí, tenían tiempo perdido que recuperar.

Dylan acompañó a Briana hasta su casa, aunque se quedó esperando en la de la piscina para no ponerla más nerviosa de lo que estaba. Así estaría cerca para apoyarla, tanto si las noticias eran buenas como si eran malas.

Briana llamó a la puerta del despacho de su padre y se asomó.

—Pasa —le indicó él, sentado tras su mesa.

Briana entró y cerró tras ella. Fue a sentarse con paso lento. Siempre que entraba ahí se sentía intimidada, rodeada de tantos libros y con aquellos muebles que le daban un aspecto sobrio a todo. Su padre tampoco sonreía mucho, lo cual no la animaba demasiado.

—Este es tu informe. —Le pasó unas hojas imprimidas—. Me lo ha pasado Sally esta mañana.

—Ah.

—¿No quieres verlo?

—Si hay algo que he hecho mal…

—Al contrario, Sally está muy contenta contigo. Al igual que todos tus compañeros. Felicidades, hija, estoy muy orgulloso de ti.

Briana abrió la boca y la cerró, sintiéndose como un pez fuera del agua. Cogió las hojas y las leyó por encima, sin poder creerlo. ¿Su padre, orgulloso de ella?

—Seguirás con ellos hasta que acaben los seis meses que hablamos, después vas a hacer un curso de dirección de empresas.

—Pero…

Se quedó callada, dándose cuenta de lo que estaba a punto de decir. Su padre la miró, expectante, y ella se armó de valor.

—No quiero irme de allí —dijo—. Me gusta la cafetería.

—Vaya, eso sí que no me lo esperaba. —Theodore sonrió—. No te preocupes, puedes hacer las dos cosas a la vez. Lo que quiero es que te prepares para llevar tú la próxima franquicia que vamos a abrir.

—¿En serio?

—Por supuesto. Me has demostrado que eres capaz de eso y de más, así que confío en ti.

Briana se levantó y corrió a abrazarlo, llevada por un impulso. Su padre dudó unos segundos, pero al final la estrechó contra él.

—A mamá no le va a gustar nada —dijo ella, sin soltarlo.

—Tu madre vive en otro mundo, cariño. Me alegro de que tú hayas venido al mío.

Briana también se alegraba, aunque unos meses antes ni se le hubiera ocurrido que aquello fuera posible. Pero la vida anterior ya no la veía igual, prefería mil veces como estaba ahora y pensar en lo que le esperaba la emocionaba.

Le dio un beso en la mejilla y se apartó.

—Voy a celebrarlo con Dylan.

—¿El chico del Mustang? —Briana afirmó, sin saber si el tono con el que había dicho la marca del coche era bueno o malo—. Siempre he querido tener un coche así, creo que me compraré uno. Invítalo a cenar un día de estos, quiero conocerlo.

—Claro, papá.

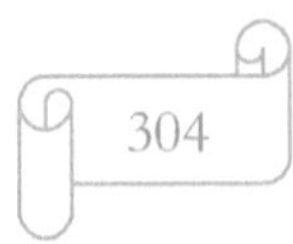

Y salió corriendo, dando saltitos de alegría. Muchas veces le habían dicho que estaba en las nubes y que vomitaba purpurina pero, aquel día, le parecía estar haciéndolo de verdad.

Le mandó un audio a Audrey para contárselo y, cuando su amiga no respondió, imaginó que al final habría conseguido arreglar las cosas con el ruso, porque si no, habría tenido varios lamentos esperándola en el móvil.

Regresó junto a Dylan, feliz porque las cosas parecían arreglarse, pero con una pequeña punzada molesta que latía por Terry. Aquella noche había sido una pesadilla horrible para ella y no quería ver a nadie. Lo sabía porque Chloe y Scarlett le habían escrito para decirle que no respondía a los mensajes y que insistía en estar sola.

Por la mañana, Briana consultó su teléfono para descubrir que no había novedades al respecto, así que le dejó un mensaje a Audrey:

> ¿Cómo fue todo? Ya imagino que bien, que ni coges el teléfono…
> ¿sabes algo de Terry?

Unos diez minutos después, le llegó la respuesta de su amiga y la conversación siguió:

AUDREY
> Me acabó de despertar, lo siento. Detalles luego, ahora cuéntame
> sobre Terry. ¿Es que sigue sin dar señales de vida?

BRIANA
> Chloe y Scarlett dicen que no quiere ver a nadie desde anoche…

Audrey se incorporó en la cama, frotándose los ojos con gesto somnoliento. Ni que Alexei rociara la cama con formol, siempre que estaba allí dormía de más… y mientras, en su casa, Terry estaba sufriendo. Sabía bien cómo se sentía porque también había pasado por eso, pero su amiga tenía algo que ella no: al resto del grupo de su parte.

> Voy a ir a verla. Conmigo hablará.

Briana le respondió, añadiendo varios emoticonos que se encogían de hombros.

> ¿Seguro?

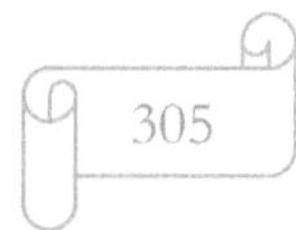

Audrey volvió a escribir:

Sí. Pero escucha...

Añadió un par de líneas, dándole indicaciones, y luego dejó el móvil sobre la mesilla. Alexei permanecía boca abajo, aún adormilado, y ella le besó en el hombro.

—Voy a salir un rato, tengo que hacer una cosa —susurró.

Él murmuró algo en ruso que Audrey no entendió, pero a lo que respondió:

—Sí.

—¿Está bien tu amiga?

—Es lo que voy a comprobar —dijo, sacando las piernas de la cama para ir a vestirse.

—Una cosa. —Alexei alargó el brazo para detenerla sin cambiar de postura—. Dile a la chica que si necesita que alguien le rompa las piernas a ese cabrón...

Audrey lo miró, alzando una ceja.

—¿Estás bromeando?

Alexei giró la cara con una sonrisa.

—Yo no hago esas cosas, ya me conoces, siempre legal. Pero tengo algún amigo que otro que lo haría sin problema.

—Voy a hacer como que no he escuchado esto —dijo ella, conteniendo una carcajada.

—Tú dale el mensaje, verás cómo le hace sentir mejor. Luego nos vemos, *krasivoya*. —Alexei le guiñó un ojo y volvió a cerrar los ojos, acomodándose con la intención de seguir durmiendo.

Audrey no tenía claro que estuviera de coña, pero decidió no darle importancia porque muchas veces él permanecía serio cuando bromeaba y aquella debía de ser una de esas veces. Lo besó en la mejilla y se levantó para arreglarse.

Una vez vestida, cogió su coche para conducir hasta la casa de los padres de Terry, donde ella había vivido antes de mudarse con Colin. El vigilante de la verja de seguridad la dejó pasar después de recibir confirmación, igual que el sirviente de la entrada. Los padres de Terry eran mayores y conservadores, aún creían en tener personal uniformado en casa.

—Hola, querida —saludó la madre, acercándose nada más verla entrar—. Menos mal que has venido, Terry lleva toda la noche metida en su cuarto y no quiere salir. No habla con nosotros y no ha comido nada desde ayer. Y con todo el lío de cancelar la boda…

—Lamento mucho lo ocurrido, señora Martin.

—Esto no es culpa tuya, querida. ¿Quieres tomar algo?

—No, gracias. Voy a ver a Terry, si le parece bien.

—Por supuesto, sí, sube. Espero que quiera hablar contigo, su padre y yo lo hemos intentado un montón de veces.

Audrey le dio unas palmaditas de ánimo y subió las escaleras hasta el antiguo cuarto de su amiga, ubicado al final del pasillo. En realidad, sabía que ella era la única persona a la que Terry quería ver, lo tenía claro, ese era el motivo de que estuviera allí.

Tocó en la puerta con suavidad.

—No quiero leche, ni bollos, ni agua. ¿Queréis dejarme sola, por favor?

—Soy Audrey —respondió ella—. ¿Puedo entrar?

No recibió una respuesta inmediata, pero segundos después oyó pasos y un cerrojo que se descorría. La puerta se abrió y apareció Terry, envuelta en una bata, despeinada y con los ojos rojos, indicativo de haberse pasado gran parte de la noche llorando.

—Pasa —invitó, cerrando tras ella y volviendo a echar el cerrojo.

Se sentó sobre la cama después de alisar la colcha, cogió su ordenador portátil, y lo encendió.

—Scarlett me dio el mensaje y al llegar aquí anoche miré mi correo —murmuró—. ¿Cuándo me lo enviaste?

—Hace unos días, después de la despedida de soltera.

—Primero me puse furiosa por no haberlo sabido antes, aunque… Otra cosa no podré decir, pero sí que intentaste advertirme. —Se sentó, recogiendo las piernas—. Hay un montón de chicas ahí, un montón de videos. ¡Hijo de puta!

—Sí, lo es —Audrey le dio la razón.

—Me siento fatal. Y no solo porque le quería y por haber descubierto que todo era falso, sino por cómo me tenía engañada. Cómo logró hacer que dudara de mis amigas. —Terry sacudió la cabeza—. Ni siquiera tenía que haber aceptado salir con él, una buena amiga no se lía con el ex de otra a la que ha hecho sufrir, ¿verdad?

Audrey se encogió de hombros. Había ido a su casa para apoyarla, no para que se sintiera peor, pero tampoco sabía bien qué responder a eso.

—Supongo que me deslumbró, no sé. Un tío tan guapo fijándose en mí… no me había pasado nunca y me arrastró.

—Eso ya es agua pasada.

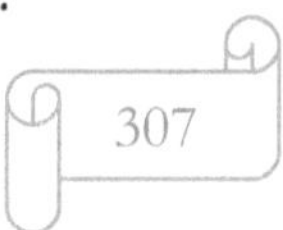

—Llevo mucho tiempo pensando que estabas medio chiflada, Audrey. Que aún seguías queriendo recuperarlo, que él tenía razón en llamarte neurótica. Soy una amiga horrible.

Y rompió a llorar otra vez, apartando el portátil de forma brusca. Audrey se sentó a su lado y le rodeó los hombros con el brazo.

—Yo también soy una amiga horrible, no lo olvides. Planeé como fastidiar al novio y la boda.

—Pero lo hacías con buena intención, no es lo mismo —protestó la morena—. He quedado como la tonta número uno. ¡Hasta dejé mi trabajo para dedicarme a cuidar de él! Ese matrimonio hubiera sido una pesadilla… Como si lo viera, viajes de negocios en los que en realidad estaría engañándome y cosas por el estilo. Ni siquiera sentía interés sexual por mí, solo necesitaba a alguien de buena familia que le preparara la cena.

—No te castigues más, anda. Colin es un capullo y se le dan bien las apariencias… Que te enamoraras de él es una mierda, pero el resto es culpa suya.

Terry asintió con un resoplido.

—Te prometo que va a conocer mi lado malo, en serio. Voy a usar todas las influencias de mi familia para hacerle la vida un poco más difícil, le vetaré en todos los sitios que pueda.

Audrey la miró con orgullo.

—Esto es lo mejor de todo —dijo—. Pensaba que no serías capaz de bregar con esto, ni siquiera imaginaba que fueras capaz de actuar como lo hiciste anoche. Cuando te oí gritarle eso de «Ni contexto ni pollas», me quedé pasmada.

Terry asintió, aún frotándose los ojos con un pañuelo de papel.

—No sé qué me pasó. Deben de ser mis genes de chicanita.

Audrey trató de controlarse, pero soltó una risita. Terry se quedó unos segundos con expresión sorprendida, pero al final las lágrimas terminaron mezclándose con una serie de risas histéricas.

—No puedo creer que me llamara así.

—Lo que tienes que hacer es olvidarte de él. Sí, sé que es más fácil decirlo que hacerlo… te comprendo bien porque pasé por ello pero, de verdad, Colin no merece ni una sola de nuestras lágrimas. Ni que pierdas otro segundo sufriendo por él.

—Supongo que sí, me costará… aunque es más fácil sabiendo que todo era una gran mentira. —Se frotó los ojos por última vez, más serena—. ¿Podrás perdonarme?

—¿El qué?

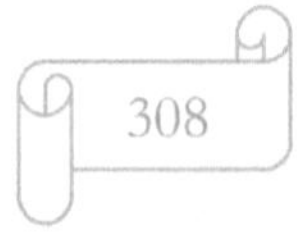

—Todo… pero lo que más, no haberte creído. Se supone que las amigas deben confiar las unas en las otras y yo no lo hice.

—Ya está olvidado, lo importante es que Colin haya salido de nuestras vidas —respondió Audrey, abrazándola.

Terry la abrazó a su vez, e hipó de nuevo. No era que Audrey no la comprendiera, una no dejaba de estar enamorada de la noche a la mañana y aceptar que todo lo que habías vivido los últimos años era una farsa resultaba duro pero, cuanto antes empezara a aceptarlo, mejor. Al menos había demostrado no ser tan blanda como creían, al final le había echado genio al problema.

—Voy a necesitar mucho apoyo —susurró la morena.

—Alexei me ha dado un recado para ti. —Terry alzó la mirada, confusa—. Que si quieres que alguien le parta las piernas a Colin, se puede arreglar.

Su amiga pareció espantada al oírla, pero un par de segundos después empezó a reírse. Y siguió, hasta que le entró un ataque de tos y tuvo que parar.

—Muy tentador —comentó, agarrando el paquete de pañuelos de papel—. Me siento mejor sabiendo que tengo esa opción. Mira, al menos algo bueno ha salido de esto, has conocido a ese chico ruso… ¿cuándo lo podremos conocer en condiciones?

—Ya lo arreglaremos, celestina.

—Voy a necesitar mucho a mis amigas —insistió Terry.

—Por eso no te preocupes, esta mañana he hablado con Briana y… —dejó de hablar al escuchar el timbre de la puerta—. Mira, deben de ser ellas.

—¿Las has avisado? ¿Cómo sabías…?

—Aunque en los últimos meses no hayamos pasado mucho tiempo juntas somos una piña. Y vamos a recuperar esa unión.

Se oyeron unos golpes en la puerta de la habitación. Terry permaneció en silencio mientras la rubia se levantaba para ir a abrir. Al otro lado aparecieron Scarlett y Chloe, la primera con un montón de revistas y la segunda portando una cesta de productos de baño.

—Esto para el aburrimiento —dijo Scarlett, dejando las revistas sobre la cama.

—Y esto por si te deprimes y te da por no bañarte —añadió Chloe.

—Dios, espero que eso no suceda —repuso Terry con una mueca, después de abrazarlas a las dos—. ¿Y dónde está…?

Antes de que pudiera terminar la frase, apareció Briana sujetando una bandeja con una sonrisa. Se acercó despacio para no tirarla y la depositó en la mesita de noche mientras Terry observaba lo que había

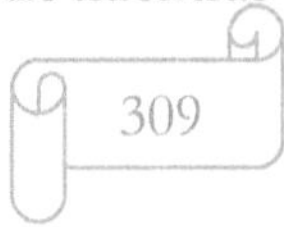

sobre ella: cinco perfectos *cupcakes* con forma de unicornio, decorados con azúcar de colores, con cuernos de caramelo y rodeados de purpurina comestible.

—Los he hecho yo —dijo Briana, con una sonrisa—. La vida es más luminosa con un poco de brillantina, ¿no crees?

—Qué bonitos —observó Chloe—. No sabía que se te daban tan bien estas cosas, Brie.

—Ni yo. —Ella se encogió de hombros—. Pero resulta que me gusta, igual que mi trabajo en la cafetería. ¿Queréis probarlos?

Puso la bandeja en el centro de la cama y todas se sentaron encima, dejando a Terry en el medio para que se sintiera arropada. Esta cogió el *cupcake* y lo contempló con una sonrisa, admirando el colorido: era como ver a Briana, allí estaba su esencia. ¿Cómo había podido pensar que eran tan malvadas?

En realidad, tenía mucha suerte de tenerlas. No todo el mundo podía presumir de tener amigas dispuestas a todo con tal de protegerte, y allí estaban las dos.

No eran perfectas: muy pijas, bastante presumidas, un pelín villanas en ocasiones… pero no las cambiaría por nada, porque tenían un corazón tan grande que brillaba.

Elevó el *cupcake* con una sonrisa y el resto la imitó.

—Por las villanas, que han resultado ser las heroínas del cuento.

Juntaron los *cupcakes* y les dieron unos mordiscos entre sonidos de admiración: estaban buenísimos.

Aquella noche, Terry pidió a su cocinera que hiciera perdices para cenar. Porque, al fin y al cabo, aunque su príncipe azul había resultado estar desteñido, había recuperado a sus amigas y tenían que celebrar que eran felices…

AGRADECIMIENTOS

Idoia: Como siempre, gracias a las personas más importantes de mi vida:

Gurko, por tantos años y tan buenos, siempre estás ahí. Te quiero.

Mis niños, Alize y Unax: la purpurina en mi vida.

Mi madre y mi hermana, las mejores críticas y apoyo que se pueden tener.

Las *Yes to all:* Sois las mejores del mundo mundial, por si no lo sabíais. *Go,* Panda!

Eva: ¿Te imaginas que alguien nos hubiera dicho cuando escribíamos esos cuadernos que hoy estaríamos aquí? ¡Nos habríamos partido de la risa!

Al inventor de la purpurina: Sin ti, este libro no habría sido posible 😊

Eva: A esa gente que nos sigue, nos lee, nos apoya y nos anima, gracias. Porque sois el motor que nos impulsa a seguir, sin duda.

Diego y mamá, por estar siempre a mi lado. Y aguantarme, no quitemos mérito. Os quiero.

Papá, Mabel, Agur, por leerme siempre y darme vuestra opinión. Y si os distraigo, os hago reír o cualquier otra emoción, aunque sea por solo un segundo, ya es tiempo bien invertido.

Emma, Izaskun, Zaida… el mejor grupo que podría desear. *Yes to all,* ¡claro que sí!!!! Hemos formado una piña muy potente.

A Mónica, por estar siempre ahí para ofrecer tu ayuda e inspiración, ¡qué aburrido sería todo sin esos extensos audios! ^^

A Ionel Mutruc, por su inestimable ayuda con los diálogos de nuestro ruso favorito. ¡Gracias por ayudarnos a hacer que sonara tan real!

Ido: Si seguimos haciendo *fanfics* de nuestros *fanfics* nunca nos quedaremos sin material :P Y sí, nos seguimos divirtiendo, que al fin y al cabo, es lo que importa.

A todo al que alguna vez ha querido vengarse de esa persona que le fastidió la vida… disfruta 😊

SOBRE LAS AUTORAS

Eva M. Soler, nacida en Cruces, Vizcaya, un 7 de Junio de 1976, empezó a escribir desde muy pequeña, tras desarrollar un fuerte interés por la lectura alimentado por una extensa imaginación. Siempre dando prioridad al género de suspense y terror, también se mueve en género romántico *new adult* o *chick lit*. Está felizmente casada y vive en Castro Urdiales.

Idoia Amo, nacida en 1976 en Santurce, con quince años se mudó a Sopuerta, donde se ha establecido de forma definitiva con su marido y sus hijos tras pasar varios períodos en el extranjero. Durante toda su vida ha escrito relatos, pero siempre de forma personal y para su círculo más cercano. En solitario tiene publicada una novela romántica titulada "Acordes de una melodía desenfrenada".

Ambas autoras se conocieron a los catorce años, volviéndose amigas y lectoras de sus propios escritos, pero hace un par de años decidieron que sus estilos podían complementarse bien, lo cual ha dado como resultado varios libros, todos ellos disponibles en Amazon y en su web.

Han recibido el premio Hemendik que otorga el periódico Deia por su labor como difusión de la literatura romántica.

Para más información, www.idoiaevaautoras.com

Cosas que haces cuando tu novia te deja:

1) Odiar a su nuevo novio, como corresponde.

2) Evitar coincidir con ella.

3) Refugiarte en tu familia y tus amigos.

4) Pensar que de buena te has librado.

5) Plantearte si quieres seguir trabajando para su padre.

6) Tragar bilis cuando se dedica a restregarte a ese puñetero musculitos.

7) Buscar a una chica que te deba un favor y hacerla pasar por tu pareja, aunque tengas que refinarla antes.

8) Espera… borra eso…

En los planes de Liam no entra que su novia actual, Sarah, le abandone tras enamorarse de otro durante sus vacaciones en Australia. Tampoco que peligre su posible ascenso en el bufete donde trabaja, que su hermana se ponga a salir con un guaperas que a todas luces le partirá el corazón, y mucho menos que su atractiva, aunque plebeya vecina, Summer, le destroce el coche durante un accidente en el aparcamiento.

Harto de que Sarah se dedique a amargarle la vida paseando a su nuevo ligue ante sus ojos, este abogado estirado decide seguir un consejo poco sensato: convencer a Summer de que se haga pasar por su novia ante ciertos eventos del bufete. Para que todo salga bien solo necesita refinarla un poco, pero lo que en principio parecía algo sencillo acaba derivando en un giro inesperado…

Alexandra es la oveja negra de la familia. Profesora de instituto, divorciada y de aspecto común, nunca ha conseguido estar a la altura de lo que su madre esperaba de ella. Y tampoco va a lograrlo en esta ocasión... ¡todo lo contrario!

En la boda de su ~~estúpida~~ perfecta hermana menor con el guapísimo senador Ethan Lewis, a quien Alex ama en secreto, se monta tal follón que el enlace acaba por no celebrarse. Y Alex decide que es un buen momento para aprovechar ese viaje de novios a la Riviera Maya que tiene pinta de quedar relegado al cajón de «cosas para devolver».

Ni corta ni perezosa, se embarca en un vuelo con su mejor amiga Skye, dispuesta a desconectar y divertirse durante cuatro maravillosas semanas. Quieren playa, sol, excursiones y margaritas, pero cuando llegan allí les espera una gran sorpresa: el senador, su jefe de campaña y una sola suite que compartir...

Skye no está en el mejor momento de su vida. Un año después de las vacaciones en México con Alex, su carrera como fotógrafa se ha estancado, tiene ciertos problemas económicos y su vida sentimental es un desierto desde que abandonó a Owen sin darle ninguna explicación.

Alex le pone en bandeja de plata la oportunidad de dar una vuelta de tuerca a eso con una oferta muy tentadora: el puesto de fotógrafa oficial en la gira de campaña a la presidencia de Ethan, su ahora prometido. para Skye significa recuperar el amor por su trabajo y olvidarse del dinero durante un tiempo, pero también está la parte difícil: lidiar con Owen y los sentimientos que aún tiene por él.

Owen es un adicto al trabajo, Skye es un espíritu libre.

Entre kilómetros y gasolina, ciudades de Estados Unidos y discursos de campaña, equipos revoltosos y tabletas de chocolate, ¿podrán dos personas tan diferentes reencontrarse en el punto donde lo dejaron un año atrás?

En el departamento de bomberos de Pensacola (Florida) llevan dieciséis años sin que una sola mujer ingrese en el cuerpo. Un dato de lo más interesante para Abby, una periodista harta de malgastar su talento en una revista de cotilleos y que aspira a escribir artículos serios.

¿Por qué no presentarse a las pruebas y preparar un reportaje acerca de las trabas que encuentran las mujeres en ese campo? Como muestra, además de la propia experiencia, tendrá a sus dos únicas compañeras entre una treintena de aspirantes: Talisa, para quien ser bombero es un sueño desde niña y que está decidida a lograrlo a pesar de los obstáculos; y Camilla, una joven cansada de la monotonía que desea dar un punto de emoción a su vida. El día a día en la academia es duro e intenso, pero estos chicos son material inflamable y hasta encontrarán tiempo para el amor.

¿Cuántos conseguirán llegar hasta el final y quiénes se quedarán por el camino?

¿Qué futuro aguarda a nuestros aspirantes una vez han abandonado la academia?

Abby pretende continuar con su artículo secreto y en la estación a la que ha sido destinada tiene un montón de material con el que hacerse famosa, empezando por el irascible capitán Pearson, ¿podrá seguir adelante hasta el final?

A Talisa tampoco se le presentan bien las cosas, pues en su nuevo destino encuentra una sorpresa que, lejos de facilitarle la existencia, le impide disfrutar del trabajo de sus sueños.

Y Camilla quizá esté a punto de descubrir que la amistad no siempre es lo que parece.

La vida real es muy complicada, más allá de aulas y simulacros, como todos ellos están a punto de comprobar…

«Esta es la lección más importante y que parece que tanto os cuesta entender: los bomberos son una unidad.»

Alexander Green es un joven cirujano plástico que vive en Los Ángeles, entre fiestas y surf, hasta que es testigo de un crimen que lo obliga a entrar en protección de testigos. Para su asombro, es enviado a Sutton, un pequeño pueblo de Alaska, todo lo contrario a lo que está acostumbrado. Un lugar tan lejano como el corazón de la jefa de policía local, Rylee Scott, una treintañera que ha renunciado al amor, y que pronto despertará el interés de Alex.

Romance, comedia y nieve, juntos en una sola historia...

Bienvenidos a Kiltarlity. Un pequeño pueblo escocés donde no faltan los hombres rudos, los dialectos imposibles, la tradición de los clanes milenarios y, por supuesto, la persistente lluvia.

A sus treinta y dos años, Leslie Ferguson ha logrado alcanzar el éxito en el trabajo y posee un alto nivel económico, pese a que su carácter avinagrado no despierta demasiadas simpatías en sus relaciones sociales. Cuando es enviada a un pequeño pueblo de Escocia por motivos laborales, la estirada joven no tiene más remedio que viajar hasta allí acompañada por su ayudante personal, Shane. Pronto, Leslie descubrirá que su refinado estilo de vida no es compatible con este lugar: sus empleadas no la respetan, no tiene centros comerciales donde satisfacer su vena consumista, y el encargado de ayudarla en su proyecto es un atractivo *highlander* que no para de burlarse de ella.

Pero lo que parecía ser una pesadilla compuesta por niebla, humedad y gente tosca, no solo pondrá a prueba su paciencia durante un año, sino que cambiará su vida de forma radical…

Hay parejas que se casan porque la llama del amor es tan fuerte que solo quieren pasar el resto de su vida juntos. Otras, porque desean formar una familia llena de cariño y respeto.

Y luego están Callum y Alissa.

Callum y Alissa trabajan juntos, pero no se llevan bien.

Callum y Alissa no tienen nada en común, y nada es nada.

Callum pasa de Alissa porque es seria, controladora y mandona. Alissa desprecia a Callum porque es vago, mujeriego y cuentista.

Callum y Alissa cometen el error de beber más de la cuenta durante la fiesta de fin de año del trabajo. Lo que podía haber quedado como una terrorífica anécdota pronto se complica al darse cuenta de que durante la borrachera se han casado.

Sí, exacto, has leído bien: casado.

Por circunstancias que no vamos a revelar aquí, ambos van a tener que aprender a convivir el uno con el otro, una tarea ardua y difícil porque son polos opuestos. Y ya sabemos lo que sucede con los polos opuestos...

A veces, el destino se ríe de ti en tu propia cara.

Aisha, psicóloga del departamento de policía en Las Vegas, se dedica día tras día a unir los pedazos rotos de sus compañeros de profesión, además de asesorar a víctimas de todo tipo de violencia. En este entorno, se presenta ante ella un nuevo y difícil reto: tratar a Jackson, un sargento que ha sido degradado y trasladado tras ciertos comportamientos agresivos en el trabajo.

Pese a su carácter hosco, la doctora no puede evitar sentir una fuerte atracción por este hombre tan complicado, lo que la lleva a investigar su pasado. Convencida de que tiene que haber una experiencia traumática que le haga comportarse así, no duda en localizar a una persona que arroje cierta luz sobre él, algo que complicará todavía más las cosas.

¡Sumérgete en esta saga de novelas *New adult* que exploran la vida de un grupo de universitarios en un exclusivo internado de Montreal!

En lo alto de una montaña de Montreal se encuentra el lujoso internado Sharidan. Un lugar selecto y elitista donde las familias adineradas envían a sus hijos para que cursen sus carreras universitarias. No es solo el dinero lo que le da su buena reputación, sino el alto rendimiento de la universidad y la vigilancia a la que someten a los polluelos de los millonarios.

En ese marco nevado tenemos a nuestros protagonistas: JD, un americano de clase media que ha conseguido una beca para estudiar audiovisuales y Syd, una británica cuya posición social es tan alta como fría es su relación con su progenitor. Ambos simpatizarán desde el primer momento, desarrollando una amistad que poco a poco se irá transformando en algo más, mientras son secundados por otros personajes. Como Dennis, líder del grupo musical Black Legend, o los mellizos Gauthier, los chicos más populares de la universidad. Sin olvidar al equipo de profesores, cuya tarea va más allá de la simple enseñanza.

Todos ellos se darán cita en un ambiente diferente lleno de líos amorosos, mucha música, hockey sobre hielo, clases, profesores, carreras y las siempre difíciles relaciones entre padres e hijos.

Little Falls es un pequeño y tranquilo pueblo de Minnesota donde nunca sucede nada.

Los habitantes de este idílico lugar desconocen los turbios asuntos que se gestan en Camp Ripley, la base militar afincada a unos kilómetros, donde se están llevando a cabo una serie de peligrosas pruebas virales.

La desaparición de una joven del lugar pone sobre aviso a la jefa de policía Emma Jefferson, quien no tarda en descubrir que se ha propagado un virus, resultado de un proyecto llamado Anxious: un virus que produce infectados rabiosos y que pronto se convertirá en pandemia con consecuencias catastróficas.

Drama, supervivencia, miedo… ¿estás preparado para que tu mundo cambie por completo?

Me dirijo a todos los supervivientes del desastre que está asolando nuestra querida nación para darles un mensaje de esperanza. Me he visto obligado a declarar el estado de excepción, pero el ejército está ahí para ayudarles. Si se encuentran con algún soldado, no huyan: identifíquense y serán evacuados a un lugar seguro.

No todo está perdido.

Nuestro país se encuentra inmerso en una lucha por la supervivencia y pasarán años antes de que sea habitable de nuevo. Nuestro ejército y científicos se están encargando de ello. Hasta entonces, estamos organizando varios lugares donde poder reinstaurar nuestra sociedad y modo de vida americano.

Aquellos que se encuentren en la costa Oeste, diríjanse a los puertos de Seattle, San Francisco y San Diego.

En la Costa Este, a los puertos de Jacksonville, Nueva York, Boston y Portland.

La frontera con México se encuentra cerrada y Canadá está en la misma situación que nosotros, por lo que las únicas salidas son por mar.

Unidos, lo lograremos.
Buena suerte.

Imagina un concurso televisivo dispuesto a todo con tal de subir la audiencia.

Imagina que alguien desaparece sin dejar rastro en un área de servicio.

Imagina que tu deseo más preciado se cumple, y debes pagar el precio.

Imagina que un reflejo hace aflorar tu lado más perverso.

Imagina que el mundo llegara a su fin, y solo tuvieras un último día.

Imagina un túnel de terror en vivo, cuyo macabro recorrido se convertirá en una experiencia aterradora.

Imagina…

Adolescentes sin escrúpulos, lugares de pesadilla, desapariciones misteriosas, padres perversos, demonios internos, rituales de iniciación, una pizca de amor, y sangre… mucha sangre.

«He trazado un círculo, hecho con sangre. Un círculo que delimita Salvación de principio a fin. Nadie puede salir de aquí, y el que lo intente, morirá. Vais a pagar... un sacrificio cada doce meses. Uno por año, como ofrenda por mi sufrimiento.»